Pai contra mãe
E outros contos

Machado de Assis

copyright Hedra
edição brasileira© Hedra 2020
coordenação da coleção Ieda Lebensztayn
organização© Alexandre Rosa, Flávio Ricardo Vassoler, Ieda Lebensztayn

edição Jorge Sallum
coedição Felipe Musetti
assistência editorial Paulo Henrique Pompermaier
capa e projeto gráfico Lucas Kröeff

ISBN 978-85-7715-628-3
corpo editorial Adriano Scatolin,
Antonio Valverde,
Caio Gagliardi,
Jorge Sallum,
Oliver Tolle,
Renato Ambrosio,
Ricardo Musse,
Ricardo Valle,
Silvio Rosa Filho,
Tales Ab'Saber,
Tâmis Parron

*Grafia atualizada segundo o Acordo Ortográfico da Língua
Portuguesa de 1990, em vigor no Brasil desde 2009.*

*Direitos reservados em língua
portuguesa somente para o Brasil*

EDITORA HEDRA LTDA.
R. Fradique Coutinho, 1139 (subsolo)
05416–011 São Paulo SP Brasil
Telefone/Fax +55 11 3097 8304

editora@hedra.com.br
www.hedra.com.br

Foi feito o depósito legal.

Pai contra mãe
E outros contos

Machado de Assis

Alexandre Rosa, Flávio Ricardo Vassoler, Ieda Lebensztayn
(*organização* e *prefácio*)

2ª edição

hedra

São Paulo   2020

Machado de Assis (1839–1908) é frequentemente considerado o maior escritor brasileiro de todos os tempos. Em sua obra, expõe, com prosa brilhante e ironia fina, a espinha dorsal das relações sociais da sociedade brasileira de seu tempo, da qual carregamos hoje muitas heranças. É autor de grandes romances, com destaque para a chamada trilogia realista composta por *Memórias póstumas de Brás Cubas* (1881), *Quincas Borba* (1891) e *Dom Casmurro* (1899), e também de um sem número de contos, novelas e folhetins. Em ambos os casos, os escritos de Machado, para além do incalculável valor literário, permanecem atuais como grandes reflexões acerca do Brasil do século XIX e do atual.

Pai contra mãe e outros contos é uma compilação de 33 narrativas breves do escritor carioca. Como na história que intitula o volume, as narrativas abordam os males e contradições de um Brasil que tenta se modernizar mas carrega seus arcaísmos herdados da colonização, como a escravidão e a política elitizada. A coletânea inaugura uma série que vai publicar seus contos, crônicas e textos de jornais.

Alexandre Rosa, escritor e cientista social formado pela FFLCH-USP, é mestre em Literatura Brasileira pelo Instituto de Estudos Brasileiros da USP. Participou da Coleção Ensaios Brasileiros Contemporâneos – Volume Música (Funarte, 2017), com o ensaio *Três Raps de São Paulo*, em parceria com Guilherme Botelho e Walter Garcia.

Flávio Ricardo Vassoler é doutor em Letras pela FFLCH-USP, com estágio doutoral junto à Northwestern University (EUA). É autor das obras literárias *Tiro de Misericórdia* (nVersos, 2014) e *O Evangelho segundo Talião* (nVersos, 2013) e organizador do livro de ensaios *Dostoiévski e Bergman: o niilismo da modernidade* (Intermeios, 2012).

Ieda Lebensztayn é pesquisadora de pós-doutorado na Biblioteca Brasiliana Mindlin, BBM-USP/FFLCH-USP (Processo CNPq 166032/2015-8), com estudo a respeito da recepção literária de Machado de Assis. Doutora em Literatura Brasileira pela FFLCH-USP, fez pós-doutorado no IEB-USP sobre a correspondência de Graciliano Ramos. Autora de *Graciliano Ramos e a Novidade: o astrônomo do inferno e os meninos impossíveis* (Hedra, 2010). Organizou, com Thiago Mio Salla, os livros *Cangaços* e *Conversas*, de Graciliano Ramos, publicados em 2014 pela Record.

Pai contra mãe
E outros contos

Machado de Assis

Sumário

Nota dos organizadores 7

Introdução, *por Alexandre Rosa, Flávio Ricardo Vassoler e Ieda Lebensztayn* 11

PAI CONTRA MÃE E OUTROS CONTOS 23

Pai contra mãe 25

A cartomante 39

Um homem célebre 51

O cônego ou a metafísica do estilo 65

O caso da vara 73

Lágrimas de Xerxes. 83

Entre santos. 93

Uns braços. 103

A desejada das gentes 115

A causa secreta. 127

Trio em lá menor 141

Adão e Eva 151

O enfermeiro 159

O diplomático 171

Mariana 185

Conto de escola 197

Um apólogo. 209

D. Paula. 213

Viver! 225

O dicionário. 237

Um erradio 241

Eterno! 265

Missa do galo. 279

Ideias de canário. 289

Papéis velhos 297

Maria Cora 307

Marcha fúnebre 331

Um capitão de voluntários 341

Suje-se, gordo! 357

Umas férias 363

Evolução 373

Pílades e Orestes. 381

Anedota do *Cabriolet*. 395

Nota dos organizadores

Pai contra mãe e outros contos realiza uma compilação dos livros de contos *Várias histórias* (1896),[1] *Páginas recolhidas* (1899)[2] e *Relíquias de casa velha* (1906),[3] de Joaquim Maria Machado de Assis (1839–1908).

Como forma de analisar alguns temas que julgamos fundamentais em meio ao universo machadiano — temas que, de um modo ou de outro (e sempre com o látego da ironia em riste), perpassam os contos deste volume —, remetemos os leitores ao ensaio "Os inimigos do homem serão as pessoas de sua própria casa: crítica e apologia sociais em 'Pai contra mãe'", de nossa autoria, que desponta como estudo preliminar.

Por fim, apresentamos aos leitores os fragmentos que despontam como advertências/prefácios dos livros de contos ora reunidos de Machado de Assis. São eles:

1. Fazem parte de *Várias histórias* os contos "A cartomante"; "Entre santos"; "Uns braços"; "Um homem célebre"; "A desejada das gentes"; "A causa secreta"; "Trio em lá menor"; "Adão e Eva"; "O enfermeiro"; "O diplomático"; "Mariana"; "Conto de escola"; "Um apólogo"; "D. Paula"; "Viver!"; "O cônego ou metafísica do estilo".

2. De *Páginas recolhidas* fazem parte os contos "O caso da vara"; "O dicionário"; "Um erradio"; "Eterno!"; "Missa do galo"; "Ideias do canário"; "Lágrimas de Xerxes"; "Papéis velhos".

3. Fazem parte de *Relíquias de casa velha* os contos "Pai contra mãe"; "Maria Cora"; "Marcha fúnebre"; "Um capitão de voluntários"; "Suje-se, gordo!"; "Umas férias"; "Evolução"; "Pílades e Orestes"; "Anedota do *Cabriolet*".

PAI CONTRA MÃE

(i) "Advertência" a *Várias histórias:*

Mon ami, faisons toujours des contes. (...) Le temps se passe, et le conte de la vie s'achève, sans qu'on s'en aperçoive.

Diderot[4]

As várias histórias que formam este volume foram escolhidas entre outras e podiam ser acrescentadas, se não conviesse limitar o livro às suas trezentas páginas. É a quinta coleção que dou ao público. As palavras de Diderot que vão por epígrafe no rosto desta coleção servem de desculpa aos que acharem excessivos tantos contos. É um modo de passar o tempo. Não pretendem sobreviver como os do filósofo. Não são feitos daquela matéria nem daquele estilo que dão aos de Mérimée[5] o caráter de obras-primas e colocam os de Poe[6] entre os primeiros escritos da América. O tamanho não é o que faz mal a este gênero de histórias, é naturalmente a qualidade; mas há sempre uma qualidade nos contos, que os torna superiores aos grandes romances, se uns e outros são medíocres: é serem curtos.

(ii) "Prefácio" de *Páginas recolhidas:*

Quelque diversité d'herbes qu'il y ayt, tout s'enveloppe sous le nom de salade.

Montaigne, Essais, liv. i, cap. XLVI[7]

---

4. "Meu amigo, escrevamos sempre contos. (...) O tempo passa, e o conto da vida chega ao fim, sem nos darmos conta disso" (tradução livre dos organizadores). Citação da obra *Salon* (1767), do filósofo e escritor francês Denis Diderot (1713–1784).

5. Prosper Mérimée (1803–1970), escritor, dramaturgo e historiador francês.

6. Edgar Allan Poe (1809–1849), escritor, poeta e crítico literário estadunidense.

7. "Por maior que seja a diversidade das verduras, tudo se torna compreensível sob o nome de salada". Citação dos ensaios do escritor e pensador francês Michel de Montaigne (1533–1592).

NOTA DOS ORGANIZADORES

Montaigne explica pelo seu modo dele a variedade deste livro. Não há que repetir a mesma ideia, nem qualquer outro lhe daria a graça da expressão que vai por epígrafe. O que importa unicamente é dizer a origem destas páginas. Umas são contos e novelas, figuras que vi ou imaginei, ou simples ideias que me deu na cabeça reduzir a linguagem. Saíram primeiro nas folhas volantes do jornalismo, em data diversa, e foram escolhidas dentre muitas, por achar que ainda agora possam interessar. Também vai aqui "Tu só, tu, Puro Amor", comédia escrita para as festas centenárias de Camões[8] e representada por essa ocasião. Tiraram-se dela cem exemplares numerados que se distribuíram por algumas estantes e bibliotecas. Uma análise da correspondência de Renan com sua irmã Henriqueta,[9] e um debuxo do nosso antigo Senado foram dados na *Revista Brasileira*, tão brilhantemente dirigida pelo meu ilustre e prezado amigo José Veríssimo.[10] Sai também um pequeno discurso, lido quando se lançou a primeira pedra da estátua de Alencar.[11] Enfim, alguns retalhos de cinco anos de crônica na *Gazeta de Notícias* que me pareceram não destoar do livro, seja porque o objeto não passasse inteiramente, seja porque o aspecto que lhe achei ainda agora me fale ao espírito. Tudo é pretexto para recolher folhas amigas.

(iii) "Advertência" a *Relíquias de casa velha*:

Uma casa tem muitas vezes as suas relíquias, lembranças de um dia ou de outro, da tristeza que passou, da felicidade que se perdeu. Supõe que o dono pense em as arejar e expor para teu e meu desenfado. Nem todas serão interessantes, não raras serão aborrecidas, mas, se o dono tiver cuidado, pode extrair uma dúzia delas que mereçam sair cá fora. Chama-lhe à minha vida uma casa, dá o nome de relíquias aos

8. "Tu, só tu, puro amor" é um verso da obra *Os Lusíadas* (1572; III, 119:1), do poeta português Luís Vaz de Camões (1524–1580).

9. Ernest Renan (1823–1892), filólogo, crítico literário e historiador francês, e Henriette Renan (1811–1861), sua irmã.

10. José Veríssimo (1857–1916), editor, escritor e crítico literário brasileiro.

11. José de Alencar (1829–1877), escritor brasileiro.

PAI CONTRA MÃE

inéditos e impressos que aqui vão, ideias, histórias, críticas, diálogos, e verás explicados o livro e o título. Possivelmente não terão a mesma suposta fortuna daquela dúzia de outras nem todas valerão a pena de sair cá fora. Depende da tua impressão, leitor amigo, como dependerá de ti a absolvição da má escolha.

Introdução

ALEXANDRE ROSA

FLÁVIO RICARDO VASSOLER

IEDA LEBENSZTAYN

Não julgueis que vim trazer a paz à terra. Vim trazer não a paz, mas a espada. Eu vim trazer a divisão entre o filho e o pai, entre a filha e a mãe, entre a nora e a sogra, e os inimigos do homem serão as pessoas de sua própria casa

Evangelho segundo Mateus[1]

PREÂMBULO

No princípio era o verbo? Não. No princípio eram o choro e o ranger de dentes.

Como um obstetra que nos dá as boas-vindas a este mundo com um tapa que nos faz chorar — *bem-vindos ao nosso vale de lágrimas* —, o narrador machadiano de "Pai contra mãe" rasga o ventre de seu conto sentenciando que "a ordem social e humana nem sempre se alcança sem o grotesco, e alguma vez o cruel".

1. Capítulo 10, versículos 34 a 36. In: *Bíblia sagrada*. Tradução dos originais mediante a versão dos monges de Maredsous (Bélgica) pelo Centro Bíblico Católico. São Paulo: Editora Ave-Maria, 1994, p. 1296.

Estaríamos, então, inequivocamente envoltos por um *ethos* — ou melhor, um *pathos* — machadiano a referendar a (e a se resignar diante da) iniquidade da história e da natureza humanas. Ora, mas e se a dubiedade do olhar de cigana oblíqua e dissimulada de Capitu — dubiedade com a qual só conseguimos entrar em contato por meio do relato deveras enviesado de Bentinho, o *Dom Casmurro* potencialmente traído por Capitu — pudesse se confundir com a própria *estrutura narrativa* de "Pai contra mãe"? Nesse caso, apologia e crítica sociais estariam umbilical e incestuosamente enredadas, o que nos permitiria insinuar que o narrador machadiano, para quem o grotesco e o cruel seriam as balizas (o arame farpado) de nossa história, seria *dialeticamente pessimista:* no ventre do conto a arremessar o pai contra a mãe, haveria também a possibilidade de revelar (e criticar) a ordem social que pressupõe o grotesco e o cruel como sentinelas inequívocas.

Analisemos, então, como o joio da apologia e o trigo da crítica sociais se fundem e se confundem em "Pai contra mãe". Apenas não percamos de vista que a tentativa de *separar* o joio do trigo, isto é, o ímpeto de arregimentar Machado de Assis, inequivocamente, *ou* como menestrel do niilismo, *ou* como estandarte da revolução tende a empobrecer o caráter polissêmico de sua estrutura narrativa a acompanhar as *contradições* de uma ordem social e humana que, até hoje, ainda não conseguiu prescindir do grotesco e do cruel como sentinelas de nossa história.

* * *

Em meados do século XIX, na cidade do Rio de Janeiro, o narrador cinicamente crítico — e/ou criticamente cínico — de "Pai contra mãe" nos diz que "os escravos fugiam com frequên-

INTRODUÇÃO

cia. Eram muitos, e nem todos gostavam da escravidão. Sucedia ocasionalmente apanharem pancada, e nem todos gostavam de apanhar pancada". Ora, se os escravos fugiam com frequência, muitos repudiavam os aguilhões da escravidão — mas, ainda assim, como *nem todos* gostavam da escravidão e como *nem todos* gostavam de apanhar pancada, podemos deduzir que havia também, sempre segundo as (contra)informações do narrador machadiano, aqueles que rezavam segundo o discurso da servidão voluntária. O curioso (e sintomático) é que grande parte dos escravos fujões era apenas repreendida, já que poderia haver "alguém de casa que servia de padrinho [ao escravo]", e talvez o dono não fosse "mau; além disso, o sentimento de propriedade modera a ação, porque dinheiro também dói". Assim, a moderação da ira senhorial — moderação que, por vezes, lançava mão do chicote e do pelourinho como instrumentos de catequese — ocorria não pela mediação da *Declaração dos Direitos do Homem e do Cidadão*, cujo conteúdo emancipatório ainda não chegara ao Brasil escravocrata de então, mas pelo prejuízo pecuniário que o senhor poderia sofrer ao avariar sua mercadoria escrava. Ora, nós bem poderíamos ler essa verdadeira chicotada — "dinheiro também dói" — como uma crítica sumamente epigráfica à ordem social que administrava seres humanos como coisas. Mas, como em Machado de Assis a ordem social é (retro)alimentada pelo legado de nossa miséria ontológica, o capitalismo à brasileira também poderia ser a luva a calçar a mão da natureza humana. Como tal ferida histórica não apenas não foi cicatrizada como parece expelir cada vez mais pus — a dubiedade machadiana bem poderia insinuar que as tentativas reformistas e/ou revolucionárias de amenizar nossas feridas históricas com mertiolate também visaram provocar ainda mais agonia e ardência no corpo social —, a atualidade da *crítica social apologista* de "Pai contra mãe" parece residir em sua capacidade de escarafunchar contradições ainda não superadas — para um sem-número de personagens machadianas, trata-se de *contradições insuperáveis*.

Paridos a fórceps o grotesco e o cruel do conto machadiano que arremessará o pai contra a mãe, ficamos sabendo que, em meio à sociedade brasileira oitocentista encimada por uma exígua cúpula de senhores e assentada sobre o dorso prostrado da escravidão, "pegar escravos fugidios era um ofício do tempo". Mas, ora, quem eram os atores sociais que se aventuravam por tais veredas esguias e o que os levava a um ofício tão incerto? Nosso narrador prontamente nos revela que

ninguém se metia em tal ofício por desfastio ou estudo; a pobreza, a necessidade de uma achega, a inaptidão para outros trabalhos, o acaso e, alguma vez, o gosto de servir também, ainda que por outra via, davam o impulso ao homem que se sentia bastante rijo para pôr ordem à desordem.

É assim que, para Cândido Neves, descendente do *ethos* macunaímico de Leonardo Pataca, o anti-herói — ou, por outra, o *herói à brasileira* — de *Memórias de um sargento de milícias* (1854), de Manuel Antônio de Almeida, o ofício — ou melhor, o *biscate* — de captor eventual de escravos era como a ocasião que faz o ladrão, já que Candinho era acometido pela síndrome do *caiporismo*, isto é, o rapaz não parava quieto nos (sub)empregos que, vez por outra, ele amealhava entre um fiado e outro no boteco, entre um jantar e outro na casa de parentes e amigos. Assim, como os donos dos escravos fugidos prometiam gratificações generosas para os captores em seus anúncios nos jornais, o caiporismo e o dinheiro fácil faziam com que Can-

INTRODUÇÃO

dinho ressignificasse o anátema divino do Velho Testamento: *Ganharás o pão sem o suor do teu rosto.*

Não deixemos de notar que, em meio ao darwinismo social à brasileira, a lei dos senhores brancos só fazia legar o salve-se quem puder à legião de espoliados pardos, mestiços e negros. Assim, a crueldade machadiana faz com que o (anti-)herói de "Pai contra mãe" seja submetido à dupla eugenia de se chamar *Cândido Neves*. E, como se tal tentativa de arrefecer/embranquecer a negritude como destino social não fosse suficiente, o grotesco machadiano faz com que Candinho se apaixone pela costureira *Clara*. Em face do casamento do caipora com a costureira, Mônica, tia de Clara, não tem muita dificuldade em fazer as vezes de pitonisa: "Vocês, se tiverem um filho, morrem de fome". Não deixemos de notar, ademais, que,

desde a Idade Média, [o nome Mônica] tem sido associado ao termo latino *moneo*, que quer dizer *conselheiro*, e ao termo grego *monos*, que significa *um, único*. No século IV d.C., esse nome surge a partir da santa norte-africana Mônica de Hipo, mãe de Santo Agostinho, a quem ela converteu ao cristianismo.[2]

Como a crueldade machadiana e o grotesco da realidade social parecem não ter fim, a Mônica do nosso conto é a *conselheira singular* que traz a divisão entre o pai e a mãe — na paródia de Machado de Assis, o nome da mãe de Agostinho de Hipona, canonizado pelas *Confissões* (397–398 d.C.) do teólogo católico, invoca o anátema de que o filho de Cândido e Clara seja conduzido não à pia batismal, mas à Roda dos Enjeitados.

No princípio era o verbo — abortar.

2. *Behind the Name: The Etymology and History of First Names* [Por detrás dos nomes: a etimologia e a história dos nomes]. *Mônica: https://www.behindthename.com/name/mo13nica.* Consulta feita no dia 21/10/17.

PAI CONTRA MÃE

Diante da crescente concorrência com a legião de caiporas/captores de escravos e costureiras que faz minguar os ganhos já exíguos de Candinho e Clara; diante da ordem de despejo iminente do locatário do casebre; diante da comida cada vez mais irregular e escassa, a tia e apóstata Mônica prega o 11º Mandamento: *Abortarás*.

Eis, então, o que o narrador machadiano nos revela em um trecho que parece extraído do *Evangelho segundo Mônica Iscariotes:*

A situação era aguda. [Candinho e Clara] Não achavam casa nem contavam com pessoa que lhes emprestasse alguma; era ir para a rua. Não contavam com a tia. Tia Mônica teve a arte de alcançar aposento para os três em casa de uma senhora velha e rica, que lhe prometeu emprestar os quartos baixos da casa, ao fundo da cocheira, para os lados de um pátio. Teve ainda a arte maior de não dizer nada aos dois, para que Cândido Neves, no desespero da crise, começasse por enjeitar o filho e acabasse alcançando algum meio seguro e regular de obter dinheiro; emendar a vida, em suma. Ouvia as queixas de Clara, sem as repetir, é certo, mas sem as consolar. No dia em que fossem obrigados a deixar a casa, fá-los-ia espantar com a notícia do obséquio e iriam dormir melhor do que cuidassem.

Para abrigar Candinho e Clara, tia Mônica Iscariotes espera que o casal seja despejado; para que Candinho abandone de vez o caiporismo, tia Mônica Iscariotes espera que o pai enjeite o filho; ainda que tenha uma carta na manga para impedir que Candinho e Clara durmam ao relento, tia Mônica Iscariotes ouve as queixas de Clara, mas não consola a sobrinha. Se, para a tia Mônica dos Anjos, *a mão que afaga é a mesma que apedreja*; se, para a tia Mônica Citotec, é preciso jogar o bebê fora junto com a água do banho para salvaguardar a banheira; se, para a tia Mônica Maquiavel, os fins legitimam os meios, bem podemos entrever por que, no *Evangelho segundo Mônica Iscariotes*, Judas trai Jesus Cristo com um beijo.

Ocorre que, mesmo com todo o caiporismo de Candinho, o rapaz *parece* ter verdadeira afeição por Clara e, antes mesmo do nascimento do bebê, Candinho já *parece* amá-lo enternecidamente. Neste momento, os leitores escolados de Machado de Assis já tentam encontrar alguma fissura no amor paterno de Candinho por conta da utilização do verbo *parecer*. Na verdade, logo veremos que o amor de pai — amor que não deixa de ter seus laivos narcísicos — se afirmará, grotescamente, contra o amor de mãe, já que "nem todas as crianças vingam". Mas, antes de chegarmos à vitória de Pirro — *ao vencedor, as batatas* — do filho do captor de escravos Candinho sobre o filho da escrava Arminda; antes de chegarmos, a bem dizer, a um dos desenlaces mais cruéis da obra de Machado de Assis, voltemos ao calvário dos pais Cândido Neves e Clara, já que o filho do casal acaba de nascer. "Notai que era um menino e que ambos os pais desejavam justamente este sexo". *Escarra na boca que te beija*: o narrador machadiano faz com que tal afeição tenha a dupla (e dúbia) função de enternecer o coração dos pais ao mesmo tempo em que torna ainda mais árdua a *via crucis* do filho rumo à Roda dos Enjeitados. Mas, ora, diante da penúria, que fazer? Para que consigamos oferecer a outra face, é preciso que todos e cada um de nós tenhamos um rosto — o espectro da tia Mônica Iscariotes só faz sentenciar que o velho dito de que *onde comem dois também comem três* não compra a fiado nem na mercearia do irmão do padre. Então, diante da penúria, que fazer?

Fazer, executar. 11º Mandamento: *Abortarás.*

PAI CONTRA MÃE

Assim, Clara e Candinho mal puderam dar algum leite ao bebê — chegara a hora de enjeitá-lo de vez. Mas, "como chovesse à noite, assentou o pai levá-lo à Roda na noite seguinte".

Repleto de comiseração pelo filho, Candinho aproveita a noite derradeira para ler e reler, um a um, os últimos anúncios que prometiam recompensas para captores de escravos fugidos. A maioria lhe pareceu fogo fátuo — meras promessas ou gratificações escassas. Uma recompensa por uma mulata, no entanto, subia à polpuda soma de cem mil-réis. Na manhã seguinte, Candinho se embrenhou pelo centro do Rio de Janeiro à caça de pistas da escrava fugida, mas nada logrou descobrir. Quando do triste retorno ao casebre em que morava de favor após o despejo, Candinho encontra tia Mônica com o bebê já pronto para ser levado à Roda dos Enjeitados. Diante da miséria patente e da resignação cabisbaixa de Clara, o pai decide abortar o filho.

Reparemos que a Roda dos Enjeitados ficava "na direção da rua dos Barbonos", cujo nome alude aos "membros da Ordem dos Frades Menores Capuchinhos, [uma] ordem religiosa franciscana e reformada".[3] Como uma faca só lâmina — a mesma faca que degolará o filho de Candinho —, a crueldade machadiana e o grotesco da ordem social e humana só fazem abortar a bondade e a compaixão que remontam a São Francisco de Assis.

Candinho fizera com que Clara amamentasse o filho uma última vez antes de enjeitá-lo; o pai queria levar o filho de volta para casa enquanto percorria a *via crucis* rumo à Roda dos Enjeitados; o pai agasalhava o filho e lhe cobria o rosto para preservá-lo do sereno. Súbito, "na direção do Largo da Ajuda, [Candinho] viu do lado oposto um vulto de mulher; era

3. Aurélio Buarque de Holanda Ferreira, *Aurélio: o dicionário da língua portuguesa*. Curitiba: Editora Positivo, 2004, p. 167.

INTRODUÇÃO

a mulata fugida". Tomado por enorme comoção, o pai pede a um farmacêutico que cuide do filho por um instante e dispara rumo à captura da escrava Arminda, cuja condição reificada desponta desde o próprio nome, já que, "possivelmente, *Arminda* é a forma feminina de *Armend*, nome masculino albanês que significa 'mente dourada', a partir dos elementos *ar*, que quer dizer 'ouro, dourado', e *mend*, que quer dizer 'mente'".[4] Como a escrava Arminda não pertence a si mesma, sua *mente* a remete primeiramente ao arbítrio de seu senhor; depois, durante os momentos contingentes de fuga e liberdade condicional, a *mente* de Arminda é alienada em função da legião de captores de escravos, dentre os quais desponta nosso caipora Candinho. E Arminda, é claro, vale *ouro* — mais precisamente, cem mil-réis, quantia polpuda que, ao menos por ora, revogaria o aborto do filho pelo pai. Assim, no Largo da *Ajuda*, o darwinismo social daquele Brasil grotesco e cruel sentencia que a sobrevida do filho de Candinho pressupõe os aguilhões contra os pulsos e tornozelos de Arminda — isso para não mencionarmos a suma tortura com a "máscara de folha-de-flandres, (...) [que] tinha só três buracos, dois para ver, um para respirar, e era fechada atrás da cabeça por um cadeado".

Se terminasse com a captura de Arminda e a sobrevida (momentânea) do filho do caipora Candinho, o conto já seria grotesco. Ocorre que tanto o niilismo quanto a crítica e a apologia sociais de Machado de Assis delegam à crueldade o papel de revelar por que o conto se intitula "Pai contra mãe". Assim, enquanto se contorcia para tentar escapar das mãos robustas de Candinho, Arminda lhe implorou "que a soltasse

4. *Behind the Name: Arminda: https://www.behindthename.com/name/armend/submitted.* Consulta feita no dia 23/04/17.

pelo amor de Deus. 'Estou grávida, meu senhor!', exclamou. 'Se Vossa Senhoria tem algum filho, peço-lhe por amor dele que me solte; eu serei tua escrava, vou servi-lo pelo tempo que quiser'". Pobre Arminda: é por amor de seu próprio filho que Candinho não pode soltá-la; é por amor de seu próprio filho que Candinho não pode permitir que Arminda tenha o ventre livre. No Brasil oitocentista, ser senhor de escravos é condição para muito poucos. Se Candinho mal consegue alimentar Clara e seu filho, como é que o caipora arcaria com os custos de manutenção de Arminda? Assim, com a frieza aguçada pelo darwinismo social da guerra de todos contra todos, Candinho grita para Arminda: "Você é que tem culpa. Quem lhe manda fazer filhos e fugir depois?"

Quem lhe manda fazer filhos e abortar depois, Candinho?

A obra de Machado de Assis bem poderia responder: a ordem humana, como legado de nossa miséria, e a ordem social, reproduzindo a miséria como nosso legado. Duas faces da mesma moeda que compra e vende legiões de Armindas.

Quando, após muito choro e ranger de dentes, Candinho chega com a escrava à casa de seu dono, uma cena ainda mais dantesca é parida:

Arrastada, desesperada [e] arquejando, (...) Arminda caiu no corredor. Ali mesmo o senhor da escrava abriu a carteira e tirou os cem mil-réis de gratificação. Cândido Neves guardou as duas notas de cinquenta mil-réis, enquanto o senhor novamente dizia à escrava que entrasse. No chão, onde jazia, levada do medo e da dor, e após algum tempo de luta, a escrava abortou.

Cúmplice como Candinho — e como os leitores/espectadores —, o narrador machadiano sentencia que, "entre os gemidos

INTRODUÇÃO

da mãe e os gestos de desespero do dono, Cândido Neves viu todo esse espetáculo".

Mas, ora, que importava a Candinho o filho morto da escrava se seu filho pôde voltar para casa? Que importavam a Candinho as palavras duras da tia Mônica contra a fuga da escrava e contra o aborto de Arminda? (Segundo a liturgia do poder, a vítima, por ser vítima, já é culpada; afinal, não é o pássaro que busca a *proteção* da gaiola?) Beijando o filho (e as duas notas de cinquenta mil-réis) entre lágrimas verdadeiras, Cândido Neves abençoa a fuga de Arminda — a bem dizer, Cândido Neves abençoa a escravidão que também o aguilhoa. Afinal, sentencia o pai embalando o filho sobrevivente, "nem todas as crianças vingam".

Por ora, Candinho venceu. Por ora, seu filho sobreviveu. Mas, além de os cem mil-réis não serem eternos, o caiporismo paupérrimo de Candinho e Clara precisa rezar, de fato, pelo pão nosso de cada dia. O narrador de "Pai contra mãe" bem poderia sussurrar para Candinho: *amanhã, meu caro, há de ser outro dia, já que pau que bate no filho de Arminda também bate no filho de Clara.* Afinal, em meio à obra dialeticamente pessimista de Machado de Assis, nem todas as crianças vingam.

PAI CONTRA MÃE

BIBLIOGRAFIA

ASSIS, Joaquim Maria Machado de. "Pai contra mãe". In: ROSA, Alexandre, VASSOLER, Flávio Ricardo e LEBENSZTAYN, Ieda (Orgs.). *"Pai contra mãe" e outros contos.* São Paulo: Editora Hedra, 2018, pp. 27–39.

BEHIND THE NAME: THE ETYMOLOGY AND HISTORY OF FIRST NAMES. [Por detrás dos nomes: a etimologia e a história dos nomes]. Disponível em: *https://www.behindthename.com/.* Consulta feita no dia 23/04/17.

BÍBLIA SAGRADA.Tradução dos originais mediante a versão dos monges de Maredsous (Bélgica) pelo Centro Bíblico Católico. São Paulo: Editora Ave-Maria, 1994.

FERREIRA, Aurélio Buarque de Holanda. *Aurélio: o dicionário da língua portuguesa.* Curitiba: Editora Positivo, 2004.

PAI CONTRA MÃE
E OUTROS CONTOS

Pai contra mãe

A ESCRAVIDÃO levou consigo ofícios e aparelhos, como terá sucedido a outras instituições sociais. Não cito alguns aparelhos senão por se ligarem a certo ofício. Um deles era o ferro ao pescoço, outro o ferro ao pé; havia também a máscara de folha-de-flandres. A máscara fazia perder o vício da embriaguez aos escravos, por lhes tapar a boca. Tinha só três buracos, dois para ver, um para respirar, e era fechada atrás da cabeça por um cadeado. Com o vício de beber, perdiam a tentação de furtar, porque geralmente era dos vinténs do senhor que eles tiravam com que matar a sede, e aí ficavam dois pecados extintos, e a sobriedade e a honestidade certas. Era grotesca tal máscara, mas a ordem social e humana nem sempre se alcança sem o grotesco, e alguma vez o cruel. Os funileiros as tinham penduradas, à venda, na porta das lojas. Mas não cuidemos de máscaras.

O ferro ao pescoço era aplicado aos escravos fujões. Imaginai uma coleira grossa, com a haste grossa também à direita ou à esquerda, até ao alto da cabeça e fechada atrás com chave. Pesava, naturalmente, mas era menos castigo que sinal. Escravo que fugia assim, por onde quer que andasse, mostrava um reincidente, e com pouco era pegado.

Há meio século, os escravos fugiam com frequência. Eram muitos, e nem todos gostavam da escravidão. Sucedia ocasionalmente apanharem pancada, e nem todos gostavam de apanhar pancada. Grande parte era apenas repreendida; ha-

PAI CONTRA MÃE

via alguém de casa que servia de padrinho, e o mesmo dono não era mau; além disso, o sentimento da propriedade moderava a ação, porque dinheiro também dói. A fuga repetia-se, entretanto. Casos houve, ainda que raros, em que o escravo de contrabando, apenas comprado no Valongo, deitava a correr, sem conhecer as ruas da cidade. Dos que seguiam para casa, não raro, apenas ladinos, pediam ao senhor que lhes marcasse aluguel, e iam ganhá-lo fora, quitandando.

Quem perdia um escravo por fuga dava algum dinheiro a quem lho levasse. Punha anúncios nas folhas públicas, com os sinais do fugido, o nome, a roupa, o defeito físico, se o tinha, o bairro por onde andava e a quantia de gratificação. Quando não vinha a quantia, vinha promessa: "gratificar-se-á generosamente" ou "receberá uma boa gratificação". Muitas vezes o anúncio trazia em cima ou ao lado uma vinheta, figura de preto, descalço, correndo, vara ao ombro, e na ponta uma trouxa. Protestava-se com todo o rigor da lei contra quem o acoutasse.

Ora, pegar escravos fugidios era um ofício do tempo. Não seria nobre, mas por ser instrumento da força com que se mantêm a lei e a propriedade, trazia esta outra nobreza implícita das ações reivindicadoras. Ninguém se metia em tal ofício por desfastio ou estudo; a pobreza, a necessidade de uma achega, a inaptidão para outros trabalhos, o acaso, e alguma vez o gosto de servir também, ainda que por outra via, davam o impulso ao homem que se sentia bastante rijo para pôr ordem à desordem.

Cândido Neves — em família, Candinho — é a pessoa a quem se liga a história de uma fuga; cedeu à pobreza, quando adquiriu o ofício de pegar escravos fugidos. Tinha um defeito grave esse homem, não aguentava emprego nem ofício, carecia

PAI CONTRA MÃE

de estabilidade; é o que ele chamava caiporismo. Começou por querer aprender tipografia, mas viu cedo que era preciso algum tempo para compor bem, e ainda assim talvez não ganhasse o bastante; foi o que ele disse a si mesmo. O comércio chamou-lhe a atenção, era carreira boa. Com algum esforço entrou de caixeiro para um armarinho. A obrigação, porém, de atender e servir a todos feria-o na corda do orgulho, e ao cabo de cinco ou seis semanas estava na rua por sua vontade. Fiel de cartório, contínuo de uma repartição anexa ao Ministério do Império, carteiro e outros empregos foram deixados pouco depois de obtidos.

Quando veio a paixão da moça Clara, não tinha ele mais que dívidas, ainda que poucas, porque morava com um primo, entalhador de ofício. Depois de várias tentativas para obter emprego, resolveu adotar o ofício do primo, de que aliás já tomara algumas lições. Não lhe custou apanhar outras, mas, querendo aprender depressa, aprendeu mal. Não fazia obras finas nem complicadas, apenas garras para sofás e relevos comuns para cadeiras. Queria ter em que trabalhar quando casasse, e o casamento não se demorou muito.

Contava trinta anos. Clara vinte e dois. Ela era órfã, morava com uma tia, Mônica, e cosia com ela. Não cosia tanto que não namorasse o seu pouco, mas os namorados apenas queriam matar o tempo, não tinham outro empenho. Passavam às tardes, olhavam muito para ela, ela para eles, até que a noite a fazia recolher para a costura. O que ela notava é que nenhum deles lhe deixava saudades nem lhe acendia desejos. Talvez nem soubesse o nome de muitos. Queria casar, naturalmente. Era, como lhe dizia a tia, um pescar de caniço, a ver se o peixe pegava, mas o peixe passava ao longe; algum que parasse, era

PAI CONTRA MÃE

só para andar à roda da isca, mirá-la, cheirá-la, deixá-la e ir a outras.

O amor traz sobrescritos. Quando a moça viu Cândido Neves, sentiu que era este o possível marido, o marido verdadeiro e único. O encontro deu-se em um baile; tal foi — para lembrar o primeiro ofício do namorado — tal foi a página inicial daquele livro, que tinha de sair mal composto e pior brochado. O casamento fez-se onze meses depois, e foi a mais bela festa das relações dos noivos. Amigas de Clara, menos por amizade que por inveja, tentaram arredá-la do passo que ia dar. Não negavam a gentileza do noivo, nem o amor que lhe tinha, nem ainda algumas virtudes; diziam que era dado em demasia a patuscadas.

— Pois ainda bem, replicava a noiva; ao menos, não caso com defunto.

— Não, defunto não; mas é que...

Não diziam o que era. Tia Mônica, depois do casamento, na casa pobre onde eles se foram abrigar, falou-lhes uma vez nos filhos possíveis. Eles queriam um, um só, embora viesse agravar a necessidade.

— Vocês, se tiverem um filho, morrem de fome — disse a tia à sobrinha.

— Nossa Senhora nos dará de comer — acudiu Clara.

Tia Mônica devia ter-lhes feito a advertência, ou ameaça, quando ele lhe foi pedir a mão da moça; mas também ela era amiga de patuscadas, e o casamento seria uma festa, como foi.

A alegria era comum aos três. O casal ria a propósito de tudo. Os mesmos nomes eram objeto de trocados, Clara, Neves, Cândido; não davam que comer, mas davam que rir, e o

PAI CONTRA MÃE

riso digeria-se sem esforço. Ela cosia agora mais, ele saía a empreitadas de uma coisa e outra; não tinha emprego certo.

Nem por isso abriam mão do filho. O filho é que, não sabendo daquele desejo específico, deixava-se estar escondido na eternidade. Um dia, porém, deu sinal de si a criança; varão ou fêmea, era o fruto abençoado que viria trazer ao casal a suspirada ventura. Tia Mônica ficou desorientada, Cândido e Clara riram dos seus sustos.

— Deus nos há de ajudar, titia — insistia a futura mãe.

A notícia correu de vizinha a vizinha. Não houve mais que espreitar a aurora do dia grande. A esposa trabalhava agora com mais vontade, e assim era preciso, uma vez que, além das costuras pagas, tinha de ir fazendo com retalhos o enxoval da criança. À força de pensar nela, vivia já com ela, media-lhe fraldas, cosia-lhe camisas. A porção era escassa, os intervalos longos. Tia Mônica ajudava, é certo, ainda que de má vontade.

— Vocês verão a triste vida, suspirava ela.

— Mas as outras crianças não nascem também? — perguntou Clara.

— Nascem, e acham sempre alguma coisa certa que comer, ainda que pouco...

— Certa como?

— Certa, um emprego, um ofício, uma ocupação, mas em que é que o pai dessa infeliz criatura que aí vem gasta o tempo?

Cândido Neves, logo que soube daquela advertência, foi ter com a tia, não áspero, mas muito menos manso que de costume, e lhe perguntou se já algum dia deixara de comer.

— A senhora ainda não jejuou senão pela semana santa, e isso mesmo quando não quer jantar comigo. Nunca deixamos de ter o nosso bacalhau...

PAI CONTRA MÃE

— Bem sei, mas somos três.

— Seremos quatro.

— Não é a mesma coisa.

— Que quer então que eu faça, além do que faço?

— Alguma coisa mais certa. Veja o marceneiro da esquina, o homem do armarinho, o tipógrafo que casou sábado, todos têm um emprego certo... Não fique zangado; não digo que você seja vadio, mas a ocupação que escolheu é vaga. Você passa semanas sem vintém.

— Sim, mas lá vem uma noite que compensa tudo, até de sobra. Deus não me abandona, e preto fugido sabe que comigo não brinca; quase nenhum resiste, muitos entregam-se logo.

Tinha glória nisto, falava da esperança como de capital seguro. Daí a pouco ria, e fazia rir à tia, que era naturalmente alegre e previa uma patuscada no batizado.

Cândido Neves perdera já o ofício de entalhador, como abrira mão de outros muitos, melhores ou piores. Pegar escravos fugidos trouxe-lhe um encanto novo. Não obrigava a estar longas horas sentado. Só exigia força, olho vivo, paciência, coragem e um pedaço de corda. Cândido Neves lia os anúncios, copiava-os, metia-os no bolso e saía às pesquisas. Tinha boa memória. Fixados os sinais e os costumes de um escravo fugido, gastava pouco tempo em achá-lo, segurá-lo, amarrá-lo e levá-lo. A força era muita, a agilidade também. Mais de uma vez, a uma esquina, conversando de coisas remotas, via passar um escravo como os outros e descobria logo que ia fugido, quem era, o nome, o dono, a casa deste e a gratificação; interrompia a conversa e ia atrás do vicioso. Não o apanhava logo, espreitava lugar azado e, de um salto, tinha a gratificação nas mãos. Nem

PAI CONTRA MÃE

sempre saía sem sangue, as unhas e os dentes do outro trabalhavam, mas geralmente ele os vencia sem o menor arranhão.

Um dia os lucros entraram a escassear. Os escravos fugidos não vinham já, como antes, meter-se nas mãos de Cândido Neves. Havia mãos novas e hábeis. Como o negócio crescesse, mais de um desempregado pegou em si e numa corda, foi aos jornais, copiou anúncios e deitou-se à caçada. No próprio bairro havia mais de um competidor. Quer dizer que as dívidas de Cândido Neves começaram a subir, sem aqueles pagamentos prontos ou quase prontos dos primeiros tempos. A vida fez-se difícil e dura. Comia-se fiado e mal; comia-se tarde. O senhorio mandava pelos aluguéis.

Clara não tinha sequer tempo de remendar a roupa ao marido, tanta era a necessidade de coser para fora. Tia Mônica ajudava a sobrinha, naturalmente. Quando ele chegava à tarde, via-se-lhe pela cara que não trazia vintém. Jantava e saía outra vez, à cata de algum fugido. Já lhe sucedia, ainda que raro, enganar-se de pessoa, e pegar em escravo fiel que ia a serviço de seu senhor; tal era a cegueira da necessidade. Certa vez capturou um preto livre; desfez-se em desculpas, mas recebeu grande soma de murros que lhe deram os parentes do homem.

— É o que lhe faltava! — exclamou a tia Mônica, ao vê-lo entrar, e depois de ouvir narrar o equívoco e suas consequências. — Deixe-se disso, Candinho; procure outra vida, outro emprego.

Cândido quisera efetivamente fazer outra coisa, não pela razão do conselho, mas por simples gosto de trocar de ofício; seria um modo de mudar de pele ou de pessoa. O pior é que não achava à mão negócio que aprendesse depressa.

A natureza ia andando, o feto crescia, até fazer-se pesado à mãe, antes de nascer. Chegou o oitavo mês, mês de angústias e

PAI CONTRA MÃE

necessidades, menos ainda que o nono, cuja narração dispenso também. Melhor é dizer somente os seus efeitos. Não podiam ser mais amargos.

— Não, tia Mônica! — bradou Candinho, recusando um conselho que me custa escrever, quanto mais ao pai ouvi-lo. — Isso nunca!

Foi na última semana do derradeiro mês que a tia Mônica deu ao casal o conselho de levar a criança que nascesse à Roda dos Enjeitados. Em verdade, não podia haver palavra mais dura de tolerar a dois jovens pais que espreitavam a criança, para beijá-la, guardá-la, vê-la rir, crescer, engordar, pular... Enjeitar quê? Enjeitar como? Candinho arregalou os olhos para a tia, e acabou dando um murro na mesa de jantar. A mesa, que era velha e desconjuntada, esteve quase a se desfazer inteiramente. Clara interveio.

— Titia não fala por mal, Candinho.

— Por mal? — replicou tia Mônica. — Por mal ou por bem, seja o que for, digo que é o melhor que vocês podem fazer. Vocês devem tudo; a carne e o feijão vão faltando. Se não aparecer algum dinheiro, como é que a família há de aumentar? E depois, há tempo; mais tarde, quando o senhor tiver a vida mais segura, os filhos que vierem serão recebidos com o mesmo cuidado que este ou maior. Este será bem criado, sem lhe faltar nada. Pois então a Roda é alguma praia ou monturo? Lá não se mata ninguém, ninguém morre à toa, enquanto que aqui é certo morrer, se viver à míngua. Enfim...

Tia Mônica terminou a frase com um gesto de ombros, deu as costas e foi meter-se na alcova. Tinha já insinuado aquela solução, mas era a primeira vez que o fazia com tal franqueza e calor — crueldade, se preferes. Clara estendeu a mão ao marido,

PAI CONTRA MÃE

como a amparar-lhe o ânimo; Cândido Neves fez uma careta, e chamou maluca à tia, em voz baixa. A ternura dos dois foi interrompida por alguém que batia à porta da rua.

— Quem é? — perguntou o marido.

— Sou eu.

Era o dono da casa, credor de três meses de aluguel, que vinha em pessoa ameaçar o inquilino. Este quis que ele entrasse.

— Não é preciso...

— Faça favor.

O credor entrou e recusou sentar-se, deitou os olhos à mobília para ver se daria algo à penhora; achou que pouco. Vinha receber os aluguéis vencidos, não podia esperar mais; se dentro de cinco dias não fosse pago, pô-lo-ia na rua. Não havia trabalhado para regalo dos outros. Ao vê-lo, ninguém diria que era proprietário; mas a palavra supria o que faltava ao gesto, e o pobre Cândido Neves preferiu calar a retorquir. Fez uma inclinação de promessa e súplica ao mesmo tempo. O dono da casa não cedeu mais.

— Cinco dias ou rua! — repetiu, metendo a mão no ferrolho da porta e saindo.

Candinho saiu por outro lado. Nesses lances não chegava nunca ao desespero, contava com algum empréstimo, não sabia como nem onde, mas contava. Demais, recorreu aos anúncios. Achou vários, alguns já velhos, mas em vão os buscava desde muito. Gastou algumas horas sem proveito, e tornou para casa. Ao fim de quatro dias, não achou recursos; lançou mão de empenhos, foi a pessoas amigas do proprietário, não alcançando mais que a ordem de mudança.

A situação era aguda. Não achavam casa, nem contavam com pessoa que lhes emprestasse alguma; era ir para a rua.

PAI CONTRA MÃE

Não contavam com a tia. Tia Mônica teve arte de alcançar aposento para os três em casa de uma senhora velha e rica, que lhe prometeu emprestar os quartos baixos da casa, ao fundo da cocheira, para os lados de um pátio. Teve ainda a arte maior de não dizer nada aos dois, para que Cândido Neves, no desespero da crise, começasse por enjeitar o filho e acabasse alcançando algum meio seguro e regular de obter dinheiro; emendar a vida, em suma. Ouvia as queixas de Clara, sem as repetir, é certo, mas sem as consolar. No dia em que fossem obrigados a deixar a casa, fá-los-ia espantar com a notícia do obséquio e iriam dormir melhor do que cuidassem.

Assim sucedeu. Postos fora da casa, passaram ao aposento de favor, e dois dias depois nasceu a criança. A alegria do pai foi enorme, e a tristeza também. Tia Mônica insistiu em dar a criança à Roda.

— Se você não a quer levar, deixe isso comigo; eu vou à Rua dos Barbonos.

Cândido Neves pediu que não, que esperasse, que ele mesmo a levaria. Notai que era um menino, e que ambos os pais desejavam justamente este sexo. Mal lhe deram algum leite; mas, como chovesse à noite, assentou o pai levá-lo à Roda na noite seguinte.

Naquela reviu todas as suas notas de escravos fugidos. As gratificações pela maior parte eram promessas; algumas traziam a soma escrita e escassa. Uma, porém, subia a cem mil-réis. Tratava-se de uma mulata; vinham indicações de gesto e de vestido. Cândido Neves andara a pesquisá-la sem melhor fortuna e abrira mão do negócio; imaginou que algum amante da escrava a houvesse recolhido. Agora, porém, a vista nova da quantia e a necessidade dela animaram Cândido Neves a fazer

PAI CONTRA MÃE

um grande esforço derradeiro. Saiu de manhã a ver e indagar pela Rua e Largo da Carioca, Rua do Parto e da Ajuda, onde ela parecia andar, segundo o anúncio. Não a achou; apenas um farmacêutico da Rua da Ajuda se lembrava de ter vendido uma onça de qualquer droga, três dias antes, à pessoa que tinha os sinais indicados. Cândido Neves parecia falar como dono da escrava e agradeceu cortesmente a notícia. Não foi mais feliz com outros fugidos de gratificação incerta ou barata.

Voltou para a triste casa que lhe haviam emprestado. Tia Mônica arranjara de si mesma a dieta para a recente mãe e tinha já o menino para ser levado à Roda. O pai, não obstante o acordo feito, mal pôde esconder a dor do espetáculo. Não quis comer o que tia Mônica lhe guardara; não tinha fome, disse, e era verdade. Cogitou mil modos de ficar com o filho; nenhum prestava. Não podia esquecer o próprio albergue em que vivia. Consultou a mulher, que se mostrou resignada. Tia Mônica pintara-lhe a criação do menino; seria maior a miséria, podendo suceder que o filho achasse a morte sem recurso. Cândido Neves foi obrigado a cumprir a promessa; pediu à mulher que desse ao filho o resto do leite que ele beberia da mãe. Assim se fez; o pequeno adormeceu, o pai pegou dele, e saiu na direção da Rua dos Barbonos.

Que pensasse mais de uma vez em voltar para casa com ele, é certo; não menos certo é que o agasalhava muito, que o beijava, que cobria o rosto para preservá-lo do sereno. Ao entrar na Rua da Guarda Velha, Cândido Neves começou a afrouxar o passo.

— Hei de entregá-lo o mais tarde que puder — murmurou ele.

35

PAI CONTRA MÃE

Mas não sendo a rua infinita ou sequer longa, viria a acabá-la; foi então que lhe ocorreu entrar por um dos becos que ligavam aquela à Rua da Ajuda. Chegou ao fim do beco e, indo a dobrar à direita, na direção do Largo da Ajuda, viu do
5 lado oposto um vulto de mulher; era a mulata fugida. Não dou aqui a comoção de Cândido Neves por não poder fazê-lo com a intensidade real. Um adjetivo basta; digamos enorme. Descendo a mulher, desceu ele também; a poucos passos estava a farmácia onde obtivera a informação, que referi acima. Entrou,
10 achou o farmacêutico, pediu-lhe a fineza de guardar a criança por um instante; viria buscá-la sem falta.

— Mas...

Cândido Neves não lhe deu tempo de dizer nada; saiu rápido, atravessou a rua até o ponto em que pudesse pegar a mulher
15 sem dar alarma. No extremo da rua, quando ela ia descendo a de S. José, Cândido Neves aproximou-se dela. Era a mesma, era a mulata fujona.

— Arminda! — bradou, conforme a nomeava o anúncio.

Arminda voltou-se sem cuidar malícia. Foi só quando ele,
20 tendo tirado o pedaço de corda da algibeira, pegou dos braços da escrava, que ela compreendeu e quis fugir. Era já impossível. Cândido Neves, com as mãos robustas, atava-lhe os pulsos e dizia que andasse. A escrava quis gritar, parece que chegou a soltar alguma voz mais alta que de costume, mas entendeu logo
25 que ninguém viria libertá-la, ao contrário. Pediu então que a soltasse pelo amor de Deus.

— Estou grávida, meu senhor! — exclamou. — Se Vossa Senhoria tem algum filho, peço-lhe por amor dele que me solte; eu serei tua escrava, vou servi-lo pelo tempo que quiser. Me
30 solte, meu senhor moço!

36

PAI CONTRA MÃE

— Siga! — repetiu Cândido Neves.

— Me solte!

— Não quero demoras; siga!

Houve aqui luta, porque a escrava, gemendo, arrastava-se a si e ao filho. Quem passava ou estava à porta de uma loja, compreendia o que era e naturalmente não acudia. Arminda ia alegando que o senhor era muito mau e provavelmente a castigaria com açoites — coisa que, no estado em que ela estava, seria pior de sentir. Com certeza, ele lhe mandaria dar açoites.

— Você é que tem culpa. Quem lhe manda fazer filhos e fugir depois? — perguntou Cândido Neves.

Não estava em maré de riso, por causa do filho que lá ficara na farmácia, à espera dele. Também é certo que não costumava dizer grandes coisas. Foi arrastando a escrava pela Rua dos Ourives, em direção à da Alfândega, onde residia o senhor. Na esquina desta a luta cresceu; a escrava pôs os pés à parede, recuou com grande esforço, inutilmente. O que alcançou foi, apesar de ser a casa próxima, gastar mais tempo em lá chegar do que devera. Chegou, enfim, arrastada, desesperada, arquejando. Ainda ali ajoelhou-se, mas em vão. O senhor estava em casa, acudiu ao chamado e ao rumor.

— Aqui está a fujona, disse Cândido Neves.

— É ela mesma.

— Meu senhor!

— Anda, entra...

Arminda caiu no corredor. Ali mesmo o senhor da escrava abriu a carteira e tirou os cem mil-réis de gratificação. Cândido Neves guardou as duas notas de cinquenta mil-réis, enquanto o senhor novamente dizia à escrava que entrasse. No chão, onde

PAI CONTRA MÃE

jazia, levada do medo e da dor, e após algum tempo de luta, a
escrava abortou.

O fruto de algum tempo entrou sem vida neste mundo,
entre os gemidos da mãe e os gestos de desespero do dono.
5 Cândido Neves viu todo esse espetáculo. Não sabia que horas
eram. Quaisquer que fossem, urgia correr à Rua da Ajuda, e foi
o que ele fez sem querer conhecer as consequências do desastre.

Quando lá chegou, viu o farmacêutico sozinho, sem o filho
que lhe entregara. Quis esganá-lo. Felizmente, o farmacêutico
10 explicou tudo a tempo; o menino estava lá dentro com a família,
e ambos entraram. O pai recebeu o filho com a mesma fúria
com que pegara a escrava fujona de há pouco, fúria diversa,
naturalmente, fúria de amor. Agradeceu depressa e mal, e saiu
às carreiras, não para a Roda dos Enjeitados, mas para a casa de
15 empréstimo com o filho e os cem mil-réis de gratificação. Tia
Mônica, ouvida a explicação, perdoou a volta do pequeno, uma
vez que trazia os cem mil-réis. Disse, é verdade, algumas palavras duras contra a escrava, por causa do aborto, além da fuga.
Cândido Neves, beijando o filho, entre lágrimas, verdadeiras,
20 abençoava a fuga e não se lhe dava do aborto.

— Nem todas as crianças vingam — bateu-lhe o coração.

A cartomante

HAMLET OBSERVA a Horácio que há mais coisas no céu e na terra do que sonha a nossa filosofia.[1] Era a mesma explicação que dava a bela Rita ao moço Camilo, numa sexta-feira de novembro de 1869, quando este ria dela, por ter ido na véspera consultar uma cartomante; a diferença é que o fazia por outras palavras.

— Ria, ria. Os homens são assim; não acreditam em nada. Pois saiba que fui, e que ela adivinhou o motivo da consulta, antes mesmo que eu lhe dissesse o que era. Apenas começou a botar as cartas, disse-me: "A senhora gosta de uma pessoa..." Confessei que sim, e então ela continuou a botar as cartas, combinou-as e no fim declarou-me que eu tinha medo de que você me esquecesse, mas que não era verdade...

— Errou! — interrompeu Camilo, rindo.

— Não diga isso, Camilo. Se você soubesse como eu tenho andado, por sua causa. Você sabe; já lhe disse. Não ria de mim, não ria...

Camilo pegou-lhe nas mãos e olhou para ela sério e fixo. Jurou que a queria muito, que os seus sustos pareciam de criança; em todo o caso, quando tivesse algum receio, a melhor cartomante era ele mesmo. Depois, repreendeu-a; disse-lhe que era imprudente andar por essas casas. Vilela podia sabê-lo, e depois...

1. Hamlet e Horácio, personagens da peça *Hamlet* (1600–1601), do dramaturgo e escritor inglês William Shakespeare (1564–1616).

PAI CONTRA MÃE

— Qual saber! Tive muita cautela, ao entrar na casa.

— Onde é a casa?

— Aqui perto, na Rua da Guarda Velha; não passava ninguém nessa ocasião. Descansa; eu não sou maluca.

Camilo riu outra vez:

— Tu crês deveras nessas coisas? — perguntou-lhe.

Foi então que ela, sem saber que traduzia Hamlet em vulgar, disse-lhe que havia muita coisa misteriosa e verdadeira neste mundo. Se ele não acreditava, paciência; mas o certo é que a cartomante adivinhara tudo. Que mais? A prova é que ela agora estava tranquila e satisfeita.

Cuido que ele ia falar, mas reprimiu-se. Não queria arrancar-lhe as ilusões. Também ele, em criança, e ainda depois, foi supersticioso, teve um arsenal inteiro de crendices, que a mãe lhe incutiu e que aos vinte anos desapareceram. No dia em que deixou cair toda essa vegetação parasita e ficou só o tronco da religião, ele, como tivesse recebido da mãe ambos os ensinos, envolveu-os na mesma dúvida e logo depois em uma só negação total. Camilo não acreditava em nada. Por quê? Não poderia dizê-lo, não possuía um só argumento: limitava-se a negar tudo. E digo mal, porque negar é ainda afirmar, e ele não formulava a incredulidade; diante do mistério, contentou-se em levantar os ombros, e foi andando.

Separaram-se contentes, ele ainda mais que ela. Rita estava certa de ser amada; Camilo, não só o estava, mas via-a estremecer e arriscar-se por ele, correr às cartomantes, e, por mais que a repreendesse, não podia deixar de sentir-se lisonjeado. A casa do encontro era na antiga Rua dos Barbonos, onde morava uma comprovinciana de Rita. Esta desceu pela Rua das Mangueiras,

A CARTOMANTE

na direção de Botafogo, onde residia; Camilo desceu pela da Guarda Velha, olhando de passagem para a casa da cartomante.

Vilela, Camilo e Rita, três nomes, uma aventura e nenhuma explicação das origens. Vamos a ela. Os dois primeiros eram amigos de infância. Vilela seguiu a carreira de magistrado. Camilo entrou no funcionalismo, contra a vontade do pai, que queria vê-lo médico; mas o pai morreu, e Camilo preferiu não ser nada, até que a mãe lhe arranjou um emprego público. No princípio de 1869, voltou Vilela da província, onde casara com uma dama formosa e tonta; abandonou a magistratura e veio abrir banca de advogado. Camilo arranjou-lhe casa para os lados de Botafogo e foi a bordo recebê-lo.

— É o senhor? — exclamou Rita, estendendo-lhe a mão. — Não imagina como meu marido é seu amigo, falava sempre do senhor.

Camilo e Vilela olharam-se com ternura. Eram amigos deveras.

Depois, Camilo confessou de si para si que a mulher do Vilela não desmentia as cartas do marido. Realmente, era graciosa e viva nos gestos, olhos cálidos, boca fina e interrogativa. Era um pouco mais velha que ambos: contava trinta anos, Vilela vinte e nove e Camilo vinte e seis. Entretanto, o porte grave de Vilela fazia-o parecer mais velho que a mulher, enquanto Camilo era um ingênuo na vida moral e prática. Faltava-lhe tanto a ação do tempo, como os óculos de cristal, que a natureza põe no berço de alguns para adiantar os anos. Nem experiência, nem intuição.

Uniram-se os três. Convivência trouxe intimidade. Pouco depois morreu a mãe de Camilo, e nesse desastre, que o foi, os dois mostraram-se grandes amigos dele. Vilela cuidou do

PAI CONTRA MÃE

enterro, dos sufrágios e do inventário; Rita tratou especialmente do coração, e ninguém o faria melhor.

Como daí chegaram ao amor, não o soube ele nunca. A verdade é que gostava de passar as horas ao lado dela, era a sua enfermeira moral, quase uma irmã, mas principalmente era mulher e bonita. *Odor di feminina*:[2] eis o que ele aspirava nela, e em volta dela, para incorporá-lo em si próprio. Liam os mesmos livros, iam juntos a teatros e passeios. Camilo ensinou-lhe as damas e o xadrez e jogavam às noites; ela, mal; ele, para lhe ser agradável, pouco menos mal. Até aí as coisas. Agora a ação da pessoa, os olhos teimosos de Rita, que procuravam muitas vezes os dele, que os consultavam antes de o fazer ao marido, as mãos frias, as atitudes insólitas. Um dia, fazendo ele anos, recebeu de Vilela uma rica bengala de presente e de Rita apenas um cartão com um vulgar cumprimento a lápis, e foi então que ele pôde ler no próprio coração, não conseguia arrancar os olhos do bilhetinho. Palavras vulgares; mas há vulgaridades sublimes, ou, pelo menos, deleitosas. A velha caleça de praça, em que pela primeira vez passeaste com a mulher amada, fechadinhos ambos, vale o carro de Apolo. Assim é o homem, assim são as coisas que o cercam.

Camilo quis sinceramente fugir, mas já não pôde. Rita, como uma serpente, foi-se acercando dele, envolveu-o todo, fez-lhe estalar os ossos num espasmo e pingou-lhe o veneno na boca. Ele ficou atordoado e subjugado. Vexame, sustos, remorsos, desejos, tudo sentiu de mistura, mas a batalha foi curta, e a vitória, delirante. Adeus, escrúpulos! Não tardou que o sapato se acomodasse ao pé, e aí foram ambos, estrada afora, braços dados, pisando folgadamente por cima de ervas

2. *Odor di femina*, expressão italiana que quer dizer *cheiro de mulher.*

e pedregulhos, sem padecer nada mais que algumas saudades, quando estavam ausentes um do outro. A confiança e estima de Vilela continuavam a ser as mesmas. Um dia, porém, recebeu Camilo uma carta anônima, que lhe chamava imoral e pérfido, e dizia que a aventura era sabida de todos. Camilo teve medo e, para desviar as suspeitas, começou a rarear as visitas à casa de Vilela. Este notou-lhe as ausências. Camilo respondeu que o motivo era uma paixão frívola de rapaz. Candura gerou astúcia. As ausências prolongaram-se, e as visitas cessaram inteiramente. Pode ser que entrasse também nisso um pouco de amor-próprio, uma intenção de diminuir os obséquios do marido, para tornar menos dura a aleivosia do ato.

Foi por esse tempo que Rita, desconfiada e medrosa, correu à cartomante para consultá-la sobre a verdadeira causa do procedimento de Camilo. Vimos que a cartomante restituiu-lhe a confiança, e que o rapaz repreendeu-a por ter feito o que fez. Correram ainda algumas semanas. Camilo recebeu mais duas ou três cartas anônimas, tão apaixonadas, que não podiam ser advertência da virtude, mas despeito de algum pretendente; tal foi a opinião de Rita, que, por outras palavras mal compostas, formulou este pensamento: — a virtude é preguiçosa e avara, não gasta tempo nem papel; só o interesse é ativo e pródigo.

Nem por isso Camilo ficou mais sossegado; temia que o anônimo fosse ter com Vilela, e a catástrofe viria então sem remédio. Rita concordou que era possível.

— Bem — disse ela —, eu levo os sobrescritos para comparar a letra com as das cartas que lá aparecerem; se alguma for igual, guardo-a e rasgo-a...

Nenhuma apareceu; mas daí a algum tempo Vilela começou a mostrar-se sombrio, falando pouco, como desconfiado.

PAI CONTRA MÃE

Rita deu-se pressa em dizê-lo ao outro, e sobre isso deliberaram. A opinião dela é que Camilo devia tornar à casa deles, tatear o marido, e pode ser até que lhe ouvisse a confidência de algum negócio particular. Camilo divergia; aparecer depois de tantos meses era confirmar a suspeita ou denúncia. Mais valia acautelarem-se, sacrificando-se por algumas semanas. Combinaram os meios de se corresponderem, em caso de necessidade, e separaram-se com lágrimas.

No dia seguinte, estando na repartição, recebeu Camilo este bilhete de Vilela: "Vem já, já, à nossa casa; preciso falar-te sem demora". Era mais de meio-dia. Camilo saiu logo; na rua, advertiu que teria sido mais natural chamá-lo ao escritório; por que em casa? Tudo indicava matéria especial, e a letra, fosse realidade ou ilusão, afigurou-se-lhe trêmula. Ele combinou todas essas coisas com a notícia da véspera.

— Vem já, já, à nossa casa; preciso falar-te sem demora — repetia ele com os olhos no papel.

Imaginariamente, viu a ponta da orelha de um drama, Rita subjugada e lacrimosa, Vilela indignado, pegando da pena e escrevendo o bilhete, certo de que ele acudiria, e esperando-o para matá-lo. Camilo estremeceu, tinha medo: depois sorriu amarelo e, em todo caso, repugnava-lhe a ideia de recuar e foi andando. De caminho, lembrou-se de ir a casa; podia achar algum recado de Rita, que lhe explicasse tudo. Não achou nada, nem ninguém. Voltou à rua, e a ideia de estarem descobertos parecia-lhe cada vez mais verossímil; era natural uma denúncia anônima, até da própria pessoa que o ameaçara antes; podia ser que Vilela conhecesse agora tudo. A mesma suspensão das suas visitas, sem motivo aparente, apenas com um pretexto fútil, viria confirmar o resto.

A CARTOMANTE

Camilo ia andando inquieto e nervoso. Não relia o bilhete, mas as palavras estavam decoradas, diante dos olhos, fixas, ou então — o que era ainda pior — eram-lhe murmuradas ao ouvido, com a própria voz de Vilela. "Vem já, já, à nossa casa; preciso falar-te sem demora". Ditas assim, pela voz do outro, tinham um tom de mistério e ameaça. Vem, já, já, para quê? Era perto de uma hora da tarde. A comoção crescia de minuto a minuto. Tanto imaginou o que se iria passar, que chegou a crê-lo e vê-lo. Positivamente, tinha medo. Entrou a cogitar em ir armado, considerando que, se nada houvesse, nada perdia, e a precaução era útil. Logo depois rejeitava a ideia, vexado de si mesmo, e seguia, picando o passo, na direção do Largo da Carioca, para entrar num tílburi. Chegou, entrou e mandou seguir a trote largo.

"Quanto antes, melhor" — pensou ele —, "não posso estar assim..."

Mas o mesmo trote do cavalo veio agravar-lhe a comoção. O tempo voava, e ele não tardaria a entestar com o perigo. Quase no fim da Rua da Guarda Velha, o tílburi teve de parar, a rua estava atravancada com uma carroça, que caíra. Camilo, em si mesmo, estimou o obstáculo e esperou. No fim de cinco minutos, reparou que ao lado, à esquerda, ao pé do tílburi, ficava a casa da cartomante, a quem Rita consultara uma vez, e nunca ele desejou tanto crer na lição das cartas. Olhou, viu as janelas fechadas, quando todas as outras estavam abertas e pejadas de curiosos do incidente da rua. Dir-se-ia a morada do indiferente Destino.

Camilo reclinou-se no tílburi, para não ver nada. A agitação dele era grande, extraordinária, e do fundo das camadas morais emergiam alguns fantasmas de outro tempo, as velhas

PAI CONTRA MÃE

crenças, as superstições antigas. O cocheiro propôs-lhe voltar à primeira travessa e ir por outro caminho: ele respondeu que não, que esperasse. E inclinava-se para fitar a casa... Depois fez um gesto incrédulo: era a ideia de ouvir a cartomante, que lhe

5 passava ao longe, muito longe, com vastas asas cinzentas; desapareceu, reapareceu e tornou a esvair-se no cérebro; mas daí a pouco moveu outra vez as asas, mais perto, fazendo uns giros concêntricos... Na rua, gritavam os homens, safando a carroça:

— Anda! Agora! Empurra! Vá! Vá!

10 Daí a pouco estaria removido o obstáculo. Camilo fechava os olhos, pensava em outras coisas: mas a voz do marido sussurrava-lhe a orelhas as palavras da carta: "Vem, já, já..." E ele via as contorções do drama e tremia. A casa olhava para ele. As pernas queriam descer e entrar . Camilo achou-se diante de

15 um longo véu opaco... pensou rapidamente no inexplicável de tantas coisas. A voz da mãe repetia-lhe uma porção de casos extraordinários: e a mesma frase do príncipe de Dinamarca[3] reboava-lhe dentro: "Há mais coisas no céu e na terra do que sonha a filosofia..." Que perdia ele, se...?

20 Deu por si na calçada, ao pé da porta: disse ao cocheiro que esperasse e, rápido, enfiou pelo corredor e subiu a escada. A luz era pouca, os degraus comidos dos pés, o corrimão pegajoso; mas ele não viu nem sentiu nada. Trepou e bateu. Não aparecendo ninguém, teve ideia de descer; mas era tarde, a cu-

25 riosidade fustigava-lhe o sangue, as fontes latejavam-lhe; ele tornou a bater uma, duas, três pancadas. Veio uma mulher; era a cartomante. Camilo disse que ia consultá-la, ela fê-lo entrar. Dali subiram ao sótão, por uma escada ainda pior que

3. Nova referência a Hamlet, personagem da peça homônima de Shakespeare.

A CARTOMANTE

a primeira e mais escura. Em cima, havia uma salinha, mal alumiada por uma janela, que dava para o telhado dos fundos. Velhos trastes, paredes sombrias, um ar de pobreza, que antes aumentava do que destruía o prestígio.

A cartomante fê-lo sentar diante da mesa e sentou-se do lado oposto, com as costas para a janela, de maneira que a pouca luz de fora batia em cheio no rosto de Camilo. Abriu uma gaveta e tirou um baralho de cartas compridas e enxovalhadas. Enquanto as baralhava, rapidamente, olhava para ele, não de rosto, mas por baixo dos olhos. Era uma mulher de quarenta anos, italiana, morena e magra, com grandes olhos sonsos e agudos. Voltou três cartas sobre a mesa e disse-lhe:

— Vejamos primeiro o que é que o traz aqui. O senhor tem um grande susto...

Camilo, maravilhado, fez um gesto afirmativo.

— E quer saber — continuou ela — se lhe acontecerá alguma coisa ou não...

— A mim e a ela — explicou vivamente ele.

A cartomante não sorriu: disse-lhe só que esperasse. Rápido pegou outra vez das cartas e baralhou-as, com os longos dedos finos, de unhas descuradas; baralhou-as bem, transpôs os maços, uma, duas, três vezes; depois começou a estendê-las. Camilo tinha os olhos nela, curioso e ansioso.

— As cartas dizem-me...

Camilo inclinou-se para beber uma a uma as palavras. Então ela declarou-lhe que não tivesse medo de nada. Nada aconteceria nem a um nem a outro; ele, o terceiro, ignorava tudo. Não obstante, era indispensável muita cautela: ferviam invejas e despeitos. Falou-lhe do amor que os ligava, da beleza de Rita...

PAI CONTRA MÃE

Camilo estava deslumbrado. A cartomante acabou, recolheu as cartas e fechou-as na gaveta.

— A senhora restituiu-me a paz ao espírito — disse ele estendendo a mão por cima da mesa e apertando a da cartomante.

5   Esta levantou-se, rindo.

— Vá — disse ela —, vá, *ragazzo innamorato*...[4]

E de pé, com o dedo indicador, tocou-lhe na testa. Camilo estremeceu, como se fosse a mão da própria sibila, e levantou-se também. A cartomante foi à cômoda, sobre a qual estava
10 um prato com passas, tirou um cacho destas, começou a despencá-las e comê-las, mostrando duas fileiras de dentes que desmentiam as unhas. Nessa mesma ação comum, a mulher tinha um ar particular. Camilo, ansioso por sair, não sabia como pagasse; ignorava o preço.

15   — Passas custam dinheiro — disse ele afinal, tirando a carteira. — Quantas quer mandar buscar?

— Pergunte ao seu coração — respondeu ela.

Camilo tirou uma nota de dez mil-réis e deu-lha. Os olhos da cartomante fuzilaram. O preço usual era dois mil-réis.

20   — Vejo bem que o senhor gosta muito dela... E faz bem; ela gosta muito do senhor. Vá, vá, tranquilo. Olhe a escada, é escura; ponha o chapéu...

A cartomante tinha já guardado a nota na algibeira e descia com ele, falando, com um leve sotaque. Camilo despediu-se
25 dela embaixo e desceu a escada que levava à rua, enquanto a cartomante, alegre com a paga, tornava acima, cantarolando uma barcarola. Camilo achou o tílburi esperando; a rua estava livre. Entrou e seguiu a trote largo.

---

4. *Ragazzo innamorato*, em italiano no original, *rapaz apaixonado*.

A CARTOMANTE

Tudo lhe parecia agora melhor, as outras coisas traziam outro aspecto, o céu estava límpido, e as caras, joviais. Chegou a rir dos seus receios, que chamou pueris; recordou os termos da carta de Vilela e reconheceu que eram íntimos e familiares. Onde é que ele lhe descobrira a ameaça? Advertiu também que eram urgentes e que fizera mal em demorar-se tanto; podia ser algum negócio grave e gravíssimo.

— Vamos, vamos depressa — repetia ele ao cocheiro.

E consigo, para explicar a demora ao amigo, engenhou qualquer coisa; parece que formou também o plano de aproveitar o incidente para tornar à antiga assiduidade... De volta com os planos, reboavam-lhe na alma as palavras da cartomante. Em verdade, ela adivinhara o objeto da consulta, o estado dele, a existência de um terceiro; por que não adivinharia o resto? O presente que se ignora vale o futuro. Era assim, lentas e contínuas, que as velhas crenças do rapaz iam tornando ao de cima, e o mistério empolgava-o com as unhas de ferro. Às vezes queria rir e ria de si mesmo, algo vexado; mas a mulher, as cartas, as palavras secas e afirmativas, a exortação: — Vá, vá, *ragazzo innamorato*; e no fim, ao longe, a barcarola da despedida, lenta e graciosa, tais eram os elementos recentes que formavam, com os antigos, uma fé nova e vivaz.

A verdade é que o coração ia alegre e impaciente, pensando nas horas felizes de outrora e nas que haviam de vir. Ao passar pela Glória, Camilo olhou para o mar, estendeu os olhos para fora, até onde a água e o céu dão um abraço infinito, e teve assim uma sensação do futuro, longo, longo, interminável.

Daí a pouco chegou à casa de Vilela. Apeou-se, empurrou a porta de ferro do jardim e entrou. A casa estava silenciosa.

PAI CONTRA MÃE

Subiu os seis degraus de pedra e mal teve tempo de bater, a porta abriu-se, e apareceu-lhe Vilela.

— Desculpa, não pude vir mais cedo; que há?

Vilela não lhe respondeu; tinha as feições decompostas; fez-lhe sinal, e foram para uma saleta interior. Entrando, Camilo não pôde sufocar um grito de terror: — ao fundo sobre o canapé, estava Rita morta e ensanguentada. Vilela pegou-o pela gola e, com dois tiros de revólver, estirou-o morto no chão.

Um homem célebre

— Ah! O senhor é que é o Pestana? — perguntou Sinhazinha Mota, fazendo um largo gesto admirativo. E logo depois, corrigindo a familiaridade: — Desculpe meu modo, mas... é mesmo o senhor?

Vexado, aborrecido, Pestana respondeu que sim, que era ele. Vinha do piano, enxugando a testa com o lenço, e ia a chegar à janela, quando a moça o fez parar. Não era baile; apenas um sarau íntimo, pouca gente, vinte pessoas ao todo, que tinham ido jantar com a viúva Camargo, Rua do Areal, naquele dia dos anos dela, cinco de novembro de 1875... Boa e patusca viúva! Amava o riso e a folga, apesar dos sessenta anos em que entrava, e foi a última vez que folgou e riu, pois faleceu nos primeiros dias de 1876. Boa e patusca viúva! Com que alma e diligência arranjou ali umas danças, logo depois do jantar, pedindo ao Pestana que tocasse uma quadrilha! Nem foi preciso acabar o pedido; Pestana curvou-se gentilmente e correu ao piano. Finda a quadrilha, mal teriam descansado uns dez minutos, a viúva correu novamente ao Pestana para um obséquio mui particular.

— Diga, minha senhora.

— É que nos toque agora aquela sua polca *Não Bula Comigo, Nhonhô*.

Pestana fez uma careta, mas dissimulou depressa, inclinou-se calado, sem gentileza, e foi para o piano, sem entusiasmo. Ouvidos os primeiros compassos, derramou-se pela sala

PAI CONTRA MÃE

uma alegria nova, os cavalheiros correram às damas, e os pares entraram a saracotear a polca da moda. Da moda, tinha sido publicada vinte dias antes, e já não havia recanto da cidade em que não fosse conhecida. Ia chegando à consagração do assobio
5   e da cantarola noturna.

Sinhazinha Mota estava longe de supor que aquele Pestana que ela vira à mesa de jantar e depois ao piano, metido numa sobrecasaca cor de rapé, cabelo negro, longo e cacheado, olhos cuidosos, queixo rapado, era o mesmo Pestana compositor; foi
10 uma amiga que lho disse quando o viu vir do piano, acabada a polca. Daí a pergunta admirativa. Vimos que ele respondeu aborrecido e vexado. Nem assim as duas moças lhe pouparam finezas, tais e tantas, que a mais modesta vaidade se contentaria de as ouvir; ele recebeu-as cada vez mais enfadado, até que,
15 alegando dor de cabeça, pediu licença para sair. Nem elas, nem a dona da casa, ninguém logrou retê-lo. Ofereceram-lhe remédios caseiros, algum repouso, não aceitou nada, teimou em sair e saiu.

Rua fora, caminhou depressa, com medo de que ainda o
20 chamassem; só afrouxou, depois que dobrou a esquina da Rua Formosa. Mas aí mesmo esperava-o a sua grande polca festiva. De uma casa modesta, à direita, a poucos metros de distância, saíam as notas da composição do dia, sopradas em clarineta. Dançava-se. Pestana parou alguns instantes, pensou em arre-
25 piar caminho, mas dispôs-se a andar, estugou o passo, atraves-sou a rua e seguiu pelo lado oposto ao da casa do baile. As notas foram-se perdendo, ao longe, e o nosso homem entrou na Rua do Aterrado, onde morava. Já perto de casa, viu vir dois ho-mens: um deles, passando rentezinho com o Pestana, começou
30 a assobiar a mesma polca, rijamente, com brio, e o outro pegou

UM HOMEM CÉLEBRE

a tempo na música, e aí foram os dois abaixo, ruidosos e alegres, enquanto o autor da peça, desesperado, corria a meter-se em casa.

Em casa, respirou. Casa velha, escada velha, um preto velho que o servia, e que veio saber se ele queria cear.

— Não quero nada — bradou o Pestana. — Faça-me café e vá dormir. Despiu-se, enfiou uma camisola, e foi para a sala dos fundos. Quando o preto acendeu o gás da sala, Pestana sorriu e, dentro d'alma, cumprimentou uns dez retratos que pendiam da parede. Um só era a óleo, o de um padre, que o educara, que lhe ensinara latim e música e que, segundo os ociosos, era o próprio pai do Pestana. Certo é que lhe deixou em herança aquela casa velha e os velhos trastes, ainda do tempo de Pedro I. Compusera alguns motetes o padre, era doido por música, sacra ou profana, cujo gosto incutiu no moço, ou também lhe transmitiu no sangue, se é que tinham razão as bocas vadias, coisa de que se não ocupa a minha história, como ides ver.

Os demais retratos eram de compositores clássicos, Cimarosa, Mozart, Beethoven, Gluck, Bach, Schumann,[1] e ainda uns três, alguns, gravados, outros litografados, todos mal encaixilhados e de diferentes tamanhos, mas postos ali como santos de uma igreja. O piano era o altar; o evangelho da noite lá estava aberto: era uma sonata de Beethoven.

Veio o café; Pestana engoliu a primeira xícara, e sentou-se ao piano. Olhou para o retrato de Beethoven e começou a

---

1. Domenico Cimarosa (1749–1801), compositor italiano; Wolfgang Amadeus Mozart (1756–1791), compositor austríaco; Ludwig van Beethoven (1770–1827), Christoph Wilibald von Gluck (1714–1787), Johann Sebastian Bach (1685–1750) e Robert Alexander Schumann (1810–1856), compositores alemães.

PAI CONTRA MÃE

executar a sonata, sem saber de si, desvairado ou absorto, mas com grande perfeição. Repetiu a peça, depois parou alguns instantes, levantou-se e foi a uma das janelas.

Tornou ao piano; era a vez de Mozart, pegou de um trecho e executou-o do mesmo modo, com a alma alhures. Haydn[2] levou-o à meia-noite e à segunda xícara de café.

Entre meia-noite e uma hora, Pestana pouco mais fez que estar à janela e olhar para as estrelas, entrar e olhar para os retratos. De quando em quando ia ao piano e, de pé, dava uns golpes soltos no teclado, como se procurasse algum pensamento, mas o pensamento não aparecia e ele voltava a encostar-se à janela. As estrelas pareciam-lhe outras tantas notas musicais fixadas no céu à espera de alguém que as fosse descolar; tempo viria em que o céu tinha de ficar vazio, mas então a terra seria uma constelação de partituras. Nenhuma imagem, desvario ou reflexão trazia uma lembrança qualquer de Sinhazinha Mota, que, entretanto, a essa mesma hora, adormecia, pensando nele, famoso autor de tantas polcas amadas. Talvez a ideia conjugal tenha tirado à moça alguns momentos de sono. Que tinha? Ela ia em vinte anos, ele em trinta, boa conta. A moça dormia ao som da polca, ouvida de cor, enquanto o autor desta não cuidava nem da polca nem da moça, mas das velhas obras clássicas, interrogando o céu e a noite, rogando aos anjos, em último caso ao diabo. Por que não faria ele uma só que fosse daquelas páginas imortais?

Às vezes, como que ia surgir das profundezas do inconsciente uma aurora de ideia: ele corria ao piano para aventá-la inteira, traduzi-la, em sons, mas era em vão: a ideia esvaía-se. Outras vezes, sentado, ao piano, deixava os dedos correrem,

2. Franz Joseph Haydn (1732–1809), compositor austríaco.

UM HOMEM CÉLEBRE

à ventura, a ver se as fantasias brotavam deles, como dos de Mozart: mas nada, nada, a inspiração não vinha, a imaginação deixava-se estar dormindo. Se acaso uma ideia aparecia, definida e bela, era eco apenas de alguma peça alheia, que a memória repetia e que ele supunha inventar. Então, irritado, erguia-se, jurava abandonar a arte, ir plantar café ou puxar carroça: mas daí a dez minutos, ei-lo outra vez, com os olhos em Mozart, a imitá-lo ao piano.

Duas, três, quatro horas. Depois das quatro foi dormir; estava cansado, desanimado, morto; tinha que dar lições no dia seguinte. Pouco dormiu; acordou às sete horas. Vestiu-se e almoçou.

— Meu senhor quer a bengala ou o chapéu-de-sol? — perguntou o preto, segundo as ordens que tinha, porque as distrações do senhor eram frequentes.

— A bengala.

— Mas parece que hoje chove.

— Chove — repetiu Pestana maquinalmente.

— Parece que sim, senhor, o céu está meio escuro.

Pestana olhava para o preto, vago, preocupado. De repente:

— Espera aí.

Correu à sala dos retratos, abriu o piano, sentou-se e espalmou as mãos no teclado. Começou a tocar alguma coisa própria, uma inspiração real e pronta, uma polca, uma polca buliçosa, como dizem os anúncios. Nenhuma repulsa da parte do compositor; os dedos iam arrancando as notas, ligando-as, meneando-as; dir-se-ia que a musa compunha e bailava a um tempo. Pestana esquecera as discípulas, esquecera o preto, que o esperava com a bengala e o guarda-chuva, esquecera até os retratos que pendiam gravemente da parede. Compunha só,

PAI CONTRA MÃE

teclando ou escrevendo, sem os vãos esforços da véspera, sem exasperação, sem nada pedir ao céu, sem interrogar os olhos de Mozart. Nenhum tédio. Vida, graça, novidade, escorriam-lhe da alma como de uma fonte perene.

Em pouco tempo estava a polca feita. Corrigiu ainda alguns pontos, quando voltou para jantar: mas já a cantarolava, andando, na rua. Gostou dela; na composição recente e inédita circulava o sangue da paternidade e da vocação. Dois dias depois, foi levá-la ao editor das outras polcas suas, que andariam já por umas trinta. O editor achou-a linda.

— Vai fazer grande efeito.

Veio a questão do título. Pestana, quando compôs a primeira polca, em 1871, quis dar-lhe um título poético, escolheu este: *Pingos de Sol*. O editor abanou a cabeça e disse-lhe que os títulos deviam ser, já de si, destinados à popularidade, ou por alusão a algum sucesso do dia — ou pela graça das palavras. Indicou-lhe dois: *A lei de 28 de Setembro*[3] ou *Candongas não fazem festa*.

— Mas que quer dizer *Candongas não fazem festa*? — perguntou o autor.

— Não quer dizer nada, mas se populariza logo.

Pestana, ainda donzel inédito, recusou qualquer das denominações e guardou a polca, mas não tardou que compusesse outra, e a comichão da publicidade levou-o a imprimir as duas, com os títulos que ao editor parecessem mais atraentes ou apropriados. Assim se regulou pelo tempo adiante.

Agora, quando Pestana entregou a nova polca, e passaram ao título, o editor acudiu que trazia um, desde muitos dias, para

---

3. Promulgada em 1871, a lei 28 de setembro também é conhecida como Lei do Ventre Livre.

UM HOMEM CÉLEBRE

a primeira obra que ele lhe apresentasse, título de espavento, longo e meneado. Era este: *Senhora dona, guarde o seu balaio.*

— E para a vez seguinte — acrescentou —, já trago outro de cor.

Exposta à venda, esgotou-se logo a primeira edição. A fama do compositor bastava à procura; mas a obra em si mesma era adequada ao gênero, original, convidava a dançá-la e decorava-se depressa. Em oito dias, estava célebre. Pestana, durante os primeiros, andou deveras namorado da composição, gostava de a cantarolar baixinho, detinha-se na rua, para ouvi-la tocar em alguma casa, e zangava-se quando não a tocavam bem. Desde logo, as orquestras de teatro a executaram, e ele lá foi a um deles. Não desgostou também de a ouvir assobiada, uma noite, por um vulto que descia a Rua do Aterrado.

Essa lua-de-mel durou apenas um quarto de lua. Como das outras vezes, e mais depressa ainda, os velhos mestres retratados o fizeram sangrar de remorsos. Vexado e enfastiado, Pestana arremeteu contra aquela que o viera consolar tantas vezes, musa de olhos marotos e gestos arredondados, fácil e graciosa. E aí voltaram as náuseas de si mesmo, o ódio a quem lhe pedia a nova polca da moda e, juntamente, o esforço de compor alguma coisa ao sabor clássico, uma página que fosse, uma só, mas tal que pudesse ser encadernada entre Bach e Schumann. Vão estudo, inútil esforço. Mergulhava naquele Jordão sem sair batizado. Noites e noites, gastou-as assim, confiado e teimoso, certo de que a vontade era tudo, e que, uma vez que abrisse mão da música fácil...

— As polcas que vão para o inferno fazer dançar o diabo — disse ele um dia, de madrugada, ao deitar-se.

PAI CONTRA MÃE

Mas as polcas não quiseram ir tão fundo. Vinham à casa de Pestana, à própria sala dos retratos, irrompiam tão prontas, que ele não tinha mais que o tempo de as compor, imprimi-las depois, gostá-las alguns dias, aborrecê-las e tornar às velhas

5 fontes, donde lhe não manava nada. Nessa alternativa viveu até casar e depois de casar.

— Casar com quem? — perguntou Sinhazinha Mota ao tio escrivão que lhe deu aquela notícia.

— Vai casar com uma viúva.

10 — Velha?

— Vinte e sete anos.

— Bonita?

— Não, nem feia, assim, assim. Ouvi dizer que ele se enamorou dela, porque a ouviu cantar na última festa de S. Francisco

15 de Paula. Mas ouvi também que ela possui outra prenda, que não é rara, mas vale menos: está tísica.

— Os escrivães não deviam ter espírito — mau espírito, quero dizer. A sobrinha deste sentiu no fim um pingo de bálsamo, que lhe curou a dentadinha da inveja. Era tudo verdade.

20 Pestana casou daí a dias com uma viúva de vinte e sete anos, boa cantora e tísica. Recebeu-a como a esposa espiritual do seu gênio. O celibato era, sem dúvida, a causa da esterilidade e do transvio, dizia ele consigo, artisticamente se considerava um arruador de horas mortas; tinha as polcas por aventuras

25 de petimetres. Agora, sim, é que ia engendrar uma família de obras sérias, profundas, inspiradas e trabalhadas.

Essa esperança abotoou desde as primeiras horas do amor e desabrochou à primeira aurora do casamento. "Maria", balbuciou a alma dele, "dá-me o que não achei na solidão das noites,

30 nem no tumulto dos dias".

58

UM HOMEM CÉLEBRE

Desde logo, para comemorar o consórcio, teve ideia de compor um noturno. Chamar-lhe-ia *Ave, Maria.* A felicidade como que lhe trouxe um princípio de inspiração; não querendo dizer nada à mulher, antes de pronto, trabalhava às escondidas; coisa difícil porque Maria, que amava igualmente a arte, vinha tocar com ele, ou ouvi-lo somente, horas e horas, na sala dos retratos. Chegaram a fazer alguns concertos semanais, com três artistas, amigos do Pestana. Um domingo, porém, não se pôde ter o marido, e chamou a mulher para tocar um trecho do noturno; não lhe disse o que era nem de quem era. De repente, parando, interrogou-a com os olhos.

— Acaba — disse Maria —, não é Chopin?

Pestana empalideceu, fitou os olhos no ar, repetiu um ou dois trechos e ergueu-se. Maria assentou-se ao piano e, depois de algum esforço de memória, executou a peça de Chopin. A ideia, o motivo eram os mesmos; Pestana achara-os em algum daqueles becos escuros da memória, velha cidade de traições. Triste, desesperado, saiu de casa, e dirigiu-se para o lado da ponte, caminho de S. Cristóvão.

— Para que lutar? — dizia ele. — Vou com as polcas... Viva a polca!

Homens que passavam por ele, e ouviam isto, ficavam olhando, como para um doido. E ele ia andando, alucinado, mortificado, eterna peteca entre a ambição e a vocação... Passou o velho matadouro; ao chegar à porteira da estrada de ferro, teve ideia de ir pelo trilho acima e esperar o primeiro trem que viesse e o esmagasse. O guarda fê-lo recuar. Voltou a si e tornou a casa. Poucos dias depois — uma clara e fresca manhã de maio de 1876 —, eram seis horas, Pestana sentiu nos dedos um frêmito particular e conhecido. Ergueu-se devagarinho, para

PAI CONTRA MÃE

não acordar Maria, que tossira toda noite e agora dormia profundamente. Foi para a sala dos retratos, abriu o piano e, o mais surdamente que pôde, extraiu uma polca. Fê-la publicar com um pseudônimo; nos dois meses seguintes compôs e publi-
5 cou mais duas. Maria não soube nada; ia tossindo e morrendo, até que expirou, uma noite, nos braços do marido, apavorado e desesperado.

Era noite de Natal. A dor do Pestana teve um acréscimo, porque na vizinhança havia um baile, em que se tocaram várias
10 de suas melhores polcas. Já o baile era duro de sofrer; as suas composições davam-lhe um ar de ironia e perversidade. Ele sentia a cadência dos passos, adivinhava os movimentos, porventura lúbricos, a que obrigava alguma daquelas composições; tudo isso ao pé do cadáver pálido, um molho de ossos, estendido
15 na cama... Todas as horas da noite passaram assim, vagarosas ou rápidas, úmidas de lágrimas e de suor, de águas-da-colônia e de Labarraque,[4] saltando sem parar, como ao som da polca de um grande Pestana invisível.

Enterrada a mulher, o viúvo teve uma única preocupação:
20 deixar a música, depois de compor um *Requiem*, que faria executar no primeiro aniversário da morte de Maria. Escolheria outro emprego, escrevente, carteiro, mascate, qualquer coisa que lhe fizesse esquecer a arte assassina e surda.

Começou a obra; empregou tudo, arrojo, paciência, medita-
25 ção e até os caprichos do acaso, como fizera outrora, imitando Mozart. Releu e estudou o *Requiem* deste autor. Passaram-se semanas e meses. A obra, célere a princípio, afrouxou o andar.

---

4. Água desinfetante de Javel, também conhecida como água de Labarraque, em referência ao químico e farmacêutico francês Antoine Germain Labarraque (1777–1850) que a descobriu.

UM HOMEM CÉLEBRE

Pestana tinha altos e baixos. Ora a achava incompleta, não lhe sentia a alma sacra, nem ideia, nem inspiração, nem método; ora se lhe elevava o coração e trabalhava com vigor. Oito meses, nove, dez, onze, e o *Requiem* não estava concluído. Redobrou de esforços, esqueceu lições e amizades. Tinha refeito muitas vezes a obra; mas agora queria concluí-la, fosse como fosse. Quinze dias, oito, cinco... A aurora do aniversário veio achá-lo trabalhando.

Contentou-se da missa rezada e simples, para ele só. Não se pode dizer se todas as lágrimas que lhe vieram sorrateiramente aos olhos foram do marido ou se algumas eram do compositor. Certo é que nunca mais tornou ao *Requiem*.

"Para quê?" — dizia ele a si mesmo.

Correu ainda um ano. No princípio de 1878, apareceu-lhe o editor.

— Lá vão dois anos, disse este, que nos não dá um ar da sua graça. Toda a gente pergunta se o senhor perdeu o talento. Que tem feito?

— Nada.

— Bem sei o golpe que o feriu; mas lá vão dois anos. Venho propor-lhe um contrato: vinte polcas durante doze meses; o preço antigo e uma porcentagem maior na venda. Depois, acabado o ano, podemos renovar.

Pestana assentiu com um gesto. Poucas lições tinha, vendera a casa para saldar dívidas, e as necessidades iam comendo o resto, que era assaz escasso. Aceitou o contrato.

— Mas a primeira polca há de ser já — explicou o editor. — É urgente. Viu a carta do Imperador ao Caxias? Os liberais foram chamados ao poder, vão fazer a reforma eleitoral. A polca

PAI CONTRA MÃE

há de chamar-se: *Bravos à eleição direta!* Não é política; é um bom título de ocasião.

Pestana compôs a primeira obra do contrato. Apesar do longo tempo de silêncio, não perdera a originalidade nem a ins-
5 piração. Trazia a mesma nota genial. As outras polcas vieram vindo, regularmente. Conservara os retratos e os repertórios; mas fugia de gastar todas as noites ao piano, para não cair em novas tentativas. Já agora pedia uma entrada de graça, sempre que havia alguma boa ópera ou concerto de artista ia, metia-se
10 a um canto, gozando aquela porção de coisas que nunca lhe haviam de brotar do cérebro. Uma ou outra vez, ao tornar para casa, cheio de música, despertava nele o maestro inédito; então, sentava-se ao piano, e, sem ideia, tirava algumas notas, até que ia dormir, vinte ou trinta minutos depois.

15 Assim foram passando os anos, até 1885. A fama do Pestana dera-lhe definitivamente o primeiro lugar entre os compositores de polcas; mas o primeiro lugar da aldeia não contentava a este César, que continuava a preferir-lhe, não o segundo, mas o centésimo em Roma. Tinha ainda as alternativas de outro
20 tempo, acerca de suas composições a diferença é que eram menos violentas. Nem entusiasmo nas primeiras horas, nem horror depois da primeira semana; algum prazer e certo fastio.

Naquele ano, apanhou uma febre de nada, que em poucos dias cresceu, até virar perniciosa. Já estava em perigo, quando
25 lhe apareceu o editor, que não sabia da doença, e ia dar-lhe notícia da subida dos conservadores e pedir-lhe uma polca de ocasião. O enfermeiro, pobre clarineta de teatro, referiu-lhe o estado do Pestana, de modo que o editor entendeu calar-se. O doente é que instou para que lhe dissesse o que era, o editor
30 obedeceu.

UM HOMEM CÉLEBRE

— Mas há de ser quando estiver bom de todo — concluiu.

— Logo que a febre decline um pouco — disse o Pestana.

Seguiu-se uma pausa de alguns segundos. O clarineta foi pé ante pé preparar o remédio; o editor levantou-se e despediu-se.

— Adeus.

— Olhe — disse o Pestana —, como é provável que eu morra por estes dias, faço-lhe logo duas polcas; a outra servirá para quando subirem os liberais.

Foi a única pilhéria que disse em toda a vida, e era tempo, porque expirou na madrugada seguinte, às quatro horas e cinco minutos, bem com os homens e mal consigo mesmo.

O cônego ou a metafísica do estilo

— "Vem do Líbano, esposa minha, vem do Líbano, vem...
As mandrágoras deram o seu cheiro. Temos às nossas portas
toda casta de pombos..."[1]

— "Eu vos conjuro, filhas de Jerusalém, que se encontrardes
o meu amado, lhe façais saber que estou enferma de amor..."[2]

Era assim, com essa melodia do velho drama de Judá, que
procuravam um ao outro na cabeça do cônego Matias um substantivo e um adjetivo... Não me interrompas, leitor precipitado;
sei que não acreditas em nada do que vou dizer. Di-lo-ei, contudo, a despeito da tua pouca fé, porque o dia da conversão
pública há de chegar.

Nesse dia — cuido que por volta de 2222 —, o paradoxo
despirá as asas para vestir a japona de uma verdade comum.
Então esta página merecerá, mais que favor, apoteose. Hão
de traduzi-la em todas as línguas. As academias e institutos
farão dela um pequeno livro, para uso dos séculos, papel de
bronze, corte-dourado, letras de opala embutidas e capa de
prata fosca. Os governos decretarão que ela seja ensinada nos
ginásios e liceus. As filosofias queimarão todas as doutrinas
anteriores, ainda as mais definitivas, e abraçarão esta psicologia
nova, única verdadeira, e tudo estará acabado.

1. Referência oriunda do capítulo 4, versículo 8 do livro *Cânticos dos Cânticos*, pertencente ao Velho Testamento.
2. *Cânticos*, capítulo 5, versículo 8.

PAI CONTRA MÃE

Até lá passarei por tonto, como se vai ver.

Matias, cônego honorário e pregador efetivo, estava compondo um sermão quando começou o idílio psíquico. Tem quarenta anos de idade e vive entre livros e livros para os lados da Gamboa. Vieram encomendar-lhe o sermão para certa festa próxima; ele que se regalava então com uma grande obra espiritual, chegada no último paquete, recusou o encargo; mas instaram tanto, que aceitou.

— Vossa Reverendíssima faz isto brincando — disse o principal dos festeiros. Matias sorriu manso e discreto, como devem sorrir os eclesiásticos e os diplomatas. Os festeiros despediram-se com grandes gestos de veneração e foram anunciar a festa nos jornais, com a declaração de que pregava ao Evangelho o Cônego Matias, "um dos ornamentos do clero brasileiro". Este "ornamento do clero" tirou ao cônego a vontade de almoçar, quando ele o leu agora de manhã; e só por estar ajustado é que se meteu a escrever o sermão.

Começou de má vontade, mas no fim de alguns minutos já trabalhava com amor. A inspiração, com os olhos no céu, e a meditação, com os olhos no chão, ficam a um e outro lado do espaldar da cadeira, dizendo ao ouvido do cônego mil coisas místicas e graves. Matias vai escrevendo, ora devagar, ora depressa. As tiras saem-lhe das mãos, animadas e polidas. Algumas trazem poucas emendas ou nenhumas. De repente, indo escrever um adjetivo, suspende-se; escreve outro e risca-o; mais outro, que não tem melhor fortuna. Aqui é o centro do idílio. Subamos à cabeça do cônego.

Upa! Cá estamos. Custou-te, não, leitor amigo? É para que não acredites nas pessoas que vão ao Corcovado e dizem que ali a impressão da altura é tal, que o homem fica sendo coisa

O CÔNEGO OU A METAFÍSICA DO ESTILO

nenhuma. Opinião pânica e falsa, falsa como Judas e outros diamantes. Não creias tu nisso, leitor amado. Nem Corcovados, nem Himalaias valem muita coisa ao pé da tua cabeça, que os mede. Cá estamos. Olha bem que é a cabeça do cônego. Temos à escolha um ou outro dos hemisférios cerebrais; mas vamos por este, que é onde nascem os substantivos. Os adjetivos nascem no da esquerda. Descoberta minha, que ainda assim não é a principal, mas a base dela, como se vai ver. Sim, meu senhor, os adjetivos nascem de um lado, e os substantivos de outro, e toda a sorte de vocábulos está assim dividida por motivo da diferença sexual...

— Sexual?

Sim, minha senhora, sexual. As palavras têm sexo. Estou acabando a minha grande memória psico-léxico-lógica, em que exponho e demonstro esta descoberta. Palavra tem sexo.

— Mas, então, amam-se umas às outras?

Amam-se umas às outras. E casam-se. O casamento delas é o que chamamos estilo. Senhora minha, confesse que não entendeu nada.

— Confesso que não.

Pois entre aqui também na cabeça do cônego. Estão justamente a suspirar deste lado. Sabe quem é que suspira? É o substantivo de há pouco, o tal que o cônego escreveu no papel, quando suspendeu a pena. Chama por certo adjetivo, que lhe não aparece: "Vem do Líbano, vem..." E fala assim, pois está em cabeça de padre; se fosse de qualquer pessoa do século, a linguagem seria a de Romeu: "Julieta é o sol... ergue-te, lindo sol".[3] Mas em cérebro eclesiástico, a linguagem é a das Escrituras.

3. Citação de Romeu em meio à peça *Romeu e Julieta* (1597), de William Shakespeare (1564–1616), pertence ao Ato II, cena II.

PAI CONTRA MÃE

Ao cabo, que importam fórmulas? Namorados de Verona ou de Judá falam todos o mesmo idioma, como acontece com o táler ou o dólar, o florim ou a libra que é tudo o mesmo dinheiro.

Portanto, vamos lá por essas circunvoluções do cérebro eclesiástico, atrás do substantivo que procura o adjetivo. Sílvio chama por Sílvia. Escutai; ao longe parece que suspira também alguma pessoa; é Sílvia que chama por Sílvio.

Ouvem-se agora e procuram-se. Caminho difícil e intrincado que é este de um cérebro tão cheio de coisas velhas e novas! Há aqui um burburinho de ideias, que mal deixa ouvir os chamados de ambos; não percamos de vista o ardente Sílvio, que lá vai, que desce e sobe, escorrega e salta; aqui, para não cair, agarra-se a umas raízes latinas, ali se abordoa a um salmo, acolá monta num pentâmetro e vai sempre andando, levado de uma força íntima, a que não pode resistir.

De quando em quando, aparece-lhe alguma dama — adjetivo também — e lhe oferece as suas graças antigas ou novas; mas, por Deus, não é a mesma, não é a única, a destinada *ab aeterno*[4] para este consórcio. E Sílvio vai andando, à procura da única. Passai, olhos de toda cor, forma de toda casta, cabelos cortados à cabeça do Sol ou da Noite; morrei sem eco, meigas cantilenas suspiradas no eterno violino; Sílvio não pede um amor qualquer, adventício ou anônimo; pede um certo amor nomeado e predestinado.

Agora não te assustes, leitor, não é nada; é o cônego que se levanta, vai à janela, e encosta-se a espairecer do esforço. Lá olha, lá esquece o sermão e o resto. O papagaio em cima do poleiro, ao pé da janela, repete-lhe as palavras do costume e, no terreiro, o pavão enfuna-se todo ao sol da manhã; o próprio sol,

---

4. *Ab aeterno*, expressão latina que quer dizer *desde sempre*.

O CÔNEGO OU A METAFÍSICA DO ESTILO

reconhecendo o cônego, manda-lhe um dos seus fiéis raios, a cumprimentá-lo. E o raio vem e para diante da janela: "Cônego ilustre, aqui venho trazer os recados do sol, meu senhor e pai". Toda a natureza parece assim bater palmas ao regresso daquele galé do espírito. Ele próprio alegra-se, entorna os olhos por esse ar puro, deixa-os ir fartarem-se de verdura e fresquidão, ao som de um passarinho e de um piano; depois fala ao papagaio, chama o jardineiro, assoa-se, esfrega as mãos, encosta-se. Não lhe lembra mais nem Sílvio nem Sílvia.

Mas Sílvio e Sílvia é que se lembram de si. Enquanto o cônego cuida em coisas estranhas, eles prosseguem em busca um do outro, sem que ele saiba nem suspeite nada. Agora, porém, o caminho é escuro. Passamos da consciência para a inconsciência onde se faz a elaboração confusa das ideias, onde as reminiscências dormem ou cochilam. Aqui pulula a vida sem formas, os germens e os detritos, os rudimentos e os sedimentos; é o desvão imenso do espírito. Aqui caíram eles, à procura um do outro, chamando e suspirando. Dê-me a leitora a mão, agarre-se o leitor a mim, e escorreguemos também.

Vasto mundo incógnito. Sílvio e Sílvia rompem por entre embriões e ruínas. Grupos de ideias, deduzindo-se à maneira de silogismos, perdem-se no tumulto de reminiscências da infância e do seminário. Outras ideias, grávidas de ideias, arrastam-se pesadamente, amparadas por outras ideias virgens. Coisas e homens amalgamam-se; Platão[5] traz os óculos de um escrivão da câmara eclesiástica; mandarins de todas as classes distribuem moedas etruscas e chilenas, livros ingleses e rosas pálidas; tão pálidas, que não parecem as mesmas que a mãe do cônego plantou quando ele era criança. Memórias pias e fami-

5. Platão (428 a 347 a.C.), filósofo grego.

PAI CONTRA MÃE

liares cruzam-se e confundem-se. Cá estão as vozes remotas da
primeira missa; cá estão as cantigas da roça que ele ouvia cantar às pretas, em casa; farrapos de sensações esvaídas, aqui um
medo, ali um gosto, acolá um fastio de coisas que vieram cada
5 uma por sua vez e que ora jazem na grande unidade impalpável
e obscura.

— Vem do Líbano, esposa minha...

— Eu vos conjuro, filhas de Jerusalém...

Ouvem-se cada vez mais perto. Eis aí chegam eles às profun-
10 das camadas de teologia, de filosofia, de liturgia, de geografia
e de história, lições antigas, noções modernas, tudo à mistura,
dogma e sintaxe. Aqui passou a mão panteísta de Spinoza,[6] às
escondidas; ali ficou a unhada do Doutor Angélico; mas nada
disso é Sílvio nem Sílvia. E eles vão rasgando, levados de uma
15 força íntima, afinidade secreta, através de todos os obstáculos e
por cima de todos os abismos. Também os desgostos hão de vir.
Pesares sombrios, que não ficaram no coração do cônego, cá
estão, à laia de manchas morais, e ao pé deles o reflexo amarelo
ou roxo, ou o que quer que seja da dor alheia e universal. Tudo
20 isso vão eles cortando, com a rapidez do amor e do desejo.

Cambaleias, leitor? Não é o mundo que desaba; é o cônego
que se sentou agora mesmo. Espaireceu à vontade, tornou à
mesa do trabalho e relê o que escreveu, para continuar; pega
da pena, molha-a, desce-a ao papel, a ver que adjetivo há de
25 anexar ao substantivo.

Justamente agora é que os dois cobiçosos estão mais perto
um do outro. As vozes crescem, o entusiasmo cresce, todo o
Cântico passa pelos lábios deles, tocados de febre. Frases alegres,
anedotas de sacristia, caricaturas, facécias, disparates, aspectos

6. Baruch Spinoza (1632–1677), filósofo holandês.

O CÔNEGO OU A METAFÍSICA DO ESTILO

estúrdios, nada os retém, menos ainda os faz sorrir. Vão, vão, o espaço estreita-se. Ficai aí, perfis meio apagados de paspalhões que fizeram rir ao cônego, e que ele inteiramente esqueceu; ficai, rugas extintas, velhas charadas, regras de voltarete, e vós também, células de ideias novas, debuxos de concepções, pó que tens de ser pirâmide, ficai, abalroai, esperai, desesperai, que eles não têm nada convosco. Amam-se e procuram-se.

Procuram-se e acham-se. Enfim, Sílvio achou Sílvia. Viram-se, caíram nos braços um do outro, ofegantes de canseira, mas remidos com a paga. Unem-se, entrelaçam os braços e regressam palpitando da inconsciência para a consciência. "Quem é esta que sobe do deserto, firmada sobre o seu amado?", pergunta Sílvio, como no *Cântico*; e ela, com a mesma lábia erudita, responde-lhe que "é o selo do seu coração" e que "o amor é tão valente como a própria morte".[7]

Nisto, o cônego estremece. O rosto ilumina-se-lhe. A pena cheia de comoção e respeito completa o substantivo com o adjetivo. Sílvia caminhará agora ao pé de Sílvio, no sermão que o cônego vai pregar um dia destes, e irão juntinhos ao prelo, se ele coligir os seus escritos, o que não se sabe.

7. *Cântico dos Cânticos*, capítulo 8, versículos 5 e 6.

O caso da vara

DAMIÃO FUGIU do seminário às onze horas da manhã de uma sexta-feira de agosto. Não sei bem o ano, foi antes de 1850. Passados alguns minutos parou vexado; não contava com o efeito que produzia nos olhos da outra gente aquele seminarista que ia espantado, medroso, fugitivo. Desconhecia as ruas, andava e desandava, finalmente parou. Para onde iria? Para casa, não, lá estava o pai que o devolveria ao seminário, depois de um bom castigo. Não assentara no ponto de refúgio, porque a saída estava determinada para mais tarde; uma circunstância fortuita a apressou. Para onde iria? Lembrou-se do padrinho, João Carneiro, mas o padrinho era um moleirão sem vontade, que por si só não faria coisa útil. Foi ele que o levou ao seminário e o apresentou ao reitor: Trago-lhe o grande homem que há de ser, disse ele ao reitor.

— Venha — acudiu este —, venha o grande homem, contanto que seja também humilde e bom. A verdadeira grandeza é chã. Moço...

Tal foi a entrada. Pouco tempo depois fugiu o rapaz ao seminário. Aqui o vemos agora na rua, espantado, incerto, sem atinar com refúgio nem conselho; percorreu de memória as casas de parentes e amigos, sem se fixar em nenhuma. De repente, exclamou:

PAI CONTRA MÃE

— Vou pegar-me com Sinhá Rita! Ela manda chamar meu padrinho, diz-lhe que quer que eu saia do seminário... Talvez assim...

Sinhá Rita era uma viúva, querida de João Carneiro; Damião tinha umas ideias vagas dessa situação e tratou de a aproveitar. Onde morava? Estava tão atordoado, que só daí a alguns minutos é que lhe acudiu a casa; era no Largo do Capim.

— Santo nome de Jesus! Que é isto? — bradou Sinhá Rita, sentando-se na marquesa, onde estava reclinada.

Damião acabava de entrar espavorido; no momento de chegar à casa, vira passar um padre e deu um empurrão à porta, que por fortuna não estava fechada a chave nem ferrolho. Depois de entrar espiou pela rótula, a ver o padre. Este não deu por ele e ia andando.

— Mas que é isto, Sr. Damião? — bradou novamente a dona da casa, que só agora o conhecera. — Que vem fazer aqui!

Damião, trêmulo, mal podendo falar, disse que não tivesse medo, não era nada; ia explicar tudo.

— Descanse; e explique-se.

— Já lhe digo; não pratiquei nenhum crime, isso juro, mas espere.

Sinhá Rita olhava para ele espantada, e todas as crias, de casa, e de fora, que estavam sentadas em volta da sala, diante das suas almofadas de renda, todas fizeram parar os bilros e as mãos. Sinhá Rita vivia principalmente de ensinar a fazer renda, crivo e bordado. Enquanto o rapaz tomava fôlego, ordenou às pequenas que trabalhassem e esperou. Afinal, Damião contou tudo, o desgosto que lhe dava o seminário; estava certo de que não podia ser bom padre; falou com paixão, pediu-lhe que o salvasse.

— Como assim? Não posso nada.

— Pode, querendo.

— Não — replicou ela abanando a cabeça —, não me meto em negócios de sua família, que mal conheço; e então seu pai, que dizem que é zangado!

Damião viu-se perdido. Ajoelhou-se-lhe aos pés, beijou-lhe as mãos, desesperado.

— Pode muito, Sinhá Rita; peço-lhe pelo amor de Deus, pelo que a senhora tiver de mais sagrado, por alma de seu marido, salve-me da morte, porque eu mato-me, se voltar para aquela casa.

Sinhá Rita, lisonjeada com as súplicas do moço, tentou chamá-lo a outros sentimentos. A vida de padre era santa e bonita, disse-lhe ela; o tempo lhe mostraria que era melhor vencer as repugnâncias e um dia... Não nada, nunca, redarguia Damião, abanando a cabeça e beijando-lhe as mãos, e repetia que era a sua morte. Sinhá Rita hesitou ainda muito tempo; afinal lhe perguntou por que não ia ter com o padrinho.

— Meu padrinho? Esse é ainda pior que papai; não me atende, duvido que atenda a ninguém...

— Não atende? — interrompeu Sinhá Rita ferida em seus brios. — Ora, eu lhe mostro se atende ou não...

Chamou um moleque e bradou-lhe que fosse à casa do Sr. João Carneiro chamá-lo, já e já; e se não estivesse em casa, perguntasse onde podia ser encontrado e corresse a dizer-lhe que precisava muito de lhe falar imediatamente.

— Anda, moleque.

Damião suspirou alto e triste. Ela, para mascarar a autoridade com que dera aquelas ordens, explicou ao moço que o

PAI CONTRA MÃE

Sr. João Carneiro fora amigo do marido e arranjara-lhe algumas crias para ensinar. Depois, como ele continuasse triste, encostado a um portal, puxou-lhe o nariz, rindo:

— Ande lá, seu padreco, descanse que tudo se há de arranjar.

Sinhá Rita tinha quarenta anos na certidão de batismo, e vinte e sete nos olhos. Era apessoada, viva, patusca, amiga de rir; mas, quando convinha, brava como diabo. Quis alegrar o rapaz e, apesar da situação, não lhe custou muito. Dentro de pouco, ambos riam, ela contava-lhe anedotas e pedia-lhe outras, que ele referia com singular graça. Uma destas, estúrdia, obrigada a trejeitos, fez rir a uma das crias de Sinhá Rita, que esquecera o trabalho, para mirar e escutar o moço. Sinhá Rita pegou de uma vara que estava ao pé da marquesa e ameaçou-a:

— Lucrécia, olha a vara!

A pequena abaixou a cabeça, aparando o golpe, mas o golpe não veio. Era uma advertência; se, à noitinha, a tarefa não estivesse pronta, Lucrécia receberia o castigo de costume. Damião olhou para a pequena; era uma negrinha, magricela, um frangalho de nada, com uma cicatriz na testa e uma queimadura na mão esquerda. Contava onze anos. Damião reparou que tossia, mas para dentro, surdamente, a fim de não interromper a conversação. Teve pena da negrinha e resolveu apadrinhá-la, se não acabasse a tarefa. Sinhá Rita não lhe negaria o perdão... Demais, ela rira por achar-lhe graça; a culpa era sua, se há culpa em ter chiste.

Nisto, chegou João Carneiro. Empalideceu quando viu ali o afilhado e olhou para Sinhá Rita, que não gastou tempo com preâmbulos. Disse-lhe que era preciso tirar o moço do seminário, que ele não tinha vocação para a vida eclesiástica, e antes um padre de menos que um padre ruim. Cá fora também se podia amar e servir a Nosso Senhor. João Carneiro, assombrado, não achou que replicar durante os primeiros minutos; afinal, abriu a boca e repreendeu o afilhado por ter vindo incomodar "pessoas estranhas", e em seguida afirmou que o castigaria.

— Qual castigar, qual nada! — interrompeu Sinhá Rita. — Castigar por quê? Vá, vá falar a seu compadre.

— Não afianço nada, não creio que seja possível...

— Há de ser possível, afianço eu. Se o senhor quiser — continuou ela com certo tom insinuativo —, tudo se há de arranjar. Peça-lhe muito, que ele cede. Ande, Senhor João Carneiro, seu afilhado não volta para o seminário; digo-lhe que não volta...

— Mas, minha senhora...

— Vá, vá.

João Carneiro não se animava a sair, nem podia ficar. Estava entre um puxar de forças opostas. Não lhe importava, em suma, que o rapaz acabasse clérigo, advogado ou médico, ou outra qualquer coisa, vadio que fosse, mas o pior é que lhe cometiam uma luta ingente com os sentimentos mais íntimos do compadre, sem certeza do resultado; e, se este fosse negativo, outra luta com Sinhá Rita, cuja última palavra era ameaçadora: "digo-lhe que ele não volta". Tinha de haver por força um escândalo. João Carneiro estava com a pupila desvairada, a pálpebra trêmula, o peito ofegante. Os olhares que deitava a Sinhá Rita eram de súplica, mesclados de um tênue raio de censura. Por que lhe não pedia outra coisa? Por que lhe não ordenava que fosse a pé, debaixo de chuva, à Tijuca ou a Jacarepaguá? Mas logo persuadir ao compadre que mudasse a carreira do filho... Conhecia o velho; era capaz de lhe quebrar uma jarra na cara.

PAI CONTRA MÃE

Ah! Se o rapaz caísse ali, de repente, apoplético, morto! Era uma solução — cruel, é certo, mas definitiva.

— Então? — insistiu Sinhá Rita.

Ele fez-lhe um gesto de mão que esperasse. Coçava a barba, procurando um recurso. Deus do céu! Um decreto do papa dissolvendo a Igreja ou, pelo menos, extinguindo os seminários faria acabar tudo em bem. João Carneiro voltaria para casa e ia jogar os *três-setes*. Imaginai que o barbeiro de Napoleão era encarregado de comandar a batalha de Austerlitz... Mas a Igreja continuava, os seminários continuavam, o afilhado continuava cosido à parede, olhos baixos esperando, sem solução apoplética.

— Vá, vá — disse Sinhá Rita dando-lhe o chapéu e a bengala.

Não teve remédio. O barbeiro meteu a navalha no estojo, travou da espada e saiu à campanha. Damião respirou; exteriormente deixou-se estar na mesma, olhos fincados no chão, acabrunhado. Sinha Rita puxou-lhe desta vez o queixo.

— Ande jantar, deixe-se de melancolias.

— A senhora crê que ele alcance alguma coisa?

— Há de alcançar tudo — redarguiu Sinhá Rita cheia de si. — Ande, que a sopa está esfriando.

Apesar do gênio galhofeiro de Sinhá Rita e do seu próprio espírito leve, Damião esteve menos alegre ao jantar que na primeira parte do dia. Não fiava do caráter mole do padrinho. Contudo, jantou bem; e, para o fim, voltou às pilhérias da manhã. À sobremesa, ouviu um rumor de gente na sala e perguntou se o vinham prender.

— Hão de ser as moças.

Levantaram-se e passaram à sala. As moças eram cinco vizinhas que iam todas as tardes tomar café com Sinhá Rita, e ali ficavam até o cair da noite.

As discípulas, findo o jantar delas, tornaram às almofadas do trabalho. Sinhá Rita presidia a todo esse mulherio de casa e de fora. O sussurro dos bilros e o palavrear das moças eram ecos tão mundanos, tão alheios à teologia e ao latim, que o rapaz deixou-se ir por eles e esqueceu o resto. Durante os primeiros minutos, ainda houve da parte das vizinhas certo acanhamento, mas passou depressa. Uma delas cantou uma modinha, ao som da guitarra, tangida por Sinhá Rita, e a tarde foi passando depressa. Antes do fim, Sinhá Rita pediu a Damião que contasse certa anedota que lhe agradara muito. Era a tal que fizera rir Lucrécia.

— Ande, senhor Damião, não se faça de rogado, que as moças querem ir embora. Vocês vão gostar muito.

Damião não teve remédio senão obedecer. Malgrado o anúncio e a expectação, que serviam a diminuir o chiste e o efeito, a anedota acabou entre risadas das moças. Damião, contente de si, não esqueceu Lucrécia e olhou para ela, a ver se rira também. Viu-a com a cabeça metida na almofada para acabar a tarefa. Não ria; ou teria rido para dentro, como tossia. Saíram as vizinhas, e a tarde caiu de todo. A alma de Damião foi-se fazendo tenebrosa, antes da noite. Que estaria acontecendo? De instante a instante, ia espiar pela rótula e voltava cada vez mais desanimado. Nem sombra do padrinho. Com certeza, o pai fê-lo calar, mandou chamar dois negros, foi à polícia pedir um pedestre, e aí vinha pegá-lo à força e levá-lo ao seminário. Damião perguntou a Sinhá Rita se a casa não teria saída pelos fundos, correu ao quintal e calculou que podia saltar o muro.

PAI CONTRA MÃE

Quis ainda saber se haveria modo de fugir para a Rua da Vala, ou se era melhor falar a algum vizinho que fizesse o favor de o receber. O pior era a batina; se Sinhá Rita lhe pudesse arranjar um rodaque, uma sobrecasaca velha... Sinhá Rita dispunha jus-
5 tamente de um rodaque, lembrança ou esquecimento de João Carneiro.

— Tenho um rodaque do meu defunto — disse ela, rindo. — Mas para que está com esses sustos? Tudo se há de arranjar, descanse.

10 Afinal, à boca da noite, apareceu um escravo do padrinho, com uma carta para Sinhá Rita. O negócio ainda não estava composto; o pai ficou furioso e quis quebrar tudo; bradou que não, senhor, que o peralta havia de ir para o seminário, ou então o metia-o no Aljube[1] ou na presiganga. João Carneiro lutou
15 muito para conseguir que o compadre não resolvesse logo, que dormisse a noite e meditasse bem se era conveniente dar à religião um sujeito tão rebelde e vicioso. Explicava na carta que falou assim para melhor ganhar a causa. Não a tinha por ganha, mas no dia seguinte lá iria ver o homem e teimar de
20 novo. Concluía dizendo que o moço fosse para a casa dele.

Damião acabou de ler a carta e olhou para Sinhá Rita. Não tenho outra tábua de salvação, pensou ele. Sinhá Rita mandou vir um tinteiro de chifre e, na meia folha da própria carta, escreveu esta resposta: "Joãozinho, ou você salva o moço, ou
25 nunca mais nos vemos". Fechou a carta com obreia e deu-a ao escravo, para que a levasse depressa. Voltou a reanimar o seminarista, que estava outra vez no capuz da humildade e da

---

1. O Aljube era uma prisão eclesiástica instituída pelo bispo Antônio de Guadalupe em 1735, na cidade do Rio de Janeiro.

O CASO DA VARA

consternação. Disse-lhe que sossegasse, que aquele negócio era agora dela.

— Hão de ver para quanto presto! Não, que eu não sou de brincadeiras!

Era a hora de recolher os trabalhos. Sinhá Rita examinou-os, todas as discípulas tinham concluído a tarefa. Só Lucrécia estava ainda à almofada, meneando os bilros, já sem ver; Sinhá Rita chegou-se a ela, viu que a tarefa não estava acabada, ficou furiosa e agarrou-a por uma orelha.

— Ah! Malandra!

— Nhanhã, nhanhã! Pelo amor de Deus! Por Nossa Senhora que está no céu.

— Malandra! Nossa Senhora não protege vadias!

Lucrécia fez um esforço, soltou-se das mãos da senhora e fugiu para dentro; a senhora foi atrás e agarrou-a.

— Anda cá!

— Minha senhora, me perdoe!

— Não perdoo, não.

E tornaram ambas à sala, uma presa pela orelha, debatendo-se, chorando e pedindo; a outra dizendo que não, que a havia de castigar.

— Onde está a vara?

A vara estava à cabeceira da marquesa; do outro lado da sala Sinhá Rita, não querendo soltar a pequena, bradou ao seminarista.

— Sr. Damião, dê-me aquela vara, faz favor?

Damião ficou frio... Cruel instante! Uma nuvem passou-lhe pelos olhos. Sim, tinha jurado apadrinhar a pequena, que por causa dele, atrasara o trabalho...

— Dê-me a vara, Sr. Damião!

PAI CONTRA MÃE

Damião chegou a caminhar na direção da marquesa. A negrinha pediu-lhe então por tudo o que houvesse mais sagrado, pela mãe, pelo pai, por Nosso Senhor...

— Me acuda, meu sinhô moço!

Sinhá Rita, com a cara em fogo e os olhos esbugalhados, instava pela vara, sem largar a negrinha, agora presa de um acesso de tosse. Damião sentiu-se compungido; mas ele precisava tanto sair do seminário! Chegou à marquesa, pegou na vara e entregou-a a Sinhá Rita.

Lágrimas de Xerxes

Suponhamos (tudo é de supor) que Julieta e Romeu, antes que Frei Lourenço[1] os casasse, travavam com ele este diálogo curioso:

JULIETA. — Uma só pessoa?

FREI LOURENÇO. — Sim, filha, e, logo que eu houver feito de vós ambos uma só pessoa, nenhum outro poder vos desligará mais. Andai, andai, vamos ao altar, que estão acendendo as velas... (Saem da cela e vão pelo corredor).

ROMEU. — Para que velas? Abençoai-nos aqui mesmo. (Para diante de uma janela). Para que altar e velas? O céu é o altar: não tarda que a mão dos anjos acenda ali as eternas estrelas; mas, ainda sem elas, o altar é este. A igreja está aberta; podem descobrir-nos. Eia, abençoai-nos aqui mesmo.

FREI LOURENÇO. — Não, vamos para a igreja; daqui a pouco estará tudo pronto. Curvarás a cabeça, filha minha, para que olhos estranhos, se alguns houver, não cheguem a reconhecer-te...

ROMEU. — Vã dissimulação; não há, em toda Verona, um talhe igual ao da minha bela Julieta, nenhuma outra dama chegaria a dar a mesma impressão que esta. Que impede que seja aqui? O altar não é mais que o céu.

---

1. Julieta, Romeu e Frei Lourenço são personagens da peça *Romeu e Julieta* (1597), de William Shakespeare (1564–1616).

FREI LOURENÇO. — Mais eficaz que o céu.

ROMEU. — Como?

FREI LOURENÇO. — Tudo o que ele abençoa perdura. As velas
que lá verás arder hão de acabar antes dos noivos e do padre que
5 os vai ligar; tenho-as visto morrer infinitas; mas as estrelas...

ROMEU. — Que tem? Arderão ainda, nem ali nasceram senão
para dar ao céu a mesma graça da terra. Sim, minha divina Julieta, a Via-Láctea é como o pó luminoso dos teus pensamentos,
todas as pedrarias e claridades altas e remotas, tudo isso está
10 aqui perto e resumido na tua pessoa, porque a lua plácida imita
a tua indulgência, e Vênus, quando cintila, é com os fogos da
tua imaginação. Aqui mesmo, padre. Que outra formalidade
nos pedes tu? Nenhuma formalidade exterior, nenhum con-
sentimento alheio. Nada mais que amor e vontade. O ódio de
15 outros separa-nos, mas o nosso amor conjuga-nos.

FREI LOURENÇO. — Para sempre.

JULIETA. — Conjuga-nos, e para sempre. Que mais então? Vai
a tua mão fazer com que parem todas as horas de uma vez. Em
vão o sol passará de um céu a outro céu, e tornará a vir e tornará
20 a ir, não levará consigo o tempo que fica a nossos pés como um
tigre domado. Monge amigo, repete essa palavra amiga.

FREI LOURENÇO. — Para sempre.

JULIETA. — Para sempre! Amor eterno! Eterna vida! Juro-vos
que não entendo outra língua senão essa. Juro-vos que não
25 entendo a língua de minha mãe.

FREI LOURENÇO. — Pode ser que tua mãe não entendesse a
língua da mãe dela. A vida é uma Babel, filha; cada um de nós
vale por uma nação.

LÁGRIMAS DE XERXES

ROMEU. — Não aqui, padre; ela e eu somos duas províncias da mesma linguagem, que nos aliamos para dizer as mesmas orações, com o mesmo alfabeto e um só sentido. Nem há outro sentido que tenha algum valor na terra. Agora, quem nos ensinou essa linguagem divina não sei eu nem ela; foi talvez alguma estrela. Olhai, pode ser que fosse aquela primeira que começa a cintilar no espaço.

JULIETA. — Que mão celeste a terá acendido? Rafael, talvez, ou tu, amado Romeu. Magnífica estrela, serás a estrela da minha vida, tu que marcas a hora do meu consórcio. Que nome tem ela, padre?

FREI LOURENÇO. — Não sei de astronomias, filha.

JULIETA. — Hás de saber por força. Tu conheces as letras divinas e humanas, as próprias ervas do chão, as que matam e as que curam... Dize, dize...

FREI LOURENÇO. — Eva eterna!

JULIETA. — Dize o nome dessa tocha celeste, que vai alumiar as minhas bodas, e casai-nos aqui mesmo. Os astros valem mais que as tochas da terra.

FREI LOURENÇO. — Valem menos. Que nome tem aquele? Não sei. A minha astronomia não é como a dos outros homens. (Depois de alguns instantes de reflexão) Eu sei o que me contaram os ventos que andam cá e lá, abaixo e acima, de um tempo a outro tempo, e sabem muito, porque são testemunhas de tudo. A dispersão não lhes tira a unidade, nem a inquietação a constância.

ROMEU. — E que vos disseram eles?

PAI CONTRA MÃE

FREI LOURENÇO. — Coisas duras. Heródoto[2] conta que Xerxes[3] um dia chorou; mas não conta mais nada. Os ventos é que me disseram o resto, porque eles lá estavam ao pé do capitão e recolheram tudo... Escutai; aí começam eles a agitar-se; ouvi-
5 ram-nos falar e murmuram... Uivai, amigos ventos, uivai como nos jovens dias das Termópilas.

ROMEU. — Mas que te disseram eles? Contai, contai depressa.

JULIETA. — Fala a gosto, nós te esperaremos.

FREI LOURENÇO. — Gentil criatura, aprende com ela, filho,
10 aprende a tolerar as demasias de um velho lunático. O que é que me disseram? Melhor fora não o repetir; mas, se teimais em que vos case aqui mesmo, ao clarão das estrelas, dir-vos-ei a origem daquela, que parece governar todas as outras... Vamos, ainda é tempo, o altar espera-nos... Não? Teimosos que sois...
15 Contar-vos-ei o que me disseram os ventos, que lá estavam em torno de Xerxes, quando este vinha destruir a Hélade com tropas inumeráveis. As tropas marchavam diante dele, a poder de chicote, porque esse homem cru amava particularmente o chicote e empregava-o a miúdo, sem hesitação nem remorso.
20 O próprio mar, quando ousou destruir a ponte que ele mandara construir, recebeu em castigo trezentas chicotadas. Era justo; mas para não ser somente justo, para ser também abominável, Xerxes ordenou que decapitassem a todos os que tinham cons-truído a ponte e não souberam fazê-la imperecível. Chicote e
25 espada; pancada e sangue.

JULIETA. — Oh! Abominável!

2. Heródoto (485 a.C. – 420 a.C.), historiador e geógrafo grego.
3. Xerxes I (518 a.C. – 465 a.C.) foi imperador persa de 486 a.C. até seu assassinato. Era filho de Dario I e neto de Ciro, o Grande.

FREI LOURENÇO. — Abominável, mas forte. Força vale alguma coisa; a prova é que o mar acabou aceitando o jugo do grande persa. Ora, um dia, à margem do Helesponto, curioso de contemplar as tropas que ali ajuntara, no mar e em terra, Xerxes trepou a um alto morro feitiço, donde espalhou as vistas para todos os lados. Calculai o orgulho que ele sentiu. Viu ali gente infinita, o melhor leite mungido à vaca asiática, centenas de milhares ao pé de centenas de milhares, várias armas, povos diversos, cores e vestiduras diferentes, mescladas, baralhadas, flecha e gládio, tiara e capacete, pelo de cabra, pele de cavalo, pele de pantera, uma algazarra infinita de coisas. Viu e riu, farejava a vitória. Que outro poder viria contrastá-lo? Sentia-se indestrutível. E ficou a rir e a olhar com longos olhos ávidos e felizes, olhos de noivado, como os teus, moço amigo... 5

10

ROMEU. — Comparação falsa. O maior déspota do universo é um miserável escravo, se não governa os mais belos olhos femininos de Verona. E a prova é que, a despeito do poder, chorou. 15

FREI LOURENÇO. — Chorou, é certo, logo depois, tão depressa acabara de rir. A cara embruscou-se-lhe de repente, e as lágrimas saltaram-lhe grossas e irreprimíveis. Um tio do guerreiro, que ali estava, interrogou-o espantado; ele respondeu melancolicamente que chorava, considerando que de tantos milhares e milhares de homens que ali tinha diante de si, e às suas ordens, não existiria um só ao cabo de um século. Até aqui Heródoto, escutai agora os ventos. Os ventos ficaram atônitos. Estavam justamente perguntando uns aos outros se esse homem feito de ufania e rispidez teria nunca chorado em sua vida, e concluíam que não, que era impossível, que ele não conhecia mais 20

25

que injustiça e crueldade, não a compaixão. E era a compaixão que ali vinha lacrimosa, era ela que soluçava na garganta do tirano... Então eles rugiram de assombro; depois pegaram das lágrimas de Xerxes... Que farias tu delas?

ROMEU. — Secá-las-ia, para que a piedade humana não ficasse desonrada.

FREI LOURENÇO. — Não fizeram isso; pegaram das lágrimas todas e deitaram a voar pelo espaço fora, bradando às considerações: Aqui estão! Olhai! Olhai! Aqui estão os primeiros diamantes da alma bárbara! Todo o firmamento ficou alvoroçado; pode crer-se que, por um instante, a marcha das coisas parou. Nenhum astro queria acabar de crer nos ventos. Xerxes! Lágrimas de Xerxes eram impossíveis; tal planta não dava em tal rochedo. Mas ali estavam elas; eles as mostravam contando a sua curiosa história, o riso que servira de concha a essas pérolas, as palavras dele, e as constelações não tiveram remédio, e creram finalmente que o duro Xerxes houvesse chorado. Os planetas miraram longo tempo essas lágrimas inverossímeis; não havia negar que traziam o amargo da dor e o travo da melancolia. E quando pensaram que o coração que as brotara de si tinha particular amor ao estalido do chicote, deitaram um olhar oblíquo à terra, como perguntando de que contradições era ela feita. Um deles disse aos ventos que devolvessem as lágrimas ao bárbaro, para que as engolisse; mas os ventos responderam que não e detiveram-se para deliberar. Não cuideis que só os homens dissentem uns dos outros.

JULIETA. — Também os ventos?

FREI LOURENÇO. — Também eles. O Aquilão queria convertê-las em tempestades do mundo, violentas e destruidoras, como o

LÁGRIMAS DE XERXES

homem que as gerara; mas os outros ventos não aceitaram a ideia. As tempestades passam ligeiras; eles queriam alguma coisa que tivesse perenidade, um rio, por exemplo, ou um mar novo; mas não combinaram nada e foram ter com o sol e a lua. Tu conheces a lua, filha.

ROMEU. — A lua é ela mesma; uma e outra são a plácida imagem da indulgência e do carinho; é o que eu te disse há pouco, meu bom confessor.

JULIETA. — Não, não creias nada do que ele disser, freire amigo; a lua é a minha rival, é a rival que alumia de longe o belo rosto do galhardo Romeu, que lhe dá um resplendor de opala, à noite, quando ele vem pela rua...

FREI LOURENÇO. — Terão ambos razão. A lua e Julieta podem ser a mesma pessoa, e é por isso que querem o mesmo homem. Mas, se a lua és tu, filha, deves saber o que ela disse ao vento.

JULIETA. — Nada, não me lembra nada.

FREI LOURENÇO. — Os ventos foram ter com ela, pergunta-ram-lhe o que fariam das lágrimas de Xerxes, e a resposta foi a mais piedosa do mundo. Cristalizemos essas lágrimas, disse a lua, e façamos delas uma estrela que brilhe por todos os séculos, com a claridade da compaixão, e onde vão residir todos aqueles que deixarem a terra, para achar ali a perpetuidade que lhes escapou.

JULIETA. — Sim, eu diria a mesma coisa. (Olhando pela janela.) Lume eterno, berço de renovação, mundo do amor continuado e infinito, estávamos ouvindo a tua bela história.

FREI LOURENÇO. — Não, não, não.

JULIETA. — Não?

PAI CONTRA MÃE

FREI LOURENÇO. — Não, porque os ventos foram também ao sol, e tu que conheces a lua, não conheces o sol, amiga minha. Os ventos levaram-lhe as lágrimas, contaram a origem delas e o conselho do astro da noite, e falaram da beleza que teria essa estrela nova e especial. O sol ouviu-os e redarguiu que sim, que cristalizassem as lágrimas e fizessem delas uma estrela, mas nem tal como o pedia a lua, nem para igual fim. Há de ser eterna e brilhante, disse ele, mas para a compaixão basta a mesma lua com a sua enjoada e dulcíssima poesia. Não; essa estrela feita das lágrimas que a brevidade da vida arrancou um dia ao orgulho humano ficará pendente do céu como o astro da ironia, luzirá cá de cima sobre todas as multidões que passam, cuidando não acabar mais e sobre todas as coisas construídas em desafio dos tempos. Onde as bodas cantarem a eternidade, ela fará descer um dos seus raios, lágrima de Xerxes, para escrever a palavra da extinção, breve, total, irremissível. Toda epifania receberá esta nota de sarcasmo. Não quero melancolias, que são rosas pálidas da lua e suas congêneres — ironia, sim, uma dura boca, gelada e sardônica...

ROMEU. — Como? Esse astro esplêndido...

FREI LOURENÇO. — Justamente, filho; e é por isso que o altar é melhor que o céu; no altar a benta vela arde depressa e morre às nossas vistas.

JULIETA. — Conto de ventos!

FREI LOURENÇO. — Não, não.

JULIETA. — Ou ruim sonho de lunático. Velho lunático, disseste há pouco; és isso mesmo. Vão sonho ruim, como os teus ventos, e o teu Xerxes, e as tuas lágrimas, e o teu sol, e toda essa dança de figuras imaginárias.

LÁGRIMAS DE XERXES

FREI LOURENÇO. — Filha minha...

JULIETA. — Padre meu, que não sabes que há, quando menos, uma coisa imortal, que é o meu amor, e ainda outra, que é o incomparável Romeu. Olha bem para ele; vê se há aqui um soldado de Xerxes. Não, não, não. Viva o meu amado, que não estava no Helesponto, nem escutou os desvarios dos ventos noturnos, como este frade, que é a um tempo amigo e inimigo. Sê só amigo, e casa-nos. Casa-nos onde quiseres, aqui ou além, diante das velas ou debaixo das estrelas, sejam elas de ironia ou de piedade; mas casa-nos, casa-nos, casa-nos...

Entre santos

QUANDO EU ERA capelão de S. Francisco de Paula (contava um padre velho) aconteceu-me uma aventura extraordinária.

Morava ao pé da igreja e recolhi-me tarde, uma noite. Nunca me recolhi tarde que não fosse ver primeiro se as portas do templo estavam bem fechadas. Achei-as bem fechadas, mas lobriguei luz por baixo delas. Corri assustado à procura da ronda; não a achei, tornei atrás e fiquei no adro, sem saber que fizesse. A luz, sem ser muito intensa, era-o demais para ladrões; além disso notei que era fixa e igual, não andava de um lado para outro, como seria a das velas ou lanternas de pessoas que estivessem roubando. O mistério arrastou-me; fui a casa buscar as chaves da sacristia (o sacristão tinha ido passar a noite em Niterói), benzi-me primeiro, abri a porta e entrei.

O corredor estava escuro. Levava comigo uma lanterna e caminhava devagarinho, calando o mais que podia o rumor dos sapatos. A primeira e a segunda porta que comunicam com a igreja estavam fechadas; mas via-se a mesma luz e, porventura, mais intensa que do lado da rua. Fui andando, até que dei com a terceira porta aberta. Pus a um canto a lanterna, com o meu lenço por cima, para que me não vissem de dentro, e aproximei-me a espiar o que era.

Detive-me logo. Com efeito, só então adverti que viera inteiramente desarmado e que ia correr grande risco aparecendo na igreja sem mais defesa que as duas mãos. Correram ainda

PAI CONTRA MÃE

alguns minutos. Na igreja a luz era a mesma, igual e geral, e de uma cor de leite que não tinha a luz das velas. Ouvi também vozes, que ainda mais me atrapalharam, não cochichadas nem confusas, mas regulares, claras e tranquilas, à maneira de conversação. Não pude entender logo o que diziam. No meio disto, assaltou-me uma ideia que me fez recuar. Como naquele tempo os cadáveres eram sepultados nas igrejas, imaginei que a conversação podia ser de defuntos. Recuei espavorido, e, só passado algum tempo, é que pude reagir e chegar outra vez à porta, dizendo a mim mesmo que semelhante ideia era um disparate. A realidade ia dar-me coisa mais assombrosa que um diálogo de mortos. Encomendei-me a Deus, benzi-me outra vez e fui andando, sorrateiramente, encostadinho à parede, até entrar. Vi então uma coisa extraordinária.

Dois dos três santos do outro lado, S. José e S. Miguel (à direita de quem entra na igreja pela porta da frente), tinham descido dos nichos e estavam sentados nos seus altares. As dimensões não eram as das próprias imagens, mas de homens. Falavam para o lado de cá, onde estão os altares de S. João Batista e S. Francisco de Sales. Não posso descrever o que senti. Durante algum tempo, que não chego a calcular, fiquei sem ir para diante nem para trás, arrepiado e trêmulo. Com certeza, andei beirando o abismo da loucura e não caí nele por misericórdia divina. Que perdi a consciência de mim mesmo e de toda outra realidade que não fosse aquela, tão nova e tão única, posso afirmá-lo; só assim se explica a temeridade com que, dali a algum tempo, entrei mais pela igreja, a fim de olhar também para o lado oposto. Vi aí a mesma coisa: S. Francisco de Sales e S. João, descidos dos nichos, sentados nos altares e falando com os outros santos.

ENTRE SANTOS

Tinha sido tal a minha estupefação que eles continuaram a falar, creio eu, sem que eu sequer ouvisse o rumor das vozes. Pouco a pouco, adquiri a percepção delas e pude compreender que não tinham interrompido a conversação; distingui-as, ouvi claramente as palavras, mas não pude colher desde logo o sentido. Um dos santos, falando para o lado do altar-mor, fez-me voltar a cabeça e vi então que S. Francisco de Paula, o orago da igreja, fizera a mesma coisa que os outros e falava para eles, como eles falavam entre si. As vozes não subiam do tom médio e, contudo, ouviam-se bem, como se as ondas sonoras tivessem recebido um poder maior de transmissão. Mas, se tudo isso era espantoso, não menos o era a luz, que não vinha de parte nenhuma, porque os lustres e castiçais estavam todos apagados; era como um luar, que ali penetrasse, sem que os olhos pudessem ver a lua; comparação tanto mais exata quanto que, se fosse realmente luar, teria deixado alguns lugares escuros, como ali acontecia, e foi num desses recantos que me refugiei.

Já então procedia automaticamente. A vida que vivi durante esse tempo todo não se pareceu com a outra vida anterior e posterior. Basta considerar que, diante de tão estranho espetáculo, fiquei absolutamente sem medo; perdi a reflexão, apenas sabia ouvir e contemplar.

Compreendi, no fim de alguns instantes, que eles inventariavam e comentavam as orações e implorações daquele dia. Cada um notava alguma coisa. Todos eles, terríveis psicólogos, tinham penetrado a alma e a vida dos fiéis e desfibravam os sentimentos de cada um, como os anatomistas escalpelam um cadáver. S. João Batista e S. Francisco de Paula, duros ascetas, mostravam-se às vezes enfadados e absolutos. Não era assim S. Francisco de Sales; esse ouvia ou contava as coisas com a

PAI CONTRA MÃE

mesma indulgência que presidira ao seu famoso livro da *Introdução à vida devota*.

Era assim, segundo o temperamento de cada um, que eles
iam narrando e comentando. Tinham já contado casos de fé
5 sincera e castiça, outros de indiferença, dissimulação e versa-
tilidade; os dois ascetas estavam a mais e mais enojados, mas
S. Francisco de Sales recordava-lhes o texto da Escritura: muitos são os chamados e poucos os escolhidos, significando assim
que nem todos os que ali iam à igreja levavam o coração puro.
10 S. João abanava a cabeça.

— Francisco de Sales, digo-te que vou criando um sentimento singular em santo: começo a descrer dos homens.

— Exageras tudo, João Batista, atalhou o santo bispo, não
exageremos nada. Olha — ainda hoje aconteceu aqui uma coisa
15 que me fez sorrir, e pode ser, entretanto, que te indignasse.
Os homens não são piores do que eram em outros séculos;
descontemos o que há neles ruim, e ficará muita coisa boa. Crê
isto e hás de sorrir ouvindo o meu caso.

— Eu?

20 — Tu, João Batista, e tu também, Francisco de Paula, e todos
vós haveis de sorrir comigo: e, pela minha parte, posso fazê-lo,
pois já intercedi e alcancei do Senhor aquilo mesmo que me
veio pedir esta pessoa.

— Que pessoa?

25 — Uma pessoa mais interessante que o teu escrivão, José, e
que o teu lojista, Miguel...

— Pode ser, atalhou S. José, mas não há de ser mais interessante que a adúltera que aqui veio hoje prostrar-se a meus
pés. Vinha pedir-me que lhe limpasse o coração da lepra da
30 luxúria. Brigara ontem mesmo com o namorado, que a injuriou

ENTRE SANTOS

torpemente, e passou a noite em lágrimas. De manhã, determinou abandoná-lo e veio buscar aqui a força precisa para sair das garras do demônio. Começou rezando bem, cordialmente; mas pouco a pouco vi que o pensamento a ia deixando para remontar aos primeiros deleites. As palavras, paralelamente, iam ficando sem vida. Já a oração era morna, depois fria, depois inconsciente; os lábios, afeitos à reza, iam rezando; mas a alma, que eu espiava cá de cima, essa já não estava aqui, estava com o outro. Afinal persignou-se, levantou-se e saiu sem pedir nada.

— Melhor é o meu caso.

— Melhor que isto? — perguntou S. José curioso.

— Muito melhor — respondeu S. Francisco de Sales —, e não é triste como o dessa pobre alma ferida do mal da terra, que a graça do Senhor ainda pode salvar. E por que não salvará também a esta outra? Lá vai o que é.

Calaram-se todos, inclinaram-se os bustos, atentos, esperando. Aqui fiquei com medo; lembrou-me de que eles, que veem tudo o que se passa no interior da gente, como se fôssemos de vidro, pensamentos recônditos, intenções torcidas, ódios secretos, bem podiam ter-me lido já algum pecado ou gérmen de pecado. Mas não tive tempo de refletir muito; S. Francisco de Sales começou a falar.

— Tem cinquenta anos o meu homem — disse ele —, a mulher está de cama, doente de uma erisipela na perna esquerda. Há cinco dias vive aflito porque o mal agrava-se, e a ciência não responde pela cura. Vede, porém, até onde pode ir um preconceito público. Ninguém acredita na dor do Sales (ele tem o meu nome), ninguém acredita que ele ame outra coisa que não seja dinheiro, e logo que houve notícia da sua aflição desabou em todo o bairro um aguaceiro de motes e dichotes;

PAI CONTRA MÃE

nem faltou quem acreditasse que ele gemia antecipadamente pelos gastos da sepultura.

— Bem podia ser que sim — ponderou S. João.

— Mas não era. Que ele é usurário e avaro não o nego; usurário, como a vida, e avaro, como a morte. Ninguém extraiu nunca tão implacavelmente da algibeira dos outros o ouro, a prata, o papel e o cobre; ninguém os amuou com mais zelo e prontidão. Moeda que lhe cai na mão dificilmente torna a sair; e tudo o que lhe sobra das casas mora dentro de um armário de ferro, fechado a sete chaves. Abre-o às vezes, por horas mortas, contempla o dinheiro alguns minutos, e fecha-o outra vez depressa; mas nessas noites não dorme, ou dorme mal. Não tem filhos. A vida que leva é sórdida; come para não morrer, pouco e ruim. A família compõe-se da mulher e de uma preta escrava, comprada com outra, há muitos anos, e às escondidas. Por serem de contrabando. Dizem até que nem as pagou, porque o vendedor faleceu logo sem deixar nada escrito. A outra preta morreu há pouco tempo; e aqui vereis se este homem tem ou não o gênio da economia, Sales libertou o cadáver...

E o santo bispo calou-se para saborear o espanto dos outros.

— O cadáver?

— Sim, o cadáver. Fez enterrar a escrava como pessoa livre e miserável, para não acudir às despesas da sepultura. Pouco embora, era alguma coisa. E para ele não há pouco; com pingos d'água é que se alagam as ruas. Nenhum desejo de representação, nenhum gosto nobiliário; tudo isso custa dinheiro, e ele diz que o dinheiro não lhe cai do céu. Pouca sociedade, nenhuma recreação de família. Ouve e conta anedotas da vida alheia, que é regalo gratuito.

ENTRE SANTOS

— Compreende-se a incredulidade pública — ponderou S. Miguel.

— Não digo que não, porque o mundo não vai além da superfície das coisas. O mundo não vê que, além de caseira eminente educada por ele, e sua confidente de mais de vinte anos, a mulher deste Sales é amada deveras pelo marido. Não te espantes, Miguel; naquele muro aspérrimo brotou uma flor descorada e sem cheiro, mas flor. A botânica sentimental tem dessas anomalias. Sales ama a esposa; está abatido e desvairado com a ideia de a perder. Hoje de manhã, muito cedo, não tendo dormido mais de duas horas, entrou a cogitar no desastre próximo. Desesperando da terra, voltou-se para Deus; pensou em nós, e especialmente em mim que sou o santo do seu nome. Só um milagre podia salvá-la; determinou vir aqui. Mora perto e veio correndo. Quando entrou trazia o olhar brilhante e esperançado; podia ser a luz da fé, mas era outra coisa muito particular, que vou dizer. Aqui peço-vos que redobreis de atenção.

Vi os bustos inclinarem-se ainda mais; eu próprio não pude esquivar-me ao movimento e dei um passo para diante. A narração do santo foi tão longa e miúda, a análise tão complicada, que não as ponho aqui integralmente, mas em substância.

— Quando pensou em vir pedir-me que intercedesse pela vida da esposa, Sales teve uma ideia específica de usurário, a de prometer-me uma perna de cera. Não foi o crente, que simboliza desta maneira a lembrança do benefício; foi o usurário que pensou em forçar a graça divina pela expectação do lucro. E não foi só a usura que falou, mas também a avareza; porque, em verdade, dispondo-se à promessa, mostrava ele querer deveras a vida da mulher — intuição de avaro; despender é documentar: só se quer de coração aquilo que se paga a dinheiro, disse-lho a

PAI CONTRA MÃE

consciência pela mesma boca escura. Sabeis que pensamentos tais não se formulam como outros, nascem das entranhas do caráter e ficam na penumbra da consciência. Mas eu li tudo nele logo que aqui entrou alvoroçado, com o olhar fúlgido de
5 esperança; li tudo e esperei que acabasse de benzer-se e rezar.

— Ao menos, tem alguma religião, ponderou S. José.

— Alguma tem, mas vaga e econômica. Não entrou nunca em irmandades e ordens terceiras, porque nelas se rouba o que pertence ao Senhor; é o que ele diz para conciliar a devoção
10 com a algibeira. Mas não se pode ter tudo; é certo que ele teme a Deus e crê na doutrina.

— Bem, ajoelhou-se e rezou.

— Rezou. Enquanto rezava, via eu a pobre alma, que padecia deveras, conquanto a esperança começasse a trocar-se em
15 certeza intuitiva. Deus tinha de salvar a doente, por força, graças à minha intervenção, e eu ia interceder; é o que ele pensava, enquanto os lábios repetiam as palavras da oração. Acabando a oração, ficou Sales algum tempo olhando, com as mãos postas; afinal falou a boca do homem, falou para confessar a dor, para
20 jurar que nenhuma outra mão, além da do Senhor, podia atalhar o golpe. A mulher ia morrer... ia morrer... ia morrer... E repetia a palavra, sem sair dela. A mulher ia morrer. Não passava adiante. Prestes a formular o pedido e a promessa não achava palavras idôneas, nem aproximativas, nem sequer dúbias, não
25 achava nada, tão longo era o descostume de dar alguma coisa. Afinal saiu o pedido; a mulher ia morrer, ele rogava-me que a salvasse, que pedisse por ela ao Senhor. A promessa, porém, é que não acabava de sair. No momento em que a boca ia articular a primeira palavra, a garra da avareza mordia-lhe as entranhas

ENTRE SANTOS

e não deixava sair nada. Que a salvasse... Que intercedesse por ela...

No ar, diante dos olhos, recortava-se-lhe a perna de cera, e logo a moeda que ela havia de custar. A perna desapareceu, mas ficou a moeda, redonda, luzidia, amarela, ouro puro, completamente ouro, melhor que o dos castiçais do meu altar, apenas dourados. Para onde quer que virasse os olhos, via a moeda, girando, girando, girando. E os olhos a apalpavam, de longe, e transmitiam-lhe a sensação fria do metal e até a do relevo do cunho. Era ela mesma, velha amiga de longos anos, companheira do dia e da noite, era ela que ali estava no ar, girando, às tontas; era ela que descia do teto, ou subia do chão, ou rolava no altar, indo da Epístola ao Evangelho, ou tilintava nos pingentes do lustre.

Agora a súplica dos olhos e a melancolia deles eram mais intensas e puramente voluntárias. Vi-os alongarem-se para mim, cheios de contrição, de humilhação, de desamparo; e a boca ia dizendo algumas coisas soltas — Deus, os anjos do Senhor, as bentas chagas —, palavras lacrimosas e trêmulas, como para pintar por elas a sinceridade da fé e a imensidade da dor. Só a promessa da perna é que não saía. Às vezes, a alma, como pessoa que recolhe as forças, a fim de saltar um valo, fitava longamente a morte da mulher e rebolcava-se no desespero que ela lhe havia de trazer; mas, à beira do valo, quando ia a dar o salto, recuava. A moeda emergia dele e a promessa ficava no coração do homem.

O tempo ia passando. A alucinação crescia, porque a moeda, acelerando e multiplicando os saltos, multiplicava-se a si mesma e parecia uma infinidade delas; e o conflito era cada vez mais trágico. De repente, o receio de que a mulher podia estar

PAI CONTRA MÃE

expirando gelou o sangue ao pobre homem e ele quis precipi-
tar-se. Podia estar expirando. Pedia-me que intercedesse por
ela, que a salvasse...

Aqui o demônio da avareza sugeria-lhe uma transação nova,
5 uma troca de espécie dizendo-lhe que o valor da oração era
superfino e muito mais excelso que o das obras terrenas. E o
Sales, curvo, contrito, com as mãos postas, o olhar submisso,
desamparado, resignado, pedia-me que lhe salvasse a mulher.
Que lhe salvasse a mulher, e prometia-me trezentos — não me-
10 nos —, trezentos padre-nossos e trezentas ave-marias. E repetia
enfático: trezentos, trezentas, trezentos... Foi subindo, chegou
a quinhentos, a mil padre-nossos e mil ave-marias. Não via esta
soma escrita por letras do alfabeto, mas em algarismos, como
se ficasse assim mais viva, mais exata, e a obrigação maior, e
15 maior também a sedução. Mil padre-nossos, mil ave-marias.
E voltaram as palavras lacrimosas e trêmulas, as bentas chagas,
os anjos do Senhor... 1.000 — 1.000 — 1.000. Os quatro algarismos foram crescendo tanto, que encheram a igreja de alto a
baixo, e com eles, crescia o esforço do homem, e a confiança
20 também; a palavra saía-lhe mais rápida, impetuosa, já falada,
mil, mil, mil, mil... Vamos lá, podeis rir à vontade, concluiu
S. Francisco de Sales.

E os outros santos riram efetivamente, não daquele grande
riso descomposto dos deuses de Homero, quando viram o coxo
25 Vulcano servir à mesa, mas de um riso modesto, tranquilo,
beato e católico.

Depois, não pude ouvir mais nada. Caí redondamente no
chão. Quando dei por mim era dia claro... Corri a abrir todas
as portas e janelas da igreja e da sacristia, para deixar entrar o
30 sol, inimigo dos maus sonhos.

Uns braços

INÁCIO ESTREMECEU, ouvindo os gritos do solicitador, recebeu o prato que este lhe apresentava e tratou de comer, debaixo de uma trovoada de nomes, malandro, cabeça de vento, estúpido, maluco.

— Onde anda que nunca ouve o que lhe digo? Hei de contar tudo a seu pai, para que lhe sacuda a preguiça do corpo com uma boa vara de marmelo, ou um pau; sim, ainda pode apanhar, não pense que não. Estúpido! Maluco!

— Olhe que lá fora é isto mesmo que você vê aqui — continuou, voltando-se para D. Severina, senhora que vivia com ele maritalmente, há anos. Confunde-me os papéis todos, erra as casas, vai a um escrivão em vez de ir a outro, troca os advogados: é o diabo! É o tal sono pesado e contínuo. De manhã é o que se vê; primeiro que acorde é preciso quebrar-lhe os ossos... Deixe; amanhã hei de acordá-lo a pau de vassoura!

Severina tocou-lhe no pé, como pedindo que acabasse. Borges espeitorou ainda alguns impropérios, e ficou em paz com Deus e os homens.

Não digo que ficou em paz com os meninos, porque o nosso Inácio não era propriamente menino. Tinha quinze anos feitos e bem feitos. Cabeça inculta, mas bela, olhos de rapaz que sonha, que adivinha, que indaga, que quer saber e não acaba de saber nada. Tudo isso posto sobre um corpo não destituído de graça, ainda que mal vestido. O pai é barbeiro na Cidade Nova e pô-lo

PAI CONTRA MÃE

de agente, escrevente, ou o que quer que era, do solicitador Borges, com esperança de vê-lo no foro, porque lhe parecia que os procuradores de causas ganhavam muito. Passava-se isto na Rua da Lapa, em 1870.

Durante alguns minutos não se ouviu mais que o tinir dos talheres e o ruído da mastigação. Borges abarrotava-se de alface e vaca; interrompia-se para virgular a oração com um golpe de vinho e continuava logo calado.

Inácio ia comendo devagarinho, não ousando levantar os olhos do prato, nem para colocá-los onde eles estavam no momento em que o terrível Borges o descompôs. Verdade é que seria agora muito arriscado. Nunca ele pôs os olhos nos braços de D. Severina que se não esquecesse de si e de tudo.

Também a culpa era antes de D. Severina em trazê-los assim nus, constantemente. Usava mangas curtas em todos os vestidos de casa, meio palmo abaixo do ombro; dali em diante ficavam-lhe os braços à mostra. Na verdade, eram belos e cheios, em harmonia com a dona, que era antes grossa que fina, e não perdiam a cor nem a maciez por viverem ao ar; mas é justo explicar que ela os não trazia assim por faceira, senão porque já gastara todos os vestidos de mangas compridas. De pé, era muito vistosa; andando, tinha meneios engraçados; ele, entretanto, quase que só a via à mesa, onde, além dos braços, mal poderia mirar-lhe o busto. Não se pode dizer que era bonita; mas também não era feia. Nenhum adorno; o próprio penteado consta de mui pouco; alisou os cabelos, apanhou-os, atou-os e fixou-os no alto da cabeça com o pente de tartaruga que a mãe lhe deixou. Ao pescoço, um lenço escuro; nas orelhas, nada. Tudo isso com vinte e sete anos floridos e sólidos.

UNS BRAÇOS

Acabaram de jantar. Borges, vindo o café, tirou quatro charutos da algibeira, comparou-os, apertou-os entre os dedos, escolheu um e guardou os restantes. Aceso o charuto, fincou os cotovelos na mesa e falou a D. Severina de trinta mil coisas que não interessavam nada ao nosso Inácio; mas enquanto falava, não o descompunha e ele podia devanear à larga. Inácio demorou o café o mais que pôde. Entre um e outro gole alisava a toalha, arrancava dos dedos pedacinhos de pele imaginários ou passava os olhos pelos quadros da sala de jantar, que eram dois, um S. Pedro e um S. João, registros trazidos de festas encaixilhados em casa. Vá que disfarçasse com S. João, cuja cabeça moça alegra as imaginações católicas, mas com o austero S. Pedro era demais. A única defesa do moço Inácio é que ele não via nem um nem outro; passava os olhos por ali como por nada. Via só os braços de D. Severina — ou porque sorrateiramente olhasse para eles, ou porque andasse com eles impressos na memória.

— Homem, você não acaba mais? — bradou de repente o solicitador.

Não havia remédio; Inácio bebeu a última gota, já fria, e retirou-se, como de costume, para o seu quarto, nos fundos da casa. Entrando, fez um gesto de zanga e desespero e foi depois encostar-se a uma das duas janelas que davam para o mar. Cinco minutos depois, a vista das águas próximas e das montanhas ao longe restituía-lhe o sentimento confuso, vago, inquieto, que lhe doía e fazia bem, alguma coisa que deve sentir a planta, quando abotoa a primeira flor. Tinha vontade de ir embora e de ficar. Havia cinco semanas que ali morava, e a vida era sempre a mesma, sair de manhã com o Borges, andar por audiências e cartórios, correndo, levando papéis ao selo, ao distribuidor, aos escrivães, aos oficiais de justiça. Voltava à

PAI CONTRA MÃE

tarde, jantava e recolhia-se ao quarto, até a hora da ceia; ceava e ia dormir. Borges não lhe dava intimidade na família, que se compunha apenas de D. Severina, nem Inácio a via mais de três vezes por dia, durante as refeições. Cinco semanas de solidão,
5 de trabalho sem gosto, longe da mãe e das irmãs; cinco semanas de silêncio, porque ele só falava uma ou outra vez na rua; em casa, nada.

"Deixe estar", pensou ele, "um dia fujo daqui e não volto mais".

10 Não foi; sentiu-se agarrado e acorrentado pelos braços de D. Severina. Nunca vira outros tão bonitos e tão frescos. A educação que tivera não lhe permitia encará-los logo abertamente, parece até que a princípio afastava os olhos, vexado. Encarou-os pouco a pouco, ao ver que eles não tinham outras man-
15 gas, e assim os foi descobrindo, mirando e amando. No fim de três semanas eram eles, moralmente falando, as suas tendas de repouso. Aguentava toda a trabalheira de fora, toda a melancolia da solidão e do silêncio, toda a grosseria do patrão, pela única paga de ver, três vezes por dia, o famoso par de braços.

20 Naquele dia, enquanto a noite ia caindo e Inácio estirava-se na rede (não tinha ali outra cama), D. Severina, na sala da frente, recapitulava o episódio do jantar e, pela primeira vez, desconfiou alguma coisa. Rejeitou a ideia logo, uma criança! Mas há ideias que são da família das moscas teimosas: por mais que a
25 gente as sacuda, elas tornam e pousam. Criança? Tinha quinze anos; e ela advertiu que entre o nariz e a boca do rapaz havia um princípio de rascunho de buço. Que admira que começasse a amar? E não era ela bonita? Esta outra ideia não foi rejeitada, antes afagada e beijada. E recordou então os modos dele, os es-

UNS BRAÇOS

quecimentos, as distrações, e mais um incidente, e mais outro, tudo eram sintomas, e concluiu que sim.

— Que é que você tem? — disse-lhe o solicitador, estirado no canapé, ao cabo de alguns minutos de pausa.

— Não tenho nada.

— Nada? Parece que cá em casa anda tudo dormindo! Deixem estar, que eu sei de um bom remédio para tirar o sono aos dorminhocos...

E foi por ali, no mesmo tom zangado, fuzilando ameaças, mas realmente incapaz de as cumprir, pois era antes grosseiro que mau. D. Severina interrompia-o que não, que era engano, não estava dormindo, estava pensando na comadre Fortunata. Não a visitavam desde o Natal; por que não iriam lá uma daquelas noites? Borges redarguia que andava cansado, trabalhava como um negro, não estava para visitas de parola e descompôs a comadre, descompôs o compadre, descompôs o afilhado, que não ia ao colégio, com dez anos! Ele, Borges, com dez anos, já sabia ler, escrever e contar, não muito bem, é certo, mas sabia. Dez anos! Havia de ter um bonito fim: — vadio, e o côvado e meio nas costas. A tarimba é que viria ensiná-lo.

D. Severina apaziguava-o com desculpas, a pobreza da comadre, o caiporismo do compadre, e fazia-lhe carinhos, a medo, que eles podiam irritá-lo mais. A noite caíra de todo; ela ouviu o *tlic* do lampião do gás da rua, que acabavam de acender, e viu o clarão dele nas janelas da casa fronteira. Borges, cansado do dia, pois era realmente um trabalhador de primeira ordem, foi fechando os olhos e pegando no sono, e deixou-a só na sala, às escuras, consigo e com a descoberta que acaba de fazer.

Tudo parecia dizer à dama que era verdade; mas essa verdade, desfeita a impressão do assombro, trouxe-lhe uma com-

PAI CONTRA MÃE

plicação moral que ela só conheceu pelos efeitos, não achando
meio de discernir o que era. Não podia entender-se nem equi-
librar-se, chegou a pensar em dizer tudo ao solicitador, e ele
que mandasse embora o fedelho. Mas que era tudo? Aqui es-
5   tacou: realmente, não havia mais que suposição, coincidência
e, possivelmente, ilusão. Não, não, ilusão não era. E logo recolhia os indícios vagos, as atitudes do mocinho, o acanhamento,
as distrações, para rejeitar a ideia de estar enganada. Daí a
pouco, (capciosa natureza!) refletindo que seria mau acusá-lo
10 sem fundamento, admitiu que se iludisse, para o único fim de
observá-lo melhor e averiguar bem a realidade das coisas.

Já nessa noite, D. Severina mirava por baixo dos olhos os
gestos de Inácio; não chegou a achar nada, porque o tempo do
chá era curto e o rapazinho não tirou os olhos da xícara. No dia
15 seguinte pôde observar melhor, e nos outros otimamente. Percebeu que sim, que era amada e temida, amor adolescente e vir-
gem, retido pelos liames sociais e por um sentimento de inferio-
ridade que o impedia de reconhecer-se a si mesmo. D. Severina
compreendeu que não havia recear nenhum desacato e concluiu
20 que o melhor era não dizer nada ao solicitador; poupava-lhe
um desgosto, e outro à pobre criança. Já se persuadia bem de
que ele era criança, e assentou de o tratar tão secamente como
até ali, ou ainda mais. E assim fez; Inácio começou a sentir
que ela fugia com os olhos, ou falava áspero, quase tanto como
25 o próprio Borges. De outras vezes, é verdade que o tom da
voz saía brando e até meigo, muito meigo; assim como o olhar
geralmente esquivo, tanto errava por outras partes, que, para
descansar, vinha pousar na cabeça dele; mas tudo isso era curto.

— Vou-me embora — repetia ele na rua como nos primeiros
30 dias.

UNS BRAÇOS

Chegava a casa e não se ia embora. Os braços de D. Severina fechavam-lhe um parêntesis no meio do longo e fastidioso período da vida que levava, e essa oração intercalada trazia uma ideia original e profunda, inventada pelo céu unicamente para ele. Deixava-se estar e ia andando. Afinal, porém, teve de sair, e para nunca mais; eis aqui como e por quê.

D. Severina tratava-o desde alguns dias com benignidade. A rudeza da voz parecia acabada, e havia mais do que brandura, havia desvelo e carinho. Um dia recomendava-lhe que não apanhasse ar, outro que não bebesse água fria, depois do café quente, conselhos, lembranças, cuidados de amiga e mãe, que lhe lançaram na alma ainda maior inquietação e confusão. Inácio chegou ao extremo de confiança de rir um dia à mesa, coisa que jamais fizera; e o solicitador não o tratou mal dessa vez, porque era ele que contava um caso engraçado, e ninguém pune a outro pelo aplauso que recebe. Foi então que D. Severina viu que a boca do mocinho, graciosa estando calada, não o era menos quando ria.

A agitação de Inácio ia crescendo, sem que ele pudesse acalmar-se nem entender-se. Não estava bem em parte nenhuma. Acordava de noite, pensando em D. Severina. Na rua, trocava de esquinas, errava as portas, muito mais que antes, e não via mulher, ao longe ou ao perto, que lha não trouxesse à memória. Ao entrar no corredor da casa, voltando do trabalho, sentia sempre algum alvoroço, às vezes grande, quando dava com ela no topo da escada, olhando através das grades de pau da cancela, como tendo acudido a ver quem era.

Um domingo — nunca ele esqueceu esse domingo —, estava só no quarto, à janela, virado para o mar, que lhe falava a mesma linguagem obscura e nova de D. Severina. Divertia-se em olhar para as gaivotas, que faziam grandes giros no ar, ou pairavam em cima d'água, ou avoaçavam somente. O dia estava lindíssimo. Não era só um domingo cristão; era um imenso domingo universal.

5 Inácio passava-os todos ali no quarto ou à janela, ou relendo um dos três folhetos que trouxera consigo, contos de outros tempos, comprados a tostão, debaixo do passadiço do Largo do Paço. Eram duas horas da tarde. Estava cansado, dormira mal a noite, depois de haver andado muito na véspera;
10 estirou-se na rede, pegou em um dos folhetos, a *Princesa Magalona*,[1] e começou a ler. Nunca pôde entender por que é que todas as heroínas dessas velhas histórias tinham a mesma cara e talhe de D. Severina, mas a verdade é que os tinham. Ao cabo de meia hora, deixou cair o folheto e pôs os olhos na parede,
15 donde, cinco minutos depois, viu sair a dama dos seus cuidados. O natural era que se espantasse; mas não se espantou. Embora com as pálpebras cerradas viu-a desprender-se de todo, parar, sorrir e andar para a rede. Era ela mesma, eram os seus mesmos braços.

20 É certo, porém, que D. Severina, tanto não podia sair da parede, dado que houvesse ali porta ou rasgão, que estava justamente na sala da frente ouvindo os passos do solicitador que descia as escadas. Ouviu-o descer; foi à janela vê-lo sair e só se recolheu quando ele se perdeu ao longe, no caminho da
25 Rua das Mangueiras. Então entrou e foi sentar-se no canapé. Parecia fora do natural, inquieta, quase maluca; levantando-se, foi pegar na jarra que estava em cima do aparador e deixou-a no

---

1. *A história da princesa Magalona, filha do rei de Nápoles e do nobre Pedro de Provença, e dos muitos trabalhos e adversidades que passaram* é uma obra medieval, de origem anônima.

UNS BRAÇOS

mesmo lugar; depois caminhou até a porta, deteve-se e voltou, ao que parece, sem plano. Sentou-se outra vez cinco ou dez minutos. De repente, lembrou-se que Inácio comera pouco ao almoço e tinha o ar abatido, e advertiu que podia estar doente; podia ser até que estivesse muito mal.

Saiu da sala, atravessou rasgadamente o corredor e foi até o quarto do mocinho, cuja porta achou escancarada. D. Severina parou, espiou, deu com ele na rede, dormindo, com o braço para fora e o folheto caído no chão. A cabeça inclinava-se um pouco do lado da porta, deixando ver os olhos fechados, os cabelos revoltos e um grande ar de riso e de beatitude.

D. Severina sentiu bater-lhe o coração com veemência e recuou. Sonhara de noite com ele; pode ser que ele estivesse sonhando com ela. Desde madrugada que a figura do mocinho andava-lhe diante dos olhos como uma tentação diabólica. Recuou ainda, depois voltou, olhou dois, três, cinco minutos, ou mais. Parece que o sono dava à adolescência de Inácio uma expressão mais acentuada, quase feminina, quase pueril. "Uma criança!", disse ela a si mesma, naquela língua sem palavras que todos trazemos conosco. E esta ideia abateu-lhe o alvoroço do sangue e dissipou-lhe em parte a turvação dos sentidos.

"Uma criança!"

E mirou-o lentamente, fartou-se de vê-lo, com a cabeça inclinada, o braço caído; mas, ao mesmo tempo que o achava criança, achava-o bonito, muito mais bonito que acordado, e uma dessas ideias corrigia ou corrompia a outra. De repente estremeceu e recuou assustada: ouvira um ruído ao pé, na saleta do engomado; foi ver, era um gato que deitara uma tigela ao chão. Voltando devagarinho a espiá-lo, viu que dormia profundamente. Tinha o sono duro a criança! O rumor que

PAI CONTRA MÃE

a abalara tanto, não o fez sequer mudar de posição. E ela continuou a vê-lo dormir — dormir e talvez sonhar.

Que não possamos ver os sonhos uns dos outros! D. Severina ter-se-ia visto a si mesma na imaginação do rapaz; ter-se-ia visto diante da rede, risonha e parada; depois inclinar-se, pegar-lhe nas mãos, levá-las ao peito, cruzando ali os braços, os famosos braços. Inácio, namorado deles, ainda assim ouvia as palavras dela, que eram lindas, cálidas e, principalmente, novas — ou, pelo menos, pertenciam a algum idioma que ele não conhecia, posto que o entendesse. Duas, três e quatro vezes a figura esvaía-se, para tornar logo, vindo do mar ou de outra parte, entre gaivotas, ou atravessando o corredor com toda a graça robusta de que era capaz. E, tornando, inclinava-se, pegava-lhe outra vez das mãos e cruzava ao peito os braços, até que, inclinando-se ainda mais, muito mais, abrochou os lábios e deixou-lhe um beijo na boca.

Aqui o sonho coincidiu com a realidade, e as mesmas bocas uniram-se na imaginação e fora dela. A diferença é que a visão não recuou, e a pessoa real tão depressa cumprira o gesto, como fugiu até à porta, vexada e medrosa. Dali passou à sala da frente, aturdida do que fizera, sem olhar fixamente para nada. Afiava o ouvido, ia até o fim do corredor, a ver se escutava algum rumor que lhe dissesse que ele acordara, e só depois de muito tempo é que o medo foi passando. Na verdade, a criança tinha o sono duro; nada lhe abria os olhos, nem os fracassos contíguos, nem os beijos de verdade. Mas, se o medo foi passando, o vexame ficou e cresceu. D. Severina não acabava de crer que fizesse aquilo; parece que embrulhara os seus desejos na ideia de que era uma criança namorada que ali estava sem consciência nem imputação; e, meia mãe, meia amiga, inclinara-se e beijara-o.

UNS BRAÇOS

Fosse como fosse, estava confusa, irritada, aborrecida, mal consigo e mal com ele. O medo de que ele podia estar fingindo que dormia apontou-lhe na alma e deu-lhe um calafrio.

Mas a verdade é que dormiu ainda muito e só acordou para jantar. Sentou-se à mesa lépido. Conquanto achasse D. Severina calada e severa e o solicitador tão ríspido como nos outros dias, nem a rispidez de um, nem a severidade da outra podiam dissipar-lhe a visão graciosa que ainda trazia consigo, ou amortecer-lhe a sensação do beijo. Não reparou que D. Severina tinha um xale que lhe cobria os braços; reparou depois, na segunda-feira, e na terça-feira, também, e até sábado, que foi o dia em que Borges mandou dizer ao pai que não podia ficar com ele; e não o fez zangado, porque o tratou relativamente bem e ainda lhe disse à saída:

— Quando precisar de mim para alguma coisa, procure-me.

— Sim, senhor. A Sra. D. Severina...

— Está lá para o quarto, com muita dor de cabeça. Venha amanhã ou depois despedir-se dela.

Inácio saiu sem entender nada. Não entendia a despedida, nem a completa mudança de D. Severina, em relação a ele, nem o xale, nem nada. Estava tão bem! Falava-lhe com tanta amizade! Como é que, de repente... Tanto pensou que acabou supondo de sua parte algum olhar indiscreto, alguma distração que a ofendera, não era outra coisa; e daqui a cara fechada e o xale que cobria os braços tão bonitos... Não importa; levava consigo o sabor do sonho. E através dos anos, por meio de outros amores, mais efetivos e longos, nenhuma sensação achou nunca igual à daquele domingo, na Rua da Lapa, quando ele tinha quinze anos. Ele mesmo exclama às vezes, sem saber que se engana:

— E foi um sonho! Um simples sonho!

A desejada das gentes

— AH! CONSELHEIRO, aí começa a falar em verso.

— Todos os homens devem ter uma lira no coração — ou não sejam homens. Que a lira ressoe a toda a hora, nem por qualquer motivo, não o digo eu, mas de longe em longe, e por algumas reminiscências particulares... Sabe por que é que lhe pareço poeta, apesar das Ordenações do Reino e dos cabelos grisalhos? É porque vamos por esta Glória adiante, costeando aqui a Secretaria de Estrangeiros... Lá está o outeiro célebre... Adiante há uma casa...

— Vamos andando.

— Vamos... Divina Quintília! Todas essas caras que aí passam são outras, mas me falam daquele tempo, como se fossem as mesmas de outrora; é a lira que ressoa, e a imaginação faz o resto. Divina Quintília!

— Chamava-se Quintília? Conheci de vista, quando andava na Escola de Medicina, uma linda moça com esse nome. Diziam que era a mais bela da cidade.

— Há de ser a mesma, porque tinha essa fama. Magra e alta?

— Isso. Que fim levou?

— Morreu em 1859. Vinte de abril. Nunca me há de esquecer esse dia. Vou contar-lhe um caso interessante para mim e creio que também para o senhor. Olhe, a casa era aquela... Morava com um tio, chefe de esquadra reformado, tinha outra casa no Cosme Velho. Quando conheci Quintília... Que idade pensa que teria, quando a conheci?

— Se foi em 1855...

5 — Em 1855.

— Devia ter vinte anos.

— Tinha trinta.

— Trinta?

— Trinta anos. Não os parecia, nem era nenhuma inimiga 10 que lhe dava essa idade. Ela própria a confessava e até com afetação. Ao contrário, uma de suas amigas afirmava que Quintília não passava dos vinte e sete; mas como ambas tinham nascido no mesmo dia, dizia isso para diminuir-se a si própria.

— Mau, nada de ironias; olhe que a ironia não faz boa cama 15 com a saudade.

— Que é a saudade senão uma ironia do tempo e da fortuna? Veja lá; começo a ficar sentencioso. Trinta anos; mas, em verdade, não os parecia. Lembra-se bem de que era magra e alta; tinha os olhos como eu então dizia, que pareciam cortados da 20 capa da última noite, mas, apesar de noturnos, sem mistérios nem abismos. A voz era brandíssima, um tanto apaulistada, a boca larga, e os dentes, quando ela simplesmente falava, davam-lhe à boca um ar de riso. Ria também, e foram os risos dela, de parceria com os olhos, que me doeram muito durante 25 certo tempo.

— Mas se os olhos não tinham mistérios...

— Tanto não os tinham que cheguei ao ponto de supor que eram as portas abertas do castelo, e o riso, o clarim que chamava os cavaleiros. Já a conhecíamos, eu e o meu companheiro de 30 escritório, o João Nóbrega, ambos principiantes na advocacia,

A DESEJADA DAS GENTES

e íntimos como ninguém mais; mas nunca nos lembrou de namorá-la. Ela andava então no galarim; era bela, rica, elegante e da primeira roda. Mas um dia, no antigo Teatro Provisório entre dois atos dos Puritanos, estando eu num corredor, ouvi um grupo de moços que falavam dela, como de uma fortaleza inexpugnável. Dois confessaram haver tentado alguma coisa, mas sem fruto; e todos pasmavam do celibato da moça que lhes parecia sem explicação. E chalaceavam: um dizia que era promessa até ver se engordava primeiro; outro que estava esperando a segunda mocidade do tio para casar com ele; outro que provavelmente encomendara algum anjo ao porteiro do céu; trivialidades que me aborreceram muito e, da parte dos que confessavam tê-la cortejado ou amado, achei que era uma grosseria sem nome. No que eles estavam todos de acordo é que ela era extraordinariamente bela; aí foram entusiastas e sinceros.

— Oh! Ainda me lembro!... Era muito bonita.

No dia seguinte, ao chegar ao escritório, entre duas causas que não vinham, contei ao Nóbrega a conversação da véspera. Nóbrega riu-se do caso, refletiu e, depois de dar alguns passos, parou diante de mim, olhando, calado. — Aposto que a namoras? — perguntei-lhe. — Não — disse ele. — Nem tu? — Pois me lembrou de uma coisa: vamos tentar o assalto à fortaleza? Que perdemos com isso? Nada, ou ela nos põe na rua, e já podemos esperá-lo, ou aceita um de nós, e tanto melhor para o outro que verá o seu amigo feliz. — Estás falando sério? — Muito sério. Nóbrega acrescentou que não era só a beleza dela que a fazia atraente. Note que ele tinha a presunção de ser espírito prático, mas era principalmente um sonhador que vivia lendo e construindo aparelhos sociais e políticos. Segundo ele, os tais rapazes do teatro evitavam falar dos bens da moça, que eram um dos feitiços dela, e uma das causas prováveis da desconsolação de uns e dos sarcasmos de todos. E dizia-me:

— Escuta, nem divinizar o dinheiro, nem também bani-lo; não vamos crer que ele dá tudo, mas reconheçamos que dá alguma coisa e até muita coisa — este relógio, por exemplo. Combatamos pela nossa Quintília, minha ou tua, mas provavelmente minha, porque sou mais bonito que tu.

— Conselheiro, a confissão é grave, foi assim brincando...?

— Foi assim brincando, cheirando ainda aos bancos da academia, que nos metemos em negócio de tanta ponderação, que podia acabar em nada, mas deu muito de si. Era um começo estouvado, quase um passatempo de crianças, sem a nota da sinceridade; mas o homem põe, e a espécie dispõe. Conhecíamo-la, posto não tivéssemos encontros frequentes; uma vez que nos dispusemos a uma ação comum, entrou um elemento novo na nossa vida, e dentro de um mês estávamos brigados.

— Brigados?

— Ou quase. Não tínhamos contado com ela, que nos enfeitiçou a ambos, violentamente. Em algumas semanas já pouco falávamos de Quintília, e com indiferença; tratávamos de enganar um ao outro e dissimular o que sentíamos. Foi assim que as nossas relações se dissolveram, no fim de seis meses, sem ódio, nem luta, nem demonstração externa, porque ainda nos falávamos, onde o acaso nos reunia; mas já então tínhamos banca separada.

— Começo a ver uma pontinha do drama...

— Tragédia, diga tragédia; porque daí a pouco tempo, ou por desengano verbal que ela lhe desse, ou por desespero de vencer, Nóbrega deixou-me só em campo. Arranjou uma nomeação

A DESEJADA DAS GENTES

de juiz municipal lá para os sertões da Bahia, onde definhou
e morreu antes de acabar o quatriênio. E juro-lhe que não
foi o inculcado espírito prático de Nóbrega que o separou de
mim; ele, que tanto falara das vantagens do dinheiro, morreu
apaixonado como um simples Werther.[1]

— Menos a pistola.

— Também o veneno mata; e o amor de Quintília podia
dizer-se alguma coisa parecido com isso, foi o que o matou, e
o que ainda hoje me dói... Mas vejo pelo seu dito que o estou
aborrecendo...

— Pelo amor de Deus. Juro-lhe que não; foi uma graçola que
me escapou. Vamos adiante, conselheiro; ficou só em campo.

— Quintília não deixava ninguém estar só em campo — não
digo por ela, mas pelos outros. Muitos vinham ali tomar um
cálix de esperanças, e iam cear a outra parte. Ela não favorecia
a um mais que a outro, mas era lhana, graciosa e tinha essa
espécie de olhos derramados que não foram feitos para homens
ciumentos. Tive ciúmes amargos e, às vezes, terríveis. Todo
argueiro me parecia um cavaleiro, e todo cavaleiro, um diabo.
Afinal me acostumei a ver que eram passageiros de um dia.
Outros me metiam mais medo, eram os que vinham dentro da
luva das amigas. Creio que houve duas ou três negociações
dessas, mas sem resultado. Quintília declarou que nada faria
sem consultar o tio, e o tio aconselhou a recusa — coisa que ela
sabia de antemão. O bom velho não gostava nunca da visita
de homens, com receio de que a sobrinha escolhesse algum e
casasse. Estava tão acostumado a trazê-la ao pé de si, como uma
muleta da velha alma aleijada, que temia perdê-la inteiramente.

---

1. Referência a *Os sofrimentos do jovem Werther* (1774), romance do autor
alemão Johann Wolfgang von Goethe (1749–1832).

PAI CONTRA MÃE

— Não seria essa a causa da isenção sistemática da moça?

— Vai ver que não.

— O que noto é que o senhor era mais teimoso que os outros...

— ... Iludido, a princípio, porque no meio de tantas candidaturas malogradas, Quintília preferia-me a todos os outros homens e conversava comigo mais largamente e mais intimamente, a tal ponto que chegou a correr que nos casávamos.

— Mas conversavam de quê?

— De tudo o que ela não conversava com os outros; e era de fazer pasmar que uma pessoa tão amiga de bailes e passeios, de valsar e rir, fosse comigo tão severa e grave, tão diferente do que costumava ou parecia ser.

— A razão é clara: achava a sua conversação menos insossa que a dos outros homens.

— Obrigado; era mais profunda a causa da diferença, e a diferença ia-se acentuando com os tempos. Quando a vida cá embaixo a aborrecia muito, ia para o Cosme Velho, e ali as nossas conversações eram mais frequentes e compridas. Não lhe posso dizer, nem o senhor compreenderia nada, o que foram as horas que ali passei, incorporando à minha vida toda a vida que jorrava dela. Muitas vezes quis dizer-lhe o que sentia, mas as palavras tinham medo e ficavam no coração. Escrevi cartas sobre cartas; todas me pareciam frias, difusas, ou inchadas de estilo. Demais, ela não dava ensejo a nada, tinha um ar de velha amiga. No princípio de 1857 adoeceu meu pai em Itaboraí; corri a vê-lo, achei-o moribundo. Este fato reteve-me fora da Corte uns quatro meses. Voltei pelos fins de maio. Quintília recebeu-me triste da minha tristeza e vi claramente que o meu luto passara aos olhos dela...

A DESEJADA DAS GENTES

— Mas que era isso senão amor?

— Assim o cri e dispus a minha vida para desposá-la. Nisto, adoeceu o tio gravemente. Quintília não ficava só, se ele morresse, porque, além dos muitos parentes espalhados que tinha, morava com ela agora, na casa da Rua do Catete, uma prima, D. Ana, viúva; mas, é certo que a afeição principal ia-se embora e nessa transição da vida presente à vida ulterior podia eu alcançar o que desejava. A moléstia do tio foi breve; ajudada da velhice, levou-o em duas semanas. Digo-lhe aqui que a morte dele lembrou-me da morte de meu pai, e a dor que então senti foi quase a mesma. Quintília viu-me padecer, compreendeu o duplo motivo e, segundo me disse depois, estimou a coincidência do golpe, uma vez que tínhamos de o receber sem falta e tão breve. A palavra pareceu-me um convite matrimonial; dois meses depois cuidei de pedi-la em casamento. D. Ana ficara morando com ela e estavam no Cosme Velho. Fui ali, achei-as juntas no terraço, que ficava perto da montanha. Eram quatro horas da tarde de um domingo. D. Ana, que nos presumia namorados, deixou-nos o campo livre.

— Enfim!

— No terraço, lugar solitário, e posso dizer agreste, proferi a primeira palavra. O meu plano era justamente precipitar tudo, com medo de que cinco minutos de conversa me tirassem as forças. Ainda assim, não sabe o que me custou; custaria menos uma batalha, e juro-lhe que não nasci para guerras. Mas aquela mulher magrinha e delicada impunha-se-me, como nenhuma outra, antes e depois...

— E então?

— Quintília adivinhara, pelo transtorno do meu rosto, o que lhe ia pedir e deixou-me falar para preparar a resposta. A res-

PAI CONTRA MÃE

posta foi interrogativa e negativa. Casar para quê? Era melhor que ficássemos amigos como antes. Respondi-lhe que a amizade era, em mim, desde muito, a simples sentinela do amor; não podendo mais contê-lo, deixou que ele saísse. Quintília
5 sorriu da metáfora, o que me doeu, e sem razão; ela, vendo o efeito, fez-se outra vez séria e tratou de persuadir-me de que era melhor não casar. — Estou velha — disse ela; vou em trinta e três anos. — Mas se eu a amo assim mesmo — repliquei, e disse-lhe uma porção de coisas, que não poderia repetir agora.
10 Quintília refletiu um instante; depois insistiu nas relações de amizade; disse que, posto que mais moço que ela, tinha a gravidade de um homem mais velho e inspirava-lhe confiança como nenhum outro. Desesperançado, dei algumas passadas, depois me sentei outra vez e lhe narrei tudo. Ao saber da minha briga
15 com o amigo e companheiro da academia, e a separação em que ficamos, sentiu-se, não sei se diga, magoada ou irritada. Censurou-nos a ambos, não valia a pena que chegássemos a tal ponto. — A senhora diz isso porque não sente a mesma coisa. — Mas então é um delírio? — Creio que sim; o que lhe
20 afianço é que ainda agora, se fosse necessário, separar-me-ia dele uma e cem vezes; e creio poder afirmar-lhe que ele faria a mesma coisa. Aqui olhou ela espantada para mim, como se olha para uma pessoa cujas faculdades parecem transtornadas; depois abanou a cabeça e repetiu que fora um erro; não
25 valia a pena. — Fiquemos amigos — disse-me, estendendo a mão. — É impossível; pede-me coisa superior às minhas forças, nunca poderei ver na senhora uma simples amiga; não desejo impor-lhe nada; dir-lhe-ei até que nem mais insisto, porque não aceitaria outra resposta agora. Trocamos ainda algumas
30 palavras, e retirei-me... Veja a minha mão.

A DESEJADA DAS GENTES

— Treme-lhe ainda...

— E não lhe contei tudo. Não lhe digo aqui os aborrecimentos que tive, nem a dor e o despeito que me ficaram. Estava arrependido, zangado, devia ter provocado aquele desengano desde as primeiras semanas, mas a culpa foi da esperança, que é uma planta daninha, que me comeu o lugar de outras plantas melhores. No fim de cinco dias saí para Itaboraí, onde me chamaram alguns interesses do inventário de meu pai. Quando voltei, três semanas depois, achei em casa uma carta de Quintília.

— Oh!

— Abri-a alvoroçadamente: datava de quatro dias. Era longa; aludia aos últimos sucessos e dizia coisas meigas e graves. Quintília afirmava ter esperado por mim todos os dias, não cuidando que eu levasse o egoísmo até não voltar lá mais, por isso escrevia-me, pedindo que fizesse dos meus sentimentos pessoais e sem eco uma página de história acabada; que ficasse só o amigo e lá fosse ver a sua amiga. E concluía com estas singulares palavras: "Quer uma garantia? Juro-lhe que não casarei nunca". Compreendi que um vínculo de simpatia moral nos ligava um ao outro; com a diferença de que o que era em mim paixão específica, era nela uma simples eleição de caráter. Éramos dois sócios, que entravam no comércio da vida com diferente capital: eu, tudo o que possuía; ela, quase um óbolo. Respondi à carta dela nesse sentido; e declarei que eram tais a minha obediência e o meu amor, que cedia, mas de má vontade, porque, depois do que se passara entre nós, ia sentir-me humilhado. Risquei a palavra ridículo, já escrita, para poder ir vê-la sem este vexame; bastava o outro.

PAI CONTRA MÃE

— Aposto que seguiu atrás da carta? É o que eu faria, porque essa moça, ou eu me engano ou estava morta por casar com o senhor.

— Deixe a sua fisiologia usual; este caso é particularíssimo.

— Deixe-me adivinhar o resto; o juramento era um anzol místico; depois, o senhor, que o recebera, podia desobrigá-la dele, uma vez que aproveitasse com a absolvição. Mas, enfim, correr à casa dele.

— Não corri; fui dois dias depois. No intervalo, respondeu ela à minha carta com um bilhete carinhoso, que rematava com esta ideia: "não fale de humilhação, onde não houve público". Fui, voltei uma e mais vezes e se restabeleceram as nossas relações. Não se falou em nada; ao princípio, custou-me muito parecer o que era antes; depois, o demônio da esperança veio pousar outra vez no meu coração; e, sem nada exprimir, cuidei que um dia, um dia tarde, ela viesse a casar comigo. E foi essa esperança que me retificou aos meus próprios olhos, na situação em que me achava. Os boatos de nosso casamento correram mundo. Chegaram aos nossos ouvidos; eu negava formalmente e sério; ela dava de ombros e ria. Foi essa fase da nossa vida a mais serena para mim, salvo um incidente curto, um diplomata austríaco ou não sei que rapagão elegante, ruivo, olhos grandes e atrativos, e fidalgo ainda por cima. Quintília mostrou-se-lhe tão graciosa que ele cuidou estar aceito e tratou de ir adiante. Creio que algum gesto meu, inconsciente, ou então um pouco da percepção fina que o céu lhe dera, levou depressa o desengano à legação austríaca. Pouco depois ela adoeceu; e foi então que a nossa intimidade cresceu de vulto. Ela, enquanto se tratava, resolveu não sair, e isso mesmo lhe disseram os médicos. Lá passava eu muitas horas diariamente.

A DESEJADA DAS GENTES

Ou elas tocavam, ou jogávamos os três, ou então se lia alguma
coisa; a maior parte das vezes conversávamos somente. Foi
então que a estudei muito; escutando as suas leituras vi que os
livros puramente amorosos achava-os incompreensíveis, e, se
as paixões aí eram violentas, largava-os com tédio. Não falava 5
assim por ignorante; tinha notícia vaga das paixões, e assistira
a algumas alheias.

— De que moléstia padecia?

— Da espinha. Os médicos diziam que a moléstia não era
talvez recente, e ia tocando o ponto melindroso. Chegamos 10
assim a 1859. Desde março desse ano a moléstia agravou-se
muito; teve uma pequena parada, mas para os fins do mês chegou ao estado desesperador. Nunca vi depois criatura mais
enérgica diante da iminente catástrofe; estava então de uma
magreza transparente, quase fluida; ria, ou antes, sorria apenas, 15
e vendo que eu escondia as minhas lágrimas, apertava-me as
mãos agradecida. Um dia, estando só com o médico, perguntou-lhe a verdade; ele ia mentir, ela disse-lhe que era inútil, que
estava perdida. — Perdida, não, murmurou o médico.

— Jura que não estou perdida? — Ele hesitou, ela agrade- 20
ceu-lho. Uma vez certa que morria, ordenou o que prometera a
si mesma.

— Casou com o senhor, aposto?

— Não me relembre essa triste cerimônia; ou, antes,
deixe-me relembrá-la, porque me traz algum alento do passado. 25
Não aceitou recusas nem pedidos meus; casou comigo à beira
da morte. Foi no dia 18 de abril de 1859. Passei os últimos
dois dias, até 20 de abril ao pé da minha noiva moribunda, e
abracei-a pela primeira vez feita cadáver.

— Tudo isso é bem esquisito. 30

PAI CONTRA MÃE

— Não sei o que dirá a sua fisiologia. A minha, que é de profano, crê que aquela moça tinha ao casamento uma aversão puramente física. Casou meio defunta, às portas do nada. Chame-lhe monstro, se quer, mas acrescente divino.

A causa secreta

GARCIA, EM PÉ, mirava e estalava as unhas; Fortunato, na cadeira de balanço, olhava para o teto; Maria Luísa, perto da janela, concluía um trabalho de agulha. Havia já cinco minutos que nenhum deles dizia nada. Tinham falado do dia, que estivera excelente — de Catumbi, onde morava o casal Fortunato, e de uma casa de saúde, que adiante se explicará. Como os três personagens aqui presentes estão agora mortos e enterrados, tempo é de contar a história sem rebuço.

Tinham falado também de outra coisa, além daquelas três, coisa tão feia e grave, que não lhes deixou muito gosto para tratar do dia, do bairro e da casa de saúde. Toda a conversação a este respeito foi constrangida. Agora mesmo, os dedos de Maria Luísa parecem ainda trêmulos, ao passo que há no rosto de Garcia uma expressão de severidade, que lhe não é habitual. Em verdade, o que se passou foi de tal natureza, que para fazê-lo entender é preciso remontar à origem da situação.

Garcia tinha-se formado em medicina, no ano anterior, 1861. No de 1860, estando ainda na Escola, encontrou-se com Fortunato, pela primeira vez, à porta da Santa Casa; entrava, quando o outro saía. Fez-lhe impressão a figura; mas, ainda assim, tê-la-ia esquecido, se não fosse o segundo encontro, poucos dias depois. Morava na rua de D. Manoel. Uma de suas raras distrações era ir ao teatro de S. Januário, que ficava perto, entre essa rua e a praia; ia uma ou duas vezes por mês e nunca

PAI CONTRA MÃE

achava acima de quarenta pessoas. Só os mais intrépidos ousavam estender os passos até aquele recanto da cidade. Uma noite, estando nas cadeiras, apareceu ali Fortunato e sentou-se ao pé dele.

A peça era um dramalhão, cosido a facadas, ouriçado de imprecações e remorsos; mas Fortunato ouvia-a com singular interesse. Nos lances dolorosos, a atenção dele redobrava, os olhos iam avidamente de um personagem a outro, a tal ponto que o estudante suspeitou haver na peça reminiscências pessoais do vizinho. No fim do drama, veio uma farsa; mas Fortunato não esperou por ela e saiu; Garcia saiu atrás dele. Fortunato foi pelo beco do Cotovelo, rua de S. José, até o largo da Carioca. Ia devagar, cabisbaixo, parando às vezes, para dar uma bengalada em algum cão que dormia; o cão ficava ganindo e ele ia andando. No largo da Carioca entrou num tílburi e seguiu para os lados da praça da Constituição. Garcia voltou para casa sem saber mais nada.

Decorreram algumas semanas. Uma noite, eram nove horas, estava em casa, quando ouviu rumor de vozes na escada; desceu logo do sótão, onde morava, ao primeiro andar, onde vivia um empregado do arsenal de guerra. Era este que alguns homens conduziam, escada acima, ensanguentado. O preto que o servia acudiu a abrir a porta; o homem gemia, as vozes eram confusas, a luz pouca. Deposto o ferido na cama, Garcia disse que era preciso chamar um médico

— Já aí vem um, acudiu alguém.

Garcia olhou: era o próprio homem da Santa Casa e do teatro. Imaginou que seria parente ou amigo do ferido; mas rejeitou a suposição, desde que lhe ouvira perguntar se este tinha família ou pessoa próxima. Disse-lhe o preto que não, e ele

A CAUSA SECRETA

assumiu a direção do serviço, pediu às pessoas estranhas que se retirassem, pagou aos carregadores e deu as primeiras ordens. Sabendo que o Garcia era vizinho e estudante de medicina, pediu-lhe que ficasse para ajudar o médico. Em seguida contou o que se passara.

— Foi uma malta de capoeiras. Eu vinha do quartel de Moura, onde fui visitar um primo, quando ouvi um barulho muito grande, e logo depois um ajuntamento. Parece que eles feriram também a um sujeito que passava, e que entrou por um daqueles becos; mas eu só vi a este senhor, que atravessava a rua no momento em que um dos capoeiras, roçando por ele, meteu-lhe o punhal. Não caiu logo; disse onde morava e, como era a dois passos, achei melhor trazê-lo.

— Conhecia-o antes? — perguntou Garcia.

— Não, nunca o vi. Quem é?

— É um bom homem, empregado no arsenal de guerra. Chama-se Gouveia.

— Não sei quem é.

Médico e subdelegado vieram daí a pouco; fez-se o curativo, e tomaram-se as informações. O desconhecido declarou chamar-se Fortunato Gomes da Silveira, ser capitalista, solteiro, morador em Catumbi. A ferida foi reconhecida grave. Durante o curativo ajudado pelo estudante, Fortunato serviu de criado, segurando a bacia, a vela, os panos, sem perturbar nada, olhando friamente para o ferido, que gemia muito. No fim, entendeu-se particularmente com o médico, acompanhou-o até o patamar da escada, e reiterou ao subdelegado a declaração de estar pronto a auxiliar as pesquisas da polícia. Os dois saíram, ele e o estudante ficaram no quarto.

PAI CONTRA MÃE

Garcia estava atônito. Olhou para ele, viu-o sentar-se tranquilamente, estirar as pernas, meter as mãos nas algibeiras das calças e fitar os olhos no ferido. Os olhos eram claros, cor de chumbo, moviam-se devagar, e tinham a expressão dura, seca
5 e fria. Cara magra e pálida; uma tira estreita de barba, por baixo do queixo, e de uma têmpora a outra, curta, ruiva e rara. Teria quarenta anos. De quando em quando, voltava-se para o estudante e perguntava alguma coisa acerca do ferido; mas tornava logo a olhar para ele, enquanto o rapaz lhe dava a res-
10 posta. A sensação que o estudante recebia era de repulsa ao mesmo tempo que de curiosidade; não podia negar que estava assistindo a um ato de rara dedicação, e, se era desinteressado como parecia, não havia mais que aceitar o coração humano como um poço de mistérios.
15 Fortunato saiu pouco antes de uma hora; voltou nos dias seguintes, mas a cura fez-se depressa, e, antes de concluída, desapareceu sem dizer ao obsequiado onde morava. Foi o estudante que lhe deu as indicações do nome, rua e número.

— Vou agradecer-lhe a esmola que me fez, logo que possa
20 sair, disse o convalescente.

Correu a Catumbi daí a seis dias. Fortunato recebeu-o constrangido, ouviu impaciente as palavras de agradecimento, deu-lhe uma resposta enfastiada e acabou batendo com as borlas do chambre no joelho. Gouveia, defronte dele, sentado e calado,
25 alisava o chapéu com os dedos, levantando os olhos de quando em quando, sem achar mais nada que dizer. No fim de dez minutos, pediu licença para sair e saiu.

— Cuidado com os capoeiras! — disse-lhe o dono da casa, rindo-se.

A CAUSA SECRETA

O pobre diabo saiu de lá mortificado, humilhado, mastigando a custo o desdém, forcejando por esquecê-lo, explicá-lo ou perdoá-lo, para que no coração só ficasse a memória do benefício; mas o esforço era vão. O ressentimento, hóspede novo e exclusivo, entrou e pôs fora o benefício, de tal modo que o desgraçado não teve mais que trepar à cabeça e refugiar-se ali como uma simples ideia. Foi assim que o próprio benfeitor insinuou a este homem o sentimento da ingratidão.

Tudo isso assombrou o Garcia. Este moço possuía, em gérmen, a faculdade de decifrar os homens, de decompor os caracteres, tinha o amor da análise e sentia o regalo, que dizia ser supremo, de penetrar muitas camadas morais, até apalpar o segredo de um organismo. Picado de curiosidade, lembrou-se de ir ter com o homem de Catumbi, mas advertiu que nem recebera dele o oferecimento formal da casa. Quando menos, era-lhe preciso um pretexto, e não achou nenhum.

Tempos depois, estando já formado e morando na rua de Matacavalos, perto da do Conde, encontrou Fortunato em uma gôndola, encontrou-o ainda outras vezes, e a frequência trouxe a familiaridade. Um dia Fortunato convidou-o a ir visitá-lo ali perto, em Catumbi.

— Sabe que estou casado?

— Não sabia.

— Casei-me há quatro meses, podia dizer quatro dias. Vá jantar conosco domingo.

— Domingo?

— Não esteja forjando desculpas; não admito desculpas. Vá domingo.

Garcia foi lá domingo. Fortunato deu-lhe um bom jantar, bons charutos e boa palestra, em companhia da senhora, que

PAI CONTRA MÃE

era interessante. A figura dele não mudara; os olhos eram as mesmas chapas de estanho, duras e frias; as outras feições não eram mais atraentes que antes. Os obséquios, porém, se não resgatavam a natureza, davam alguma compensação, e não era pouco. Maria Luísa é que possuía ambos os feitiços, pessoa e modos. Era esbelta, airosa, olhos meigos e submissos; tinha vinte e cinco anos e parecia não passar de dezenove. Garcia, à segunda vez que lá foi, percebeu que entre eles havia alguma dissonância de caracteres, pouca ou nenhuma afinidade moral, e da parte da mulher para com o marido uns modos que transcendiam o respeito e confinavam na resignação e no temor. Um dia, estando os três juntos, perguntou Garcia a Maria Luísa se tivera notícia das circunstâncias em que ele conhecera o marido.

— Não — respondeu a moça.

— Vai ouvir uma ação bonita.

— Não vale a pena — interrompeu Fortunato.

— A senhora vai ver se vale a pena — insistiu o médico.

Contou o caso da rua de D. Manoel. A moça ouviu-o espantada. Insensivelmente estendeu a mão e apertou o pulso ao marido, risonha e agradecida, como se acabasse de descobrir-lhe o coração. Fortunato sacudia os ombros, mas não ouvia com indiferença. No fim contou ele próprio a visita que o ferido lhe fez, com todos os pormenores da figura, dos gestos, das palavras atadas, dos silêncios, em suma, um estúrdio. E ria muito ao contá-la. Não era o riso da dobrez. A dobrez é evasiva e oblíqua; o riso dele era jovial e franco.

"Singular homem!", pensou Garcia.

Maria Luísa ficou desconsolada com a zombaria do marido; mas o médico restituiu-lhe a satisfação anterior, voltando a re-

A CAUSA SECRETA

ferir a dedicação deste e as suas raras qualidades de enfermeiro; tão bom enfermeiro, concluiu ele, que, se algum dia fundar uma casa de saúde, irei convidá-lo.

— Valeu? — perguntou Fortunato.

— Valeu o quê?

— Vamos fundar uma casa de saúde?

— Não valeu nada; estou brincando.

— Podia-se fazer alguma coisa; e para o senhor, que começa a clínica, acho que seria bem bom. Tenho justamente uma casa que vai vagar, e serve.

Garcia recusou nesse e no dia seguinte; mas a ideia tinha-se metido na cabeça ao outro, e não foi possível recuar mais. Na verdade, era uma boa estreia para ele, e podia vir a ser um bom negócio para ambos. Aceitou finalmente, daí a dias, e foi uma desilusão para Maria Luísa. Criatura nervosa e frágil, padecia só com a ideia de que o marido tivesse de viver em contato com enfermidades humanas, mas não ousou opor-se-lhe e curvou a cabeça. O plano fez-se e cumpriu-se depressa. Verdade é que Fortunato não curou de mais nada, nem então, nem depois. Aberta a casa, foi ele o próprio administrador e chefe de enfermeiros, examinava tudo, ordenava tudo, compras e caldos, drogas e contas.

Garcia pôde então observar que a dedicação ao ferido da rua D. Manoel não era um caso fortuito, mas assentava na própria natureza deste homem. Via-o servir como nenhum dos fâmulos. Não recuava diante de nada, não conhecia moléstia aflitiva ou repelente e estava sempre pronto para tudo, a qualquer hora do dia ou da noite. Toda a gente pasmava e aplaudia. Fortunato estudava, acompanhava as operações, e nenhum outro curava os cáusticos.

PAI CONTRA MÃE

— Tenho muita fé nos cáusticos — dizia ele.

A comunhão dos interesses apertou os laços da intimidade. Garcia tornou-se familiar na casa; ali jantava quase todos os dias, ali observava a pessoa e a vida de Maria Luísa, cuja solidão
5 moral era evidente. E a solidão como que lhe duplicava o encanto. Garcia começou a sentir que alguma coisa o agitava, quando ela aparecia, quando falava, quando trabalhava, calada, ao canto da janela, ou tocava ao piano umas músicas tristes. Manso e manso, entrou-lhe o amor no coração. Quando deu por
10 ele, quis expeli-lo para que entre ele e Fortunato não houvesse outro laço que o da amizade; mas não pôde. Pôde apenas trancá-lo; Maria Luísa compreendeu ambas as coisas, a afeição e o silêncio, mas não se deu por achada.

No começo de outubro deu-se um incidente que desvendou
15 ainda mais aos olhos do médico a situação da moça. Fortunato metera-se a estudar anatomia e fisiologia e ocupava-se nas horas vagas em rasgar e envenenar gatos e cães. Como os guinchos dos animais atordoavam os doentes, mudou o laboratório para casa, e a mulher, compleição nervosa, teve de os
20 sofrer. Um dia, porém, não podendo mais, foi ter com o médico e pediu-lhe que, como coisa sua, alcançasse do marido a cessação de tais experiências.

— Mas a senhora mesma...

Maria Luísa acudiu, sorrindo:
25 — Ele naturalmente achará que sou criança. O que eu queria é que o senhor, como médico, lhe dissesse que isso me faz mal; e creia que faz...

Garcia alcançou prontamente que o outro acabasse com tais estudos. Se os foi fazer em outra parte, ninguém o soube,
30 mas pode ser que sim. Maria Luísa agradeceu ao médico, tanto

A CAUSA SECRETA

por ela como pelos animais, que não podia ver padecer. Tossia de quando em quando; Garcia perguntou-lhe se tinha alguma coisa, ela respondeu que nada.

— Deixe ver o pulso.

— Não tenho nada.

Não deu o pulso e se retirou. Garcia ficou apreensivo. Cuidava, ao contrário, que ela podia ter alguma coisa, que era preciso observá-la e avisar o marido em tempo.

Dois dias depois — exatamente o dia em que os vemos agora —, Garcia foi lá jantar. Na sala disseram-lhe que Fortunato estava no gabinete, e ele caminhou para ali; ia chegando à porta, no momento em que Maria Luísa saía aflita.

— Que é? — perguntou-lhe.

— O rato! O rato! — exclamou a moça sufocada e afastando-se.

Garcia lembrou-se de que na véspera ouvira ao Fortunado queixar-se de um rato, que lhe levara um papel importante; mas estava longe de esperar o que viu. Viu Fortunato sentado à mesa, que havia no centro do gabinete, e sobre a qual pusera um prato com espírito de vinho. O líquido flamejava. Entre o polegar e o índice da mão esquerda segurava um barbante, de cuja ponta pendia o rato atado pela cauda. Na direita tinha uma tesoura. No momento em que o Garcia entrou, Fortunato cortava ao rato uma das patas; em seguida desceu o infeliz até a chama, rápido, para não o matar, e dispôs-se a fazer o mesmo à terceira, pois já lhe havia cortado a primeira. Garcia estacou horrorizado.

— Mate-o logo! — disse-lhe.

— Já vai.

PAI CONTRA MÃE

E com um sorriso único, reflexo de alma satisfeita, alguma coisa que traduzia a delícia íntima das sensações supremas, Fortunato cortou a terceira pata ao rato e fez pela terceira vez o mesmo movimento até a chama. O miserável estorcia-se, guinchando, ensanguentado, chamuscado, e não acabava de morrer. Garcia desviou os olhos, depois os voltou novamente e estendeu a mão para impedir que o suplício continuasse, mas não chegou a fazê-lo, porque o diabo do homem impunha medo, com toda aquela serenidade radiosa da fisionomia. Faltava cortar a última pata; Fortunato cortou-a muito devagar, acompanhando a tesoura com os olhos; a pata caiu, e ele ficou olhando para o rato meio cadáver. Ao descê-lo pela quarta vez, até a chama, deu ainda mais rapidez ao gesto, para salvar, se pudesse, alguns farrapos de vida.

Garcia, defronte, conseguia dominar a repugnância do espetáculo para fixar a cara do homem. Nem raiva, nem ódio; tão-somente um vasto prazer, quieto e profundo, como daria a outro a audição de uma bela sonata ou a vista de uma estátua divina, alguma coisa parecida com a pura sensação estética. Pareceu-lhe, e era verdade, que Fortunato havia-o inteiramente esquecido. Isto posto, não estaria fingindo, e devia ser aquilo mesmo. A chama ia morrendo, o rato podia ser que tivesse ainda um resíduo de vida, sombra de sombra; Fortunato aproveitou-o para cortar-lhe o focinho e pela última vez chegar a carne ao fogo. Afinal deixou cair o cadáver no prato e arredou de si toda essa mistura de chamusco e sangue.

Ao levantar-se deu com o médico e teve um sobressalto. Então, mostrou-se enraivecido contra o animal, que lhe comera o papel; mas a cólera evidentemente era fingida.

A CAUSA SECRETA

"Castiga sem raiva", pensou o médico, "pela necessidade de achar uma sensação de prazer, que só a dor alheia lhe pode dar: é o segredo deste homem".

Fortunato encareceu a importância do papel, a perda que lhe trazia, perda de tempo, é certo, mas o tempo agora lhe era preciosíssimo. Garcia ouvia só, sem dizer nada, nem lhe dar crédito. Relembrava os atos dele, graves e leves, achava a mesma explicação para todos. Era a mesma troca das teclas da sensibilidade, um diletantismo *sui generis*, uma redução de Calígula.[1]

Quando Maria Luísa voltou ao gabinete, daí a pouco, o marido foi ter com ela, rindo, pegou-lhe nas mãos e falou-lhe mansamente:

— Fracalhona!

E voltando-se para o médico:

— Há de crer que quase desmaiou?

Maria Luísa defendeu-se a medo, disse que era nervosa e mulher; depois foi sentar-se à janela com as suas lãs e agulhas, e os dedos ainda trêmulos, tal qual a vimos no começo desta história. Hão de lembrar-se que, depois de terem falado de outras coisas, ficaram calados os três, o marido sentado e olhando para o teto, o médico estalando as unhas. Pouco depois foram jantar; mas o jantar não foi alegre. Maria Luísa cismava e tossia; o médico indagava de si mesmo se ela não estaria exposta a algum excesso na companhia de tal homem. Era apenas possível; mas o amor trocou-lhe a possibilidade em certeza; tremeu por ela e cuidou de os vigiar.

1. Caio Júlio César Augusto Germânico (12 d.C. – 41 d.C.), também conhecido como Calígula, foi um imperador romano.

PAI CONTRA MÃE

Ela tossia, tossia, e não se passou muito tempo que a moléstia não tirasse a máscara. Era a tísica, velha dama insaciável, que chupa a vida toda, até deixar um bagaço de ossos. Fortunato recebeu a notícia como um golpe; amava deveras a mulher, a seu modo, estava acostumado com ela, custava-lhe perdê-la. Não poupou esforços, médicos, remédios, ares, todos os recursos e todos os paliativos. Mas foi tudo vão. A doença era mortal.

Nos últimos dias, em presença dos tormentos supremos da moça, a índole do marido subjugou qualquer outra afeição. Não a deixou mais; fitou o olho baço e frio naquela decomposição lenta e dolorosa da vida, bebeu uma a uma as aflições da bela criatura, agora magra e transparente, devorada de febre e minada de morte. Egoísmo aspérrimo, faminto de sensações, não lhe perdoou um só minuto de agonia, nem lhos pagou com uma só lágrima, pública ou íntima. Só quando ela expirou, é que ele ficou aturdido. Voltando a si, viu que estava outra vez só.

De noite, indo repousar uma parenta de Maria Luísa, que a ajudara a morrer, ficaram na sala Fortunato e Garcia, velando o cadáver, ambos pensativos; mas o próprio marido estava fatigado, o médico disse-lhe que repousasse um pouco.

— Vá descansar, passe pelo sono uma hora ou duas: eu irei depois.

Fortunato saiu, foi deitar-se no sofá da saleta contígua e adormeceu logo. Vinte minutos depois acordou, quis dormir outra vez, cochilou alguns minutos, até que se levantou e voltou à sala. Caminhava nas pontas dos pés para não acordar a parenta, que dormia perto. Chegando à porta, estacou assombrado.

Garcia tinha-se chegado ao cadáver, levantara o lenço e contemplara por alguns instantes as feições defuntas. Depois, como se a morte espiritualizasse tudo, inclinou-se e beijou-a na

A CAUSA SECRETA

testa. Foi nesse momento que Fortunato chegou à porta. Estacou assombrado; não podia ser o beijo da amizade, podia ser o epílogo de um livro adúltero. Não tinha ciúmes, note-se; a natureza compô-lo de maneira que lhe não deu ciúmes nem inveja, mas dera-lhe vaidade, que não é menos cativa ao ressentimento. 5

Olhou assombrado, mordendo os beiços.

Entretanto, Garcia inclinou-se ainda para beijar outra vez o cadáver; mas então não pôde mais. O beijo rebentou em soluços, e os olhos não puderam conter as lágrimas, que vieram em borbotões, lágrimas de amor calado, e irremediável desespero. 10 Fortunato, à porta, onde ficara, saboreou tranquilo essa explosão de dor moral que foi longa, muito longa, deliciosamente longa.

Trio em lá menor

CAPÍTULO PRIMEIRO

Adagio Cantabile

MARIA REGINA ACOMPANHOU a avó até o quarto, despediu-se e recolheu-se ao seu. A mucama que a servia, apesar da familiaridade que existia entre elas, não pôde arrancar-lhe uma palavra e saiu, meia hora depois, dizendo que Nhanhã estava muito séria. Logo que ficou só, Maria Regina sentou-se ao pé da cama, com as pernas estendidas, os pés cruzados, pensando.

A verdade pede que diga que esta moça pensava amorosamente em dois homens ao mesmo tempo, um de vinte e sete anos, Maciel — outro de cinquenta, Miranda. Convenho que é abominável, mas não posso alterar a feição das coisas, não posso negar que se os dois homens estão namorados dela, ela não o está menos de ambos. Uma esquisita, em suma; ou, para falar como as suas amigas de colégio, uma desmiolada. Ninguém lhe nega coração excelente e claro espírito; mas a imaginação é que é o mal, uma imaginação adusta e cobiçosa, insaciável principalmente, avessa à realidade, sobrepondo às coisas da vida outras de si mesma; daí curiosidades irremediáveis.

A visita dos dois homens (que a namoravam de pouco) durou cerca de uma hora. Maria Regina conversou alegremente com eles e tocou ao piano uma peça clássica, uma sonata, que fez a avó cochilar um pouco. No fim discutiram música. Miranda disse coisas pertinentes acerca da música moderna e antiga; a

avó tinha a religião de Bellini e da *Norma*,[1] e falou das toadas do
seu tempo, agradáveis, saudosas e principalmente claras. A neta
ia com as opiniões do Miranda; Maciel concordou polidamente
com todos.

5   Ao pé da cama, Maria Regina reconstruía agora tudo isso, a
visita, a conversação, a música, o debate, os modos de ser de um
e de outro, as palavras do Miranda e os belos olhos do Maciel.
Eram onze horas, a única luz do quarto era a lamparina, tudo
convidava ao sonho e ao devaneio. Maria Regina, à força de
10   recompor a noite, viu ali dois homens ao pé dela, ouviu-os e
conversou com eles durante uma porção de minutos, trinta ou
quarenta, ao som da mesma sonata tocada por ela: lá, lá, lá...

CAPÍTULO SEGUNDO

Allegro ma non tropo

No dia seguinte a avó e a neta foram visitar uma amiga
15   na Tijuca. Na volta a carruagem derribou um menino que
atravessava a rua, correndo. Uma pessoa que viu isto atirou-se
aos cavalos e, com perigo de si própria, conseguiu detê-los e
salvar a criança, que apenas ficou ferida e desmaiada. Gente,
tumulto, a mãe do pequeno acudiu em lágrimas. Maria Regina
20   desceu do carro e acompanhou o ferido até à casa da mãe, que
era ali ao pé.

Quem conhece a técnica do destino adivinha logo que a
pessoa que salvou o pequeno foi um dos dois homens da outra
noite; foi o Maciel. Feito o primeiro curativo, o Maciel acom-
25   panhou a moça até a carruagem e aceitou o lugar que a avó
lhe ofereceu até a cidade. Estavam no Engenho Velho. Na

---

1. Vicenzo Bellini (1801–1835), compositor italiano, autor da ópera *Norma e*
I Puritani (*Norma e os puritanos*).

TRIO EM LÁ MENOR

carruagem é que Maria Regina viu que o rapaz trazia a mão ensanguentada. A avó inquiria a miúdo se o pequeno estava muito mal, se escaparia; Maciel disse-lhe que os ferimentos eram leves. Depois contou o acidente: estava parado, na calçada, esperando que passasse um tílburi, quando viu o pequeno atravessar a rua por diante dos cavalos; compreendeu o perigo e tratou de conjurá-lo, ou diminuí-lo.

— Mas está ferido — disse a velha.

— Coisa de nada.

— Está, está — acudiu a moça; podia ter-se curado também.

— Não é nada — teimou ele. — Foi um arranhão, enxugo isto com o lenço.

Não teve tempo de tirar o lenço; Maria Regina ofereceu-lhe o seu. Maciel, comovido, pegou nele, mas hesitou em maculá-lo.

— Vá, vá — dizia-lhe ela. E vendo-o acanhado, tirou-lho e enxugou-lhe, ela mesma, o sangue da mão.

A mão era bonita, tão bonita como o dono; mas parece que ele estava menos preocupado com a ferida da mão que com o amarrotado dos punhos. Conversando, olhava para eles disfarçadamente e escondia-os. Maria Regina não via nada, via-o a ele, via-lhe principalmente a ação que acabava de praticar e que lhe punha uma auréola. Compreendeu que a natureza generosa saltara por cima dos hábitos pausados e elegantes do moço, para arrancar à morte uma criança que ele nem conhecia. Falaram do assunto até a porta da casa delas; Maciel recusou, agradecendo, a carruagem que elas lhe ofereciam e despediu-se até a noite.

— Até a noite! — repetiu Maria Regina.

— Esperou-o ansiosa. Ele chegou, por volta de oito horas, trazendo uma fita preta enrolada na mão, e pediu desculpa de

PAI CONTRA MÃE

vir assim; mas disseram-lhe que era bom pôr alguma coisa e obedeceu.

— Mas está melhor!

— Estou bom, não foi nada.

5 — Venha, venha — disse-lhe a avó, do outro lado da sala. — Sente-se aqui ao pé de mim: o senhor é um herói.

Maciel ouvia sorrindo. Tinha passado o ímpeto generoso, começava a receber os dividendos do sacrifício. O maior deles era a admiração de Maria Regina, tão ingênua e tamanha, que 10 esquecia a avó e a sala. Maciel sentara-se ao lado da velha. Maria Regina defronte de ambos. Enquanto a avó, restabelecida do susto, contava as comoções que padecera, a princípio sem saber de nada, depois imaginando que a criança teria morrido, os dois olhavam um para o outro, discretamente, e afinal esque-15 cidamente. Maria Regina perguntava a si mesma onde acharia melhor noivo. A avó, que não era míope, achou a contemplação excessiva, e falou de outra coisa; pediu ao Maciel algumas notícias de sociedade.

CAPÍTULO TERCEIRO

Allegro appassionato

20 Maciel era homem, como ele mesmo dizia em francês, *très répandu*;[2] sacou da algibeira uma porção de novidades miúdas e interessantes. A maior de todas foi a de estar desfeito o casamento de certa viúva.

— Não me diga isso! — exclamou a avó. — E ela?

---

2. *Très répandu*, expressão francesa que significa "que frequenta muita gente", que tem muitas relações sociais.

TRIO EM LÁ MENOR

— Parece que foi ela mesma que o desfez: o certo é que esteve anteontem no baile, dançou e conversou com muita animação. Oh! Abaixo da notícia, o que fez mais sensação em mim foi o colar que ela levava, magnífico...

— Com uma cruz de brilhantes? — perguntou a velha. — Conheço; é muito bonito.

— Não, não é esse.

Maciel conhecia o da cruz, que ela levara à casa de um Mascarenhas; não era esse. Este outro ainda há poucos dias estava na loja do Resende, uma coisa linda. E descreveu-o todo, número, disposição e facetado das pedras; concluiu dizendo que foi a joia da noite.

— Para tanto luxo era melhor casar — ponderou maliciosamente a avó.

— Concordo que a fortuna dela não dá para isso. Ora, espere! Vou amanhã ao Resende, por curiosidade, saber o preço por que o vendeu. Não foi barato, não podia ser barato.

— Mas por que é que se desfez o casamento?

— Não pude saber; mas tenho de jantar sábado com o Venancinho Corrêa, e ele conta-me tudo. Sabe que ainda é parente dela? Bom rapaz; está inteiramente brigado com o barão...

A avó não sabia da briga; Maciel contou-lha de princípio a fim, com todas as suas causas e agravantes. A última gota no cálice foi um dito à mesa de jogo, uma alusão ao defeito do Venancinho, que era canhoto. Contaram-lhe isto, e ele rompeu inteiramente as relações com o barão. O bonito é que os parceiros do barão acusaram-se uns aos outros de terem ido contar as palavras deste. Maciel declarou que era regra sua não repetir o que ouvia à mesa do jogo, porque é lugar em que há certa franqueza.

PAI CONTRA MÃE

Depois fez a estatística da rua do Ouvidor, na véspera, entre uma e quatro horas da tarde. Conhecia os nomes das fazendas e todas as cores modernas. Citou as principais *toilettes* do dia. A primeira foi a de *Madame*[3] Pena Maia, baiana distinta, *très*
5   *pschutt*.[4] A segunda foi a de *Mademoiselle*[5] Pedrosa, filha de um desembargador de São Paulo, adorável. E apontou mais três, comparou depois as cinco, deduziu e concluiu. Às vezes esquecia-se e falava francês; pode mesmo ser que não fosse esquecimento, mas propósito; conhecia bem a língua, exprimia-se
10   com facilidade e formulara um dia este axioma etnológico — que há parisienses em toda a parte. De caminho, explicou um problema de voltarete.

— A senhora tem cinco trunfos de espadilha e manilha, tem rei e dama de copas...

15   Maria Regina ia descambando da admiração no fastio; agarrava-se aqui e ali, contemplava a figura moça do Maciel, recordava a bela ação daquele dia, mas ia sempre escorregando; o fastio não tardava a absorvê-la. Não havia remédio. Então recorreu a um singular expediente. Tratou de combinar os dois
20   homens, o presente com o ausente, olhando para um e escutando o outro de memória; recurso violento e doloroso, mas tão eficaz, que ela pôde contemplar por algum tempo uma criatura perfeita e única.

Nisto apareceu o outro, o próprio Miranda. Os dois homens
25   cumprimentaram-se friamente; Maciel demorou-se ainda uns dez minutos e saiu.

---

3. *Madame*, "senhora", em francês.
4. *Très pschutt*, expressão francesa que significa "muito admirável".
5. *Mademoiselle*, "senhorita", em francês.

TRIO EM LÁ MENOR

Miranda ficou. Era alto e seco, fisionomia dura e gelada. Tinha o rosto cansado, os cinquenta anos confessavam-se tais, nos cabelos grisalhos, nas rugas e na pele. Só os olhos continham alguma coisa menos caduca. Eram pequenos e escondiam-se por baixo da vasta arcada do sobrolho; mas lá, ao fundo, quando não estavam pensativos, centelhavam de mocidade. A avó perguntou-lhe, logo que Maciel saiu, se já tinha notícia do acidente do Engenho Velho e contou-lho com grandes encarecimentos, mas o outro ouvia tudo sem admiração nem inveja.

— Não acha sublime? — perguntou ela, no fim.

— Acho que ele salvou talvez a vida a um desalmado que algum dia, sem o conhecer, pode meter-lhe uma faca na barriga.

— Oh! Protestou a avó.

— Ou mesmo conhecendo — emendou ele.

— Não seja mau — acudiu Maria Regina. — O senhor era bem capaz de fazer o mesmo, se ali estivesse.

Miranda sorriu de um modo sardônico. O riso acentuou-lhe a dureza da fisionomia. Egoísta e mau, este Miranda primava por um lado único: espiritualmente, era completo. Maria Regina achava nele o tradutor maravilhoso e fiel de uma porção de ideias que lutavam dentro dela, vagamente, sem forma ou expressão. Era engenhoso, fino e até profundo, tudo sem pedantice e sem meter-se por matos cerrados, antes quase sempre na planície das conversações ordinárias; tão certo é que as coisas valem pelas ideias que nos sugerem. Tinham ambos os mesmos gostos artísticos; Miranda estudara direito para obedecer ao pai; a sua vocação era a música.

A avó, prevendo a sonata, aparelhou a alma para alguns cochilos. Demais, não podia admitir tal homem no coração; achava-o aborrecido e antipático. Calou-se no fim de alguns

PAI CONTRA MÃE

minutos. A sonata veio, no meio de uma conversação que Maria Regina achou deleitosa, e não veio senão porque ele lhe pediu que tocasse; ele ficaria de bom grado a ouvi-la.

— Vovó — disse ela —, agora há de ter paciência...

5 Miranda aproximou-se do piano. Ao pé das arandelas, a cabeça dele mostrava toda a fadiga dos anos, ao passo que a expressão da fisionomia era muito mais de pedra e fel. Maria Regina notou a graduação e tocava sem olhar para ele; difícil coisa, porque, se ele falava, as palavras entravam-lhe tanto
10 pela alma, que a moça insensivelmente levantava os olhos e dava logo com um velho ruim. Então é que se lembrava do Maciel, dos seus anos em flor, da fisionomia franca, meiga e boa, e, afinal, da ação daquele dia. Comparação tão cruel para o Miranda, como fora para o Maciel o cotejo dos seus
15 espíritos. E a moça recorreu ao mesmo expediente. Completou um pelo outro; escutava a este com o pensamento naquele; e a música ia ajudando a ficção, indecisa a princípio, mas logo viva e acabada. Assim Titânia,[6] ouvindo namorada a cantiga do tecelão, admirava-lhe as belas formas, sem advertir que a
20 cabeça era de burro.

CAPÍTULO QUARTO

Minuetto

Dez, vinte, trinta dias se passaram depois daquela noite, e ainda mais vinte, e depois mais trinta. Não há cronologia certa; melhor é ficar no vago. A situação era a mesma. Era a
25 mesma insuficiência individual dos dois homens, e o mesmo

6. A fada Titânia é uma personagem da comédia *Sonho de uma noite de verão* (1593), de William Shakespeare (1564–1616).

complemento ideal por parte dela; daí um terceiro homem, que ela não conhecia.

Maciel e Miranda desconfiavam um do outro, detestavam-se a mais e mais e padeciam muito, Miranda principalmente, que era paixão da última hora. Afinal acabaram aborrecendo a moça. Esta viu-os ir pouco a pouco. A esperança ainda os fez relapsos, mas tudo morre, até a esperança, e eles saíram para nunca mais. As noites foram passando, passando... Maria Regina compreendeu que estava acabado.

A noite em que se persuadiu bem disto foi uma das mais belas daquele ano, clara, fresca, luminosa. Não havia lua; mas nossa amiga aborrecia a lua — não se sabe bem por quê — , ou porque brilha de empréstimo, ou porque toda a gente a admira, e pode ser que por ambas as razões. Era uma das suas esquisitices. Agora outra.

Tinha lido de manhã, em uma notícia de jornal, que há estrelas duplas, que nos parecem um só astro. Em vez de ir dormir, encostou-se à janela do quarto, olhando para o céu, a ver se descobria alguma delas; baldado esforço. Não a descobrindo no céu, procurou-a em si mesma, fechou os olhos para imaginar o fenômeno; astronomia fácil e barata, mas não sem risco. O pior que ela tem é pôr os astros ao alcance da mão; por modo que, se a pessoa abre os olhos e eles continuam a fulgurar lá em cima, grande é o desconsolo e certa a blasfêmia. Foi o que sucedeu aqui. Maria Regina viu dentro de si a estrela dupla e única. Separadas, valiam bastante; juntas, davam um astro esplêndido. E ela queria o astro esplêndido. Quando abriu os olhos e viu que o firmamento ficava tão alto, concluiu que a criação era um livro falho e incorreto, e desesperou.

PAI CONTRA MÃE

No muro da chácara viu então uma coisa parecida com dois olhos de gato. A princípio teve medo, mas advertiu logo que não era mais que a reprodução externa dos dois astros que ela vira em si mesma e que tinham ficado impressos na retina. A retina desta moça fazia refletir cá fora todas as suas imaginações. Refrescando o vento recolheu-se, fechou a janela e meteu-se na cama.

Não dormiu logo, por causa de duas rodelas de opala que estavam incrustadas na parede; percebendo que era ainda uma ilusão, fechou os olhos e dormiu. Sonhou que morria, que a alma dela, levada aos ares, voava na direção de uma bela estrela dupla. O astro desdobrou-se, e ela voou para uma das duas porções; não achou ali a sensação primitiva e despenhou-se para outra; igual resultado, igual regresso, e ei-la a andar de uma para outra das duas estrelas separadas. Então uma voz surgiu do abismo, com palavras que ela não entendeu.

— É a tua pena, alma curiosa de perfeição; a tua pena é oscilar por toda a eternidade entre dois astros incompletos, ao som desta velha sonata do absoluto: lá, lá, lá...

Adão e Eva

UMA SENHORA DE ENGENHO, na Bahia, pelos anos de mil setecentos e tantos, tendo algumas pessoas íntimas à mesa, anunciou a um dos convivas, grande lambareiro, um certo doce particular. Ele quis logo saber o que era; a dona da casa chamou-lhe curioso. Não foi preciso mais; daí a pouco estavam todos discutindo a curiosidade, se era masculina ou feminina, e se a responsabilidade da perda do paraíso devia caber a Eva ou a Adão. As senhoras diziam que a Adão, os homens que a Eva, menos o juiz de fora, que não dizia nada, e Frei Bento, carmelita, que interrogado pela dona da casa, D. Leonor:

— Eu, senhora minha, toco viola — respondeu sorrindo; e não mentia, porque era insigne na viola e na harpa, não menos que na teologia.

Consultado, o juiz de fora respondeu que não havia matéria para opinião; porque as coisas no paraíso terrestre passaram-se de modo diferente do que está contado no primeiro livro do Pentateuco, que é apócrifo. Espanto geral, riso do carmelita que conhecia o juiz de fora como um dos mais piedosos sujeitos da cidade e sabia que era também jovial e inventivo, e até amigo da pulha, uma vez que fosse curial e delicada; nas coisas graves, era gravíssimo.

— Frei Bento — disse-lhe D. Leonor —, faça calar o Sr. Veloso.

— Não o faço calar — acudiu o frade —, porque sei que de sua boca há de sair tudo com boa significação.

— Mas a Escritura... — ia dizendo o mestre-de-campo João Barbosa.

— Deixemos em paz a Escritura — interrompeu o carmelita.

— Naturalmente, o Sr. Veloso conhece outros livros...

— Conheço o autêntico — insistiu o juiz de fora, recebendo o prato de doce que D. Leonor lhe oferecia —, e estou pronto a dizer o que sei, se não mandam o contrário.

— Vá lá, diga.

— Aqui está como as coisas se passaram. Em primeiro lugar, não foi Deus que criou o mundo, foi o Diabo...

— Cruz! — exclamaram as senhoras.

— Não diga esse nome — pediu D. Leonor.

— Sim, parece que... — ia intervindo frei Bento.

— Seja o Tinhoso. Foi o Tinhoso que criou o mundo; mas Deus, que lhe leu no pensamento, deixou-lhe as mãos livres, cuidando somente de corrigir ou atenuar a obra, a fim de que ao próprio mal não ficasse a desesperança da salvação ou do benefício. E a ação divina mostrou-se logo porque, tendo o Tinhoso criado as trevas, Deus criou a luz, e assim se fez o primeiro dia. No segundo dia, em que foram criadas as águas, nasceram as tempestades e os furacões; mas as brisas da tarde baixaram do pensamento divino. No terceiro dia foi feita a terra, e brotaram dela os vegetais, mas só os vegetais sem fruto nem flor, os espinhosos, as ervas que matam como a cicuta; Deus, porém, criou as árvores frutíferas e os vegetais que nutrem ou encantam. E tendo o Tinhoso cavado abismos e cavernas na terra, Deus fez o sol, a lua e as estrelas; tal foi a obra do quarto dia. No quinto foram criados os animais da terra, da água e do ar. Chegamos ao sexto dia, e aqui peço que redobrem de atenção.

ADÃO E EVA

Não era preciso pedi-lo; toda a mesa olhava para ele, curiosa.

Veloso continuou dizendo que no sexto dia foi criado o homem, e logo depois a mulher; ambos belos, mas sem alma, que o Tinhoso não podia dar, e só com ruins instintos. Deus infundiu-lhes a alma, com um sopro, e com outro os sentimentos nobres, puros e grandes. Nem parou nisso a misericórdia divina; fez brotar um jardim de delícias, e para ali os conduziu, investindo-os na posse de tudo. Um e outro caíram aos pés do Senhor, derramando lágrimas de gratidão. "Vivereis aqui", disse-lhe o Senhor, "e comereis de todos os frutos, menos o desta árvore, que é a da ciência do Bem e do Mal".

Adão e Eva ouviram submissos; e, ficando sós, olharam um para o outro, admirados; não pareciam os mesmos. Eva, antes que Deus lhe infundisse os bons sentimentos, cogitava de armar um laço a Adão, e Adão tinha ímpetos de espancá-la. Agora, porém, embebiam-se na contemplação um do outro, ou na vista da natureza, que era esplêndida. Nunca até então viram ares tão puros, nem águas tão frescas, nem flores tão lindas e cheirosas, nem o sol tinha para nenhuma outra parte as mesmas torrentes de claridade. E dando as mãos percorreram tudo, a rir muito, nos primeiros dias, porque até então não sabiam rir. Não tinham a sensação do tempo. Não sentiam o peso da ociosidade; viviam da contemplação. De tarde iam ver morrer o sol e nascer a lua, e contar as estrelas, e raramente chegavam a mil, dava-lhes o sono, e dormiam como dois anjos.

Naturalmente, o Tinhoso ficou danado quando soube do caso. Não podia ir ao paraíso, onde tudo lhe era avesso, nem chegaria a lutar com o Senhor; mas, ouvindo um rumor no chão

PAI CONTRA MÃE

entre folhas secas, olhou e viu que era a serpente. Chamou-a alvoroçado.

— Vem cá, serpe, fel rasteiro, peçonha das peçonhas, queres tu ser a embaixatriz de teu pai, para reaver as obras de teu pai?

A serpente fez com a cauda um gesto vago, que parecia afirmativo; mas o Tinhoso deu-lhe a fala, e ela respondeu que sim, que iria onde ele a mandasse — às estrelas, se lhe desse as asas da águia; ao mar, se lhe confiasse o segredo de respirar na água; ao fundo da terra, se lhe ensinasse o talento da formiga. E falava a maligna, falava à toa, sem parar, contente e pródiga da língua; mas o diabo interrompeu-a:

— Nada disso, nem ao ar, nem ao mar, nem à terra, mas tão-somente ao jardim de delícias, onde estão vivendo Adão e Eva.

— Adão e Eva?

— Sim, Adão e Eva.

— Duas belas criaturas que vimos andar há tempos, altas e direitas como palmeiras?

— Justamente.

— Oh! Detesto-os. Adão e Eva? Não, não, manda-me a outro lugar. Detesto-os! Só a vista deles faz-me padecer muito. Não hás de querer que lhes faça mal...

— É justamente para isso.

— Deveras? Então vou; farei tudo o que quiseres, meu senhor e pai. Anda, dize depressa o que queres que faça. Que morda o calcanhar de Eva? Morderei...

— Não — interrompeu o Tinhoso. — Quero justamente o contrário. Há no jardim uma árvore, que é a da ciência do Bem e do Mal; eles não devem tocar nela, nem comer-lhe os frutos. Vai, entra, enrosca-te na árvore e, quando um deles ali passar,

ADÃO E EVA

chama-o de mansinho, tira uma fruta e oferece-lhe, dizendo que é a mais saborosa fruta do mundo; se te responder que não, tu insistirás, dizendo que é bastante comê-la para conhecer o próprio segredo da vida. Vai, vai...

— Vou; mas não falarei a Adão, falarei a Eva. Vou, vou. Que é o próprio segredo da vida, não?

— Sim, o próprio segredo da vida. Vai, serpe das minhas entranhas, flor do mal, e, se te saíres bem, juro que terás a melhor parte na criação, que é a parte humana, porque terás muito calcanhar de Eva que morder, muito sangue de Adão em que deitar o vírus do mal... Vai, vai, não te esqueças...

Esquecer? Já levava tudo de cor. Foi, penetrou no paraíso, rastejou até a árvore do Bem e do Mal, enroscou-se e esperou. Eva apareceu daí a pouco, caminhando sozinha, esbelta, com a segurança de uma rainha que sabe que ninguém lhe arrancará a coroa. A serpente, mordida de inveja, ia chamar a peçonha à língua, mas advertiu que estava ali às ordens do Tinhoso e, com a voz de mel, chamou-a. Eva estremeceu.

— Quem me chama?

— Sou eu, estou comendo desta fruta...

— Desgraçada, é a árvore do Bem e do Mal!

— Justamente. Conheço agora tudo, a origem das coisas e o enigma da vida. Anda, come e terás um grande poder na terra.

— Não, pérfida!

— Néscia! Para que recusas o resplendor dos tempos? Escuta-me, faze o que te digo, e serás legião, fundarás cidades e chamar-te-ás Cleópatra, Dido, Semíramis;[1] darás heróis do teu

---

1. Cleópatra (69 a.C. – 30 a.C.), rainha do Egito entre 51 a.C. e 30 a.C.; Dido, rainha de Cartago e personagem da *Eneida*, de Virgílio (71 a.C. – 19 a.C.); Semíramis, rainha assíria em parte lendária, teria vivido no século IX a.C..

PAI CONTRA MÃE

ventre, e serás Cornélia; ouvirás a voz do céu, e serás Débora; cantarás e serás Safo.[2] E um dia, se Deus quiser descer à terra, escolherá as tuas entranhas, e chamar-te-ás Maria de Nazaré. Que mais queres tu? Realeza, poesia, divindade, tudo trocas
5 por uma estulta obediência. Nem será só isso. Toda a natureza te fará bela e mais bela. Cores das folhas verdes, cores do céu azul, vivas ou pálidas, cores da noite, hão de refletir nos teus olhos. A mesma noite, de porfia com o sol, virá brincar nos teus cabelos. Os filhos do teu seio tecerão para ti as melhores
10 vestiduras, comporão os mais finos aromas, e as aves te darão as suas plumas, e a terra as suas flores, tudo, tudo, tudo...

Eva escutava impassível; Adão chegou, ouviu-os e confirmou a resposta de Eva; nada valia a perda do paraíso, nem a ciência, nem o poder, nenhuma outra ilusão da terra. Dizendo
15 isto, deram as mãos um ao outro e deixaram a serpente, que saiu pressurosa para dar conta ao Tinhoso.

Deus, que ouvira tudo, disse a Gabriel:

— Vai, arcanjo meu, desce ao paraíso terrestre, onde vivem Adão e Eva, e traze-os para a eterna bem-aventurança, que
20 mereceram pela repulsa às instigações do Tinhoso.

E logo o arcanjo, pondo na cabeça o elmo de diamante, que rutila como um milhar de sóis, rasgou instantaneamente os ares, chegou a Adão e Eva e disse-lhes:

— Salve, Adão e Eva. Vinde comigo para o paraíso, que
25 merecestes pela repulsa às instigações do Tinhoso.

2. Cornélia, célebre nobre romana, filha de Cipião e mulher de Tibério Graco, viveu no século II a.C.; Débora, profetisa bíblica, cuja história pode ser encontrada no livro *Juízes*, capítulos 4 e 5. Safo (630 a.C. – 580 a.C.), poeta grega nascida na ilha de Lesbos.

ADÃO E EVA

Um e outro, atônitos e confusos, curvaram o colo em sinal de obediência; então Gabriel deu as mãos a ambos, e os três subiram até à estância eterna, onde miríades de anjos os esperavam, cantando:

— Entrai, entrai. A terra que deixastes fica entregue às obras do Tinhoso, aos animais ferozes e maléficos, às plantas daninhas e peçonhentas, ao ar impuro, à vida dos pântanos. Reinará nela a serpente que rasteja, babuja e morde, nenhuma criatura igual a vós porá entre tanta abominação a nota da esperança e da piedade.

E foi assim que Adão e Eva entraram no céu, ao som de todas as cítaras, que uniam as suas notas em um hino aos dois egressos da criação...

... Tendo acabado de falar, o juiz de fora estendeu o prato a D. Leonor para que lhe desse mais doce, enquanto os outros convivas olhavam uns para os outros, embasbacados; em vez de explicação, ouviam uma narração enigmática, ou, pelo menos, sem sentido aparente. D. Leonor foi a primeira que falou:

— Bem dizia eu que o Sr. Veloso estava logrando a gente. Não foi isso que lhe pedimos, nem nada disso aconteceu, não é, frei Bento?

— Lá o saberá o Sr. juiz — respondeu o carmelita sorrindo.

— Pensando bem, creio que nada disso aconteceu; mas também, D. Leonor, se tivesse acontecido, não estaríamos aqui saboreando este doce, que está, na verdade, uma coisa primorosa. É ainda aquela sua antiga doceira de Itapagipe?

O enfermeiro

PARECE-LHE ENTÃO que o que se deu comigo em 1860 pode
entrar numa página de livro? Vá que seja, com a condição
única de que não há de divulgar nada antes da minha morte.
Não esperará muito, pode ser que oito dias, se não for menos;
estou desenganado.

Olhe, eu podia mesmo contar-lhe a minha vida inteira, em
que há outras coisas interessantes, mas para isso era preciso
tempo, ânimo e papel, e eu só tenho papel; o ânimo é frouxo, e
o tempo assemelha-se à lamparina de madrugada. Não tarda o
sol do outro dia, um sol dos diabos, impenetrável como a vida.
Adeus, meu caro senhor, leia isto e queira-me bem; perdoe-me
o que lhe parecer mau, e não maltrate muito a arruda, se lhe
não cheira a rosas. Pediu-me um documento humano, ei-lo
aqui. Não me peça também o império do Grão-Mogol, nem
a fotografia dos Macabeus; peça, porém, os meus sapatos de
defunto e não os dou a ninguém mais.

Já sabe que foi em 1860. No ano anterior, ali pelo mês
de agosto, tendo eu quarenta e dois anos, fiz-me teólogo —
quero dizer, copiava os estudos de teologia de um padre de
Niterói, antigo companheiro de colégio, que assim me dava,
delicadamente, casa, cama e mesa. Naquele mês de agosto
de 1859, recebeu ele uma carta de um vigário de certa vila do
interior, perguntando se conhecia pessoa entendida, discreta
e paciente, que quisesse ir servir de enfermeiro ao coronel

PAI CONTRA MÃE

Felisberto, mediante um bom ordenado. O padre falou-me, aceitei com ambas as mãos, estava já enfarado de copiar citações latinas e fórmulas eclesiásticas. Vim à Corte despedir-me de um irmão, e segui para a vila.

5 Chegando à vila, tive más notícias do coronel. Era homem insuportável, estúrdio, exigente, ninguém o aturava, nem os próprios amigos. Gastava mais enfermeiros que remédios. A dois deles quebrou a cara. Respondi que não tinha medo de gente sã, menos ainda de doentes; e depois de entender-me com o vigá-
10 rio, que me confirmou as notícias recebidas, e me recomendou mansidão e caridade, segui para a residência do coronel.

Achei-o na varanda da casa estirado numa cadeira, bufando muito. Não me recebeu mal. Começou por não dizer nada; pôs em mim dois olhos de gato que observa; depois, uma espécie
15 de riso maligno alumiou-lhe as feições, que eram duras. Afinal, disse-me que nenhum dos enfermeiros que tivera prestava para nada, dormiam muito, eram respondões e andavam ao faro das escravas; dois eram até gatunos!

— Você é gatuno?

20 — Não, senhor.

Em seguida, perguntou-me pelo nome: disse-lho, e ele fez um gesto de espanto. Colombo? Não, senhor: Procópio José Gomes Valongo. Valongo? Achou que não era nome de gente e propôs chamar-me tão-somente Procópio, ao que respondi que
25 estaria pelo que fosse de seu agrado. Conto-lhe esta particularidade, não só porque me parece pintá-lo bem, como porque a minha resposta deu de mim a melhor ideia ao coronel. Ele mesmo o declarou ao vigário, acrescentando que eu era o mais simpático dos enfermeiros que tivera. A verdade é que vivemos
30 uma lua-de-mel de sete dias.

O ENFERMEIRO

No oitavo dia, entrei na vida dos meus predecessores, uma vida de cão, não dormir, não pensar em mais nada, recolher injúrias e, às vezes, rir delas, com um ar de resignação e conformidade; reparei que era um modo de lhe fazer corte. Tudo impertinências de moléstia e do temperamento. A moléstia era um rosário delas, padecia de aneurisma, de reumatismo e de três ou quatro afecções menores. Tinha perto de sessenta anos e desde os cinco toda a gente lhe fazia a vontade. Se fosse só rabugento, vá; mas ele era também mau, deleitava-se com a dor e a humilhação dos outros. No fim de três meses estava farto de o aturar; determinei vir embora; só esperei ocasião.

Não tardou a ocasião. Um dia, como lhe não desse a tempo uma fomentação, pegou da bengala e atirou-me dois ou três golpes. Não era preciso mais; despedi-me imediatamente e fui aprontar a mala. Ele foi ter comigo, ao quarto, pediu-me que ficasse, que não valia a pena zangar por uma rabugice de velho. Instou tanto que fiquei.

— Estou na dependura, Procópio — dizia-me ele à noite; não posso viver muito tempo. Estou aqui, estou na cova. Você há de ir ao meu enterro, Procópio; não o dispenso por nada. Há de ir, há de rezar ao pé da minha sepultura. Se não for, acrescentou rindo, eu voltarei de noite para lhe puxar as pernas. Você crê em almas de outro mundo, Procópio?

— Qual o quê!

— E por que é que não há de crer, seu burro? — redarguiu vivamente, arregalando os olhos.

Eram assim as pazes; imagine a guerra. Coibiu-se das bengaladas; mas as injúrias ficaram as mesmas, se não piores. Eu, com o tempo, fui calejando e não dava mais por nada; era burro, camelo, pedaço d'asno, idiota, moleirão, era tudo. Nem, ao me-

PAI CONTRA MÃE

nos, havia mais gente que recolhesse uma parte desses nomes. Não tinha parentes; tinha um sobrinho que morreu tísico, em fins de maio ou princípios de julho, em Minas. Os amigos iam por lá às vezes aprová-lo, aplaudi-lo, e nada mais; cinco, dez minutos de visita. Restava eu; era eu sozinho para um dicionário inteiro. Mais de uma vez resolvi sair; mas, instado pelo vigário, ia ficando.

Não só as relações foram-se tornando melindrosas, mas eu estava ansioso por tornar à Corte. Aos quarenta e dois anos não é que havia de acostumar-me à reclusão constante, ao pé de um doente bravio, no interior. Para avaliar o meu isolamento, basta saber que eu nem lia os jornais; salvo alguma notícia mais importante que levavam ao coronel, eu nada sabia do resto do mundo. Entendi, portanto, voltar para a Corte, na primeira ocasião, ainda que tivesse de brigar com o vigário. Bom é dizer (visto que faço uma confissão geral) que, nada gastando e tendo guardado integralmente os ordenados, estava ansioso por vir dissipá-los aqui.

Era provável que a ocasião aparecesse. O coronel estava pior, fez testamento, descompondo o tabelião, quase tanto como a mim. O trato era mais duro, os breves lapsos de sossego e brandura faziam-se raros. Já por esse tempo tinha eu perdido a escassa dose de piedade que me fazia esquecer os excessos do doente; trazia dentro de mim um fermento de ódio e aversão. No princípio de agosto resolvi definitivamente sair; o vigário e o médico, aceitando as razões, pediram-me que ficasse algum tempo mais. Concedi-lhes um mês; no fim de um mês viria embora, qualquer que fosse o estado do doente. O vigário tratou de procurar-me substituto.

O ENFERMEIRO

Vai ver o que aconteceu. Na noite de vinte e quatro de agosto, o coronel teve um acesso de raiva, atropelou-me, disse-me muito nome cru, ameaçou-me de um tiro e acabou atirando-me um prato de mingau, que achou frio, o prato foi cair na parede onde se fez em pedaços.

— Hás de pagá-lo, ladrão! bradou ele.

Resmungou ainda muito tempo. Às onze horas passou pelo sono. Enquanto ele dormia, saquei um livro do bolso, um velho romance de d'Arlincourt,[1] traduzido, que lá achei, e pus-me a lê-lo, no mesmo quarto, a pequena distância da cama; tinha de acordá-lo à meia-noite para lhe dar o remédio. Ou fosse de cansaço, ou do livro, antes de chegar ao fim da segunda página adormeci também. Acordei aos gritos do coronel e levantei-me estremunhado. Ele, que parecia delirar, continuou nos mesmos gritos, e acabou por lançar mão da moringa e arremessá-la contra mim. Não tive tempo de desviar-me; a moringa bateu-me na face esquerda, e tal foi a dor que não vi mais nada; atirei-me ao doente, pus-lhe as mãos ao pescoço, lutamos e esganei-o.

Quando percebi que o doente expirava, recuei aterrado e dei um grito; mas ninguém me ouviu. Voltei à cama, agitei-o para chamá-lo à vida, era tarde; arrebentara o aneurisma, e o coronel morreu. Passei à sala contígua e, durante duas horas, não ousei voltar ao quarto. Não posso mesmo dizer tudo o que passei, durante esse tempo. Era um atordoamento, um delírio vago e estúpido. Parecia-me que as paredes tinham vultos; escutava umas vozes surdas. Os gritos da vítima, antes da luta e durante a luta, continuavam a repercutir dentro de mim, e o ar, para onde quer que me voltasse, aparecia recortado de convulsões. Não

1. Referência ao escritor francês Charles-Victor Prévost (1789–1856), visconde d'Arlincourt.

PAI CONTRA MÃE

creia que esteja fazendo imagens nem estilo; digo-lhe que eu ouvia distintamente umas vozes que me bradavam: assassino, assassino!

Tudo o mais estava calado. O mesmo som do relógio, lento, igual e seco, sublinhava o silêncio e a solidão. Colava a orelha à porta do quarto na esperança de ouvir um gemido, uma palavra, uma injúria, qualquer coisa que significasse a vida e me restituísse a paz à consciência. Estaria pronto a apanhar das mãos do coronel dez, vinte, cem vezes. Mas nada, nada; tudo calado. Voltava a andar à toa na sala, sentava-me, punha as mãos na cabeça; arrependia-me de ter vindo. "Maldita a hora em que aceitei semelhante coisa!", exclamava. E descompunha o padre de Niterói, o médico, o vigário, os que me arranjaram um lugar e os que me pediram para ficar mais algum tempo. Agarrava-me à cumplicidade dos outros homens.

Como o silêncio acabasse por aterrar-me, abri uma das janelas, para escutar o som do vento, se ventasse. Não ventava. A noite ia tranquila, as estrelas fulguravam, com a indiferença de pessoas que tiram o chapéu a um enterro que passa, e continuam a falar de outra coisa. Encostei-me ali por algum tempo, fitando a noite, deixando-me ir a uma recapitulação da vida, a ver se descansava da dor presente. Só então posso dizer que pensei claramente no castigo. Achei-me com um crime às costas e vi a punição certa. Aqui o temor complicou o remorso. Senti que os cabelos me ficavam de pé. Minutos depois, vi três ou quatro vultos de pessoas, no terreiro espiando, com um ar de emboscada; recuei, os vultos esvaíram-se no ar; era uma alucinação.

Antes do alvorecer curei a contusão da face. Só então ousei voltar ao quarto. Recuei duas vezes, mas era preciso e entrei;

O ENFERMEIRO

ainda assim, não cheguei logo à cama. Tremiam-me as pernas, o coração batia-me; cheguei a pensar na fuga; mas era confessar o crime, e, ao contrário, urgia fazer desaparecer os vestígios dele. Fui até a cama; vi o cadáver, com os olhos arregalados e a boca aberta, como deixando passar a eterna palavra dos séculos: "Caim, que fizeste de teu irmão?" Vi no pescoço o sinal das minhas unhas; abotoei alto a camisa e cheguei ao queixo a ponta do lençol. Em seguida, chamei um escravo, disse-lhe que o coronel amanhecera morto; mandei recado ao vigário e ao médico.

A primeira ideia foi retirar-me logo cedo, a pretexto de ter meu irmão doente, e, na verdade, recebera carta dele, alguns dias antes, dizendo-me que se sentia mal. Mas adverti que a retirada imediata poderia fazer despertar suspeitas e fiquei. Eu mesmo amortalhei o cadáver, com o auxílio de um preto velho e míope. Não saí da sala mortuária; tinha medo de que descobrissem alguma coisa. Queria ver no rosto dos outros se desconfiavam; mas não ousava fitar ninguém. Tudo me dava impaciências: os passos de ladrão com que entravam na sala, os cochichos, as cerimônias e as rezas do vigário. Vindo a hora, fechei o caixão, com as mãos trêmulas, tão trêmulas que uma pessoa, que reparou nelas, disse a outra com piedade:

— Coitado do Procópio! Apesar do que padeceu, está muito sentido.

Pareceu-me ironia; estava ansioso por ver tudo acabado. Saímos à rua. A passagem da meia escuridão da casa para a claridade da rua deu-me grande abalo; receei que fosse então impossível ocultar o crime. Meti os olhos no chão e fui andando. Quando tudo acabou, respirei. Estava em paz com os homens. Não o estava com a consciência, e as primeiras noites foram

PAI CONTRA MÃE

naturalmente de desassossego e aflição. Não é preciso dizer que vim logo para o Rio de Janeiro, nem que vivi aqui aterrado, embora longe do crime; não ria, falava pouco, mal comia, tinha alucinações, pesadelos...

5 — Deixa lá o outro que morreu, diziam-me. Não é caso para tanta melancolia.

E eu aproveitava a ilusão, fazendo muitos elogios ao morto, chamando-lhe boa criatura, impertinente, é verdade, mas um coração de ouro. E elogiando, convencia-me também, ao menos

10 por alguns instantes. Outro fenômeno interessante, e que talvez lhe possa aproveitar, é que, não sendo religioso, mandei dizer uma missa pelo eterno descanso do coronel, na igreja do Sacramento. Não fiz convites, não disse nada a ninguém; fui ouvi-la, sozinho, e estive de joelhos todo o tempo, persignando-me a

15 miúdo. Dobrei a espórtula do padre e distribuí esmolas à porta, tudo por intenção do finado. Não queria embair os homens; a prova é que fui só. Para completar este ponto, acrescentarei que nunca aludia ao coronel, que não dissesse: "Deus lhe fale n'alma!" E contava dele algumas anedotas alegres, rompantes

20 engraçados...

Sete dias depois de chegar ao Rio de Janeiro, recebi a carta do vigário, que lhe mostrei, dizendo-me que fora achado o testamento do coronel e que eu era o herdeiro universal. Imagine o meu pasmo. Pareceu-me que lia mal, fui a meu irmão, fui aos

25 amigos; todos leram a mesma coisa. Estava escrito; era eu o herdeiro universal do coronel. Cheguei a supor que fosse uma cilada; mas adverti logo que havia outros meios de capturar-me, se o crime estivesse descoberto. Demais, eu conhecia a probidade do vigário, que não se prestaria a ser instrumento. Reli a

30 carta, cinco, dez, muitas vezes; lá estava a notícia.

— Quanto tinha ele? — perguntava-me meu irmão.

— Não sei, mas era rico.

— Realmente, provou que era teu amigo.

— Era... Era...

Assim, por uma ironia da sorte, os bens do coronel vinham parar às minhas mãos. Cogitei em recusar a herança. Parecia-me odioso receber um vintém do tal espólio; era pior do que fazer-me esbirro alugado. Pensei nisso três dias e esbarrava sempre na consideração de que a recusa podia fazer desconfiar alguma coisa. No fim dos três dias, assentei num meio-termo; receberia a herança e dá-la-ia toda, aos bocados e às escondidas. Não era só escrúpulo; era também o modo de resgatar o crime por um ato de virtude; pareceu-me que ficava assim de contas saldas.

Preparei-me e segui para a vila. Em caminho, à proporção que me ia aproximando, recordava o triste sucesso; as cercanias da vila tinham um aspecto de tragédia, e a sombra do coronel parecia-me surgir de cada lado. A imaginação ia reproduzindo as palavras, os gestos, toda a noite horrenda do crime...

Crime ou luta? Realmente, foi uma luta, em que eu, atacado, defendi-me, e na defesa... Foi uma luta desgraçada, uma fatalidade. Fixei-me nessa ideia. E balanceava os agravos, punha no ativo as pancadas, as injúrias... Não era culpa do coronel, bem o sabia, era da moléstia, que o tornava assim rabugento e até mau... Mas eu perdoava tudo, tudo... O pior foi a fatalidade daquela noite... Considerei também que o coronel não podia viver muito mais; estava por pouco; ele mesmo o sentia e dizia. Viveria quanto? Duas semanas ou uma; pode ser até que menos. Já não era vida, era um molambo de vida, se isto mesmo se podia chamar ao padecer contínuo do pobre homem... E quem sabe mesmo se a luta e a morte não foram apenas coincidentes? Podia ser, era até o mais provável; não foi outra coisa. Fixei-me também nessa ideia...

Perto da vila apertou-se-me o coração, e quis recuar; mas me dominei e fui. Receberam-me com parabéns. O vigário disse-me as disposições do testamento, os legados pios e de caminho ia louvando a mansidão cristã e o zelo com que eu servira ao coronel, que, apesar de áspero e duro, soube ser grato.

— Sem dúvida — dizia eu olhando para outra parte.

Estava atordoado. Toda a gente me elogiava a dedicação e a paciência. As primeiras necessidades do inventário detive-ram-me algum tempo na vila. Constituí advogado; as coisas correram placidamente. Durante esse tempo, falava muita vez do coronel. Vinham contar-me coisas dele, mas sem a mode-ração do padre; eu defendia-o, apontava algumas virtudes, era austero...

— Qual austero! Já morreu, acabou; mas era o diabo.

E referiam-me casos duros, ações perversas, algumas extra-ordinárias. Quer que lhe diga? Eu, a princípio, ia ouvindo cheio de curiosidade; depois, entrou-me no coração um singular pra-zer, que eu sinceramente buscava expelir. E defendia o coronel, explicava-o, atribuía alguma coisa às rivalidades locais; confes-sava, sim, que era um pouco violento... Um pouco? Era uma cobra assanhada, interrompia-me o barbeiro; e todos, o coletor, o boticário, o escrivão, todos diziam a mesma coisa; e vinham outras anedotas, vinha toda a vida do defunto. Os velhos lem-bravam-se das crueldades dele, em menino. E o prazer íntimo, calado, insidioso, crescia dentro de mim, espécie de tênia mo-ral, que por mais que a arrancasse aos pedaços recompunha-se logo e ia ficando.

O ENFERMEIRO

As obrigações do inventário distraíram-me; e por outro lado a opinião da vila era tão contrária ao coronel, que a vista dos lugares foi perdendo para mim a feição tenebrosa que a princípio achei neles. Entrando na posse da herança, converti-a em títulos e dinheiro. Eram então passados muitos meses, e a ideia de distribuí-la toda em esmolas e donativos pios não me dominou como da primeira vez; achei mesmo que era afetação. Restringi o plano primitivo: distribuí alguma coisa aos pobres, dei à matriz da vila uns paramentos novos, fiz uma esmola à Santa Casa da Misericórdia etc.: ao todo trinta e dois contos. Mandei também levantar um túmulo ao coronel, todo de mármore, obra de um napolitano, que aqui esteve até 1866 e foi morrer, creio eu, no Paraguai.

Os anos foram andando, a memória tornou-se cinzenta e desmaiada. Penso às vezes no coronel, mas sem os terrores dos primeiros dias. Todos os médicos a quem contei as moléstias dele foram acordes em que a morte era certa e só se admiravam de ter resistido tanto tempo. Pode ser que eu, involuntariamente, exagerasse a descrição que então lhes fiz; mas a verdade é que ele devia morrer, ainda que não fosse aquela fatalidade...

Adeus, meu caro senhor. Se achar que esses apontamentos valem alguma coisa, pague-me também com um túmulo de mármore, ao qual dará por epitáfio esta emenda que faço aqui ao divino sermão da montanha: "Bem-aventurados os que possuem, porque eles serão consolados".

O diplomático

A PRETA ENTROU na sala de jantar, chegou-se à mesa rodeada de gente e falou baixinho à senhora. Parece que lhe pedia alguma coisa urgente, porque a senhora levantou-se logo.

— Ficamos esperando, D. Adelaide?

— Não espere, não, Sr. Rangel; vá continuando, eu entro depois.

Rangel era o leitor do livro de sortes. Voltou a página e recitou um título: "Se alguém *lhe* ama em segredo". Movimento geral; moças e rapazes sorriram uns para os outros. Estamos na noite de São João de 1854, e a casa é na Rua das Mangueiras. Chama-se João o dono da casa, João Viegas, e tem uma filha, Joaninha. Usa-se todos os anos a mesma reunião de parentes e amigos, arde uma fogueira no quintal, assam-se as batatas do costume e tiram-se sortes. Também há ceia, às vezes dança e algum jogo de prendas, tudo familiar. João Viegas é escrivão de uma vara cível da Corte.

— Vamos. Quem começa agora? — disse ele. — Há de ser D. Felismina. Vamos ver se alguém *lhe* ama em segredo.

D. Felismina sorriu amarelo. Era uma boa quarentona, sem prendas nem rendas, que vivia espiando um marido por baixo das pálpebras devotas. Em verdade, o gracejo era duro, mas natural. D. Felismina era o modelo acabado daquelas criaturas indulgentes e mansas, que parecem ter nascido para divertir os outros. Pegou e lançou os dados com um ar de complacência

PAI CONTRA MÃE

incrédula. Número dez, bradaram duas vozes. Rangel desceu os olhos ao baixo da página, viu a quadra correspondente ao número e leu-a: dizia que sim, que havia uma pessoa, que ela devia procurar domingo, na igreja, quando fosse à missa. Toda
5 a mesa deu parabéns a D. Felismina, que sorriu com desdém, mas interiormente esperançada.

Outros pegaram nos dados, e Rangel continuou a ler a sorte de cada um. Lia espevitadamente. De quando em quando, tirava os óculos e limpava-os com muito vagar na ponta do lenço de
10 cambraia — ou por ser cambraia, ou por exalar um fino cheiro de bogari. Presumia de grande maneira, e ali chamavam-lhe o diplomático.

— Ande, seu diplomático, continue.

Rangel estremeceu; esquecera-se de ler uma sorte, embe-
15 bido em percorrer a fila de moças que ficava do outro lado da mesa. Namorava alguma? Vamos por partes.

Era solteiro, por obra das circunstâncias, não de vocação. Em rapaz teve alguns namoricos de esquina, mas com o tempo apareceu-lhe a comichão das grandezas, e foi isto que lhe pro-
20 longou o celibato até os quarenta e um anos, em que o vemos. Cobiçava alguma noiva superior a ele e à roda em que vivia e gastou o tempo em esperá-la. Chegou a frequentar os bailes de um advogado célebre e rico, para quem copiava papéis e que o protegia muito. Tinha nos bailes a mesma posição subalterna
25 do escritório; passava a noite vagando pelos corredores, espi-ando o salão, vendo passar as senhoras, devorando com os olhos uma multidão de espáduas magníficas e talhes graciosos. Inve-java os homens e copiava-os. Saía dali excitado e resoluto. Em falta de bailes, ia às festas de igreja, onde poderia ver algumas
30 das primeiras moças da cidade. Também era certo no saguão

O DIPLOMÁTICO

do paço imperial, em dia de cortejo, para ver entrar as grandes damas e as pessoas da corte, ministros, generais, diplomatas, desembargadores, e conhecia tudo e todos, pessoas e carruagens. Voltava da festa e do cortejo, como voltava do baile, impetuoso, ardente, capaz de arrebatar de um lance a palma da fortuna.

O pior é que entre a espiga e a mão há o tal muro do poeta, e o Rangel não era homem de saltar muros. De imaginação fazia tudo, raptava mulheres e destruía cidades. Mais de uma vez foi, consigo mesmo, ministro de Estado e fartou-se de cortesias e decretos. Chegou ao extremo de aclamar-se imperador, um dia, 2 de dezembro, ao voltar da parada no largo do Paço; imaginou para isso uma revolução, em que derramou algum sangue, pouco, e uma ditadura benéfica, em que apenas vingou alguns pequenos desgostos de escrevente. Cá fora, porém, todas as suas proezas eram fábulas. Na realidade, era pacato e discreto.

Aos quarenta anos desenganou-se das ambições; mas a índole ficou a mesma e, não obstante a vocação conjugal, não achou noiva. Mais de uma o aceitaria com muito prazer; ele perdia-as todas à força de circunspecção. Um dia, reparou em Joaninha, que chegava aos dezenove anos e possuía um par de olhos lindos e sossegados — virgens de toda a conversação masculina. Rangel conhecia-a desde criança, andara com ela ao colo, no Passeio Público, ou nas noites de fogo da Lapa; como falar-lhe de amor? Mas, por outro lado, as relações dele na casa eram tais, que podiam facilitar-lhe o casamento; e, ou este ou nenhum outro.

Desta vez, o muro não era alto, e a espiga era baixinha; bastava esticar o braço com algum esforço, para arrancá-la do pé. Rangel andava neste trabalho desde alguns meses. Não esticava o braço, sem espiar primeiro para todos os lados, a

PAI CONTRA MÃE

ver se vinha alguém, e, se vinha alguém, disfarçava e ia-se embora. Quando chegava a esticá-lo, acontecia que uma lufada de vento meneava a espiga ou algum passarinho andava ali nas folhas secas, e não era preciso mais para que ele recolhesse a
5 mão. Ia-se assim o tempo, e a paixão entranhava-se-lhe, causa de muitas horas de angústia, a que seguiam sempre melhores esperanças. Agora mesmo traz ele a primeira carta de amor, disposto a entregá-la. Já teve duas ou três ocasiões boas, mas vai sempre espaçando; a noite é tão comprida! Entretanto,
10 continua a ler as sortes, com a solenidade de um áugure.

Tudo, em volta, é alegre. Cochicham ou riem, ou falam ao mesmo tempo. O tio Rufino, que é o gaiato da família, anda à roda da mesa com uma pena, fazendo cócegas nas orelhas das moças. João Viegas está ansioso por um amigo, que se demora,
15 o Calisto. Onde se meteria o Calisto?

— Rua, rua, preciso da mesa; vamos para a sala de visitas.

Era D. Adelaide que tornava; ia pôr-se a mesa para a ceia. Toda a gente emigrou, e andando é que se podia ver bem como era graciosa a filha do escrivão. Rangel acompanhou-a com
20 grandes olhos namorados. Ela foi à janela, por alguns instantes, enquanto se preparava um jogo de prendas, e ele foi também; era a ocasião de entregar-lhe a carta.

Defronte, numa casa grande, havia um baile, e dançava-se. Ela olhava, ele olhou também. Pelas janelas viam passar os
25 pares, cadenciados, as senhoras com as suas sedas e rendas, os cavalheiros finos e elegantes, alguns condecorados. De quando em quando, uma faísca de diamantes, rápida, fugitiva, no giro da dança. Pares que conversavam, dragonas que reluziam, bustos de homem inclinados, gestos de leques, tudo isso em pedaços,
30 através das janelas, que não podiam mostrar todo o salão, mas

174

O DIPLOMÁTICO

adivinhava-se o resto. Ele ao menos conhecia tudo e dizia tudo à filha do escrivão. O demônio das grandezas, que parecia dormir, entrou a fazer as suas arlequinadas no coração do nosso homem, e ei-lo que tenta seduzir também o coração da outra.

— Conheço uma pessoa que estaria ali muito bem, murmurou o Rangel.

E Joaninha, com ingenuidade:

— Era o senhor.

Rangel sorriu lisonjeado e não achou que dizer. Olhou para os lacaios e cocheiros, de libré, na rua, conversando em grupos ou reclinados no tejadilho dos carros. Começou a designar carros: este é do Olinda, aquele é do Maranguape; mas aí vem outro, rodando, do lado da Rua da Lapa, e entra na Rua das Mangueiras. Parou defronte: salta o lacaio, abre a portinhola, tira o chapéu e perfila-se. Sai de dentro uma calva, uma cabeça, um homem, duas comendas, depois uma senhora ricamente vestida; entram no saguão e sobem a escadaria, forrada de tapete e ornada embaixo com dois grandes vasos.

— Joaninha, Sr. Rangel...

Maldito jogo de prendas! Justamente quando ele formulava, na cabeça, uma insinuação a propósito do casal que subia e ia assim passar naturalmente à entrega da carta... Rangel obedeceu, e sentou-se defronte da moça. D. Adelaide, que dirigia o jogo de prendas, recolhia os nomes; cada pessoa devia ser uma flor. Está claro que o tio Rufino, sempre gaiato, escolheu para si a flor da abóbora. Quanto ao Rangel, querendo fugir ao trivial, comparou mentalmente as flores, e quando a dona da casa lhe perguntou pela dele, respondeu com doçura e pausa:

— Maravilha, minha senhora.

— O pior é não estar cá o Calisto! — suspirou o escrivão.

PAI CONTRA MÃE

— Ele disse mesmo que vinha?

— Disse; ainda ontem foi ao cartório, de propósito, avisar-me de que viria tarde, mas que contasse com ele; tinha de ir a uma brincadeira na Rua da Carioca...

— Licença para dois! — bradou uma voz no corredor.

— Ora graças! Está aí o homem!

João Viegas foi abrir a porta; era o Calisto, acompanhado de um rapaz estranho, que ele apresentou a todos em geral:

— Queirós, empregado na Santa Casa; não é meu parente, apesar de se parecer muito comigo; quem vê um, vê outro... Toda a gente riu; era uma pilhéria do Calisto, feio como o diabo — ao passo que o Queirós era um bonito rapaz de vinte e seis a vinte e sete anos, cabelo negro, olhos negros e singularmente esbelto. As moças retraíram-se um pouco; D. Felismina abriu todas as velas.

— Estávamos jogando prendas, os senhores podem entrar também, disse a dona da casa. Joga, Sr. Queirós?

Queirós respondeu afirmativamente e passou a examinar as outras pessoas. Conhecia algumas e trocou duas ou três palavras com elas. Ao João Viegas disse que desde muito tempo desejava conhecê-lo, por causa de um favor que o pai lhe deveu outrora, negócio de foro. João Viegas não se lembrava de nada, nem ainda depois que ele lhe disse o que era; mas gostou de ouvir a notícia; em público, olhou para todos, e durante alguns minutos regalou-se calado.

Queirós entrou em cheio no jogo. No fim de meia hora, estava familiar da casa. Todo ele era ação, falava com desembaraço, tinha os gestos naturais e espontâneos. Possuía um vasto repertório de castigos para jogo de prendas, coisa que encantou a toda a sociedade, e ninguém os dirigia melhor, com tanto

O DIPLOMÁTICO

movimento e animação, indo de um lado para outro, concertando os grupos, puxando cadeiras, falando às moças, como se houvesse brincado com elas em criança.

— D. Joaninha aqui, nesta cadeira; D. Cesária, deste lado, em pé, e o Sr. Camilo entra por aquela porta... Assim, não: olhe, assim de maneira que...

Teso na cadeira, o Rangel estava atônito. Donde vinha esse furacão? E o furacão ia soprando, levando os chapéus dos homens e despenteando as moças, que riam de contentes: Queirós daqui, Queirós dali, Queirós de todos os lados. Rangel passou da estupefação à mortificação. Era o cetro que lhe caía das mãos. Não olhava para o outro, não se ria do que ele dizia e respondia-lhe seco. Interiormente, mordia-se e mandava-o ao diabo, chamava-o bobo alegre, que fazia rir e agradava, porque nas noites de festa tudo é festa. Mas, repetindo essas e piores coisas, não chegava a reaver a liberdade de espírito. Padecia deveras, no mais íntimo do amor-próprio; e o pior é que o outro percebeu toda essa agitação, e o péssimo é que ele percebeu que era percebido.

Rangel, assim como sonhava os bens, assim também as vinganças. De cabeça, espatifou o Queirós; depois cogitou a possibilidade de um desastre qualquer, uma dor bastava, mas coisa forte, que levasse dali aquele intruso. Nenhuma dor, nada; o diabo parecia cada vez mais lépido, e toda a sala fascinada por ele. A própria Joaninha, tão acanhada, vibrava nas mãos de Queirós, como as outras moças; e todos, homens e mulheres, pareciam empenhados em servi-lo. Tendo ele falado em dançar, as moças foram ter com o tio Rufino e pediram-lhe que tocasse uma quadrilha na flauta, uma só, não se lhe pedia mais.

— Não posso, dói-me um calo.

PAI CONTRA MÃE

— Flauta? — bradou o Calisto. Peçam ao Queirós que nos toque alguma coisa e verão o que é flauta... Vai buscar a flauta, Rufino. Ouçam o Queirós. Não imaginam como ele é saudoso na flauta!

5 Queirós tocou a Casta Diva.[1] "Que coisa ridícula!", dizia consigo o Rangel; "uma música que até os moleques assobiam na rua". Olhava para ele, de revés, para considerar se aquilo era posição de homem sério; e concluía que a flauta era um instrumento grotesco. Olhou também para Joaninha e viu que, como 10 todas as outras pessoas, tinha a atenção no Queirós, embebida, namorada dos sons da música, e estremeceu, sem saber por quê. Os demais semblantes mostravam a mesma expressão dela e, contudo, sentiu alguma coisa que lhe complicou a aversão ao intruso. Quando a flauta acabou, Joaninha aplaudiu menos 15 que os outros, e Rangel entrou em dúvida se era o habitual acanhamento, se alguma especial comoção... Urgia entregar-lhe a carta.

Chegou a ceia. Toda a gente entrou confusamente na sala, e felizmente para o Rangel, coube-lhe ficar defronte de Joaninha, 20 cujos olhos estavam mais belos que nunca e tão derramados, que não pareciam os do costume. Rangel saboreou-os caladamente e reconstruiu todo o seu sonho que o diabo do Queirós abalara com um piparote. Foi assim que tornou a ver-se, ao lado dela, na casa que ia alugar, berço de noivos, que ele enfei-25 tou com os ouros da imaginação. Chegou a tirar um prêmio na loteria e a empregá-lo todo em sedas e joias para a mulher, a linda Joaninha — Joaninha Rangel, D. Joaninha Rangel, D. Joana

---

1. A *Casta Diva* é uma ária da ópera *Norma*, do compositor italiano Vicenzo Bellini (1801–1835).

Viegas Rangel ou D. Joana Cândida Viegas Rangel... Não podia tirar o Cândida...

— Vamos, uma saúde, seu diplomático... Faça uma saúde daquelas...

Rangel acordou; a mesa inteira repetia a lembrança do tio Rufino; a própria Joaninha pedia-lhe uma saúde, como a do ano passado. Rangel respondeu que ia obedecer; era só acabar aquela asa de galinha. Movimento, cochichos de louvor;

D. Adelaide, dizendo-lhe uma moça que nunca ouvira falar o Rangel:

— Não? — perguntou com pasmo. Não imagina; fala muito bem, muito explicado, palavras escolhidas e uns bonitos modos...

Comendo, ia ele dando rebate a algumas reminiscências, frangalhos de ideias, que lhe serviam para o arranjo das frases e metáforas. Acabou e pôs-se de pé. Tinha o ar satisfeito e cheio de si. Afinal, vinham bater-lhe à porta. Cessara a farandolagem das anedotas, das pilhérias sem alma, e vinham ter com ele para ouvir alguma coisa correta e grave. Olhou em derredor, viu todos os olhos levantados, esperando. Todos, não; os de Joaninha enviesavam-se na direção do Queirós, e os deste vinham esperá-los a meio caminho, numa cavalgada de promessas. Rangel empalideceu. A palavra morreu-lhe na garganta; mas era preciso falar, esperavam por ele, com simpatia, em silêncio.

Obedeceu mal. Era justamente um brinde ao dono da casa e à filha. Chamava a esta um pensamento de Deus, transportado da imortalidade à realidade, frase que empregara três anos antes e devia estar esquecida. Falava também do santuário da família, do altar da amizade e da gratidão, que é a flor dos corações

PAI CONTRA MÃE

puros. Onde não havia sentido, a frase era mais especiosa ou retumbante. Ao todo, um brinde de dez minutos bem puxados, que ele despachou em cinco e sentou-se.

Não era tudo. Queirós levantou-se logo, dois ou três minu-
5 tos depois para outro brinde, e o silêncio foi ainda mais pronto e completo. Joaninha meteu os olhos no regaço, vexada do que ele iria dizer; Rangel teve um arrepio.

— O ilustre amigo desta casa, o Sr. Rangel — disse Queirós —, bebeu às duas pessoas cujo nome é o do santo de hoje; eu
10 bebo àquela que é a santa de todos os dias, a D. Adelaide.

Grandes aplausos aclamaram esta lembrança, e D. Adelaide, lisonjeada, recebeu os cumprimentos de cada conviva. A filha não ficou em cumprimentos.

— Mamãe! mamãe! — exclamou, levantando-se; e foi
15 abraçá-la e beijá-la três e quatro vezes; — espécie de carta para ser lida por duas pessoas.

Rangel passou da cólera ao desânimo e, acabada a ceia, pen-
sou em retirar-se. Mas a esperança, demônio de olhos verdes, pediu-lhe que ficasse, e ficou. Quem sabe? Era tudo passageiro,
20 coisas de uma noite, namoro de São João; afinal, ele era amigo da casa e tinha a estima da família; bastava que pedisse a moça, para obtê-la. E depois esse Queirós podia não ter meios de casar. Que emprego era o dele na Santa Casa? Talvez alguma coisa reles... Nisto, olhou obliquamente para a roupa de Queirós, en-
25 fiou-se-lhe pelas costuras, escrutou o bordadinho da camisa, apalpou os joelhos das calças, a ver-lhe o uso, e os sapatos, e concluiu que era um rapaz caprichoso, mas provavelmente gas-
tava tudo consigo, e casar era negócio sério. Podia ser também que tivesse mãe viúva, irmãs solteiras... Rangel era só.
30 — Tio Rufino, toque uma quadrilha.

O DIPLOMÁTICO

— Não posso; flauta depois de comer faz indigestão. Vamos a um víspora.

Rangel declarou que não podia jogar, estava com dor de cabeça; mas Joaninha veio a ele e pediu-lhe que jogasse com ela, de sociedade.

— Meia coleção para o senhor, e meia para mim, disse ela, sorrindo; ele sorriu também e aceitou. Sentaram-se ao pé um do outro. Joaninha falava-lhe, ria, levantava para ele os belos olhos, inquieta, mexendo muito a cabeça para todos os lados. Rangel sentiu-se melhor e não tardou que se sentisse inteiramente bem. Ia marcando à toa, esquecendo alguns números, que ela lhe apontava com o dedo — um dedo de ninfa, dizia ele consigo; e os descuidos passaram a ser de propósito, para ver o dedo da moça e ouvi-la ralhar:

— O senhor é muito esquecido; olhe que assim perdemos o nosso dinheiro...

Rangel pensou em entregar-lhe a carta por baixo da mesa; mas não estando declarados, era natural que ela a recebesse com espanto e estragasse tudo; cumpria avisá-la. Olhou em volta da mesa: todos os rostos estavam inclinados sobre os cartões, seguindo atentamente os números. Então, ele inclinou-se à direita e baixou os olhos aos cartões de Joaninha, como para verificar alguma coisa.

— Já tem duas quadras — cochichou ele.

— Duas, não; tenho três.

— Três, é verdade, três. Escute...

— E o senhor?

— Eu duas.

— Que duas o quê? São quatro.

PAI CONTRA MÃE

Eram quatro; ela mostrou-lhas inclinada, roçando quase a orelha pelos lábios dele; depois, fitou-o rindo e abanando a cabeça:

— O senhor! O senhor!

5   Rangel ouviu isto com singular deleite; a voz era tão doce, e a expressão tão amiga, que ele esqueceu tudo, agarrou-a pela cintura e lançou-se com ela na eterna valsa das quimeras. Casa, mesa, convivas, tudo desapareceu, como obra vã da imaginação, para só ficar a realidade única, ele e ela, girando no espaço,

10   debaixo de um milhão de estrelas, acesas de propósito para alumiá-los.

Nem carta, nem nada. Perto da manhã foram todos para a janela ver sair os convidados do baile fronteiro. Rangel recuou espantado. Viu um aperto de dedos entre o Queirós e a bela

15   Joaninha. Quis explicá-lo, eram aparências, mas tão depressa destruía uma como vinham outras e outras, à maneira das ondas que não acabam mais. Custava-lhe entender que uma só noite, algumas horas bastassem a ligar assim duas criaturas; mas era a verdade clara e viva dos modos de ambos, dos olhos, das

20   palavras, dos risos, e até da saudade com que se despediram de manhã.

Saiu tonto. Uma só noite, algumas horas apenas! Em casa, aonde chegou tarde, deitou-se na cama, não para dormir, mas para romper em soluços. Só consigo, foi-se-lhe o aparelho da

25   afetação e já não era o diplomático, era o energúmeno, que rolava na cama, bradando, chorando como uma criança, infeliz deveras, por esse triste amor do outono. O pobre diabo, feito

O DIPLOMÁTICO

de devaneio, indolência e afetação, era, em substância, tão desgraçado como Otelo[2] e teve um desfecho mais cruel.

Otelo mata Desdêmona; o nosso namorado, em quem ninguém pressentira nunca a paixão encoberta, serviu de testemunha ao Queirós, quando este se casou com Joaninha, seis meses depois.

Nem os acontecimentos, nem os anos lhe mudaram a índole. Quando rompeu a Guerra do Paraguai, teve ideia muitas vezes de alistar-se como oficial de voluntários; não o fez nunca; mas é certo que ganhou algumas batalhas e acabou brigadeiro.

---

2. *Otelo*, personagem-título da peça do escritor, poeta e dramaturgo inglês William Shakespeare (1564–1616).

Mariana

CAPÍTULO PRIMEIRO

"QUE SERÁ FEITO DE MARIANA?", perguntou Evaristo a si mesmo, no largo da Carioca, ao despedir-se de um velho amigo, que lhe fez lembrar aquela velha amiga.

Era em 1890. Evaristo voltara da Europa, dias antes, após dezoito anos de ausência. Tinha saído do Rio de Janeiro em 1872 e contava demorar-se até 1874 ou 1875, depois de ver algumas cidades célebres ou curiosas, mas o viajante põe e Paris dispõe. Uma vez entrando naquele mundo em 1873, Evaristo deixou-se ir ficando, além do prazo determinado; adiou a viagem um ano, outro ano e afinal não pensou mais na volta. Desinteressara-se das nossas coisas; ultimamente nem lia os jornais daqui; era um estudante pobre da Bahia, que os ia buscar emprestados, e lhe referia depois uma ou outra notícia de vulto. Senão quando, em novembro de 1889, entra-lhe em casa um *reporter* parisiense, que lhe fala de revolução no Rio de Janeiro,[1] pede informações políticas, sociais, biográficas. Evaristo refletiu.

— Meu caro senhor, disse ao *reporter*, acho melhor ir eu mesmo buscá-las.

Não tendo partido, nem opiniões, nem parentes próximos, nem interesses (todos os seus haveres estavam na Europa), mal se explica a resolução súbita de Evaristo pela simples curiosidade, e contudo não houve outro motivo.

1. Referência à Proclamação da República no dia 15 de novembro de 1889.

PAI CONTRA MÃE

Quis ver o novo aspecto das coisas. Indagou da data de uma primeira representação no *Odéon*, comédia de um amigo, calculou que, saindo no primeiro paquete e voltando três paquetes depois, chegaria a tempo de comprar bilhete e entrar no teatro; fez as malas, correu a Bordéus, e embarcou.

"Que será feito de Mariana?", repetia agora, descendo a rua da Assembleia. Talvez morta... Se ainda viver, deve estar outra; há de andar pelos seus quarenta e cinco... Upa! quarenta e oito; era mais moça que eu uns cinco anos. Quarenta e oito... Bela mulher; grande mulher! Belos e grandes amores!"

Teve desejo de vê-la. Indagou discretamente, soube que vivia e morava na mesma casa em que a deixou, rua do Engenho Velho; mas não aparecia desde alguns meses, por causa do marido, que estava mal, parece que à morte.

— Ela também deve estar escangalhada — disse Evaristo ao conhecido que lhe dava aquelas informações.

— Homem, não. A última vez que a vi, achei-a frescalhona. Não se lhe dá mais de quarenta anos. Você quer saber uma coisa? Há por aí roseiras magníficas, mas os nossos cedros de 1860 a 1865 parece que não nascem mais.

— Nascem; você não os vê, porque já não sobe ao Líbano — retorquiu Evaristo.

Crescera-lhe o desejo de ver Mariana. Que olhos teriam um para o outro? Que visões antigas viriam transformar a realidade presente? A viagem de Evaristo, cumpre sabê-lo, não foi de recreio, senão de cura. Agora que a lei do tempo fizera sua obra, que efeito produziria neles, quando se encontrassem, o espectro de 1872, aquele triste ano da separação que quase o pôs doido e quase a deixou morta?

MARIANA

CAPÍTULO SEGUNDO

Dias depois se apeava ele de um tílburi à porta de Mariana e dava um cartão ao criado, que lhe abriu a sala.

Enquanto esperava circulou os olhos e ficou impressionado. Os móveis eram os mesmos de dezoito anos antes. A memória, incapaz de os recompor na ausência, reconheceu-os a todos, assim como a disposição deles, que não mudara. Tinham o aspecto vetusto. As próprias flores artificiais de uma grande jarra, que estava sobre um aparador, haviam desbotado com o tempo. Tudo ossos dispersos, que a imaginação podia enfaixar para restaurar uma figura a que só faltasse a alma.

Mas não faltava a alma. Pendente da parede, por cima do canapé, estava o retrato de Mariana. Tinha sido pintado quando ela contava vinte e cinco anos; a moldura, dourada uma só vez, descascando em alguns lugares, contrastava com a figura ridente e fresca. O tempo não descolara a formosura. Mariana estava ali, trajada à moda de 1865, com os seus lindos olhos redondos e namorados. Era o único alento vivo da sala; mas só ele bastava a dar à decrepitude ambiente a fugidia mocidade. Grande foi a comoção de Evaristo. Havia uma cadeira defronte do retrato, ele sentou-se nela e ficou a mirar a moça de outro tempo. Os olhos pintados fitavam também os naturais, porventura admirados do encontro e da mudança, porque os naturais não tinham o calor e a graça da pintura. Mas pouco durou a diferença; a vida anterior do homem restituiu-lhe a verdura exterior, e os olhos embeberam-se uns nos outros, e todos nos seus velhos pecados.

Depois, vagarosamente, Mariana desceu da tela e da moldura e veio sentar-se defronte de Evaristo, inclinou-se, estendeu os braços sobre os joelhos e abriu as mãos. Evaristo en-

PAI CONTRA MÃE

tregou-lhes as suas, e as quatro apertaram-se cordialmente. Nenhum perguntou nada que se referisse ao passado, porque ainda não havia passado; ambos estavam no presente, as horas tinham parado, tão instantâneas e tão fixas, que pareciam ha-
5 ver sido ensaiadas na véspera para esta representação única e interminável. Todos os relógios da cidade e do mundo quebraram discretamente as cordas, e todos os relojoeiros trocaram de ofício. Adeus, velho *lago* de Lamartine![2] Evaristo e Mariana tinham ancorado no oceano dos tempos. E aí vieram as palavras
10 mais doces que jamais disseram lábios de homem nem de mulher, e as mais ardentes também, e as mudas, e as tresloucadas, e as expirantes, e as de ciúme, e as de perdão.

— Estás bom?

— Bom; e tu?

15 — Morria por ti. Há uma hora que te espero, ansiosa, quase chorando; mas bem vês que estou risonha e alegre, tudo porque o melhor dos homens entrou nesta sala. Por que te demoraste tanto?

— Tive duas interrupções em caminho; e a segunda muito
20 maior que a primeira.

— Se tu me amasses deveras, gastarias dois minutos com as duas, e estarias aqui há três quartos de hora. Que riso é esse?

— A segunda interrupção foi teu marido.

— Foi aqui perto — continuou Evaristo. — Falamos de ti,
25 ele primeiro, a propósito não sei de quê, e falou com bondade, quase que com ternura. Cheguei a crer que era um laço, um modo de captar a minha confiança. Afinal despedimo-nos; mas

---

2. Referência ao poema *Le lac* (*O lago*, 1820), de Alphonse de Lamartine (1790–1869), escritor e poeta romântico francês.

MARIANA

eu ainda fiquei espiando, a ver se ele voltava; não vi ninguém. Aí está a causa da minha demora; aí tens também a causa dos meus tormentos.

— Não venhas outra vez com essa eterna desconfiança — atalhou Mariana sorrindo, como na tela, há pouco. — Que quer você que eu faça? Xavier é meu marido; não hei de mandá-lo embora, nem castigá-lo, nem matá-lo, só porque eu e você nos amamos.

— Não digo que o mates; mas tu o amas, Mariana.

— Amo-te e a ninguém mais — respondeu ela, evitando assim a resposta negativa, que lhe pareceu demasiado crua.

Foi o que pensou Evaristo; mas não aceitou a delicadeza da forma indireta. Só a negativa rude e simples poderia contentá-lo.

— Tu o amas — insistiu ele.

— Para que hás de revolver a minha alma e o meu passado? — disse ela. — Para nós, o mundo começou há quatro meses, e não acabará mais — ou acabará quando você se aborrecer de mim, porque eu não mudarei nunca...

Evaristo ajoelhou-se, puxou-lhe os braços, beijou-lhe as mãos e fechou nelas o rosto; finalmente deixou cair a cabeça nos joelhos de Mariana. Ficaram assim alguns instantes, até que ela sentiu os dedos úmidos, ergueu-lhe a cabeça e viu-lhe os olhos rasos de água. Que era?

— Nada — disse ele. — Adeus.

— Mas que foi?!

— Tu o amas — tornou Evaristo —, e esta ideia apavora-me, ao mesmo tempo que me aflige, porque eu sou capaz de matá-lo, se tiver certeza de que ainda o amas.

PAI CONTRA MÃE

— Você é um homem singular — retorquiu Mariana, depois de enxugar os olhos de Evaristo com os cabelos, que despenteara às pressas, para servi-lo com o melhor lenço do mundo.
— Que o amo? Não, já não o amo, aí tens a resposta. Mas já agora hás de consentir que te diga tudo, porque a minha índole não admite meias confidências.

Desta vez foi Evaristo que estremeceu; mas a curiosidade mordia-lhe a ele o coração, em tal maneira, que não houve mais temer, senão aguardar e escutar. Apoiado nos joelhos dela, ouviu a narração, que foi curta. Mariana referiu o casamento, a resistência do pai, a dor da mãe e a perseverança dela e de Xavier. Esperaram dez meses, firmes, ela já menos paciente que ele, porque a paixão que a tomou tinha toda a força necessária para as decisões violentas. Que de lágrimas verteu por ele! Que de maldições lhe saíram do coração contra os pais e foram sufocadas por ela, que temia a Deus e não quisera que essas palavras, como armas de parricídio, a condenassem, pior que ao inferno, à eterna separação do homem a quem amava. Venceu a constância, o tempo desarmou os velhos, e o casamento se fez, lá se iam sete anos. A paixão dos noivos prolongou-se na vida conjugal. Quando o tempo trouxe o sossego, trouxe também a estima. Os corações eram harmônicos, as recordações da luta pungentes e doces. A felicidade serena veio sentar-se à porta deles, como uma sentinela. Mas bem depressa se foi a sentinela; não deixou a desgraça, nem ainda o tédio, mas a apatia, uma figura pálida, sem movimento, que mal sorria e não lembrava nada. Foi por esse tempo que Evaristo apareceu aos seus olhos e a arrebatou. Não a arrebatou ao amor de ninguém; mas por isso mesmo nada tinha que ver com o passado, que era um mistério, e podia trazer remorsos...

— Remorsos? — interrompeu ele.

— Podias supor que eu os tinha; mas não os tenho, nem os terei jamais.

— Obrigado! — disse Evaristo após alguns momentos. — Agradeço-te a confissão. Não falarei mais de tal assunto. Não o amas, é o essencial. Que linda és tu quando juras assim, e me falas do nosso futuro! Sim, acabou; agora aqui estou, ama-me!

— Só a ti, querido.

— Só a mim? Ainda uma vez, jura!

— Por estes olhos — respondeu ela, beijando-lhe os olhos. — Por estes lábios — continuou, impondo-lhe um beijo nos lábios. — Pela minha vida e pela tua!

Evaristo repetiu as mesmas fórmulas, com iguais cerimônias. Depois, sentou-se defronte de Mariana como estava a princípio. Ela ergueu-se então, por sua vez, e foi ajoelhar-se-lhe aos pés, com os braços nos joelhos dele. Os cabelos caídos enquadravam tão bem o rosto, que ele sentiu não ser um gênio para copiá-la e legá-la ao mundo. Disse-lhe isso, mas a moça não respondeu palavra; tinha os olhos fitos nele, suplicantes. Evaristo inclinou-se, cravando nela os seus, e assim ficaram, rosto a rosto, uma, duas, três horas, até que alguém veio acordá-los:

— Faz favor de entrar.

CAPÍTULO TERCEIRO

Evaristo teve um sobressalto. Deu com um homem, o mesmo criado que recebera o seu cartão de visita. Levantou-se depressa; Mariana recolheu-se à tela, que pendia da parede, onde ele a viu outra vez, trajada à moda de 1865, penteada e tranquila. Como nos sonhos, os pensamentos, gestos e atos mediram-se por outro tempo, que não o tempo; fez-se tudo em

PAI CONTRA MÃE

cinco ou seis minutos, que tantos foram os que o criado despendeu em levar o cartão e trazer o convite. Entretanto, é certo que Evaristo sentia ainda a impressão das carícias da moça, vivera realmente entre 1869 e 1872, porque as três horas da visão foram ainda uma concessão ao tempo. Toda a história ressurgira com os ciúmes que ele tinha de Xavier, os seus perdões e as ternuras recíprocas. Só faltou a crise final, quando a mãe de Mariana, sabendo de tudo, corajosamente se interpôs e os separou. Mariana resolveu morrer, chegou a ingerir veneno, e foi preciso o desespero da mãe para restituí-la à vida. Xavier, que então estava na província do Rio, nada soube daquela tragédia, senão que a mulher escapara da morte, por causa de uma troca de medicamentos. Evaristo quis ainda vê-la antes de embarcar, mas foi impossível.

— Vamos — disse ele agora ao criado que o esperava.

Xavier estava no gabinete próximo, estirado em um canapé, com a mulher ao lado e algumas visitas. Evaristo penetrou ali cheio de comoção. A luz era pouca, o silêncio grande; Mariana tinha presa uma das mãos do enfermo, a observá-lo, a temer a morte ou uma crise. Mal pôde levantar os olhos para Evaristo e estender-lhe a mão; voltou a fitar o marido, em cujo rosto havia a marca do longo padecimento e cujo respirar parecia o prelúdio da grande ópera infinita. Evaristo, que apenas vira o rosto de Mariana, retirou-se a um canto, sem ousar mirar-lhe a figura, nem acompanhar-lhe os movimentos. Chegou o médico, examinou o enfermo, recomendou as prescrições dadas, e retirou-se para voltar de noite. Mariana foi com ele até a porta, interrogando baixo e procurando-lhe no rosto a verdade que a boca não queria dizer. Foi então que Evaristo a viu bem; a dor parecia alquebrá-la mais que os anos. Conheceu-lhe o

MARIANA

jeito particular do corpo. Não descia da tela, como a outra, mas do tempo. Antes que ela tornasse ao leito do marido, Evaristo entendeu retirar-se também e foi até a porta.

— Peço-lhe licença... Sinto não poder falar agora a seu marido.

— Agora não pode ser; o médico recomenda repouso e silêncio. Será noutra ocasião...

— Não vim há mais tempo vê-lo porque só há pouco é que soube... E não cheguei há muito.

— Obrigada.

Evaristo estendeu-lhe a mão e saiu a passo abafado, enquanto ela voltava a sentar-se ao pé do doente. Nem os olhos nem a mão de Mariana revelaram em relação a ele uma impressão qualquer, e a despedida fez-se como entre pessoas indiferentes. Certo, o amor acabara, a data era remota, o coração envelhecera com o tempo, e o marido estava a expirar; mas, refletia ele, como explicar que, ao cabo de dezoito anos de separação, Mariana visse diante de si um homem que tanta parte tivera em sua vida, sem o menor abalo, espanto, constrangimento que fosse? Eis aí um mistério. Chamava-lhe mistério. Ainda agora à despedida, sentira ele um aperto, uma coisa, que lhe fez a palavra trôpega, que lhe tirou as ideias e até as simples fórmulas banais de pesar e de esperança. Ela, entretanto, não recebeu dele a menor comoção. E lembrando-se do retrato da sala, Evaristo concluiu que a arte era superior à natureza; a tela guardara o corpo e a alma... Tudo isso borrifado de um despeitozinho acre.

Xavier durou ainda uma semana. Indo fazer-lhe segunda visita, Evaristo assistiu à morte do enfermo e não pôde furtar-se à comoção natural do momento, do lugar e das circunstâncias.

PAI CONTRA MÃE

Mariana, desgrenhada ao pé do leito, tinha os olhos mortos de vigília e de lágrimas. Quando Xavier, depois de longa agonia, expirou, mal se ouviu o choro de alguns parentes e amigos; um grito agudíssimo de Mariana chamou a atenção de todos;
5 depois o desmaio e a queda da viúva. Durou alguns minutos a perda dos sentidos; tornada a si, Mariana correu ao cadáver, abraçou-se a ele, soluçando desesperadamente, dizendo-lhe os nomes mais queridos e ternos. Tinham esquecido de fechar os olhos ao cadáver; daí um lance pavoroso e melancólico, porque
10 ela, depois de os beijar muito, foi tomada de alucinação e bradou que ele ainda vivia, que estava salvo; e, por mais que quisessem arrancá-la dali, não cedia, empurrava a todos, clamava que queriam tirar-lhe o marido. Nova crise a prostrou; foi levada às carreiras para outro quarto.

15 Quando o enterro saiu no dia seguinte, Mariana não estava presente, por mais que insistisse em despedir-se; já não tinha forças para acudir à vontade. Evaristo acompanhou o enterro. Seguindo o carro fúnebre, mal chegava a crer onde estava e o que fazia. No cemitério, falou a um dos parentes de Xavier,
20 confiando-lhe a pena que tivera de Mariana.

— Vê-se que se amavam muito — concluiu.

— Ah! Muito — disse o parente. — Casaram-se por paixão; não assisti ao casamento, porque só cheguei ao Rio de Janeiro muitos anos depois, em 1874; achei-os, porém, tão unidos como
25 se fossem noivos, e assisti até agora à vida de ambos. Viviam um para o outro; não sei se ela ficará muito tempo neste mundo.

"1874", pensou Evaristo; "dois anos depois".

Mariana não assistiu à missa do sétimo dia; um parente — o mesmo do cemitério — representava-a naquela triste ocasião.
30 Evaristo soube por ele que o estado da viúva não lhe permitia

arriscar-se à comemoração da catástrofe. Deixou passar alguns dias e foi fazer a sua visita de pêsames; mas, tendo dado o cartão, ouviu que ela não recebia ninguém. Foi então a São Paulo, voltou cinco ou seis semanas depois, preparou-se para embarcar; antes de partir, pensou ainda em visitar Mariana — não tanto por simples cortesia, como para levar consigo a imagem, deteriorada embora, daquela paixão de quatro anos.

Não a encontrou em casa. Voltava zangado, mal consigo, achava-se impertinente e de mau gosto. A pouca distância viu sair da igreja do Espírito Santo uma senhora de luto, que lhe pareceu Mariana. Era Mariana; vinha a pé; ao passar pela carruagem olhou para ele, fez que o não conhecia e foi andando, de modo que o cumprimento de Evaristo ficou sem resposta. Este ainda quis mandar parar o carro e despedir-se dela, ali mesmo, na rua, um minuto, três palavras; como, porém, hesitasse na resolução, só parou quando já havia passado a igreja, e Mariana ia um grande pedaço adiante. Apeou-se, não obstante, e desandou o caminho; mas, fosse respeito ou despeito, trocou de resolução, meteu-se no carro e partiu.

— Três vezes sincera — concluiu —, passados alguns minutos de reflexão. Antes de um mês estava em Paris. Não esquecera a comédia do amigo, a cuja primeira representação no *Odéon* ficara de assistir. Correu a saber dela; tinha caído redondamente.

— Coisas de teatro — disse Evaristo ao autor, para consolá-lo. — Há peças que caem. Há outras que ficam no repertório.

Conto de escola

A ESCOLA ERA na Rua do Costa, um sobradinho de grade de pau. O ano era de 1840. Naquele dia — uma segunda-feira, do mês de maio — deixei-me estar alguns instantes na Rua da Princesa a ver onde iria brincar a manhã. Hesitava entre o morro de S. Diogo e o Campo de Sant'Ana, que não era então esse parque atual, construção de *gentleman*, mas um espaço rústico, mais ou menos infinito, alastrado de lavadeiras, capim e burros soltos. Morro ou campo? Tal era o problema. De repente disse comigo que o melhor era a escola. E guiei para a escola. Aqui vai a razão.

Na semana anterior tinha feito dois suetos e, descoberto o caso, recebi o pagamento das mãos de meu pai, que me deu uma sova de vara de marmeleiro. As sovas de meu pai doíam por muito tempo. Era um velho empregado do Arsenal de Guerra, ríspido e intolerante. Sonhava para mim uma grande posição comercial e tinha ânsia de me ver com os elementos mercantis, ler, escrever e contar, para me meter de caixeiro. Citava-me nomes de capitalistas que tinham começado ao balcão. Ora, foi a lembrança do último castigo que me levou naquela manhã para o colégio. Não era um menino de virtudes.

Subi a escada com cautela, para não ser ouvido do mestre, e cheguei a tempo; ele entrou na sala três ou quatro minutos depois. Entrou com o andar manso do costume, em chinelas de cordovão, com a jaqueta de brim lavada e desbotada, calça

PAI CONTRA MÃE

branca e tesa e grande colarinho caído. Chamava-se Policarpo e tinha perto de cinquenta anos ou mais. Uma vez sentado, extraiu da jaqueta a boceta de rapé e o lenço vermelho, pô-los na gaveta; depois relanceou os olhos pela sala. Os meninos,
5 que se conservaram de pé durante a entrada dele, tornaram a sentar-se. Tudo estava em ordem; começaram os trabalhos.

— *Seu* Pilar, eu preciso falar com você — disse-me baixinho o filho do mestre. Chamava-se Raimundo este pequeno, e era mole, aplicado, inteligência tarda. Raimundo gastava duas
10 horas em reter aquilo que a outros levava apenas trinta ou cinquenta minutos; vencia com o tempo o que não podia fazer logo com o cérebro. Reunia a isso um grande medo ao pai. Era uma criança fina, pálida, cara doente; raramente estava alegre. Entrava na escola depois do pai e retirava-se antes. O mestre
15 era mais severo com ele do que conosco.

— O que é que você quer?

— Logo — respondeu ele com voz trêmula.

Começou a lição de escrita. Custa-me dizer que eu era dos mais adiantados da escola; mas era. Não digo também que era
20 dos mais inteligentes, por um escrúpulo fácil de entender e de excelente efeito no estilo, mas não tenho outra convicção. Note-se que não era pálido nem mofino: tinha boas cores e músculos de ferro. Na lição de escrita, por exemplo, acabava sempre antes de todos, mas deixava-me estar a recortar narizes
25 no papel ou na tábua, ocupação sem nobreza nem espiritualidade, mas em todo caso ingênua. Naquele dia foi a mesma coisa; tão depressa acabei, como entrei a reproduzir o nariz do mestre, dando-lhe cinco ou seis atitudes diferentes, das quais recordo a interrogativa, a admirativa, a dubitativa e a cogitativa.
30 Não lhes punha esses nomes, pobre estudante de primeiras le-

CONTO DE ESCOLA

tras que era; mas, instintivamente, dava-lhes essas expressões.
Os outros foram acabando; não tive remédio senão acabar também, entregar a escrita e voltar para o meu lugar.

Com franqueza, estava arrependido de ter vindo. Agora
que ficava preso, ardia por andar lá fora e recapitulava o campo
e o morro, pensava nos outros meninos vadios, o Chico Telha,
o Américo, o Carlos das Escadinhas, a fina flor do bairro e
do gênero humano. Para cúmulo de desespero, vi através das
vidraças da escola, no claro azul do céu, por cima do morro
do Livramento, um papagaio de papel, alto e largo, preso de
uma corda imensa, que bojava no ar, uma coisa soberba. E eu
na escola, sentado, pernas unidas, com o livro de leitura e a
gramática nos joelhos.

— Fui um bobo em vir — disse eu ao Raimundo.

— Não diga isso — murmurou ele.

Olhei para ele; estava mais pálido. Então me lembrou outra
vez que queria pedir-me alguma coisa e perguntei-lhe o que
era. Raimundo estremeceu de novo e, rápido, disse-me que
esperasse um pouco; era uma coisa particular.

— *Seu* Pilar... — murmurou ele daí a alguns minutos.

— Que é?

— Você...

— Você quê?

Ele deitou os olhos ao pai e depois a alguns outros meninos.
Um destes, o Curvelo, olhava para ele, desconfiado, e o Raimundo, notando-me essa circunstância, pediu alguns minutos
mais de espera. Confesso que começava a arder de curiosidade.
Olhei para o Curvelo e vi que parecia atento; podia ser uma
simples curiosidade vaga, natural indiscrição; mas podia ser

PAI CONTRA MÃE

também alguma coisa entre eles. Esse Curvelo era um pouco levado do diabo. Tinha onze anos, era mais velho que nós.

Que me quereria o Raimundo? Continuei inquieto, remexendo-me muito, falando-lhe baixo, com instância, que me dissesse o que era, que ninguém cuidava dele nem de mim. Ou então, de tarde...

— De tarde, não — interrompeu-me ele. — Não pode ser de tarde.

— Então agora...

— Papai está olhando.

Na verdade, o mestre fitava-nos. Como era mais severo para o filho, buscava-o muitas vezes com os olhos, para trazê-lo mais aperreado. Mas nós também éramos finos; metemos o nariz no livro e continuamos a ler. Afinal cansou e tomou as folhas do dia, três ou quatro, que ele lia devagar, mastigando as ideias e as paixões. Não esqueçam que estávamos então no fim da Regência,[1] e que era grande a agitação pública. Policarpo tinha decerto algum partido, mas nunca pude averiguar esse ponto. O pior que ele podia ter, para nós, era a palmatória. E essa lá estava, pendurada do portal da janela, à direita, com os seus cinco olhos do diabo. Era só levantar a mão, despendurá-la e brandi-la, com a força do costume, que não era pouca. E daí pode ser que alguma vez as paixões políticas dominassem nele a ponto de poupar-nos uma ou outra correção. Naquele dia, ao menos, pareceu-me que lia as folhas com muito interesse; levantava os olhos de quando em quando, ou tomava uma pitada, mas tornava logo aos jornais e lia a valer.

---

1. Período da história do Brasil entre a abdicação de D. Pedro I (1831) e a maioridade de D. Pedro II (1840).

CONTO DE ESCOLA

No fim de algum tempo — dez ou doze minutos —, Raimundo meteu a mão no bolso das calças e olhou para mim.

— Sabe o que tenho aqui?

— Não.

— Uma pratinha que mamãe me deu.

— Hoje?

— Não, no outro dia, quando fiz anos...

— Pratinha de verdade?

— De verdade.

Tirou-a vagarosamente e mostrou-me de longe. Era uma moeda do tempo do rei, cuido que doze vinténs ou dois tostões, não me lembro; mas era uma moeda, e tal moeda que me fez pular o sangue no coração. Raimundo revolveu em mim o olhar pálido; depois me perguntou se a queria para mim. Respondi-lhe que estava caçoando, mas ele jurou que não.

— Mas então você fica sem ela?

— Mamãe depois me arranja outra. Ela tem muitas que vovô lhe deixou, numa caixinha; algumas são de ouro. Você quer esta?

Minha resposta foi estender-lhe a mão disfarçadamente, depois de olhar para a mesa do mestre. Raimundo recuou a mão dele e deu à boca um gesto amarelo, que queria sorrir. Em seguida propôs-me um negócio, uma troca de serviços; ele me daria a moeda, eu lhe explicaria um ponto da lição de sintaxe. Não conseguira reter nada do livro e estava com medo do pai. E concluía a proposta esfregando a pratinha nos joelhos...

Tive uma sensação esquisita. Não é que eu possuísse da virtude uma ideia antes própria de homem; não é também que não fosse fácil em empregar uma ou outra mentira de criança. Sabíamos ambos enganar ao mestre. A novidade estava nos

PAI CONTRA MÃE

termos da proposta, na troca de lição e dinheiro, compra franca, positiva, toma lá, dá cá; tal foi a causa da sensação. Fiquei a olhar para ele, à toa, sem poder dizer nada.

Compreende-se que o ponto da lição era difícil, e que o Raimundo, não o tendo aprendido, recorria a um meio que lhe pareceu útil para escapar ao castigo do pai. Se me tem pedido a coisa por favor, alcançá-la-ia do mesmo modo, como de outras vezes, mas parece que era lembrança das outras vezes, o medo de achar a minha vontade frouxa ou cansada, e não aprender como queria — e pode ser mesmo que em alguma ocasião lhe tivesse ensinado mal — parece que tal foi a causa da proposta. O pobre diabo contava com o favor — mas queria assegurar-lhe a eficácia, e daí recorreu à moeda que a mãe lhe dera e que ele guardava como relíquia ou brinquedo; pegou dela e veio esfregá-la nos joelhos, à minha vista, como uma tentação... Realmente, era bonita, fina, branca, muito branca; e, para mim, que só trazia cobre no bolso, quando trazia alguma coisa, um cobre feio, grosso, azinhavrado...

Não queria recebê-la, e custava-me recusá-la. Olhei para o mestre, que continuava a ler, com tal interesse, que lhe pingava o rapé do nariz.

— Ande, tome — dizia-me baixinho o filho.

E a pratinha fuzilava-lhe entre os dedos, como se fora diamante... Em verdade, se o mestre não visse nada, que mal havia? E ele não podia ver nada, estava agarrado aos jornais, lendo com fogo, com indignação...

— Tome, tome...

Relancei os olhos pela sala e dei com os do Curvelo em nós; disse ao Raimundo que esperasse. Pareceu-me que o outro nos observava, então dissimulei; mas daí a pouco deitei-lhe outra

CONTO DE ESCOLA

vez o olho e — tanto se ilude a vontade! — não lhe vi mais nada. Então cobrei ânimo.

— Dê cá...

Raimundo deu-me a pratinha, sorrateiramente; eu meti-a na algibeira das calças, com um alvoroço que não posso definir. Cá estava ela comigo, pegadinha à perna. Restava prestar o serviço, ensinar a lição e não me demorei em fazê-lo, nem o fiz mal, ao menos conscientemente; passava-lhe a explicação em um retalho de papel que ele recebeu com cautela e cheio de atenção. Sentia-se que despendia um esforço cinco ou seis vezes maior para aprender um nada; mas contanto que ele escapasse ao castigo, tudo iria bem.

De repente, olhei para o Curvelo e estremeci; tinha os olhos em nós, com um riso que me pareceu mau. Disfarcei; mas daí a pouco, voltando-me outra vez para ele, achei-o do mesmo modo, com o mesmo ar, acrescendo que entrava a remexer-se no banco, impaciente. Sorri para ele e ele não sorriu; ao contrário, franziu a testa, o que lhe deu um aspecto ameaçador. O coração bateu-me muito.

— Precisamos muito cuidado — disse eu ao Raimundo.

— Diga-me isto só — murmurou ele.

Fiz-lhe sinal que se calasse; mas ele instava, e a moeda, cá no bolso, lembrava-me o contrato feito. Ensinei-lhe o que era, disfarçando muito; depois, tornei a olhar para o Curvelo, que me pareceu ainda mais inquieto, e o riso, antes mau, estava agora pior. Não é preciso dizer que também eu ficara em brasas, ansioso que a aula acabasse; mas nem o relógio andava como das outras vezes, nem o mestre fazia caso da escola; este lia os jornais, artigo por artigo, pontuando-os com exclamações, com gestos de ombros, com uma ou duas pancadinhas na mesa. E lá

PAI CONTRA MÃE

fora, no céu azul, por cima do morro, o mesmo eterno papagaio, guinando a um lado e outro, como se me chamasse a ir ter com ele. Imaginei-me ali, com os livros e a pedra embaixo da mangueira, e a pratinha no bolso das calças, que eu não daria a
5   ninguém, nem que me serrassem; guardá-la-ia em casa, dizendo a mamãe que a tinha achado na rua. Para que me não fugisse, ia-a apalpando, roçando-lhe os dedos pelo cunho, quase lendo pelo tato a inscrição, com uma grande vontade de espiá-la.

— Oh! *Seu* Pilar! — bradou o mestre com voz de trovão.
10   Estremeci como se acordasse de um sonho e levantei-me às pressas. Dei com o mestre, olhando para mim, cara fechada, jornais dispersos, e ao pé da mesa, em pé, o Curvelo. Pareceu-me adivinhar tudo.

— Venha cá! — bradou o mestre.
15   Fui e parei diante dele. Ele enterrou-me pela consciência dentro um par de olhos pontudos; depois chamou o filho. Toda a escola tinha parado; ninguém mais lia, ninguém fazia um só movimento. Eu, conquanto não tirasse os olhos do mestre, sentia no ar a curiosidade e o pavor de todos.
20   — Então o senhor recebe dinheiro para ensinar as lições aos outros? — disse-me o Policarpo.

— Eu...

— Dê cá a moeda que este seu colega lhe deu! — clamou.

Não obedeci logo, mas não pude negar nada. Continuei a
25   tremer muito. Policarpo bradou de novo que lhe desse a moeda, e eu não resisti mais, meti a mão no bolso, vagarosamente, saquei-a e entreguei-lha. Ele examinou-a de um e outro lado, bufando de raiva; depois estendeu o braço e atirou-a à rua. E então disse-nos uma porção de coisas duras, que tanto o filho

CONTO DE ESCOLA

como eu acabávamos de praticar uma ação feia, indigna, baixa, uma vilania, e para emenda e exemplo íamos ser castigados. Aqui pegou da palmatória.

— Perdão, *seu* mestre... — solucei eu.

— Não há perdão! Dê cá a mão! Dê cá! Vamos! Sem-vergo- 5
nha! Dê cá a mão!

— Mas, *seu* mestre...

— Olhe que é pior!

Estendi-lhe a mão direita, depois a esquerda e fui recebendo os bolos uns por cima dos outros, até completar doze, que me 10
deixaram as palmas vermelhas e inchadas. Chegou a vez do fi- lho, e foi a mesma coisa; não lhe poupou nada, dois, quatro, oito, doze bolos. Acabou, pregou-nos outro sermão. Chamou-nos sem-vergonhas, desaforados e jurou que se repetíssemos o ne- gócio apanharíamos tal castigo que nos havia de lembrar para 15
todo o sempre. E exclamava: porcalhões, tratantes, faltos de brio!

Eu, por mim, tinha a cara no chão. Não ousava fitar nin- guém, sentia todos os olhos em nós. Recolhi-me ao banco, soluçando, fustigado pelos impropérios do mestre. Na sala ar- 20
quejava o terror; posso dizer que naquele dia ninguém faria igual negócio. Creio que o próprio Curvelo enfiara de medo. Não olhei logo para ele, cá dentro de mim jurava quebrar-lhe a cara, na rua, logo que saíssemos, tão certo como três e dois serem cinco. 25

Daí a algum tempo olhei para ele; ele também olhava para mim, mas desviou a cara, e penso que empalideceu. Compôs-se e entrou a ler em voz alta; estava com medo. Começou a variar de atitude, agitando-se à toa, coçando os joelhos, o nariz. Pode ser até que se arrependesse de nos ter denunciado; e na verdade, 30 por que nos denunciar? Em que é que lhe tirávamos alguma coisa?

"Tu me pagas! Tão duro como osso!", dizia eu comigo.

Veio a hora de sair, e saímos; ele foi adiante, apressado, e eu não queria brigar ali mesmo, na Rua do Costa, perto do colégio; havia de ser na Rua larga São Joaquim. Quando, porém, cheguei à esquina, já o não vi; provavelmente se escondera em algum corredor ou loja; entrei numa botica, espiei em outras casas, perguntei por ele a algumas pessoas, ninguém me deu notícia. De tarde faltou à escola.

Em casa não contei nada, é claro; mas para explicar as mãos inchadas, menti a minha mãe, disse-lhe que não tinha sabido a lição. Dormi nessa noite, mandando ao diabo os dois meninos, tanto o da denúncia como o da moeda. E sonhei com a moeda; sonhei que, ao tornar à escola, no dia seguinte, dera com ela na rua e a apanhara, sem medo nem escrúpulos...

De manhã, acordei cedo. A ideia de ir procurar a moeda fez-me vestir depressa. O dia estava esplêndido, um dia de maio, sol magnífico, ar brando, sem contar as calças novas que minha mãe me deu, por sinal que eram amarelas. Tudo isso, e a pratinha... Saí de casa, como se fosse trepar ao trono de Jerusalém. Piquei o passo para que ninguém chegasse antes de mim à escola; ainda assim não andei tão depressa que amarrotasse as calças. Não, que elas eram bonitas! Mirava-as, fugia aos encontros, ao lixo da rua...

Na rua encontrei uma companhia do batalhão de fuzileiros, tambor à frente, rufando. Não podia ouvir isto quieto. Os soldados vinham batendo o pé rápido, igual, direita, esquerda, ao som do rufo; vinham, passaram por mim e foram andando. Eu senti uma comichão nos pés e tive ímpeto de ir atrás deles. Já

CONTO DE ESCOLA

lhes disse: o dia estava lindo, e depois o tambor... Olhei para um e outro lado; afinal, não sei como foi, entrei a marchar também ao som do rufo, creio que cantarolando alguma coisa: *Rato na casaca...* Não fui à escola, acompanhei os fuzileiros, depois enfiei pela Saúde e acabei a manhã na Praia da Gamboa. Voltei para casa com as calças enxovalhadas, sem pratinha no bolso nem ressentimento na alma. E contudo a pratinha era bonita e foram eles, Raimundo e Curvelo, que me deram o primeiro conhecimento, um da corrupção, outro da delação; mas o diabo do tambor...

Um apólogo

ERA UMA VEZ uma agulha, que disse a um novelo de linha:

— Por que está você com esse ar, toda cheia de si, toda enrolada, para fingir que vale alguma coisa neste mundo?

— Deixe-me, senhora.

— Que a deixe? Que a deixe, por quê? Porque lhe digo que está com um ar insuportável? Repito que sim e falarei sempre que me der na cabeça.

— Que cabeça, senhora? A senhora não é alfinete, é agulha. Agulha não tem cabeça. Que lhe importa o meu ar? Cada qual tem o ar que Deus lhe deu. Importe-se com a sua vida e deixe a dos outros.

— Mas você é orgulhosa.

— Decerto que sou.

— Mas por quê?

— É boa! Porque coso. Então os vestidos e enfeites de nossa ama, quem é que os cose, senão eu?

— Você? Esta agora é melhor. Você é que os cose? Você ignora que quem os cose sou eu, e muito eu?

— Você fura o pano, nada mais; eu é que coso, prendo um pedaço ao outro, dou feição aos babados..

— Sim, mas que vale isso? Eu é que furo o pano, vou adiante, puxando por você, que vem atrás, obedecendo ao que eu faço e mando...

— Também os batedores vão adiante do imperador.

PAI CONTRA MÃE

— Você é imperador?

— Não digo isso. Mas a verdade é que você faz um papel subalterno, indo adiante; vai só mostrando o caminho, vai fazendo o trabalho obscuro e ínfimo. Eu é que prendo, ligo, ajunto...

Estavam nisto, quando a costureira chegou à casa da baronesa. Não sei se disse que isto se passava em casa de uma baronesa, que tinha a modista ao pé de si, para não andar atrás dela. Chegou a costureira, pegou do pano, pegou da agulha, pegou da linha, enfiou a linha na agulha e entrou a coser. Uma e outra iam andando orgulhosas, pelo pano adiante, que era a melhor das sedas, entre os dedos da costureira, ágeis como os galgos de Diana — para dar a isto uma cor poética. E dizia a agulha:

— Então, senhora linha, ainda teima no que dizia há pouco? Não repara que esta distinta costureira só se importa comigo; eu é que vou aqui entre os dedos dela, unidinha a eles, furando abaixo e acima.

A linha não respondia nada; ia andando. Buraco aberto pela agulha era logo enchido por ela, silenciosa e ativa como quem sabe o que faz e não está para ouvir palavras loucas. A agulha vendo que ela não lhe dava resposta, calou-se também, e foi andando. E era tudo silêncio na saleta de costura; não se ouvia mais que o *plic-plic plic-plic* da agulha no pano. Caindo o sol, a costureira dobrou a costura, para o dia seguinte; continuou ainda nesse e no outro, até que no quarto acabou a obra, e ficou esperando o baile.

Veio a noite do baile, e a baronesa vestiu-se. A costureira, que a ajudou a vestir-se, levava a agulha espetada no corpinho, para dar algum ponto necessário. E quando compunha o vestido da bela dama e puxava a um lado ou outro, arregaçava daqui

UM APÓLOGO

ou dali, alisando, abotoando, acolchetando, a linha, para mofar da agulha, perguntou-lhe:

— Ora agora, diga-me quem é que vai ao baile, no corpo da baronesa, fazendo parte do vestido e da elegância? Quem é que vai dançar com ministros e diplomatas, enquanto você volta para a caixinha da costureira, antes de ir para o balaio das mucamas? Vamos, diga lá.

Parece que a agulha não disse nada; mas um alfinete, de cabeça grande e não menor experiência, murmurou à pobre agulha:

— Anda, aprende, tola. Cansas-te em abrir caminho para ela e ela é que vai gozar da vida, enquanto aí ficas na caixinha de costura. Faze como eu, que não abro caminho para ninguém. Onde me espetam, fico.

Contei esta história a um professor de melancolia, que me disse, abanando a cabeça:

— Também eu tenho servido de agulha a muita linha ordinária!

D. Paula

NÃO ERA POSSÍVEL chegar mais a ponto. D. Paula entrou na sala exatamente quando a sobrinha enxugava os olhos cansados de chorar. Compreende-se o assombro da tia. Entender-se-á também o da sobrinha, em se sabendo que D. Paula vive no alto da Tijuca, donde raras vezes desce; a última foi pelo Natal passado, e estamos em maio de 1882. Desceu ontem, à tarde, e foi para casa da irmã, Rua do Lavradio. Hoje, tão depressa almoçou, vestiu-se e correu a visitar a sobrinha. A primeira escrava que a viu quis ir avisar a senhora, mas D. Paula ordenou-lhe que não, e foi pé ante pé, muito devagar, para impedir o rumor das saias, abriu a porta da sala de visitas e entrou.

— Que é isto? — exclamou.

Venancinha atirou-se-lhe aos braços, as lágrimas vieram-lhe de novo. A tia beijou-a muito, abraçou-a, disse-lhe palavras de conforto e pediu, e quis que lhe contasse o que era, se alguma doença, ou...

— Antes fosse uma doença! Antes fosse a morte! — interrompeu a moça.

— Não digas tolices; mas que foi? Anda, que foi?

Venancinha enxugou os olhos e começou a falar. Não pôde ir além de cinco ou seis palavras; as lágrimas tornaram, tão abundantes e impetuosas, que D. Paula achou de bom aviso deixá-las correr primeiro. Entretanto, foi tirando a capa de rendas pretas que a envolvia e descalçando as luvas. Era uma

PAI CONTRA MÃE

bonita velha, elegante, dona de um par de olhos grandes, que deviam ter sido infinitos. Enquanto a sobrinha chorava, ela foi cerrar cautelosamente a porta da sala e voltou ao canapé. No fim de alguns minutos, Venancinha cessou de chorar e confiou
5 à tia o que era.

Era nada menos que uma briga com o marido, tão violenta, que chegaram a falar de separação. A causa eram ciúmes. Desde muito que o marido embirrava com um sujeito; mas na véspera à noite, em casa do C..., vendo-a dançar com ele duas vezes
10 e conversar alguns minutos, concluiu que eram namorados. Voltou amuado para casa de manhã, acabado o almoço, a cólera estourou, e ele disse-lhe coisas duras e amargas, que ela repeliu com outras.

— Onde está teu marido? — perguntou a tia.
15 — Saiu; parece que foi para o escritório.

Dona Paula perguntou-lhe se o escritório era ainda o mesmo e disse-lhe que descansasse, que não era nada, dali a duas horas tudo estaria acabado. Calçava as luvas rapidamente.

— Titia vai lá?
20 — Vou... Pois então? Vou. Teu marido é bom, são arrufos. 104? Vou lá; espera por mim, que as escravas não te vejam.

Tudo isso era dito com volubilidade, confiança e doçura. Calçadas as luvas, pôs o mantelete, e a sobrinha ajudou-a, falando também, jurando que, apesar de tudo, adorava o Conrado.
25 Conrado era o marido, advogado desde 1874. D. Paula saiu, levando muitos beijos da moça. Na verdade, não podia chegar mais a ponto. De caminho, parece que ela encarou o incidente, não digo desconfiada, mas curiosa, um pouco inquieta da realidade positiva; em todo caso ia resoluta a reconstruir a paz
30 doméstica.

D. PAULA

Chegou, não achou o sobrinho no escritório, mas ele veio logo, e, passado o primeiro espanto, não foi preciso que D. Paula lhe dissesse o objeto da visita; Conrado adivinhou tudo. Confessou que fora excessivo em algumas coisas e, por outro lado, não atribuía à mulher nenhuma índole perversa ou viciosa. Só isso; no mais, era uma cabeça de vento, muito amiga de cortesias, de olhos ternos, de palavrinhas doces, e a leviandade também é uma das portas do vício. Em relação à pessoa de quem se tratava, não tinha dúvida de que eram namorados. Venancinha contara só o fato da véspera; não referiu outros, quatro ou cinco, o penúltimo no teatro, onde chegou a haver tal ou qual escândalo. Não estava disposto a cobrir com a sua responsabilidade os desazos da mulher. Que namorasse, mas por conta própria.

D. Paula ouviu tudo, calada; depois falou também. Concordava que a sobrinha fosse leviana; era próprio da idade. Moça bonita não sai à rua sem atrair os olhos, e é natural que a admiração dos outros a lisonjeie. Também é natural que o que ela fizer de lisonjeada pareça aos outros e ao marido um princípio de namoro: a fatuidade de uns e o ciúme do outro explicam tudo. Pela parte dela, acabava de ver a moça chorar lágrimas sinceras, deixou-a consternada, falando de morrer, abatida com o que ele lhe dissera. E se ele próprio só lhe atribuía leviandade, por que não proceder com cautela e doçura, por meio de conselho e de observação, poupando-lhe as ocasiões, apontando-lhe o mal que fazem à reputação de uma senhora as aparências de acordo, de simpatia, de boa vontade para os homens?

Não gastou menos de vinte minutos a boa senhora em dizer essas coisas mansas, com tão boa sombra, que o sobrinho sentiu apaziguar-se-lhe o coração. Resistia, é verdade; duas ou três vezes, para não resvalar na indulgência, declarou à tia que

PAI CONTRA MÃE

entre eles tudo estava acabado. E, para animar-se, evocava mentalmente as razões que tinha contra a mulher. A tia, porém, abaixava a cabeça para deixar passar a onda e surgia outra vez com os seus grandes olhos sagazes e teimosos. Conrado ia
5 cedendo aos poucos e mal. Foi então que D. Paula propôs um meio-termo.

— Você perdoa-lhe, fazem as pazes, e ela vai estar comigo, na Tijuca, um ou dois meses; uma espécie de desterro. Eu, durante este tempo, encarrego-me de lhe pôr ordem no espírito.
10 Valeu?

Conrado aceitou. D. Paula, tão depressa obteve a palavra, despediu-se para levar a boa nova à outra, Conrado acompanhou-a até a escada. Apertaram as mãos; D. Paula não soltou a dele sem lhe repetir os conselhos de brandura e prudência;
15 depois, fez esta reflexão natural:

— E vão ver que o homem de quem se trata nem merece um minuto dos nossos cuidados...

— É um tal Vasco Maria Portela...

D. Paula empalideceu. Que Vasco Maria Portela? Um velho,
20 antigo diplomata, que... Não, esse estava na Europa desde alguns anos, aposentado, e acabava de receber um título de barão. Era um filho dele, chegado de pouco, um pelintra... D. Paula apertou-lhe a mão e desceu rapidamente. No corredor, sem ter necessidade de ajustar a capa, fê-lo durante alguns minutos,
25 com a mão trêmula e um pouco de alvoroço na fisionomia. Chegou mesmo a olhar para o chão, refletindo. Saiu, foi ter com a sobrinha, levando a reconciliação e a cláusula. Venancinha aceitou tudo.

Dois dias depois foram para a Tijuca. Venancinha ia menos
30 alegre do que prometera; provavelmente era o exílio, ou pode

ser também que algumas saudades. Em todo caso, o nome de Vasco subiu a Tijuca, se não em ambas as cabeças, ao menos na da tia, onde era uma espécie de eco, um som remoto e brando, alguma coisa que parecia vir do tempo da Stoltz[1] e do ministério Paraná.[2] Cantora e ministério, coisas frágeis, não o eram menos que a ventura de ser moça, e aonde iam essas três eternidades? Jaziam nas ruínas de trinta anos. Era tudo o que D. Paula tinha em si e diante de si.

Já se entende que o outro Vasco, o antigo, também foi moço e amou. Amaram-se, fartaram-se um do outro, à sombra do casamento, durante alguns anos, e, como o vento que passa não guarda a palestra dos homens, não há meio de escrever aqui o que então se disse da aventura. A aventura acabou; foi uma sucessão de horas doces e amargas, de delícias, de lágrimas, de cóleras, de arroubos, drogas várias com que encheram a esta senhora a taça das paixões. D. Paula esgotou-a inteira e emborcou-a depois para não mais beber. A saciedade trouxe-lhe a abstinência, e com o tempo foi esta última fase que fez a opinião. Morreu-lhe o marido e foram vindo os anos. D. Paula era agora uma pessoa austera e pia, cheia de prestígio e consideração.

A sobrinha é que lhe levou o pensamento ao passado. Foi a presença de uma situação análoga, de mistura com o nome e o sangue do mesmo homem, que lhe acordou algumas velhas lembranças. Não esqueçam que elas estavam na Tijuca, que iam viver juntas algumas semanas, e que uma obedecia à outra; era tentar e desafiar a memória.

---

1. Rosine Stoltz (1815–1903), nome artístico de Victoire Noël, cantora de ópera francesa.

2. Referência ao ministério chefiado pelo marquês do Paraná (Honório Hermeto Carneiro Leão; 1801–1856), também conhecido como "Ministério da Conciliação" (1853–1856).

PAI CONTRA MÃE

— Mas nós deveras não voltamos à cidade tão cedo? — perguntou Venancinha rindo, no outro dia de manhã.

— Já estás aborrecida?

— Não, não, isso nunca, mas pergunto...

5 D. Paula, rindo também, fez com o dedo um gesto negativo; depois, perguntou-lhe se tinha saudades cá de baixo. Venancinha respondeu que nenhumas; e, para dar mais força à resposta, acompanhou-a de um descair dos cantos da boca, a modo de indiferença e desdém. Era pôr demais na carta, D. Paula tinha

10 o bom costume de não ler às carreiras, como quem vai salvar o pai da forca, mas devagar, enfiando os olhos entre as sílabas e entre as letras, para ver tudo, e achou que o gesto da sobrinha era excessivo.

"Eles amam-se!", pensou ela.

15 A descoberta avivou o espírito do passado. D. Paula forcejou por sacudir fora essas memórias importunas; elas, porém, voltavam, ou de manso ou de assalto, como raparigas que eram, cantando, rindo, fazendo o diabo. D. Paula tornou aos seus bailes de outro tempo, às suas eternas valsas que faziam pasmar

20 a toda a gente, às mazurcas, que ela metia à cara da sobrinha como sendo a mais graciosa coisa do mundo, e aos teatros, e às cartas, e vagamente, aos beijos; mas tudo isso — e esta é a situação —, tudo isso era como as frias crônicas, esqueleto da história, sem a alma da história. Passava-se tudo na cabeça.

25 D. Paula tentava emparelhar o coração com o cérebro, a ver se sentia alguma coisa além da pura repetição mental, mas, por mais que evocasse as comoções extintas, não lhe voltava nenhuma. Coisas truncadas!

Se ela conseguisse espiar para dentro do coração da sobrinha, pode ser que achasse ali a sua imagem, e então... Desde

30

D. PAULA

que esta ideia penetrou no espírito de D. Paula, complicou-lhe
um pouco a obra de reparação e cura. Era sincera, tratava da
alma da outra, queria vê-la restituída ao marido. Na constância
do pecado é que se pode desejar que outros pequem também,
para descer de companhia ao purgatório; mas aqui o pecado   5
já não existia. D. Paula mostrava à sobrinha a superioridade
do marido, as suas virtudes e assim também as paixões, que
podiam dar um mau desfecho ao casamento, pior que trágico,
o repúdio.

Conrado, na primeira visita que lhes fez, nove dias depois,   10
confirmou a advertência da tia; entrou frio e saiu frio. Venancinha ficou aterrada. Esperava que os nove dias de separação
tivessem abrandado o marido, e, em verdade, assim era; mas ele
mascarou-se à entrada e conteve-se para não capitular. E isto
foi mais salutar que tudo o mais. O terror de perder o marido   15
foi o principal elemento de restauração. O próprio desterro não
pôde tanto.

Vai senão quando, dois dias depois daquela visita, estando
ambas ao portão da chácara, prestes a sair para o passeio do
costume, viram vir um cavaleiro. Venancinha fixou a vista,   20
deu um pequeno grito e correu a esconder-se atrás do muro.
D. Paula compreendeu e ficou. Quis ver o cavaleiro de mais
perto; viu-o dali a dois ou três minutos, um galhardo rapaz,
elegante, com as suas finas botas lustrosas, muito bem posto no
selim; tinha a mesma cara do outro Vasco, era o filho; o mesmo   25
jeito da cabeça, um pouco à direita, os mesmos ombros largos,
os mesmos olhos redondos e profundos.

Nessa mesma noite, Venancinha contou-lhe tudo, depois
da primeira palavra que ela lhe arrancou. Tinham-se visto nas
corridas, uma vez, logo que ele chegou da Europa. Quinze dias   30

PAI CONTRA MÃE

depois, foi-lhe apresentado em um baile e pareceu-lhe tão bem, com um ar tão parisiense, que ela falou dele, na manhã seguinte, ao marido. Conrado franziu o sobrolho, e foi este gesto que lhe deu uma ideia que até então não tinha. Começou a vê-lo com prazer; daí a pouco com certa ansiedade. Ele falava-lhe respeitosamente, dizia-lhe coisas amigas, que ela era a mais bonita moça do Rio e a mais elegante, que já em Paris ouvira elogiá-la muito, por algumas senhoras da família Alvarenga. Tinha graça em criticar os outros e sabia dizer também umas palavras sentidas, como ninguém. Não falava de amor, mas a perseguia com os olhos, e ela, por mais que afastasse os seus, não podia afastá-los de todo. Começou a pensar nele, amiudadamente, com interesse, e quando se encontravam, batia-lhe muito o coração, pode ser que ele lhe visse então, no rosto, a impressão que fazia.

D. Paula, inclinada para ela, ouvia essa narração, que aí fica apenas resumida e coordenada. Tinha toda a vida nos olhos; a boca meio aberta, parecia beber as palavras da sobrinha, ansiosamente, como um cordial. E pedia-lhe mais, que lhe contasse tudo, tudo. Venancinha criou confiança. O ar da tia era tão jovem, a exortação tão meiga e cheia de um perdão antecipado, que ela achou ali uma confidente e amiga, não obstante algumas frases severas que lhe ouviu, mescladas às outras, por um motivo de inconsciente hipocrisia. Não digo cálculo; D. Paula enganava-se a si mesma. Podemos compará-la a um general inválido, que forceja por achar um pouco do antigo ardor na audiência de outras campanhas.

— Já vês que teu marido tinha razão — dizia ela. — Foste imprudente, muito imprudente...

Venancinha achou que sim, mas jurou que estava tudo acabado.

— Receio que não. Chegaste a amá-lo deveras?

— Titia...

— Tu ainda gostas dele!

— Juro que não. Não gosto; mas confesso... sim... confesso que gostei... Perdoe-me tudo; não diga nada a Conrado; estou arrependida... Repito que a princípio um pouco fascinada... Mas que quer a senhora?

— Ele declarou-te alguma coisa?

— Declarou; foi no teatro, uma noite, no Teatro Lírico, à saída. Tinha costume de ir buscar-me ao camarote e conduzir-me até o carro, e foi à saída... duas palavras...

D. Paula não perguntou, por pudor, as próprias palavras do namorado, mas imaginou as circunstâncias, o corredor, os pares que saíam, as luzes, a multidão, o rumor das vozes, e teve o poder de representar, com o quadro, um pouco das sensações dela; e pediu-lhas com interesse, astutamente.

— Não sei o que senti — acudiu a moça cuja comoção crescente ia desatando a língua. — Não me lembro dos primeiros cinco minutos. Creio que fiquei séria; em todo o caso, não lhe disse nada. Pareceu-me que toda gente olhava para nós, que teriam ouvido, e quando alguém me cumprimentava sorrindo, dava-me ideia de estar caçoando. Desci as escadas não sei como, entrei no carro sem saber o que fazia; ao apertar-lhe a mão, afrouxei bem os dedos. Juro-lhe que não queria ter ouvido nada. Conrado disse-me que tinha sono e encostou-se ao fundo do carro; foi melhor assim, porque eu não sei que diria, se tivéssemos de ir conversando. Encostei-me também, mas por pouco tempo; não podia estar na mesma posição. Olhava para fora

PAI CONTRA MÃE

através dos vidros e via só o clarão dos lampiões, de quando em quando, e afinal nem isso mesmo; via os corredores do teatro, as escadas, as pessoas todas, e ele ao pé de mim, cochichando as palavras, duas palavras só, e não posso dizer o que pensei
5 em todo esse tempo; tinha as ideias baralhadas, confusas, uma revolução em mim...

— Mas, em casa?

— Em casa, despindo-me, é que pude refletir um pouco, mas muito pouco. Dormi tarde, e mal. De manhã, tinha a cabeça
10 aturdida. Não posso dizer que estava alegre nem triste, lembro-me de que pensava muito nele e, para arredá-lo, prometi a mim mesma revelar tudo ao Conrado; mas o pensamento voltava outra vez. De quando em quando, parecia-me escutar a voz dele e estremecia. Cheguei a lembrar-me de que, à des-
15 pedida, lhe dera os dedos frouxos e sentia, não sei como diga, uma espécie de arrependimento, um medo de o ter ofendido... E depois vinha o desejo de o ver outra vez... Perdoe-me, titia; a senhora é que quer que lhe conte tudo.

A resposta de D. Paula foi apertar-lhe muito a mão e fazer
20 um gesto de cabeça. Afinal achava alguma coisa de outro tempo, ao contato daquelas sensações ingenuamente narradas. Tinha os olhos ora meio cerrados, na sonolência da recordação — ora aguçados de curiosidade e calor, e ouvia tudo, dia por dia, encontro por encontro, a própria cena do teatro, que a sobrinha
25 a princípio lhe ocultara. E vinha tudo o mais, horas de ânsia, de saudade, de medo, de esperança, desalentos, dissimulações, ímpetos, toda a agitação de uma criatura em tais circunstâncias, nada dispensava a curiosidade insaciável da tia. Não era um livro, não era sequer um capítulo de adultério, mas um prólogo
30 — interessante e violento.

D. PAULA

Venancinha acabou. A tia não lhe disse nada, deixou-se estar metida em si mesma; depois acordou, pegou-lhe na mão e puxou-a. Não lhe falou logo; fitou primeiro, e de perto, toda essa mocidade, inquieta e palpitante, a boca fresca, os olhos ainda infinitos, e só voltou a si quando a sobrinha lhe pediu outra vez perdão. D. Paula disse-lhe tudo o que a ternura e a austeridade da mãe lhe poderia dizer, falou-lhe de castidade, de amor ao marido, de respeito público; foi tão eloquente que Venancinha não pôde conter-se e chorou.

Veio o chá, mas não há chá possível depois de certas confidências. Venancinha recolheu-se logo e, como a luz era agora maior, saiu da sala com os olhos baixos, para que o criado lhe não visse a comoção. D. Paula ficou diante da mesa e do criado. Gastou vinte minutos, ou pouco menos, em beber uma xícara de chá e roer um biscoito e, apenas ficou só, foi encostar-se à janela, que dava para a chácara.

Ventava um pouco, as folhas moviam-se sussurrando, e, conquanto não fossem as mesmas do outro tempo, ainda assim perguntavam-lhe: "Paula, você lembra-se do outro tempo?" Que esta é a particularidade das folhas, as gerações que passam contam às que chegam as coisas que viram, e é assim que todas sabem tudo e perguntam por tudo. Você lembra-se do outro tempo?

Lembrar, lembrava, mas aquela sensação de há pouco, reflexo apenas, tinha agora cessado. Em vão repetia as palavras da sobrinha, farejando o ar agreste da noite: era só na cabeça que achava algum vestígio, reminiscências, coisas truncadas. O coração empacara de novo, o sangue ia outra vez com a andadura do costume. Faltava-lhe o contato moral da outra. E continuava, apesar de tudo, diante da noite, que era igual às

PAI CONTRA MÃE

outras noites de então, e nada tinha que se parecesse com as do tempo da Stoltz e do Marquês de Paraná; mas continuava, e lá dentro as pretas espalhavam o sono contando anedotas, e diziam, uma ou outra vez, impacientes:

— Sinhá velha hoje deita tarde como diabo!

Viver!

FIM DOS TEMPOS. Ahasverus, sentado em uma rocha, fita longamente o horizonte, onde passam duas águias cruzando-se. Medita, depois sonha. Vai declinando o dia.

AHASVERUS. — Chego à cláusula dos tempos; este é o limiar da eternidade. A terra está deserta; nenhum outro homem respira o ar da vida. Sou o último; posso morrer. Morrer! Deliciosa ideia! Séculos de séculos vivi, cansado, mortificado, andando sempre, mas ei-los que acabam e vou morrer com eles. Velha natureza, adeus! Céu azul, nuvens renascentes, rosas de um dia e de todos os dias, águas perenes, terra inimiga, que me não comeste os ossos, adeus! O errante não errará mais. Deus me perdoará, se quiser, mas a morte consola-me. Aquela montanha é áspera como a minha dor; aquelas águias, que ali passam, devem ser famintas como o meu desespero. Morrereis também, águias divinas?

PROMETEU. — Certo que os homens acabaram; a terra está nua deles.

AHASVERUS. — Ouço ainda uma voz... Voz de homem? Céus implacáveis, não sou então o último? Ei-lo que se aproxima... Quem és tu? Há em teus grandes olhos alguma coisa parecida com a luz misteriosa dos arcanjos de Israel; não és homem...

PROMETEU. — Não.

AHASVERUS. — Raça divina?

PROMETEU. — Tu o disseste.

AHASVERUS. — Não te conheço; mas que importa que te não conheça? Não és homem; posso então morrer; pois sou o último, e fecho a porta da vida.

PROMETEU. — A vida, como a antiga Tebas, tem cem portas. Fechas uma, outras se abrirão. És o último da tua espécie? Virá outra espécie melhor, não feita do mesmo barro, mas da mesma luz. Sim, homem derradeiro, toda a plebe dos espíritos perecerá para sempre; a flor deles é que voltará à terra para reger as coisas. Os tempos serão retificados. O mal acabará; os ventos não espalharão mais nem os germes da morte, nem o clamor dos oprimidos, mas tão-somente a cantiga do amor perene e a bênção da universal justiça...

AHASVERUS. — Que importa à espécie que vai morrer comigo toda essa delícia póstuma? Crê-me, tu que és imortal, para os ossos que apodrecem na terra as púrpuras de Sidônia não valem nada. O que tu me contas é ainda melhor que o sonho de Campanella. Na cidade deste havia delitos e enfermidades; a tua exclui todas as lesões morais e físicas. O Senhor te ouça! Mas deixa-me ir morrer.

PROMETEU. — Vai, vai. Que pressa tens em acabar os teus dias?

AHASVERUS. — A pressa de um homem que tem vivido milheiros de anos. Sim, milheiros de anos. Homens que apenas respiraram por dezenas deles, inventaram um sentimento de enfado, *taedium vitae*,[1] que eles nunca puderam conhecer, ao

---

1. *Taedium vitae*, expressão latina que significa "tédio da vida".

VIVER!

menos em toda a sua implacável e vasta realidade, porque é preciso haver calcado, como eu, todas as gerações e todas as ruínas, para experimentar esse profundo fastio da existência.

PROMETEU. — Milheiros de anos?

AHASVERUS. — Meu nome é Ahasverus: vivia em Jerusalém, ao tempo em que iam crucificar Jesus Cristo. Quando ele passou pela minha porta, afrouxou ao peso do madeiro que levava aos ombros, e eu empurrei-o, bradando-lhe que não parasse, que não descansasse, que fosse andando até a colina, onde tinha de ser crucificado... Então uma voz anunciou-me do céu que eu andaria sempre, continuamente, até o fim dos tempos. Tal é a minha culpa; não tive piedade para com aquele que ia morrer. Não sei mesmo como isto foi. Os fariseus diziam que o filho de Maria vinha destruir a lei e que era preciso matá-lo; eu, pobre ignorante, quis realçar o meu zelo e daí a ação daquele dia. Que de vezes vi isto mesmo, depois, atravessando os tempos e as cidades! Onde quer que o zelo penetrou numa alma subalterna, fez-se cruel ou ridículo. Foi a minha culpa irremissível.

PROMETEU. — Grave culpa, em verdade, mas a pena foi benévola. Os outros homens leram da vida um capítulo, tu leste o livro inteiro. Que sabe um capítulo de outro capítulo? Nada; mas o que os leu a todos, liga-os e conclui. Há páginas melancólicas? Há outras joviais e felizes. À convulsão trágica precede a do riso, a vida brota da morte, cegonhas e andorinhas trocam de clima, sem jamais abandoná-lo inteiramente; é assim que tudo se concerta e restitui. Tu viste isso, não dez vezes, não mil vezes, mas todas as vezes; viste a magnificência da terra curando a aflição da alma, e a alegria da alma suprindo à desolação das coisas; dança alternada da natureza, que dá a mão esquerda a Jó e a direita a Sardanapalo.

AHASVERUS. — Que sabes tu da minha vida? Nada; ignoras a vida humana.

5 PROMETEU. — Ignoro a vida humana? Deixa-me rir! Eia, homem perpétuo, explica-te. Conta-me tudo; saíste de Jerusalém...

AHASVERUS. — Saí de Jerusalém. Comecei a peregrinação dos tempos. Ia a toda parte, qualquer que fosse a raça, o culto ou a língua; sóis e neves, povos bárbaros e cultos, ilhas, continentes, 10 onde quer que respirasse um homem aí respirei eu. Nunca mais trabalhei. Trabalho é refúgio, e não tive esse refúgio. Cada manhã achava comigo a moeda do dia... Vede; cá está a última. Ide, que já não sois precisa (atira a moeda ao longe). Não trabalhava, andava apenas, sempre, sempre, sempre, um dia e outro dia, um 15 ano e outro ano, e todos os anos, e todos os séculos. A eterna justiça soube o que fez: somou a eternidade com a ociosidade. As gerações legavam-me umas às outras. As línguas que morriam ficavam com o meu nome embutido na ossada. Com o volver dos tempos, esquecia-se tudo; os heróis dissipavam-se 20 em mitos, na penumbra, ao longe; e a história ia caindo aos pedaços, não lhe ficando mais que duas ou três feições vagas e remotas. E eu via-as de um modo e de outro modo. Falaste em capítulo? Os que se foram, à nascença dos impérios, levaram a impressão da perpetuidade deles; os que expiraram, quando 25 eles decaíam, enterraram-se com a esperança da recomposição; mas sabes tu o que é ver as mesmas coisas, sem parar, a mesma alternativa de prosperidade e desolação, desolação e prosperidade, eternas exéquias e eternas aleluias, auroras sobre auroras, ocasos sobre ocasos?

VIVER!

PROMETEU. — Mas não padeceste, creio; é alguma coisa não padecer nada.

AHASVERUS. — Sim, mas vi padecer os outros homens, e para o fim o espetáculo da alegria dava-me a mesma sensação que os discursos de um doido. Fatalidades do sangue e da carne, conflitos sem fim, tudo vi passar a meus olhos, a ponto que a noite me fez perder o gosto ao dia, e acabo não distinguindo as flores das urzes. Tudo se me confunde na retina enfarada.

PROMETEU. — Pessoalmente não te doeu nada; e eu que padeci por tempos inúmeros o efeito da cólera divina?

AHASVERUS. — Tu?

PROMETEU. — Prometeu é o meu nome.

AHASVERUS. — Tu, Prometeu?

PROMETEU. — E qual foi o meu crime? Fiz de lodo e água os primeiros homens, e depois, compadecido, roubei para eles o fogo do céu. Tal foi o meu crime. Júpiter, que então regia o Olimpo, condenou-me ao mais cruel suplício. Anda, sobe comigo a este rochedo.

AHASVERUS. — Contas-me uma fábula. Conheço esse sonho helênico.

PROMETEU. — Velho incrédulo! Anda ver as próprias correntes que me agrilhoaram; foi uma pena excessiva para nenhuma culpa; mas a divindade orgulhosa e terrível... Chegamos, olha, aqui estão elas...

AHASVERUS. — O tempo que tudo rói não as quis então?

PROMETEU. — Eram de mão divina; fabricou-as Vulcano. Dois emissários do céu vieram atar-me ao rochedo, e uma águia, como aquela que lá corta o horizonte, comia-me o fígado, sem consumi-lo nunca. Durou isto tempos que não contei. Não, não podes imaginar este suplício...

AHASVERUS. — Não me iludes? Tu, Prometeu? Não foi então um sonho da imaginação antiga?

PROMETEU. — Olha bem para mim, palpa estas mãos. Vê se existo.

AHASVERUS. — Moisés mentiu-me. Tu, Prometeu, criador dos primeiros homens?

PROMETEU. — Foi o meu crime.

AHASVERUS. — Sim, foi o teu crime, artífice do inferno; foi o teu crime inexpiável. Aqui devias ter ficado por todos os tempos, agrilhoado e devorado, tu, origem dos males que me afligiram. Careci de piedade, é certo; mas tu, que me trouxeste à existência, divindade perversa, foste a causa original de tudo.

PROMETEU. — A morte próxima obscurece-te a razão.

AHASVERUS. — Sim, és tu mesmo, tens a fronte olímpica, forte e belo titão: és tu mesmo... São estas as cadeias? Não vejo o sinal das tuas lágrimas.

PROMETEU. — Chorei-as pela tua raça.

AHASVERUS. — Ela chorou muito mais por tua culpa.

PROMETEU. — Ouve, último homem, último ingrato!

VIVER!

AHASVERUS. — Para que quero eu palavras tuas? Quero os teus gemidos, divindade perversa. Aqui estão as cadeias. Vê como as levanto nas mãos; ouve o tinir dos ferros... Quem te desagrilhoou outrora?

PROMETEU. — Hércules.

AHASVERUS. — Hércules... Vê se ele te presta igual serviço, agora que vais ser novamente agrilhoado.

PROMETEU. — Deliras.

AHASVERUS. — O céu deu-te o primeiro castigo; agora a terra vai dar-te o segundo e derradeiro. Nem Hércules poderá mais romper estes ferros. Olha como os agito no ar, à maneira de plumas; é que eu represento a força dos desesperos milenários. Toda a humanidade está em mim. Antes de cair no abismo, escreverei nesta pedra o epitáfio de um mundo. Chamarei a águia, e ela virá; dir-lhe-ei que o derradeiro homem, ao partir da vida, deixa-lhe um regalo de deuses.

PROMETEU. — Pobre ignorante, que rejeitas um trono! Não, não podes mesmo rejeitá-lo.

AHASVERUS. — És tu agora que deliras. Eia, prostra-te, deixa-me ligar-te os braços. Assim, bem, não resistirás mais; arqueja para aí. Agora as pernas...

PROMETEU. — Acaba, acaba. São as paixões da terra que se voltam contra mim; mas eu, que não sou homem, não conheço a ingratidão. Não arrancarás uma letra ao teu destino, ele se cumprirá inteiro. Tu mesmo serás o novo Hércules. Eu, que anunciei a glória do outro, anuncio a tua; e não serás menos generoso que ele.

AHASVERUS. — Deliras tu?

PROMETEU. — A verdade ignota aos homens é o delírio de quem a anuncia. Anda, acaba.

AHASVERUS. — A glória não paga nada e extingue-se.

PROMETEU. — Esta não se extinguirá. Acaba, acaba; ensina ao bico adunco da águia como me há de devorar a entranha; mas escuta... Não, não escutes nada; não podes entender-me.

AHASVERUS. — Fala, fala.

PROMETEU. — O mundo passageiro não pode entender o mundo eterno; mas tu serás o elo entre ambos.

AHASVERUS. — Dize tudo.

PROMETEU. — Não digo nada; anda, aperta bem estes pulsos, para que eu não fuja, para que me aches aqui à tua volta. Que te diga tudo? Já te disse que uma raça nova povoará a terra, feita dos melhores espíritos da raça extinta; a multidão dos outros perecerá. Nobre família, lúcida e poderosa, será perfeita comunhão do divino com o humano. Outros serão os tempos, mas entre eles e estes um elo é preciso, e esse elo és tu.

AHASVERUS. — Eu?

PROMETEU. — Tu mesmo, tu eleito, tu, rei. Sim, Ahasverus, tu serás rei. O errante pousará. O desprezado dos homens governará os homens.

AHASVERUS. — Titão artificioso, iludes-me... Rei, eu?

PROMETEU. — Tu, rei. Que outro seria? O mundo novo precisa de uma tradição do mundo velho, e ninguém pode falar de um a outro como tu. Assim não haverá interrupção entre as duas humanidades. O perfeito procederá do imperfeito, e a tua boca dir-lhe-á as suas origens. Contarás aos novos homens todo o

VIVER!

bem e todo o mal antigo. Reviverás assim como a árvore a que cortaram as folhas secas, e conserva tão-somente as viçosas; mas aqui o viço é eterno.

AHASVERUS. — Visão luminosa! Eu mesmo?

PROMETEU. — Tu mesmo.

AHASVERUS. — Estes olhos... Estas mãos... Vida nova e melhor... Visão excelsa! Titão, é justo. Justa foi a pena; mas igualmente justa é a remissão gloriosa do meu pecado. Viverei eu? Eu mesmo? Vida nova e melhor? Não, tu mofas de mim.

PROMETEU. — Bem, deixa-me, voltarás um dia, quando este imenso céu for aberto para que desçam os espíritos da vida nova. Aqui me acharás tranquilo. Vai.

AHASVERUS. — Saudarei outra vez o sol?

PROMETEU. — Esse mesmo que ora vai a cair. Sol amigo, olho dos tempos, nunca mais se fechará a tua pálpebra. Fita-o, se podes.

AHASVERUS. — Não posso.

PROMETEU. — Podê-lo-ás depois quando as condições da vida houverem mudado. Então a tua retina fitará o sol sem perigo, porque no homem futuro ficará concentrado tudo o que há melhor na natureza, enérgico ou sutil, cintilante ou puro.

AHASVERUS. — Jura que me não mentes.

PROMETEU. — Verás se minto.

AHASVERUS. — Fala, fala mais, conta-me tudo.

PROMETEU. — A descrição da vida não vale a sensação da vida; tê-la-ás prodigiosa. O seio de Abraão das tuas velhas Escrituras não é senão esse mundo ulterior e perfeito. Lá verás David e os profetas. Lá contarás à gente estupefata não só as grandes ações do mundo extinto, como também os males que ela não há de conhecer, lesão ou velhice, dolo, egoísmo, hipocrisia, a aborrecida vaidade, a inopinável toleima e o resto. A alma terá, como a terra, uma túnica incorruptível.

AHASVERUS. — Verei ainda este imenso céu azul!

PROMETEU. — Olha como é belo.

AHASVERUS. — Belo e sereno como a eterna justiça. Céu magnífico, melhor que as tendas de Cedar, ver-te-ei ainda e sempre; tu recolherás os meus pensamentos, como outrora; tu me darás os dias claros e as noites amigas...

PROMETEU. — Auroras sobre auroras.

AHASVERUS. — Eia, fala, fala mais. Conta-me tudo. Deixa-me desatar-te estas cadeias...

PROMETEU. — Desata-as, Hércules novo, homem derradeiro de um mundo, que vás ser o primeiro de outro. É o teu destino; nem tu nem eu, ninguém poderá mudá-lo. És mais ainda que o teu Moisés. Do alto do Nebo, viu ele, prestes a morrer, toda a terra de Jericó, que ia pertencer à sua posteridade; e o Senhor lhe disse: "Tu a viste com teus olhos, e não passarás a ela". Tu passarás a ela, Ahasverus; tu habitarás Jericó.

AHASVERUS. — Põe a mão sobre a minha cabeça, olha bem para mim; incute-me a tua realidade e a tua predição; deixa-me sentir um pouco da vida nova e plena... Rei, disseste?

PROMETEU. — Rei eleito de uma raça eleita.

VIVER!

AHASVERUS. — Não é demais para resgatar o profundo desprezo em que vivi. Onde uma vida cuspiu lama, outra vida porá uma auréola. Anda, fala mais... fala mais... (Continua sonhando. As duas águias aproximam-se.)

UMA ÁGUIA. — Ai, ai, ai deste último homem, está morrendo e ainda sonha com a vida.

A OUTRA. — Nem ele a odiou tanto, senão porque a amava muito.

O dicionário

ERA UMA VEZ um tanoeiro, demagogo, chamado Bernardino, o qual em cosmografia professava a opinião de que este mundo é um imenso tonel de marmelada, e em política pedia o trono para a multidão. Com o fim de a pôr ali, pegou de um pau, concitou os ânimos e deitou abaixo o rei; mas, entrando no paço, vencedor e aclamado, viu que o trono só dava para uma pessoa e cortou a dificuldade sentando-se em cima.

— Em mim — bradou ele —, podeis ver a multidão coroada. Eu sou vós, vós sois eu.

O primeiro ato do novo rei foi abolir a tanoaria, indenizando os tanoeiros, prestes a derrubá-lo, com o título de Magníficos. O segundo foi declarar que, para maior lustre da pessoa e do cargo, passava a chamar-se, em vez de Bernardino, Bernardão. Particularmente encomendou uma genealogia a um grande doutor dessas matérias, que em pouco mais de uma hora o entroncou a um tal ou qual general romano do século IV, Bernardus Tanoarius — nome que deu lugar à controvérsia, que ainda dura, querendo uns que o rei Bernardão tivesse sido tanoeiro, e outros que isto não passe de uma confusão deplorável com o nome do fundador da família. Já vimos que esta segunda opinião é a única verdadeira.

Como era calvo desde verdes anos, decretou Bernardão que todos os seus súditos fossem igualmente calvos, ou por natureza ou por navalha, e fundou esse ato em uma razão de ordem política, a saber, que a unidade moral do Estado pedia a conformidade exterior das cabeças. Outro ato em que revelou igual sabedoria foi o que ordenou que todos os sapatos do pé esquerdo tivessem um pequeno talho no lugar correspondente ao dedo mínimo, dando assim aos seus súditos o ensejo de se parecerem com ele, que padecia de um calo. O uso dos óculos em todo o reino não se explica de outro modo, senão por uma oftalmia que afligiu a Bernardão, logo no segundo ano do reinado. A doença levou-lhe um olho, e foi aqui que se revelou a vocação poética de Bernardão, porque, tendo-lhe dito um dos seus dois ministros, chamado Alfa, que a perda de um olho o fazia igual a Aníbal — comparação que o lisonjeou muito —, o segundo ministro, Ômega, deu um passo adiante, e achou-o superior a Homero, que perdera ambos os olhos. Esta cortesia foi uma revelação; e, como isto prende com o casamento, vamos ao casamento.

Tratava-se, em verdade, de assegurar a dinastia dos Tanoarius. Não faltavam noivas ao novo rei, mas nenhuma lhe agradou tanto como a moça Estrelada, bela, rica e ilustre. Esta senhora, que cultivava a música e a poesia, era requestada por alguns cavalheiros e mostrava-se fiel à dinastia decaída. Bernardão ofereceu-lhe as coisas mais suntuosas e raras, e, por outro lado, a família bradava-lhe que uma coroa na cabeça valia mais que uma saudade no coração; que não fizesse a desgraça dos seus, quando o ilustre Bernardão lhe acenasse com o principado; que os tronos não andavam a rodo, e mais isto, e mais aquilo. Estrelada, porém resistia à sedução.

Não resistiu muito tempo, mas também não cedeu tudo. Como entre os seus candidatos preferia secretamente um poeta, declarou que estava pronta a casar, mas seria com quem lhe

O DICIONÁRIO

fizesse o melhor madrigal, em concurso. Bernardão aceitou a cláusula, louco de amor e confiado em si: tinha mais um olho que Homero e fizera a unidade dos pés e das cabeças. Concorreram ao certâmen, que foi anônimo e secreto, vinte pessoas. Um dos madrigais foi julgado superior aos outros todos; era justamente o do poeta amado. Bernardão anulou por um decreto o concurso e mandou abrir outro; mas então, por uma inspiração de insigne maquiavelismo, ordenou que não se empregassem palavras que tivessem menos de trezentos anos de idade. Nenhum dos concorrentes estudara os clássicos: era o meio provável de os vencer.

Não venceu ainda assim porque o poeta amado leu à pressa o que pôde, e o seu madrigal foi outra vez o melhor. Bernardão anulou esse segundo concurso; e, vendo que no madrigal vencedor as locuções antigas davam singular graça aos versos, decretou que só se empregassem as modernas e particularmente as da moda. Terceiro concurso, e terceira vitória do poeta amado.

Bernardão, furioso, abriu-se com os dois ministros, pedindo-lhes um remédio pronto e enérgico, porque, se não ganhasse a mão de Estrelada, mandaria cortar trezentas mil cabeças. Os dois, tendo consultado algum tempo, voltaram com este alvitre:

— Nós, Alfa e Ômega, estamos designados pelos nossos nomes para as coisas que respeitam à linguagem. A nossa ideia é que Vossa Sublimidade mande recolher todos os dicionários e nos encarregue de compor um vocabulário novo que lhe dará a vitória.

Bernardão assim fez, e os dois meteram-se em casa durante três meses, findos os quais depositaram nas augustas mãos a obra acabada, um livro a que chamaram Dicionário de Babel, porque era realmente a confusão das letras. Nenhuma locução se parecia com a do idioma falado, as consoantes trepavam nas consoantes, as vogais diluíam-se nas vogais, palavras de duas sílabas tinham agora sete e oito, e vice-versa, tudo trocado, misturado, nenhuma energia, nenhuma graça, uma língua de cacos e trapos.

— Obrigue Vossa Sublimidade esta língua por um decreto, e está tudo feito.

Bernardão concedeu um abraço e uma pensão a ambos, decretou o vocabulário e declarou que ia fazer-se o concurso definitivo para obter a mão da bela Estrelada. A confusão passou do dicionário aos espíritos; toda a gente andava atônita. Os farsolas cumprimentavam-se na rua pela novas locuções: diziam, por exemplo, em vez de: *Bom dia, como passou? — Pflerrgpxx, rouph, aa?* A própria dama, temendo que o poeta amado perdesse afinal a campanha, propôs-lhe que fugissem; ele, porém, respondeu que ia ver primeiro se podia fazer alguma coisa. Deram noventa dias para o novo concurso e recolheram-se vinte madrigais. O melhor deles, apesar da língua bárbara, foi o do poeta amado. Bernardão, alucinado, mandou cortar as mãos aos dois ministros e foi a única vingança. Estrelada era tão admiravelmente bela, que ele não se atreveu a magoá-la, e cedeu.

Desgostoso, encerrou-se oito dias na biblioteca, lendo, passeando ou meditando. Parece que a última coisa que leu foi uma sátira do poeta Garção, e especialmente estes versos, que pareciam feitos de encomenda: O raro Apeles, / Rubens e Rafael, inimitáveis / Não se fizeram pela cor das tintas; / A mistura elegante os fez eternos.[1]

---

1. Versos da "Sátira Segunda", que constam das *Obras poéticas*, de Pedro António Correia Garção. Apeles (século IV a.C.), pintor grego; Rubens (1577–1640), pintor flamengo; Rafael Sanzio (1483–1520), pintor e escultor italiano.

Um erradio

A PORTA ABRIU-SE... Deixa-me contar a história à laia de novela, disse Tosta à mulher, um mês depois de casados, quando ela lhe perguntou quem era o homem representado numa velha fotografia, achada na secretária do marido. A porta abriu-se, e apareceu este homem, alto e sério, moreno, metido numa infinita sobrecasaca cor de rapé, que os rapazes chamavam opa. 5

— Aí vem a opa do Elisiário.

— Entre a opa só.

— Não, a opa não pode; entre só o Elisiário, mas, primeiro há de glosar um mote. Quem dá o mote? 10

Ninguém dava o mote. A casa era uma simples sala, sublocada por um alfaiate, que morava nos fundos com a família; Rua do Lavradio, 1866. Era a segunda vez que ia ali, a convite de um dos rapazes. Não podes ter ideia da sala e da vida. Imagina um município do país da Boêmia, tudo desordenado 15 e confuso; além dos poucos móveis pobres, que eram do alfaiate, havia duas redes, uma canastra, um cabide, um baú de folha-de-flandres, livros, chapéus, sapatos. Moravam cinco rapazes, mas apareciam outros, e todos eram tudo, estudantes, tradutores, revisores, namoradores, e ainda lhes sobrava tempo 20 para redigir uma folha política e literária, publicada aos sábados. Que longas palestras que tínhamos! Solapávamos as bases da sociedade, descobríamos mundos novos, constelações novas, liberdades novas. Tudo era o novíssimo.

PAI CONTRA MÃE

— Lá vai mote — disse afinal um dos rapazes e recitou:

Podia embrulhar o mundo

A opa do Elisiário.

Parado à porta, o homem cerrou os olhos por alguns instantes, abriu-os, passou pela testa o lenço que trazia fechado
na mão, em forma de bolo, e recitou uma glosa de improviso.
Rimo-nos muito; eu, que não tinha ideia do que era improviso,
cuidei a princípio que a composição era velha e a cena um lo-
gro para mim. Elisiário despiu a sobrecasaca, levantou-a na
ponta da bengala, deu duas voltas pela sala, com ar triunfal, e
foi pendurá-la a um prego, porque o cabide estava cheio. Em
seguida, atirou o chapéu ao teto, apanhou-o entre as mãos e foi
pô-lo em cima do aparador.

— Lugar para um! — disse finalmente.

Dei-me pressa em ceder-lhe o sofá; ele deitou-se, fincou os
joelhos no ar e perguntou que novidades havia.

— Que o jantar é duvidoso — respondeu o redator principal
do *Cenáculo*. — O Chico foi ver se cobrava alguma assinatura.
Se arranjar dinheiro, traz logo o jantar da casa de pasto. Você
já jantou?

— Já e bem — respondeu Elisiário —, jantei numa casa de
comércio. Mas vocês por que é que não vendem o Chico? É um
bonito crioulo. É livre, não há dúvida, mas por isso mesmo
compreenderá que, deixando-se vender como escravo, terão
vocês com que lhe pagar os ordenados... Dois mil-réis chegam?
Romeu, vê ali no bolso da sobrecasaca. Há de haver uns dois
mil-réis.

Havia só mil e quinhentos, mas não foram precisos. Cinco
minutos depois voltava o Chico, trazendo um tabuleiro com o
jantar e o resto da assinatura de um semestre.

UM ERRADIO

— Não é possível! — bradou Elisiário. — Uma assinatura! Vem cá, Chico. Quem foi que pagou? Que figura tinha o homem? Baixo? Não é possível que fosse baixo; a ação é tão sublime que nenhum homem baixo podia praticá-la. Confessa que era alto. Confessa ao menos que era de meia altura. Confessas? Ainda bem! Como se chama? Guimarães? Rapazes, vamos perpetuar este nome em uma placa de bronze. Acredito que não lhe deste recibo, Chico.

— Dei, sim, senhor.

— Recibo! Mas a um assinante que paga não se dá recibo, para que ele pague outra vez, não se matam esperanças, Chico.

Tudo isto, dito por ele, tinha muito mais graça que contado. Não te posso pintar os gestos, os olhos e um riso que não ria, um riso único, sem alterar a face, nem mostrar os dentes. Essa feição era a menos simpática; mas tudo o mais, a fala, as ideias e principalmente a imaginação fecunda e moça, que se desfazia em ditos, anedotas, epigramas, versos, descrições, ora sério, quase sublime, ora familiar, quase rasteiro, mas sempre original, tudo atraía e prendia. Trazia a barba por fazer, o cabelo à escovinha, a testa, que era alta, tinha grossas rugas verticais. Calado, parecia estar pensando. Voltava-se a miúdo no sofá, erguia-se, sentava-se, tornava a deitar-se. Lá o deixei, quando saí, às nove horas da noite. Comecei a frequentar a casa da Rua do Lavradio, mas durante os primeiros dias não apareceu o Elisiário. Disseram-me que era muito incerto. Tinha temporadas. Às vezes, ia todos os dias; repentinamente, falhava uma, duas, três semanas seguidas, e mais. Era professor de latim e explicador de matemáticas. Não era formado em coisa nenhuma, posto estudasse engenharia, medicina e direito deixando em todas as faculdades fama de grande talento sem aplicação. Seria

PAI CONTRA MÃE

bom prosador, se fosse capaz de escrever vinte minutos segui-dos; era poeta de improviso, não escrevia os versos, os outros é que os ouviam e transladavam ao papel, dando-lhe cópias, mui-tas das quais perdia. Não tinha família; tinha um protetor, o
5 Dr. Lousada, operador de algum nome, que devera obséquios ao pai de Elisiário, e quis pagá-los ao filho. Era atrevido por causa de uma sombrinha de amor-próprio, que não tolerava a menor picada. Naquela casa era bonachão. Trinta e cinco anos; o mais velho dos rapazes contava apenas vinte e um. A familiaridade
10 entre ele e os outros era como a de um tio com sobrinhos, um pouco menos de autoridade, um pouco mais de liberdade.

No fim de uma semana, apareceu Elisiário na Rua do Lavra-dio. Vinha com a ideia de escrever um drama e queria ditá-lo. Escolheram-me a mim, por escrever depressa. Esta colaboração
15 mental e manual durou duas noites e meia. Escreveu-se um ato e as primeiras cenas de outro; Elisiário não quis absolutamente acabar a peça. A princípio disse que depois, mais tarde, estava indisposto e falava de outras coisas; afinal, declarou-nos que a peça não prestava para nada. Espanto geral, porque a obra
20 parecia-nos excelente, e ainda agora creio que o era. Mas o au-tor pegou da palavra e demonstrou que nem o escrito prestava, nem o resto do plano valia coisa nenhuma. Falou como se tra-tasse de outrem. Nós contestávamos; eu principalmente achava um crime e repetia esta palavra com alma, com fogo — achava
25 um crime não acabar o drama, que era de primeira ordem.

— Não vale nada — dizia ele sorrindo para mim com simpa-tia. Menino, você quantos anos tem?

— Dezoito.

— Tudo é sublime aos dezoito anos. Cresça e apareça. O drama não presta; mas, deixe estar que havemos de escrever outro daqui a dias. Ando com uma ideia.

— Sim?

— Uma boa ideia — continuou ele com os olhos vagos. — Essa, sim, creio que dará um drama. Cinco atos; talvez faça em verso. O assunto presta-se...

Nunca mais falou em tal ideia; mas o drama começado fez com que nos ligássemos um pouco mais intimamente. Ou simpatia, ou amor-próprio satisfeito, por ver que o mais consternado com a interrupção e condenação do trabalho fui eu — ou qualquer outra causa que não achei nem vale a pena buscar, Elisiário entrou a distinguir-me entre os outros. Quis saber quem eram meus pais e o que fazia. Disse-lhe que não tinha mãe, meu pai era lavrador em Baturité, eu estudava preparatórios, intercalando-os com versos, e andava com ideias de compor um poema, um drama e um romance. Tinha já uma lista de subscritores para os versos. Parece que, de envolta com as notícias literárias, alguma coisa lhe disse ou ele percebeu acerca dos meus sentimentos de moço. Propôs-se a ajudar-me nos estudos com o seu próprio ensino, latim, francês, inglês, história... Cheio de orgulho, não menos que de sensibilidade, proferi algumas palavras que ele gostou de ouvir, e a que respondeu gravemente:

— Quero fazer de você um homem.

Estávamos sós; eu nada contei aos outros, para os não molestar, nem sei se eles perceberam daí em diante alguma diferença no trato do Elisiário em relação a mim. É certo, porém, que a diferença não era grande, nem o plano de "fazer-me um homem" foi além da simpatia e da benevolência. Ensinava-me

PAI CONTRA MÃE

algumas matérias, quando eu lhe pedia lições, e eu raramente
as pedia. Queria só ouvi-lo, ouvi-lo, ouvi-lo até não acabar.
Não imaginas a eloquência desse homem, cálida e forte, mansa
e doce, as imagens que lhe brotavam no discurso, as ideias
arrojadas, as formas novas e graciosas. Muitas vezes ficáva-
mos os dois sós na Rua do Lavradio, ele falando, eu ouvindo.
Onde morava? Disseram-me vagamente que para os lados da
Gamboa, mas nunca me convidou a lá ir, nem ninguém sabia
positivamente onde era.

Na rua era lento, direito, circunspecto. Nada faria então
suspeitar o desengonçado da casa do Lavradio, e, se falava, eram
poucas e meias palavras. Nos primeiros dias, encontrava-me
sem alvoroço, quase sem prazer, ouvia-me atento, respondia
pouco, estendia os dedos e continuava a andar. Ia a toda parte,
era comum achá-lo nos lugares mais distantes uns dos outros,
Botafogo, S. Cristóvão, Andaraí. Quando lhe dava na veneta,
metia-se na barca e ia a Niterói. Chamava-se a si mesmo erradio.

— Eu sou um erradio. No dia em que parar de vez, jurem
que estou morto.

Um dia encontrei-o na Rua de S. José. Disse-lhe que ia ao
Castelo ver a igreja dos Jesuítas, que nunca vira.

— Pois vamos — disse ele.

Subimos a ladeira, achamos a igreja aberta e entramos.
Enquanto eu mirava os altares, ele ia falando, mas em poucos
minutos o espetáculo era ele só, um espetáculo vivo, como se
tudo renascera tal qual era. Vi os primeiros templos da cidade,
os padres da Companhia, a vida monástica e leiga, os nomes
principais e os fatos culminantes. Quando saímos e fomos até a
muralha, descobrindo o mar e parte da cidade, Elisiário fez-me
viver dois séculos atrás. Vi a expedição dos franceses, como se

a houvesse comandado ou combatido. Respirei o ar da colônia, contemplei as figuras velhas e mortas. A imaginação evocativa era a grande prenda desse homem, que sabia dar vida às coisas extintas e realidade às inventadas.

Mas não era só do passado local que ele sabia, nem unicamente dos seus sonhos. Vês aquela estatuazinha que ali tenho na parede? Sabes que é uma redução da Vênus de Milo. Uma vez, abrindo-se a exposição das belas-artes, fui visitá-la; achei lá o meu Elisiário, passeando grave, com a sua imensa sobrecasaca. Acompanhou-me; ao passar pela sala de escultura, dei com os olhos na cópia desta Vênus. Era a primeira vez que a via. Soube que era ela pela falta dos braços.

— Oh! Admirável! — exclamei.

Elisiário entrou a comentar a bela obra anônima, com tal abundância e agudeza que me deixou ainda mais pasmado. Que de coisas me disse a propósito da Vênus de Milo, e da Vênus em si mesma! Falou da posição dos braços, que gesto fariam, que atitude dariam à figura, formulando uma porção de hipóteses graciosas e naturais. Falou da estética, dos grandes artistas, da vida grega, do mármore grego, da alma grega. Era um grego, um puro grego, que ali me aparecia e transportava de uma rua estreita para diante do Pártenon. A opa do Elisiário transformou-se em clâmide, a língua devia ser a da Hélade, conquanto eu nada soubesse a tal respeito, nem então, nem agora. Mas era feiticeiro o diabo do homem.

Saímos; fomos até o Campo da Aclamação, que ainda não possuía o parque de hoje, nem tinha outra polícia além da natureza, que fazia brotar o capim, e das lavadeiras, que batiam e ensaboavam a roupa defronte do quartel. Eu ia cheio do discurso do Elisiário, ao lado dele, que levava a cabeça baixa e os olhos pensativos. De repente, ouvi dizer baixinho:

— Adeus, Ioiô!

Era uma quitandeira de doces, uma crioula baiana, segundo
5 me pareceu pelos bordados e crivos da saia e da camisa. Vinha da Cidade Nova e atravessava o campo. Elisiário respondeu à saudação:

— Adeus, Zeferina.

Estacou e olhou para mim, rindo sem riso, e, depois de
10 alguns segundos:

— Não se espante, menino. Há muitas espécies de Vênus. O que ninguém dirá é que a esta lhe faltem braços — continuou olhando para os braços da quitandeira, mais negros ainda pelo contraste da manga curta e alva da camisa.

15 Eu, de vexado, não achei resposta.

Não contei esse episódio na Rua do Lavradio; podiam meter à bulha o Elisiário, e não queria parecer indiscreto. Tinha-lhe não sei que veneração particular, que a familiaridade não enfraquecia. Chegamos a jantar juntos algumas vezes e uma noite
20 fomos ao teatro. O que mais lhe custava no teatro era estar muito tempo na mesma cadeira, apertado entre duas pessoas, com gente adiante e atrás de si. Nas noites de enchente, em que eram precisas travessas na plateia, ficava aflito com a ideia de não poder sair no meio de um ato, se quisesse. Naquela,
25 acabado o terceiro ato (a peça tinha cinco), disse-me que não podia mais e que ia embora.

Fomos tomar chá ao botequim próximo, e deixei-me estar, esquecido do espetáculo. Ficamos até o fechar das portas. Tínhamos falado de viagens; eu contei-lhe a vida do sertão ce-
30 arense, ele ouviu e projetou mil jornadas ao sertão do Brasil

UM ERRADIO

inteiro, por serras, campos e rios, de mula e de canoa. Colheria tudo, plantas, lendas, cantigas, locuções. Narrou a vida do caipira, falou de Eneias, citou Virgílio e Camões,[1] com grande espanto dos criados, que paravam boquiabertos.

— Você era capaz de ir daqui a pé, até S. Cristóvão, agora? — perguntou-me na rua.

— Pode ser.

— Não, você está cansado.

— Não estou, vamos.

— Está cansado, adeus; até depois — concluiu.

Realmente, estava fatigado, precisava dormir. Quando ia a voltar para casa, perguntei a mim mesmo se ele iria sozinho, àquela hora, e deu-me vontade de acompanhá-lo de longe, até certo ponto. Ainda o apanhei na Rua dos Ciganos. Ia devagar, com a bengala debaixo do braço, e as mãos ora atrás, ora nas algibeiras das calças. Atravessou o Campo da Aclamação, enfiou pela Rua de S. Pedro e meteu-se pelo Aterrado acima. Eu, no Campo, quis voltar, mas a curiosidade fez-me ir andando também. Quem sabe se esse erradio não teria pouso certo de amores escondidos? Não gostei desta reflexão e quis punir-me desandando; mas a curiosidade levara-me o sono e dava-me vigor às pernas. Fui andando atrás do Elisiário. Chegamos assim à ponte do Aterrado, enfiamos por ela, desembocamos na Rua de S. Cristóvão. Ele algumas vezes parava, ou para acender um charuto, ou para nada. Tudo deserto, uma ou outra patrulha, algum tílburi, raro, a passo cochilado, tudo deserto e longo. Assim chegamos ao cais da Igrejinha. Junto ao cais dormiam

---

1. Eneias, o troiano, é o herói da *Eneida*, poema épico de Virgílio (71 a.C. a 19 a.C.); Luís de Camões (1524–1580), poeta português, é o autor do poema épico *Os Lusíadas* (1572).

PAI CONTRA MÃE

os botes que, durante o dia, conduziam gente para o Saco do
Alferes. Maré frouxa, apenas o ressonar manso da água. Após
alguns minutos, quando me pareceu que ia voltar pelo mesmo
caminho, acordou os remadores de um bote, que de acaso ali
5 dormiam, e propôs-lhes levá-lo à cidade. Não sei quanto ofereceu; vi que, depois de alguma relutância, aceitaram a proposta.

Elisiário entrou no bote, que se afastou logo, os remos
feriram a água, e lá se perdeu na noite e no mar o meu professor
de latim e explicador de matemáticas. Também eu me achei
10 perdido, longe da cidade e exausto. Valeu-me um tílburi, que
atravessava o Campo de S. Cristóvão, tão cansado como eu, mas
piedoso e necessitado.

— Você não quis ir comigo anteontem a São Cristóvão?
Não sabe o que perdeu; a noite estava linda, o passeio foi muito
15 agradável. Chegando ao cais da Igrejinha meti-me num bote
e vim desembarcar no Saco do Alferes. Era um bom pedaço
até a casa; fiquei numa hospedaria do Campo de Sant'Ana. Fui
atacado por um cachorro, no caminho do Saco, e por dois na
Rua de S. Diogo, mas não senti as pulgas da hospedaria, porque
20 dormi como um justo. E você que fez?

— Eu?

Não querendo mentir, se ele me tivesse pressentido, nem
confessar que o acompanhara de longe, respondi sumariamente:

— Eu? Eu também dormi como um justo.

25 — *Justus, justa, justum.*[2]

Estávamos na casa da Rua do Lavradio. Elisiário trazia no
peito da camisa um botão de coral, objeto de grande espanto e
aclamação da parte dos rapazes, que nunca jamais o viram com

---

2. *Justus, justa, justum*, flexão, em latim, do adjetivo justo nos três gêneros
existentes em tal língua: masculino (*justus*), feminino (*justa*) e neutro (*justum*).

UM ERRADIO

joias. Maior, porém, foi o meu espanto, depois que os rapazes saíram. Tendo ouvido que me faltava dinheiro para comprar sapatos, Elisiário sacou o botão de coral e disse que me fosse calçar com ele. Recusei energicamente, mas tive de aceitá-lo à força. Não o vendi nem empenhei; no dia seguinte pedi algum 5 dinheiro adiantado ao correspondente de meu pai, calcei-me de novo e esperei que chegasse o paquete do Norte, para restituir o botão ao Elisiário. Se visses a cara de desconsolo com que o recebeu!

— Mas o senhor não disse outro dia que lhe tinham dado 10 este botão de presente? — repliquei à proposta que me fez de ficar com a joia.

— Sim, disse e é verdade; mas para que me servem joias? Acho que ficam melhor nos outros. Bem pensado, como é presente, posso guardar o botão. Deveras, não o quer para si? 15

— Não, senhor; um presente...

— Presente de anos — continuou mirando a pedra com o olhar vago. — Fiz trinta e cinco. Estou velho, meu menino; não tardo em pedir reforma e ir morrer em algum buraco.

Tinha acabado de repor o botão na camisa. 20

— Fez anos e não me disse.

— Para quê? Para visitar-me? Não recebo nesse dia; de costume janto com o meu velho amigo Dr. Lousada, que também faz o seu versinho, às vezes, e outro dia brindou-me com um soneto impresso em papel azul... Lá o tenho em casa; não é mau. 25

— Foi ele que lhe deu o botão...

— Não, foi a filha... O soneto tem um verso muito parecido com outro de Camões; o meu velho Lousada possui as suas letras clássicas, além de ser excelente médico... Mas o melhor dele é a alma... 30

PAI CONTRA MÃE

Quiseram fazê-lo deputado. Ouvi que dois amigos dele, homens políticos, entenderam que o Elisiário daria um bom orador parlamentar. Não se opôs, pediu apenas aos inventores do projeto que lhe emprestassem algumas ideias políticas; riram-se, e o projeto não foi adiante.

Quero crer que lhe não faltassem ideias, talvez as tivesse de sobra, mas tão contrárias umas às outras que não chegariam a formar uma opinião. Pensava segundo a disposição do dia, liberal exaltado ou conservador corcunda. O principal motivo da recusa era a impossibilidade de obedecer a um partido, a um chefe, a um regimento de câmara. Se houvesse liberdade de alterar as horas da sessão, uma de manhã, outra de noite, outra de madrugada, ao acaso da frequência, sem ordem do dia, com direito de discutir o anel de Saturno ou os sonetos de Petrarca,[3] o meu erradio Elisiário aceitaria o cargo, contanto que não fosse obrigado a estar calado, nem a falar, quando lhe chegasse a vez.

Aí tens o que era esse homem fotografado em 1862. Em suma, boa criatura, muito talento, excelente conversador, alma inquieta e doce, desconfiada e irritadiça, sem futuro nem passado, sem saudades nem ambições, um erradio. Senão quando... Mas é muito falar sem fumar um charuto... Consentes? Enquanto acendo o charuto, olha para esse retrato, descontando-lhe os olhos, que não saíram bem; parecem olhos de gato e inquisidor, espetados na gente, como querendo furar a consciência. Não eram isso; olhavam mais para dentro que para fora, e quando olhavam para fora derramavam-se por toda a parte.

Senão quando, uma tarde, já escuro, por volta das sete horas apareceu-me na casa de pensão o meu amigo Elisiário.

3. Francesco Petrarca (1304–1374), importantíssimo autor do lirismo pré-renascentista italiano.

UM ERRADIO

Havia três semanas que o não via, e, como tratava de fazer exames e passava mais tempo metido em casa, não me admirei da ausência nem cuidei dela. Demais, já me acostumara aos seus eclipses. O quarto estava escuro, eu ia sair e acabava de apagar a vela, quando a figura alta e magra do Elisiário apareceu à porta. Entrou, foi direito a uma cadeira, sentei-me ao pé dele, perguntei-lhe por onde andara. Elisiário abraçou-me chorando. Fiquei tão assombrado que não pude dizer nada; abracei-o também, ele enxugou os olhos com o lenço, que de costume trazia fechado na mão, e suspirou largo. Creio que ainda chorou silenciosamente, porque enxugava os olhos de quando em quando. Eu, cada vez mais assombrado, esperava que ele me dissesse o que tinha; afinal murmurei:

— Que é? Que foi?

— Tosta, casei-me sábado.

Cada vez mais espantado, não tive tempo de lhe pedir outra explicação, porque o Elisiário continuou logo, dizendo que era um casamento de gratidão, não de amor, uma desgraça. Não sabia que respondesse à confidência, não acabava de crer na notícia e, principalmente, não entendia o abatimento nem a dor do homem. A figura do Elisiário, qual a recompus depois, não me aparecia por esse tempo com a significação verdadeira. Cheguei a supor alguma coisa mais que o simples casamento; talvez a mulher fosse idiota ou tísica; mas quem o obrigaria a desposar uma doente?

— Uma desgraça! — repetia baixinho, falando para si. — Uma desgraça!

Como eu me levantasse dizendo que ia acender uma vela, Elisiário reteve-me pela aba do fraque.

PAI CONTRA MÃE

— Não acenda, não me vexe, o escuro é melhor, para lhe expor esta minha desgraça. Ouça-me. Uma desgraça. Casado! Não é que ela me não ame; ao contrário, morria por mim há sete anos. Tem vinte e cinco... Boa criatura! Uma desgraça!

5   A palavra *desgraça* era a que mais vezes lhe tornava ao discurso. Eu, para saber o resto, quase não respirava; mas não ouvi grande coisa, pois o homem, depois de algumas palavras descosidas, suspendeu a conferência. Fiquei sabendo só que a mulher era filha do Dr. Lousada, seu protetor e amigo, a mesma

10 que lhe dera o botão de coral. Elisiário calou-se de repente e depois de alguns instantes, como arrependido ou vexado, pediu-me que não referisse a pessoa alguma aquela cena dele comigo.

— O senhor deve conhecer-me...

15   — Conheço, e porque o conheço é que vim aqui. Não sei que outra pessoa me merecesse agora igual confiança. Adeus, não lhe digo mais nada, não vale a pena. Você é moço, Tosta; se não tiver vocação para o casamento, não se case nunca, nem por gratidão, nem por interesse. Há de ser um suplício. Adeus.

20 Não lhe digo onde moro, moro com meu sogro, mas não me procure.

Abraçou-me e saiu. Fiquei à porta do quarto. Quando me lembrei de acompanhá-lo até a escada, era tarde; ia descendo os últimos degraus. O lampião de azeite alumiava mal a escada,

25 e a figura descia vagarosa, apoiada ao corrimão, cabeça baixa e a vasta sobrecasaca alegre, agora triste.

Só dez meses depois tornei a ver o Elisiário. A primeira ausência foi minha; tinha ido ao Ceará, ver meu pai, durante as férias. Quando voltei, soube que ele fora ao Rio Grande do Sul.

30 Um dia, almoçando, li nos jornais que chegara na véspera e corri

254

UM ERRADIO

a buscá-lo. Achei-o em Santa Teresa, uma casinha pequena, com um jardim, pouco maior que ela. Elisiário abraçou-me com alvoroço; falamos de coisas passadas; perguntei-lhe pelos versos.

— Publiquei um volume em Porto Alegre. Não foi por minha vontade, mas minha mulher teimou tanto que afinal cedi; ela mesma os copiou. Tem alguns erros, hei de fazer aqui uma segunda edição.

Elisiário deu-me um exemplar do livro, mas não consentiu que lesse ali nada. Queria só falar dos tempos idos. Perdera o sogro, que lhe deixara alguma coisa, e ia continuar a lecionar, para ver se achava as impressões de outrora. Onde estavam os rapazes da Rua do Lavradio? Recordava cenas antigas, noitadas, algazarra, grandes risotas, que me iam lembrando coisas análogas, e assim gastamos duas boas horas compridas. Quando me despedi, pegou-me para jantar.

— Você ainda não viu minha mulher — disse ele.

E indo à porta que dava para dentro: — Cintinha!

— Lá vou! — respondeu uma voz doce.

D. Jacinta chegou logo depois, com os seus vinte e seis anos, mais baixa que alta, mais feia que bonita, expressão boa e séria, grande quietação de maneiras. Quando ele lhe disse o meu nome, olhou para mim espantada.

— Não é um bonito rapaz?

Ela confirmou a opinião inclinando modestamente a cabeça. Elisiário disse-lhe que eu jantava com eles, a moça retirou-se da sala.

— Boa criatura — disse-me ele. — Dedicada, serviçal. Parece que me adora. Já me não faltam botões nos paletós que

PAI CONTRA MÃE

trago... Pena! Melhor que eles eram os botões que faltavam. A sobrecasaca de outrora, lembra-se?

Podia embrulhar o mundo
A opa do Elisiário.

5 — Lembra-me.

— Creio que me durou cinco anos. Onde vai ela! Hei de fazer-lhe um epicédio, com uma epígrafe de Horácio...[4]

Jantamos alegremente. D. Jacinta falou pouco; deixou que eu e o marido gastássemos o tempo em relembrar o passado. 10 Naturalmente, o marido tinha surtos de eloquência, como outrora; a mulher era pouca para ouvi-lo. Elisiário esquecia-se de nós, ela de si, e eu achava a mesma nota antiga, tão viva e tão forte. Era costume dele concluir um discurso desses e ficar algum tempo calado. Resumia dentro de si o que acabava de di-15 zer? Continuava a mesma ordem de ideias? Deixava-se ir ainda pela música da palavra? Não sei; achei-lhe o velho costume de ficar calado sem dar pelos outros. Nessas ocasiões a mulher calava-se também, a olhar para ele, não cheia de pensamento, mas de admiração. Sucedeu isso duas vezes. Em ambas chegou a 20 ser bonita. Elisiário disse-me, ao café, que viria comigo abaixo.

— Você deixa, Cintinha?

D. Jacinta sorriu para mim, como se dissesse que o pedido era desnecessário. Também ela falou no livro de versos do marido.

25 — Elisiário é preguiçoso; o senhor há de ajudar-me a fazer com que ele trabalhe.

4. Quintus Horatius Flaccus (65 a.C. — 8 a.C.), poeta latino, autor de *Odes, Sátiras* e *Arte Poética*.

UM ERRADIO

Meia hora depois descíamos a ladeira. Elisiário confessou-me que, desde que casara, não tivera ocasião de relembrar a vida de solteiro e, ao chegarmos abaixo, declarou-me que iríamos ao teatro.

— Mas você não avisou em casa...

— Que tem? Aviso depois. Cintinha é boa, não se zanga por isso. Que teatro há de ser?

Não foi nenhum; falamos de outras coisas, e, às nove horas, tornou para casa. Voltei a Santa Teresa poucos dias depois, não o achei, mas a mulher disse-me que o esperasse, não tardaria.

— Foi a uma visita aqui mesmo no morro — disse ela. — Há de gostar muito de o ver.

Enquanto falava, ia fechando dissimuladamente um livro e foi pô-lo em uma mesa, a um canto. Tratamos do marido; ela pediu-me que lhe dissesse o que pensava dele, se era um grande espírito, um grande poeta, um grande orador, um grande homem, em suma. As palavras não seriam propriamente essas, mas vinham a dar nelas. Eu, que o admirava, confirmei-lhe o sentimento, e o gosto com que me ouviu foi paga bastante ao tal ou qual esforço que empreguei para dar à minha opinião a mesma ênfase.

— Faz bem em ser amigo dele — concluiu. — Ele sempre me falou bem do senhor, dizia que era um menino muito sério.

O gabinete tinha flores frescas e uma gaiola com passarinho. Tudo em ordem, cada coisa em seu lugar, obra visível da mulher. Daí a pouco entrou Elisiário, com a gravata no pescoço, o laço na frente, a barba rapada, correto e em flor. Só então notei a diferença entre este Elisiário e o outro. A incoerência dos gestos era já menor, ou estava prestes a acabar inteiramente. A inquietação desaparecera. Logo que ele entrou, a mulher

PAI CONTRA MÃE

deixou-nos para ir mandar fazer café e voltou pouco depois, com um trabalho de agulha.

— Não, senhora, vamos primeiro ao latim — bradou o marido.

5 D. Jacinta corou extraordinariamente, mas obedeceu ao marido e foi buscar o livro, que estava lendo quando eu cheguei.

— Tosta é de confiança — continuou Elisário —, não vai dizer nada a ninguém. E voltando-se para mim:

— Não pense que sou eu que lhe imponho isto; ela mesma 10 é que quis aprender.

Não crendo o que ele me dizia, quis poupar à moça a lição de latim, mas foi ela própria que me dispensou o auxílio, indo buscar alegremente a gramática do Padre Pereira.[5] Vencida a vergonha, deu a lição, como um simples aluno. Ouvia com aten- 15 ção, articulava com prazer e mostrava aprender com vontade. Acabado o latim, o marido quis passar à lição de história; mas foi ela, dessa vez, que recusou obedecer, para me não roubá-lo a mim. Eu, pasmado, desfiz-me em louvores; realmente achava tão fora de propósito aquela escola de latim conjugal, que não 20 alcançava explicação, nem ousava pedi-la.

Amiudei as visitas. Jantava com eles algumas vezes. Ao domingo ia só almoçar. D. Jacinta era um primor. Não imaginas a graça que tinha em falar e andar, tudo sem perder a compostura dos modos nem a gravidade dos pensamentos. Sabia muitos tra- 25 balhos de mãos apesar do latim e da história que o marido lhe ensinava. Vestia com simplicidade, usava os cabelos lisos e não trazia joia alguma, podia ser afetação, mas tal era a sinceridade que punha em tudo, que parecia natural nisso como no resto.

5. *Novo Mhetodo da Grammatica Latina* (1753), de autoria do padre António Pereira de Figueiredo (1725–1797).

UM ERRADIO

Ao domingo, o almoço era no jardim. Já achava o Elisiário
à minha espera, à porta, ansioso que eu chegasse. A mulher
estava acabando de arranjar as flores e folhagens que tinham
de adornar a mesa. Além disso e do mais, adornava cartões
contendo a lista dos pratos, com emblemas poéticos e nomes
de musas para as comidas. Nem todas as musas podiam entrar,
eles não eram ricos, nem nós tão comilões, entravam as que
podiam. Era ao almoço que Elisiário, nos primeiros tempos,
mais geralmente improvisava alguma coisa. Improvisava dé-
cimas — ele preferia essa estrofe a qualquer outra; mais tarde,
foi diminuindo o número delas e para diante não passava de
duas ou de uma. D. Jacinta pedia-lhe então sonetos; sempre
eram quatorze versos. Ela e eu copiávamos logo, a lápis, com
retificações que ele fazia, rindo:

— Para que querem vocês isso?

Afinal perdeu o costume, com grande mágoa da mulher,
e minha também. Os versos eram bons, a inspiração fácil;
faltava-lhes só o calor antigo.

Um dia perguntei a Elisiário por que não reimprimia o livro
de versos, que ele dizia ter saído com incorreções; eu ajudaria
a ler as provas. D. Jacinta apoiou com entusiasmo a proposta.

— Pois, sim — disse ele, um dia destes. — Começaremos
domingo.

No domingo, D. Jacinta, estando a sós comigo, um instante,
pediu-me que não esquecesse a revisão do livro.

— Não, senhora, deixe estar.

— Não enfraqueça, se ele quiser adiar o trabalho — continuou a moça. — É provável que ele fale em guardar para outra
vez, mas teime sempre, diga que não, que se zanga, que não
volta cá..

Apertou-me a mão com tanta força, que me deixou abalado. Os dedos tremiam-lhe; parecia um aperto de namorada. Cumpri o que disse, ela ajudou-me, e ainda assim gastamos meia hora antes que ele se dispusesse ao trabalho. Afinal pediu-nos que esperássemos, ia buscar o livro.

— Desta vez, vencemos — disse eu.

D. Jacinta fez com a boca um gesto de desconfiança, e passou da alegria ao abatimento.

— Elisiário está preguiçoso. Há de ver que não acabamos nada. Pois não vê que não faz versos senão à força de muito pedido, e poucos? Podia escrever também, quando mais não fosse alguns daqueles discursos que costuma improvisar, mas os próprios discursos são raros e curtos. Tenho-me oferecido tantas vezes para escrever o que ele mandar... Chego a preparar o papel, pego na pena e espero; ele ri, disfarça, diz um gracejo, e responde que não está disposto.

— Nem sempre estará.

— Pois sim, mas então declaro que estou pronta para quando vier a inspiração e peço-lhe que me chame. Não chama nunca. Uma ou outra vez tem planos; eu vou animando, mas os planos ficam no mesmo. Entretanto, o livro que ele imprimiu, em Porto Alegre foi bem recebido, podia animá-lo.

— Animá-lo? Mas ele não precisa de animações; basta-lhe o grande talento que tem.

— Não é verdade? — disse ela chegando-se a mim, com os olhos cheios de fogo. — Mas é pena! tanto talento perdido!

— Nós o acharemos, hei de tratá-lo como se ele fosse mais moço que eu. O mau foi deixá-lo cair na ociosidade...

Elisiário tornou com um exemplar do livro. Não trazia tinta nem pena; ela foi buscá-las. Começamos o trabalho da

UM ERRADIO

revisão; o plano era emendar, não só os erros de imprensa, mas o próprio texto. A novidade do caso interessou grandemente o nosso poeta, durante perto de duas horas. Verdade é que a maior parte do tempo era interrompido com a história das poesias, a notícia das pessoas, se as havia, e havia muitas; uma boa porção das composições era dedicada a amigos ou homens públicos. Naturalmente fizemos pouco: não passamos de vinte páginas. Elisiário confessou que estava com sono, adiamos o trabalho, e nunca mais pegamos nele.

D. Jacinta chegou a pedir ao marido que nos deixasse a nós a tarefa de emendar o livro, ele veria depois o texto emendado e pronto. Elisiário respondeu que não, que ele mesmo faria tudo, que esperássemos, não havia pressa. Mas, como disse, nunca mais pegamos no livro. Já raro improvisava e, como não tinha paciência para compor escrevendo, os versos iam escasseando mais. Já lhe saíam frouxos; o poeta repetia-se. Quisemos ainda assim propor-lhe outro livro, recolhendo o que havia, e antes de o propor, tratamos de compilá-lo. O todo precisava de revisão; Elisiário consentiu em fazê-la, mas a tentativa teve o mesmo resultado que a outra. Os próprios discursos iam acabando. O gosto da palavra morria. Falava como todos nós falamos; não era já nem sombra daquela catadupa de ideias, de imagens, de frases, que mostravam no orador um poeta. Para o fim, nem falava; já me recebia sem entusiasmo, ainda que cordialmente. Afinal vivia aborrecido.

Com poucos anos de casada, D. Jacinta tinha no marido um homem de ordem, de sossego, mas sem inspiração nem calor. Ela própria foi mudando também. Não instava já pela composição de versos novos, nem pela correção dos velhos. Ficou tão desinteressada como ele. Os jantares e os almoços eram como

PAI CONTRA MÃE

os de qualquer pessoa que não cuide de letras. D. Jacinta buscava não tocar em tal assunto que era penoso ao marido e a ela; eu imitava-os. Quando me formei, Elisiário compôs um soneto em honra minha, mas já lhe custou muito, e, a falar verdade,
5 não era do mesmo homem de outro tempo.

D. Jacinta vivia então, não direi triste, mas desencantada. A razão não se compreenderá bem, senão sabendo as origens da afeição que a levara ao casamento.

Pelo que pude colher e observar, nunca essa moça amou
10 verdadeiramente o homem com quem casou. Elisiário acreditou que sim, e o disse, porque o pai dela pensava que era deveras um amor como os outros. A verdade, porém, é que o sentimento de D. Jacinta era pura admiração. Tinha uma paixão intelectual por esse homem, nada mais, e nos primeiros
15 anos não pensou em casar com ele. Quando Elisiário ia à casa do Dr. Lousada, D. Jacinta vivia as melhores horas da vida, escutando-lhe os versos, novos ou velhos — os que trazia de cor e os que improvisava ali mesmo. Possuía boa cópia deles. Mas, ainda que não fossem versos, contentava-se em ouvi-lo para
20 admirá-lo. Elisiário, que a conhecia desde pequena, falava-lhe como a uma irmã mais moça. Depois viu que era inteligente, mais do que o comum das mulheres, e que havia nela um sentimento de poesia e de arte que a faziam superior. O apreço em que a tinha era grande, mas não passava disso.

25 Assim se passaram anos. D. Jacinta começou a pensar em um ato de pura dedicação. Conhecia a vida de Elisiário, os dias perdidos, as noitadas, a incoerência e o desarranjo de uma existência que ameaçava acabar na inutilidade. Nenhum estímulo, nenhuma ambição de futuro. D. Jacinta acreditava
30 no gênio de Elisiário. Muitos eram os admiradores, nenhum

UM ERRADIO

tinha a fé viva e a devoção calada e profunda daquela moça. O projeto era desposá-lo. Uma vez casados, ela lhe daria a ambição que não tinha, o estímulo, o hábito do trabalho regular, metódico e naturalmente abundante. Em vez de perder o tempo e a inspiração em coisas fúteis ou conversas ociosas, comporia obras de fôlego, nas boas horas, e para ele quase todas as horas eram excelentes. O grande poeta afirmar-se-ia perante o mundo. Assim disposta, não lhe foi difícil obter a colaboração do pai, sem todavia confessar-lhe o motivo secreto da ação; seria dizer que se casava sem amor. O que ela disse foi que o amava deveras.

Que haja nisso uma nota romanesca, é verdade; mas o romanesco era aqui obra de piedade, vinha de um sentimento de admiração, e podia ser um sacrifício. Talvez mais de um tentasse casar com ela. D. Jacinta não pensou em ninguém, até que lhe surgiu a ideia generosa de seduzir o poeta. Já sabes que este casou por obediência.

O resultado foi inteiramente oposto às esperanças da moça. O poeta, em vez dos louros, enfiou uma carapuça na cabeça, e mandou bugiar a poesia. Acabou em nada. Para o fim dos tempos nem lia já obras de arte. D. Jacinta padeceu grandemente; viu esvair-se-lhe o sonho e, se não perdeu, antes ganhou o latim, perdeu aquela língua sublime em que cuidou falar às ambições de um grande espírito. A conclusão a que chegou foi ainda um desconsolo para si. Concluiu que o casamento esterilizara uma inspiração que só tinha ambiente na liberdade do celibato. Sentiu remorsos. Assim, além de não achar as doçuras do casamento na união com Elisiário, perdeu a única vantagem a que se propusera no sacrifício.

Errava naturalmente. Para mim Elisiário era o mesmo erradio, ainda que parecesse agora pousado; mas era também um talento de pouca dura; tinha de acabar, ainda que não casasse. Não foi a ordem que lhe tirou a inspiração. Certamente, a desordem ia mais com ele que tanto tinha de agitado, como de solitário; mas a quietação e o método não dariam cabo do poeta, se a poesia nele não fosse uma grande febre da mocidade... Em mim é que não passou de ligeira constipação da adolescência. Pede-me tu amor, que o terás; não me peças versos, que desaprendi há muito, concluiu Tosta, beijando a mulher.

Eterno!

— Não me expliques nada — disse eu entrando no quarto. — É o negócio da baronesa.

Norberto enxugou os olhos e sentou-se na cama, com as pernas pendentes. Eu, cavalgando uma cadeira, pousei a barba no dorso, e proferi este breve discurso:

— Mas, meu pateta, quantas vezes queres que te diga que acabes com essa paixão ridícula e humilhante? Sim, senhor, humilhante e ridícula, porque ela não faz caso de ti; e demais, é arriscado. Não? Verás se o é, quando o barão desconfiar que lhe arrastas a asa à mulher. Olha que ele tem cara de maus bofes.

Norberto meteu as unhas na cabeça, desesperado. Tinha-me escrito cedo, pedindo que fosse confortá-lo e dar-lhe algum conselho; esperara-me na rua, até perto de uma hora da noite, defronte da casa de pensão em que eu morava; contava-me na carta que não dormira, que recebera um golpe terrível, falava em atirar-se ao mar. Eu, apesar de outro golpe que também recebera, acudi ao meu pobre Norberto. Éramos da mesma idade, estudávamos medicina, com a diferença que eu repetia o terceiro ano, que perdera, por vadio. Norberto vivia com os pais; não em cabendo igual fortuna, por havê-los perdido, vivia de uma mesada que me dava um tio da Bahia, e das dívidas que o bom velho pagava semestralmente. Pagava-as, e escrevia-me logo uma porção de coisas amargas, concluindo sempre que, pelo menos, fosse estudando até ser doutor. Doutor, para quê?,

PAI CONTRA MÃE

dizia comigo. Pois se nem o sol, nem a lua, nem as moças, nem os bons charutos Vilegas eram doutores, que necessidade tinha eu de o ser? E tocava a rir, a folgar, a deixar correr semanas e credores.

Falei de um golpe recebido. Era uma carta do tio, vinda com a do Norberto, naquela mesma manhã. Abri-a antes da outra e li-a com pasmo. Já me não tuteava; dizia cerimoniosamente: "Sr. Simeão Antônio de Barros, estou farto de gastar à toa o meu dinheiro com o senhor. Se quiser concluir os estudos, venha matricular-se aqui e morar comigo. Se não, procure por si mesmo recursos; não lhe dou mais nada". Amarrotei o papel, finquei os olhos numa litografia muito ruim do Visconde de Sepetiba,[1] que já achei pendente de um prego, no meu quarto de pensão, e disse-lhe os nomes mais feios, de maluco para baixo. Bradei que podia guardar o seu dinheiro, que eu tinha vinte anos — o primeiro dos direitos do homem, anterior aos tios e outras convenções sociais.

A imaginação, madre amiga, apontou-me logo uma infinidade de recursos, que bastavam a dispensar os magros cobres de um velho avarento, mas, passada essa primeira impressão, e relida a carta, entrei a ver que a solução era mais árdua do que parecia. Os recursos podiam ser bons e até certos; mas eu estava tão afeito a ir à Rua da Quitanda receber a pensão mensal e a gastá-la em dobro, que mal podia adotar outro sistema.

Foi neste ponto que abri a carta do amigo Norberto e corri à casa dele. Já sabem o que lhe disse; viram que ele meteu as unhas na cabeça, desesperado. Saibam agora que, depois do

1. Aureliano de Sousa Oliveira Coutinho (1800–1855), o visconde de Sepetiba, foi um político brasileiro, ministro da Justiça em 1834.

ETERNO!

gesto, disse com olhar sombrio que esperava de mim outros conselhos.

— Quais?

Não me respondeu.

— Que compres uma pistola ou uma gazua? Algum narcótico?

— Para que estás caçoando comigo?

— Para fazer-te homem.

Norberto deu de ombros, com um laivozinho de escárnio ao canto da boca. Que homem? Que era ser homem senão amar a mais divina criatura do mundo e morrer por ela?

A Baronesa de Magalhães, causa daquela demência, viera pouco antes da Bahia, com o marido, que, antes do baronato, adquirido para satisfazer a noiva, era Antônio José Soares de Magalhães. Vinham casados de fresco; a baronesa tinha menos trinta anos que o barão; ia em vinte e quatro. Realmente era bela. Chamavam-lhe, em família, Iaiá Lindinha. Como o barão era velho amigo do pai de Norberto, as duas famílias uniram-se desde logo.

— Morrer por ela? — disse eu.

Jurou-me que sim; era capaz de matar-se. Mulher misteriosa! A voz dela entrava-lhe pelos ossos... E, dizendo isto, rolava na cama, batia com a cabeça, mordia os travesseiros. Às vezes, parava, arquejando; logo depois tornava às mesmas convulsões, abafando os soluços e os gritos, para que os não ouvissem do primeiro andar.

Já acostumado às lágrimas do meu amigo, desde a vinda da baronesa, esperei que elas acabassem, mas não acabavam. Descavalguei a cadeira, fui a ele, bradei-lhe que era uma criançada

PAI CONTRA MÃE

e despedi-me; Norberto pegou-me na mão, para que ficasse, não me tinha dito ainda o principal.

— É verdade; que é?

— Vão-se embora. Estivemos lá ontem, e ouvi que embar-
5 cam sábado.

— Para a Bahia?

— Sim.

— Então, vão comigo.

Contei-lhe o caso da carta, e as ordens de meu tio para ir
10 matricular-me na Bahia e estudar ao pé dele. Norberto escutou-me alvoroçado. Na Bahia? Iríamos juntos; éramos íntimos,
os pais não recusariam este favor à nossa jovem amizade. Confesso que o plano pareceu-me excelente, e demo-nos a ele com
afinco. A mãe, apesar de muita lágrima que teria de verter ao
15 despegar-se do filho, cedeu mais prontamente do que supú-
nhamos. O pai é que não cedeu nada. Não houve rogos nem
empenhos; o próprio barão, que eu tive a arte de trazer ao nosso
propósito, não alcançou do velho amigo que deixasse ir o filho,
nem ainda com a promessa de o aposentar em casa e velar por
20 ele. O pai foi inflexível.

Podem imaginar o desespero do meu amigo. Na noite de
sexta-feira esteve em casa dela, com a família, até onze horas;
mas, com o pretexto de passar comigo a última noite da minha
estada aqui, veio realmente chorar tantas e tais lágrimas, como
25 nunca as vi chorar jamais, nem antes nem depois. Não podia
descrer da paixão, nem presumir consolá-la; era a primeira.
Até então, ambos só conhecíamos os trocos miúdos do amor;
e, por desgraça dele a primeira moeda grande que achara, não

ETERNO!

era ouro nem prata, senão ferro, duro ferro, como a do velho Licurgo,[2] forjada como mesmo amargo vinagre.

Não dormimos. Norberto chorava, arrepelava-se, pedia a morte, construía planos absurdos ou terríveis. Eu, arranjando as malas, ia-lhe dizendo alguma coisa que o consolasse; era pior, era como se falasse de dança a uma perna dolorida. Consegui que fumasse um cigarro, depois outro, e afinal fumou-os às dúzias, sem acabar nenhum. Às três horas tratava do modo de fugir ao Rio de Janeiro — não logo, mas daí a dias, no primeiro vapor. Tirei-lhe essa ideia da cabeça unicamente no interesse dele próprio.

— Ainda se fosse útil, vá — disse-lhe eu. — Mas ir sem certeza de nada, ir dar com o nariz na porta, porque a mulher, se não gosta de ti, e te vê lá, é capaz de perceber logo o motivo da tua viagem, e não te recebe.

— Que sabes tu?

— Pode receber-te, mas não há certeza, acho eu. Crês que ela goste de ti?

— Não digo que sim, nem que não.

Contou-me episódios, gestos, ditos, coisas ambíguas ou in-significantes; depois vinha uma reticência de lágrimas, murros no peito, clamor de angústia, a dor ia-se-me comunicando; pa-decia com ele, a razão cedia à compaixão, as nossas naturezas fundiam-se em uma só lástima. Daí esta promessa que lhe fiz.

— Tenho uma ideia. Vou com eles, já nos conhecemos, é pro-vável que frequente a casa; eu então farei uma coisa: sondo-a a teu respeito. Se vir que nem pensa em ti, escrevo-te fran-

---

2. Licurgo (VIII ou VII a.C.), legislador e militar espartano.

PAI CONTRA MÃE

camente que penses em outra coisa; mas se achar alguma inclinação, pouca que seja, aviso-te, e, ou por bem ou por mal, embarca.

Norberto aceitou alvoroçado a proposta; era uma esperança.
5   Fez-me jurar que cumpriria tudo, que a observaria bem, sem temor, e, pela sua parte, jurou-me que não hesitaria um instante. E teimava comigo que não perdesse nada; que, às vezes, um indício pequeno valia muito, uma palavrinha era um livro; que, se pudesse, aludisse ao desespero em que o deixava. Para
10   peitar a minha sagacidade, afirmou que o desengano matá-lo-ia, porque esse amor, eterno como era, iria fartar-se na morte e na eternidade. Não achei boca para replicar-lhe que isto era o mesmo que me obrigar a só mandar boas notícias. Naquela ocasião, apenas sabia chorar com ele.

15   A aurora registrou o nosso pacto imoral. Não consenti que ele fosse a bordo despedir-se. Parti. Não falemos da viagem... Ó mares de Homero, flagelados por Euros, Bóreas e o violento Zéfiro, mares épicos, podeis sacudir Ulisses,[3] mas não lhe dais as aflições do enjoo. Isso é bom para os mares de agora, e par-
20   ticularmente para aqueles que me levaram daqui à Bahia. Só depois de chegar ante a cidade, ousei aparecer à nossa dona magnífica, tão senhora de si, como se acabasse de dar um passeio apenas longo.

— Não tem saudades do Rio de Janeiro? — disse-lhe eu logo,
25   de introito.

— Certamente.

---

3. Homero (IX a.C.), autor da *Ilíada* e da *Odisseia*, protagonizada por Ulisses. De acordo com a mitologia grega, Euros, Bóreas e Zéfiro personificam, respectivamente, os ventos leste, norte e oeste.

ETERNO!

O barão veio indicar-me os lugares que a gente via do paquete — ou a direção de outros. Ofereceu-me a casa dele, no Bonfim. Meu tio veio a bordo, e, por mais que quisesse fazer-se tétrico, senti-lhe o coração amigo. Via-me, único filho da irmã finada — e via-me obediente. Não podia haver para mim melhores impressões de entrada. Divina juventude! As coisas novas pagavam-me em dobro as coisas velhas.

Dei os primeiros dias ao conhecimento da cidade; mas não tardou que uma carta do meu amigo Norberto me chamasse a atenção para ele. Fui ao Bonfim. A baronesa — ou Iaiá Lindinha, que era ainda o nome dado por toda a gente — recebeu-me com tanta graça, e o marido era tão hospedeiro e bom, que me envergonhei da particular comissão que trazia. Mas durou pouco a vergonha, vi o desespero do meu amigo, e a necessidade de consolá-lo ou desenganá-lo era superior a qualquer outra consideração. Confesso até uma singularidade; agora que estavam separados entrou-me na alma a esperança de que ela não desgostasse dele — justamente o que eu negava antes. Talvez fosse o desejo de o ver feliz; podia ser uma instigação da vaidade que me acenasse com a vitória em favor do desgraçado.

Naturalmente, conversamos do Rio de Janeiro. Eu dizia-lhe as minhas saudades, falava das coisas que estava acostumado a ver, das ruas que faziam parte da minha pessoa, das caras de todos os dias das casas, das afeições... Oh! As afeições eram os laços mais apertados. Tinha amigos: os pais de Norberto...

— Dois santos — interrompeu a moça. — Meu marido, que conhece o velho desde muitos anos, conta dele coisas curiosas. Sabe que casou por uma paixão fortíssima?

— Adivinha-se. O filho é o fruto expressivo do amor dos dois. Conheceu bem o meu pobre Norberto?

PAI CONTRA MÃE

— Conheci; ia lá à casa muitas vezes.

— Não conheceu.

— Perdoe-me se a desminto — continuei com vivacidade. Não conheceu a melhor alma, a mais pura e a mais ardente que Deus criou. Talvez que ache parcial por ser amigo. A verdade é que ninguém me prende mais ao Rio de Janeiro. Coitado do meu Norberto! Não imagina que homem talhado para dois ofícios ao mesmo tempo, arcanjo e herói — para dizer à terra as delícias do céu e para escalar o céu, se for preciso ir lá levar as lamentações humanas...

Só no fim desta fala compreendi que era ridícula. Iaiá Lindinha, ou não a entendeu assim, ou disfarçou a opinião; disse-me somente que a minha amizade era entusiasta, mas que o meu amigo parecia boa pessoa. Não era alegre, ou tinha crises melancólicas. Disseram-lhe que ele estudava muito...

— Muito.

Não insisti para não atropelar os acontecimentos... Que o leitor me não condene sem remissão nem agravo. Sei que o papel que eu fazia não era bonito; mas já lá vão vinte e sete anos. Confio do Tempo, que é um insigne alquimista. Dá-se-lhe um punhado de lodo, ele o restitui em diamantes; quando menos, em cascalho. Assim é que, se um homem de Estado escrever e publicar as suas memórias, tão sem escrúpulo, que lhes não falte nada, nem confidências pessoais, nem segredos do governo, nem até amores, amores particularíssimos e inconfessáveis, verá que escândalo levanta o livro. Dirão e dirão bem, que o autor é um cínico, indigno dos homens que confiaram nele e das mulheres que o amaram. Clamor sincero e legítimo, porque o caráter público impõe muitos resguardos; os bons costumes e o próprio respeito às mulheres amadas constrangem ao silêncio...

ETERNO!

... Mas deixai pingar os anos na cuba de um século. Cheio o século, passa o livro a documento histórico, psicológico, anedótico. Hão de lê-lo a frio; estudar-se-á nele a vida íntima do nosso tempo, a maneira de amar, a de compor os ministérios e deitá-los abaixo, se as mulheres eram mais animosas que dissimuladas, como é que se faziam eleições e galanteios, se eram usados xales ou capas, que veículos tínhamos, se os relógios eram trazidos à direita ou à esquerda, e multidão de coisas interessantes para a nossa história pública e íntima. Daí a esperança que me fica, de não ser condenado absolutamente pela consciência dos que me leem. Já lá vão vinte e sete anos!

Gastei mais de meio em bater à porta daquele coração, a ver se lá achava o Norberto; mas ninguém me respondia de dentro, nem o próprio marido. Não obstante, as cartas que mandava ao meu pobre amigo, se não levavam esperanças, também não levavam desenganos. Houve-as até mais esperançosas que desenganadas. A afeição que lhe tinha e o meu amor-próprio conjugavam as forças todas para espertar nela a curiosidade e a sedução de um mistério remoto e possível.

Já então as nossas relações eram familiares. Visitava-os a miúdo. Quando lá não ia três noites seguidas, vivia aflito e inquieto; corria a vê-los na quarta noite, e era ela que me esperava ao portão da chácara, para dizer-me nomes feios, ingrato, preguiçoso, esquecido. Os nomes foram cessando, mas a pessoa não deixava de estar ali à espera, com a mão prestes a apertar a minha — às vezes, trêmula, ou seria a minha que tremia; não sei.

— Amanhã não posso vir — dizia-lhe algumas noites, à despedida, baixo, no vão de uma janela.

— Por quê?

PAI CONTRA MÃE

Explicava-lhe a causa, estudo ou alguma obrigação de meu tio. Nunca tentou dissuadir-me de promessa, mas ficava desconsolada. Comecei a escrever menos ao Norberto e a falar pouco de Iaiá Lindinha, como quem não ia à casa dela. Tinha
5 fórmulas diferentes: "Ontem encontrei o barão no largo do Palácio; disse-me que a mulher está boa". Ou então: "Sabes quem vi há três dias no teatro? A baronesa". Não relia as cartas, para não encarar a minha hipocrisia. Ele, pela sua parte, também ia escrevendo menos, e bilhetes curtos. Entre mim e a moça
10 não aparecia mais o nome de Norberto; convencionamos, sem palavras, que era um defunto, e um triste defunto sem galas mortuárias

Beirávamos o abismo, ambos teimando que era um reflexo da cúpula celeste — incongruência para os que não andam
15 namorados. A morte resolveu o problema, levando consigo o barão, por meio de um ataque de apoplexia, no dia vinte e três de março de 1861, às seis horas da tarde. Era um excelente homem, a quem a viúva pagou em preces o que lhe não dera em amor.

20 Quando eu lhe pedi, três meses depois, que, acabado o luto, casasse comigo, Iaiá Lindinha não estranhou nem me despediu. Ao contrário, respondeu que sim, mas não tão cedo; punha uma condição: que concluísse primeiro os estudos, que me formasse. E disse isto com os mesmos lábios, que pareciam ser o único
25 livro do mundo, o livro universal, a melhor das academias, a escola das escolas. Apelei dela para ela; escutou-me inflexível. A razão que me deu foi que meu tio podia recear que, uma vez casado, interromperia a carreira.

— E com razão — concluiu. — Ouça-me: só me caso com
30 um doutor.

ETERNO!

Cumprimos ambos a promessa. Durante algum tempo andou ela pela Europa, com uma cunhada e o marido desta; e as saudades foram então as minhas disciplinas mais duras. Estudei pacientemente; despeguei-me de todas as vadiações antigas. Recebi o capelo na véspera da bênção matrimonial; e posso dizer, sem hipocrisia, que achei o latim do padre muito superior ao discurso acadêmico.

Semanas depois, pediu-me Iaiá Lindinha que viéssemos ao Rio de Janeiro. Cedi ao pedido, confesso que um pouco atordoado. Cá viria achar o meu amigo Norberto, se é que ele ainda residia aqui. Ia em mais de três anos que não nos escrevíamos; já antes disso as nossas cartas eram breves e sem interesse. Saberia do nosso casamento? Dos precedentes? Viemos; não contei nada a minha mulher.

Para quê? Era dar-lhe notícia de uma aleivosia oculta, dizia comigo. Ao chegar, pus esta questão a mim mesmo, se esperaria a visita dele, se iria visitá-lo antes; escolhi o segundo alvitre, para avisá-lo das coisas. Engenhei umas circunstâncias especiais, curiosas, acarretadas pela Providência, cujos fios ficam sempre ocultos aos homens. Não me ria, note-se bem; minha imaginação compunha tudo isso com seriedade.

No fim de quatro dias, soube que Norberto morava para os lados do Rio Comprido, estava casado. Tanto melhor. Corri a casa dele. Vi no jardim uma preta amamentando uma criança, outra criança de ano e meio, que recolhia umas pedrinhas do chão, acocorada.

— Nhô Bertinho, vai dizer a mamãe que está aqui um moço procurando papai.

O menino obedeceu; mas, antes que voltasse, chegava de fora o meu velho amigo Norberto.

PAI CONTRA MÃE

Conheci-o logo, apesar das grandes suíças que usava; lançamo-nos nos braços um do outro.

— Tu aqui? Quando chegaste?

— Ontem.

— Estás mais gordo, meu velho! Gordo e bonito. Entremos. Que é? continuou ele inclinando-se para Nhô Bertinho, que lhe abraçava uma das pernas.

Pegou dele, alçou-o, deu-lhe trinta mil beijos ou pouco menos depois, tendo-o num braço, apontou para mim.

— Conheces este moço?

Nhô Bertinho olhava espantado, com o dedo na boca. O pai contou-lhe então que eu era um amigo de papai, muito amigo, desde o tempo em que vovô e vovó eram vivos...

— Teus pais morreram?

Norberto fez-me sinal que sim e acudiu ao filho, que com as mãozinhas espalmadas pegava da cara do pai, pedindo-lhe mais beijos. Depois, foi à criança que mamava, não a tirou do regaço da ama, mas disse-lhe muitas coisas ternas, chamou-me para vê-la, era uma menina. Revia-se nela, encantado. Tinha cinco meses por ora; mas se eu voltasse ali quinze anos depois, veria que mocetona. Que bracinhos! Que dedos gordos! Não podendo ter-se, inclinou-se e beijou-a.

— Entra, anda ver minha mulher. Jantas conosco.

— Não posso.

— Mamãe está espiando — disse Nhô Bertinho.

Olhei, vi uma moça à porta da sala, que dava para o jardim; a porta estava aberta, ela esperava-nos. Subimos os cinco degraus; entramos na sala. Norberto pegou-lhe nas mãos e deu-lhes dois beijos. A moça quis recuar, não pôde, ficou muito corada.

ETERNO!

— Não te vexes, Carmela — disse ele. — Sabes quem é este sujeito? É aquele Barros de quem te falei muitas vezes, um Simeão, estudante de medicina... A propósito, por que é que não me respondeste à participação do casamento?

— Não recebi nada — respondi.

— Pois afirmo que foi pelo correio.

Carmela ouvia o marido com admiração; ele tanto fez, que foi sentar-se ao pé dela, para lhe reter a mão, às escondidas. Eu fingia não ver nada, falava dos tempos acadêmicos, de alguns amigos, da política, da guerra, tudo para evitar que ele me perguntasse se estava ou não casado. Já me arrependia de ter ido ali; que lhe diria, se ele tocasse ao ponto e indagasse da pessoa? Não me falou em nada; talvez soubesse tudo.

A conversação prolongou-se; mas eu teimei em sair, e levantei-me, Carmela despediu-se de mim com muita afabilidade. Era bela; os olhos pareciam dar-lhe um resplendor de santa. Certo é que o marido tinha-lhe adoração.

— Viste-a bem? — perguntou-me ele à porta do jardim. — Não te digo o sentimento que nos prende, estas coisas sentem-se, não se exprimem. De que sorris? Achas-me naturalmente criança. Creio que sim; criança eterna, como é eterno o meu amor.

Entrei no tílburi, prometendo ir lá jantar um daqueles dias.

— Eterno! — disse comigo. — Tal qual o amor que ele tinha a minha mulher. E, voltando-me para o cocheiro, perguntei-lhe:

— O que é eterno?

— Com o perdão de V.Sª. — acudiu ele —, mas eu acho que eterno é o fiscal da minha rua, um maroto que, se não lhe quebro a cara um destes dias, a minha alma se não salve. Pois o maroto parece eterno no lugar; tem aí não sei que compadres... Outros dizem que... Não me meto nisso... Lá quebrar-lhe a cara...

Não ouvi o resto: fui mergulhando em mim mesmo, ao zunzum do cocheiro. Quando dei por mim, estava na Rua da Glória. O demônio continuava a falar; paguei e desci até a Praia da Glória, meti-me pela do Russell e fui sair à do Flamengo. O mar batia com força. Moderei o passo e pus-me a olhar para as ondas que vinham ali bater e morrer. Cá dentro, ressoava, como um trecho musical, a pergunta que fizera ao cocheiro: o que é eterno? As ondas, mais discretas que ele, não me contaram os seus particulares, vinham vindo, morriam, vinham vindo, morriam.

Cheguei ao Hotel de Estrangeiros ao declinar da tarde. Minha mulher esperava-me para jantar. Eu, ao entrar no quarto, peguei-lhe das mãos e perguntei-lhe:

— O que é eterno, Iaiá Lindinha?

Ela, suspirando:

— Ingrato! É o amor que te tenho.

Jantei sem remorsos; ao contrário, tranquilo e jovial. Coisas do Tempo! Dá-se-lhe um punhado de lodo, ele o restitui em diamantes...

Missa do galo

NUNCA PUDE ENTENDER a conversação que tive com uma senhora, há muitos anos, contava eu dezessete, ela trinta. Era noite de Natal. Havendo ajustado com um vizinho irmos à missa do galo, preferi não dormir; combinei que eu iria acordá-lo à meia-noite. A casa em que eu estava hospedado era a do escrivão Meneses, que fora casado, em primeiras núpcias, com uma de minhas primas A segunda mulher, Conceição, e a mãe desta acolheram-me bem quando vim de Mangaratiba para o Rio de Janeiro, meses antes, a estudar preparatórios. Vivia tranquilo, naquela casa assobradada da Rua do Senado, com os meus livros, poucas relações, alguns passeios. A família era pequena, o escrivão, a mulher, a sogra e duas escravas. Costumes velhos. Às dez horas da noite toda a gente estava nos quartos; às dez e meia a casa dormia. Nunca tinha ido ao teatro, e mais de uma vez, ouvindo dizer ao Meneses que ia ao teatro, pedi-lhe que me levasse consigo. Nessas ocasiões, a sogra fazia uma careta, e as escravas riam à socapa; ele não respondia, vestia-se, saía e só tornava na manhã seguinte. Mais tarde é que eu soube que o teatro era um eufemismo em ação. Meneses trazia amores com uma senhora, separada do marido, e dormia fora de casa uma vez por semana. Conceição padecera, a princípio, com a existência da comborça; mas, afinal, resignara-se, acostumara-se e acabou achando que era muito direito.

PAI CONTRA MÃE

Boa Conceição! Chamavam-lhe "a santa", e fazia jus ao título, tão facilmente suportava os esquecimentos do marido. Em verdade, era um temperamento moderado, sem extremos, nem grandes lágrimas, nem grandes risos. No capítulo de que trato,
5 dava para maometana; aceitaria um harém, com as aparências salvas. Deus me perdoe, se a julgo mal. Tudo nela era atenuado e passivo. O próprio rosto era mediano, nem bonito nem feio. Era o que chamamos uma pessoa simpática. Não dizia mal de ninguém, perdoava tudo. Não sabia odiar; pode ser até que não
10 soubesse amar.

Naquela noite de Natal foi o escrivão ao teatro. Era pelos anos de 1861 ou 1862. Eu já devia estar em Mangaratiba, em férias; mas fiquei até o Natal para ver "a missa do galo na Corte". A família recolheu-se à hora do costume; eu meti-me na sala da
15 frente, vestido e pronto. Dali passaria ao corredor da entrada e sairia sem acordar ninguém. Tinha três chaves a porta; uma estava com o escrivão, eu levaria outra, a terceira ficava em casa.

— Mas, Sr. Nogueira, que fará você todo esse tempo? —
20 perguntou-me a mãe de Conceição.

— Leio, D. Inácia.

Tinha comigo um romance, *Os três mosqueteiros*,[1] velha tradução creio do *Jornal do Comércio*. Sentei-me à mesa que havia no centro da sala e, à luz de um candeeiro de querosene, en-
25 quanto a casa dormia, trepei ainda uma vez ao cavalo magro de D'Artagnan e fui-me às aventuras. Dentro em pouco estava completamente ébrio de Dumas. Os minutos voavam, ao contrário do que costumam fazer, quando são de espera; ouvi bater

1. *Os três mosqueteiros* (1844), romance do escritor francês Alexandre Dumas, pai (1803–1870).

MISSA DO GALO

onze horas, mas quase sem dar por elas, um acaso. Entretanto, um pequeno rumor que ouvi dentro veio acordar-me da leitura. Eram uns passos no corredor que ia da sala de visitas à de jantar; levantei a cabeça; logo depois vi assomar à porta da sala o vulto de Conceição.

— Ainda não foi? — perguntou ela.

— Não fui, parece que ainda não é meia-noite.

— Que paciência!

Conceição entrou na sala, arrastando as chinelinhas da alcova. Vestia um roupão branco, mal apanhado na cintura. Sendo magra, tinha um ar de visão romântica, não disparatada com o meu livro de aventuras. Fechei o livro, ela foi sentar-se na cadeira que ficava defronte de mim, perto do canapé. Como eu lhe perguntasse se a havia acordado, sem querer, fazendo barulho, respondeu com presteza:

— Não! Qual! Acordei por acordar.

Fitei-a um pouco e duvidei da afirmativa. Os olhos não eram de pessoa que acabasse de dormir; pareciam não ter ainda pegado no sono. Essa observação, porém, que valeria alguma coisa em outro espírito, depressa a botei fora, sem advertir que talvez não dormisse justamente por minha causa e mentisse para me não afligir ou aborrecer. Já disse que ela era boa, muito boa.

— Mas a hora já há de estar próxima — disse eu.

— Que paciência a sua de esperar acordado, enquanto o vizinho dorme! E esperar sozinho! Não tem medo de almas do outro mundo? Eu cuidei que se assustasse quando me viu.

— Quando ouvi os passos estranhei: mas a senhora apareceu logo.

PAI CONTRA MÃE

— Que é que estava lendo? Não diga, já sei, é o romance dos mosqueteiros.

— Justamente: é muito bonito.

— Gosta de romances?

5 — Gosto.

— Já leu a *Moreninha*?[2]

— Do Dr. Macedo? Tenho lá em Mangaratiba.

— Eu gosto muito de romances, mas leio pouco, por falta de tempo. Que romances é que você tem lido?

10 Comecei a dizer-lhe os nomes de alguns. Conceição ouvia-me com a cabeça reclinada no espaldar, enfiando os olhos por entre as pálpebras meio-cerradas, sem os tirar de mim. De vez em quando passava a língua pelos beiços, para umedecê-los. Quando acabei de falar, não me disse nada; ficamos assim alguns segundos. Em seguida, vi-a endireitar a cabeça, cruzar os dedos e sobre eles pousar o queixo, tendo os cotovelos nos braços da cadeira, tudo sem desviar de mim os grandes olhos espertos.

"Talvez esteja aborrecida", pensei eu. E logo alto:

20 — D. Conceição, creio que vão sendo horas, e eu...

— Não, não, ainda é cedo. Vi agora mesmo o relógio, são onze e meia. Tem tempo. Você, perdendo a noite, é capaz de não dormir de dia?

— Já tenho feito isso.

25 — Eu, não, perdendo uma noite, no outro dia estou que não posso, e, meia hora que seja, hei de passar pelo sono. Mas também estou ficando velha.

— Que velha o que, D. Conceição?

---

2. *Moreninha* (1844), romance do escritor brasileiro Joaquim Manuel de Macedo (1820–1882).

MISSA DO GALO

Tal foi o calor da minha palavra que a fez sorrir. De costume tinha os gestos demorados e as atitudes tranquilas; agora, porém, ergueu-se rapidamente, passou para o outro lado da sala e deu alguns passos, entre a janela da rua e a porta do gabinete do marido. Assim, com o desalinho honesto que trazia, dava-me uma impressão singular. Magra embora, tinha não sei que balanço no andar, como quem lhe custa levar o corpo; essa feição nunca me pareceu tão distinta como naquela noite. Parava algumas vezes, examinando um trecho de cortina ou concertando a posição de algum objeto no aparador; afinal deteve-se, ante mim, com a mesa de permeio. Estreito era o círculo das suas ideias; tornou ao espanto de me ver esperar acordado; eu repeti-lhe o que ela sabia, isto é, que nunca ouvira missa do galo na Corte, e não queria perdê-la.

— É a mesma missa da roça; todas as missas se parecem.

— Acredito; mas aqui há de haver mais luxo e mais gente também. Olhe, a semana santa na Corte é mais bonita que na roça. S. João não digo, nem Santo Antônio...

Pouco a pouco, tinha-se reclinado; fincara os cotovelos no mármore da mesa e metera o rosto entre as mãos espalmadas. Não estando abotoadas as mangas, caíram naturalmente, e eu vi-lhe metade dos braços, muito claros, e menos magros do que se poderiam supor.

A vista não era nova para mim, posto também não fosse comum; naquele momento, porém, a impressão que tive foi grande. As veias eram tão azuis, que apesar da pouca claridade, podia, contá-las do meu lugar. A presença de Conceição espertara-me ainda mais que o livro. Continuei a dizer o que pensava das festas da roça e da cidade, e de outras coisas que me iam vindo à boca. Falava emendando os assuntos, sem sa-

PAI CONTRA MÃE

ber por quê, variando deles ou tornando aos primeiros, e rindo para fazê-la sorrir e ver-lhe os dentes que luziam de brancos, todos iguaizinhos. Os olhos dela não eram bem negros, mas escuros; o nariz, seco e longo, um tantinho curvo, dava-lhe ao rosto um ar interrogativo. Quando eu alteava um pouco a voz, ela reprimia-me:

— Mais baixo! Mamãe pode acordar.

E não saía daquela posição, que me enchia de gosto, tão perto ficavam as nossas caras. Realmente, não era preciso falar alto para ser ouvido: cochichávamos os dois, eu mais que ela, porque falava mais; ela, às vezes, ficava séria, muito séria, com a testa um pouco franzida. Afinal, cansou, trocou de atitude e de lugar. Deu volta à mesa e veio sentar-se do meu lado, no canapé. Voltei-me e pude ver, a furto, o bico das chinelas; mas foi só o tempo que ela gastou em sentar-se, o roupão era comprido e cobriu-as logo. Recordo-me que eram pretas. Conceição disse baixinho:

— Mamãe está longe, mas tem o sono muito leve, se acordasse agora, coitada, tão cedo não pegava no sono.

— Eu também sou assim.

— O quê? — perguntou ela inclinando o corpo, para ouvir melhor.

Fui sentar-me na cadeira que ficava ao lado do canapé e repeti-lhe a palavra. Riu-se da coincidência; também ela tinha o sono leve; éramos três sonos leves.

— Há ocasiões em que sou como mamãe; acordando, custa-me dormir outra vez, rolo na cama, à toa, levanto-me, acendo vela, passeio, torno a deitar-me e nada.

— Foi o que lhe aconteceu hoje.

— Não, não, atalhou ela.

MISSA DO GALO

Não entendi a negativa; ela pode ser que também não a entendesse. Pegou das pontas do cinto e bateu com elas sobre os joelhos, isto é, o joelho direito, porque acabava de cruzar as pernas. Depois referiu uma história de sonhos, e afirmou-me que só tivera um pesadelo, em criança. Quis saber se eu os tinha. A conversa reatou-se assim lentamente, longamente, sem que eu desse pela hora nem pela missa Quando eu acabava uma narração ou uma explicação, ela inventava outra pergunta ou outra matéria, e eu pegava novamente na palavra. De quando em quando, reprimia-me:

— Mais baixo, mais baixo...

Havia também umas pausas. Duas outras vezes, pareceu-me que a via dormir; mas os olhos, cerrados por um instante, abriam-se logo sem sono nem fadiga, como se ela os houvesse fechado para ver melhor. Uma dessas vezes creio que deu por mim embebido na sua pessoa, e lembra-me que os tornou a fechar, não sei se apressada ou vagarosamente. Há impressões dessa noite, que me aparecem truncadas ou confusas. Contradigo-me, atrapalho-me. Uma das que ainda tenho frescas é que em certa ocasião, ela, que era apenas simpática, ficou linda, ficou lindíssima. Estava de pé, os braços cruzados; eu, em respeito a ela, quis levantar-me; não consentiu, pôs uma das mãos no meu ombro, e obrigou-me a estar sentado. Cuidei que ia dizer alguma coisa; mas estremeceu, como se tivesse um arrepio de frio voltou as costas e foi sentar-se na cadeira, onde me achara lendo. Dali relanceou a vista pelo espelho, que ficava por cima do canapé, falou de duas gravuras que pendiam da parede.

— Estes quadros estão ficando velhos. Já pedi a Chiquinho para comprar outros. Chiquinho era o marido. Os quadros

PAI CONTRA MÃE

falavam do principal negócio deste homem. Um representava "Cleópatra"; não me recordo o assunto do outro, mas eram mulheres. Vulgares ambos; naquele tempo não me pareciam feios.

5 — São bonitos — disse eu.

— Bonitos são; mas estão manchados. E depois, francamente, eu preferia duas imagens, duas santas. Estas são mais próprias para sala de rapaz ou de barbeiro.

— De barbeiro? A senhora nunca foi a casa de barbeiro.

10 — Mas imagino que os fregueses, enquanto esperam, falam de moças e namoros, e naturalmente o dono da casa alegra a vista deles com figuras bonitas. Em casa de família é que não acho próprio. É o que eu penso, mas eu penso muita coisa assim esquisita. Seja o que for, não gosto dos quadros. Eu tenho uma

15 Nossa Senhora da Conceição, minha madrinha, muito bonita; mas é de escultura, não se pode pôr na parede, nem eu quero. Está no meu oratório.

A ideia do oratório trouxe-me a da missa, lembrou-me que podia ser tarde e quis dizê-lo. Penso que cheguei a abrir a boca,

20 mas logo a fechei para ouvir o que ela contava, com doçura, com graça, com tal moleza que trazia preguiça à minha alma e fazia esquecer a missa e a igreja. Falava das suas devoções de menina e moça. Em seguida referia umas anedotas de baile, uns casos de passeio, reminiscências de Paquetá, tudo de mistura,

25 quase sem interrupção. Quando cansou do passado, falou do presente, dos negócios da casa, das canseiras de família, que lhe diziam ser muitas, antes de casar, mas não eram nada. Não me contou, mas eu sabia que casara aos vinte e sete anos.

MISSA DO GALO

Já agora não trocava de lugar, como a princípio, e quase não saíra da mesma atitude. Não tinha os grandes olhos compridos e entrou a olhar à toa para as paredes.

— Precisamos mudar o papel da sala — disse daí a pouco, como se falasse consigo.

Concordei, para dizer alguma coisa, para sair da espécie de sono magnético, ou o que quer que era que me tolhia a língua e os sentidos. Queria e não queria acabar a conversação; fazia esforço para arredar os olhos dela e arredava-os por um sentimento de respeito; mas a ideia de parecer que era aborrecimento, quando não era, levava-me os olhos outra vez para Conceição. A conversa ia morrendo. Na rua, o silêncio era completo.

Chegamos a ficar por algum tempo — não posso dizer quanto — inteiramente calados. O rumor único e escasso era um roer de camundongo no gabinete, que me acordou daquela espécie de sonolência; quis falar dele, mas não achei modo. Conceição parecia estar devaneando. Subitamente, ouvi uma pancada na janela, do lado de fora, e uma voz que bradava: "Missa do galo! Missa do galo!"

— Aí está o companheiro — disse ela levantando-se. — Tem graça; você é que ficou de ir acordá-lo, ele é que vem acordar você. Vá, que hão de ser horas; adeus.

— Já serão horas? — perguntei.

— Naturalmente.

— Missa do galo! — repetiram de fora, batendo.

— Vá, vá, não se faça esperar. A culpa foi minha. Adeus, até amanhã.

E, com o mesmo balanço do corpo, Conceição enfiou pelo corredor dentro, pisando mansinho. Saí à rua e achei o vizinho

PAI CONTRA MÃE

que esperava. Guiamos dali para a igreja. Durante a missa, a figura de Conceição interpôs-se mais de uma vez, entre mim e o padre; fique isto à conta dos meus dezessete anos. Na manhã seguinte, ao almoço, falei da missa do galo e da gente que estava
5 na igreja sem excitar a curiosidade de Conceição. Durante o dia, achei-a como sempre, natural, benigna, sem nada que fizesse lembrar a conversação da véspera. Pelo Ano Bom fui para Mangaratiba. Quando tornei ao Rio de Janeiro em março, o escrivão tinha morrido de apoplexia. Conceição morava no
10 Engenho Novo, mas nem a visitei nem a encontrei. Ouvi mais tarde que casara com o escrevente juramentado do marido.

Ideias de canário

Um homem dado a estudos de ornitologia, por nome Macedo, referiu a alguns amigos um caso tão extraordinário que ninguém lhe deu crédito. Alguns chegam a supor que Macedo virou o juízo. Eis aqui o resumo da narração.

No princípio do mês passado — disse ele —, indo por uma rua, sucedeu que um tílburi à disparada quase me atirou ao chão. Escapei saltando para dentro de uma loja de belchior. Nem o estrépito do cavalo e do veículo, nem a minha entrada fez levantar o dono do negócio, que cochilava ao fundo, sentado numa cadeira de abrir. Era um frangalho de homem, barba cor de palha suja, a cabeça enfiada em um gorro esfarrapado, que provavelmente não achara comprador. Não se adivinhava nele nenhuma história, como podiam ter alguns dos objetos que vendia, nem se lhe sentia a tristeza austera e desenganada das vidas que foram vidas.

A loja era escura, atulhada das coisas velhas, tortas, rotas, enxovalhadas, enferrujadas que de ordinário se acham em tais casas, tudo naquela meia desordem própria do negócio. Essa mistura, posto que banal, era interessante. Panelas sem tampa, tampas sem panela, botões, sapatos, fechaduras, uma saia preta, chapéus de palha e de pelo, caixilhos, binóculos, meias casacas, um florete, um cão empalhado, um par de chinelas, luvas, vasos sem nome, dragonas, uma bolsa de veludo, dois cabides, um bodoque, um termômetro, cadeiras, um retrato litografado

PAI CONTRA MÃE

pelo finado Sisson,[1] um gamão, duas máscaras de arame para o
carnaval que há de vir, tudo isso e o mais que não vi ou não me
ficou de memória, enchia a loja mas imediações da porta, encostado, pendurado ou exposto em caixas de vidro, igualmente
velhas. Lá para dentro, havia outras coisas mais e muitas, e do
mesmo aspecto, dominando os objetos grandes, cômodas, cadeiras, camas, uns por cima dos outros, perdidos na escuridão.

Ia a sair, quando vi uma gaiola pendurada da porta. Tão
velha como o resto, para ter o mesmo aspecto da desolação
geral, faltava-lhe estar vazia. Não estava vazia. Dentro pulava
um canário. A cor, a animação e a graça do passarinho davam
àquele amontoado de destroços uma nota de vida e de mocidade.
Era o último passageiro de algum naufrágio, que ali foi parar
íntegro e alegre como antes. Logo que olhei para ele, entrou
a saltar mais abaixo e acima de poleiro em poleiro, como se
quisesse dizer que no meio daquele cemitério brincava um raio
de sol. Não atribuo essa imagem ao canário, senão porque falo
à gente retórica; em verdade, ele não pensou em cemitério nem
sol, segundo me disse depois. Eu, de envolta com o prazer
que me trouxe aquela vista, senti-me indignado do destino do
pássaro e murmurei baixinho palavras de azedume.

— Quem seria o dono execrável deste bichinho, que teve
ânimo de se desfazer dele por alguns pares de níqueis? Ou que
mão indiferente, não querendo guardar esse companheiro de
dono defunto, o deu de graça a algum pequeno, que o vendeu
para ir jogar uma quiniela? E o canário, quedando-se em cima
do poleiro, trilou isto:

— Quem quer que sejas tu, certamente não estás em teu
juízo. Não tive dono execrável, nem fui dado a nenhum menino

1. Sébastien Auguste Sisson (1824–1898), retratista francês.

IDEIAS DE CANÁRIO

que me vendesse. São imaginações de pessoa doente; vai-te curar, amigo...

— Como — interrompi eu, sem ter tempo de ficar espantado. — Então o teu dono não te vendeu a esta casa? Não foi a miséria ou a ociosidade que te trouxe a este cemitério, como um raio de sol?

— Não sei que seja sol nem cemitério. Se os canários que tens visto usam do primeiro desses nomes, tanto melhor, porque é bonito, mas estou que confundes.

— Perdão, mas tu não vieste para aqui à toa, sem ninguém, salvo se o teu dono foi sempre aquele homem que ali está sentado.

— Que dono? Esse homem que aí está é meu criado, dá-me água e comida todos os dias, com tal regularidade que eu, se devesse pagar-lhe os serviços, não seria com pouco; mas os canários não pagam criados. Em verdade, se o mundo é propriedade dos canários, seria extravagante que eles pagassem o que está no mundo.

Pasmado das respostas, não sabia que mais admirar, se a linguagem, se as ideias. A linguagem, posto me entrasse pelo ouvido como de gente, saía do bicho em trilos engraçados. Olhei em volta de mim, para verificar se estava acordado; a rua era a mesma, a loja era a mesma loja escura, triste e úmida. O canário, movendo a um lado e outro, esperava que eu lhe falasse. Perguntei-lhe então se tinha saudades do espaço azul e infinito...

— Mas, caro homem — trilou o canário —, que quer dizer espaço azul e infinito?

— Mas, perdão, que pensas deste mundo? Que coisa é o mundo?

PAI CONTRA MÃE

— O mundo — redarguiu o canário com certo ar de professor —, o mundo é uma loja de belchior, com uma pequena gaiola de taquara, quadrilonga, pendente de um prego; o canário é senhor da gaiola que habita e da loja que o cerca. Fora daí, tudo é ilusão e mentira.

Nisto acordou o velho, e veio a mim arrastando os pés. Perguntou-me se queria comprar o canário. Indaguei se o adquirira, como o resto dos objetos que vendia, e soube que sim, que o comprara a um barbeiro, acompanhado de uma coleção de navalhas.

— As navalhas estão em muito bom uso — concluiu ele.

— Quero só o canário.

Paguei-lhe o preço, mandei comprar uma gaiola vasta, circular, de madeira e arame, pintada de branco, e ordenei que a pusessem na varanda da minha casa, donde o passarinho podia ver o jardim, o repuxo e um pouco do céu azul.

Era meu intuito fazer um longo estudo do fenômeno, sem dizer nada a ninguém, até poder assombrar o século com a minha extraordinária descoberta. Comecei por alfabetar a língua do canário, por estudar-lhe a estrutura, as relações com a música, os sentimentos estéticos do bicho, as suas ideias e reminiscências. Feita essa análise filológica e psicológica, entrei propriamente na história dos canários, na origem deles, primeiros séculos, geologia e flora das ilhas Canárias, se ele tinha conhecimento da navegação etc. Conversávamos longas horas, eu escrevendo as notas, ele esperando, saltando, trilando.

Não tendo mais família que dois criados, ordenava-lhes que não me interrompessem, ainda por motivo de alguma carta ou telegrama urgente, ou visita de importância. Sabendo ambos

IDEIAS DE CANÁRIO

das minhas ocupações científicas, acharam natural a ordem e não suspeitaram que o canário e eu nos entendíamos.

Não é mister dizer que dormia pouco, acordava duas e três vezes por noite, passeava à toa, sentia-me com febre. Afinal tornava ao trabalho, para reler, acrescentar, emendar. Retifiquei mais de uma observação — ou por havê-la entendido mal, ou porque ele não a tivesse expresso claramente. A definição do mundo foi uma delas. Três semanas depois da entrada do canário em minha casa, pedi-lhe que me repetisse a definição do mundo.

— O mundo — respondeu ele —, é um jardim assaz largo com repuxo no meio, flores e arbustos, alguma grama, ar claro e um pouco de azul por cima; o canário, dono do mundo, habita uma gaiola vasta, branca e circular, donde mira o resto. Tudo o mais é ilusão e mentira.

Também a linguagem sofreu algumas retificações, e certas conclusões, que me tinham parecido simples, vi que eram temerárias, Não podia ainda escrever a memória que havia de mandar ao Museu Nacional, ao Instituto Histórico e às universidades alemãs, não porque faltasse matéria, mas para acumular primeiro todas as observações e ratificá-las. Nos últimos dias, não saía de casa, não respondia a cartas, não quis saber de amigos nem parentes. Todo eu era canário. De manhã, um dos criados tinha ido a seu cargo limpar a gaiola e por-lhe água e comida. O passarinho não lhe dizia nada, como se soubesse que a esse homem faltava qualquer preparo científico. Também o serviço era o mais sumário do mundo; o criado não era amador de pássaros.

Um sábado amanheci enfermo, a cabeça e a espinha doíam-me. O médico ordenou absoluto repouso; era excesso

PAI CONTRA MÃE

de estudo, não devia ler nem pensar, não devia saber sequer o que se passava na cidade e no mundo. Assim fiquei cinco dias; no sexto levantei-me, e só então soube que o canário, estando o criado a tratar dele, fugira da gaiola. O meu primeiro gesto foi para esganar o criado; a indignação sufocou-me, caí na cadeira, sem voz, tonto. O culpado defendeu-se, jurou que tivera cuidado, o passarinho é que fugira por astuto...

— Mas não o procuraram?

— Procuramos, sim, senhor; a princípio trepou ao telhado, trepei também, ele fugiu, foi para uma árvore, depois escondeu-se não sei onde. Tenho indagado desde ontem, perguntei aos vizinhos, aos chacareiros, ninguém sabe nada.

Padeci muito; felizmente, a fadiga estava passada, e com algumas horas pude sair à varanda e ao jardim. Nem sombra de canário. Indaguei, corri, anunciei, e nada. Tinha já recolhido as notas para compor a memória, ainda que truncada e incompleta, quando me sucedeu visitar um amigo, que ocupa uma das mais belas e grandes chácaras dos arrabaldes. Passeávamos nela antes de jantar, quando ouvi trilar esta pergunta:

— Viva, Sr. Macedo, por onde tem andado que desapareceu?

Era o canário; estava no galho de uma árvore. Imaginem como fiquei, e o que lhe disse. O meu amigo cuidou que eu estivesse doido; mas que me importavam cuidados de amigos? Falei ao canário com ternura, pedi-lhe que viesse continuar a conversação, naquele nosso mundo composto de um jardim e repuxo, varanda e gaiola branca e circular...

— Que jardim? Que repuxo?

— O mundo, meu querido.

IDEIAS DE CANÁRIO

— Que mundo? Tu não perdes os maus costumes de professor. O mundo — concluiu solenemente —, é um espaço infinito e azul, com o sol por cima.

Indignado, retorqui-lhe que, se eu lhe desse crédito, o mundo era tudo; até já fora uma loja de belchior...

— De belchior? — trilou ele às bandeiras despregadas. — Mas há mesmo lojas de belchior?

Papéis velhos

BROTERO É DEPUTADO. Entrou agora mesmo em casa, às duas horas da noite, agitado, sombrio, respondendo mal ao moleque, que lhe pergunta se quer isto ou aquilo, e ordenando-lhe, finalmente, que o deixe só. Uma vez só, despe-se, enfia um chambre e vai estirar-se no canapé do gabinete, com os olhos no teto e o charuto na boca. Não pensa tranquilamente; resmunga e estremece. Ao cabo de algum tempo senta-se; logo depois se levanta, vai a uma janela, passeia, para no meio da sala, batendo com o pé no chão; enfim resolve ir dormir, entra no quarto, despe-se, mete-se na cama, rola inutilmente de um lado para outro, torna a vestir-se e volta para o gabinete.

Mal se sentou outra vez no canapé, bateram três horas no relógio da casa. O silêncio era profundo; e, como a divergência dos relógios é o princípio fundamental da relojoaria, começaram todos os relógios da vizinhança a bater, com intervalos desiguais, uma, duas, três horas. Quando o espírito padece, a coisa mais indiferente do mundo traz uma intenção recôndita, um propósito do destino. Brotero começou a sentir esse outro gênero de mortificação. As três pancadas secas, cortando o silêncio da noite, pareciam-lhe as vozes do próprio tempo, que lhe bradava: "Vai dormir". Enfim, cessaram; e ele pôde ruminar, resolver e levantar-se, bradando:

— Não há outro alvitre, é isto mesmo.

PAI CONTRA MÃE

Dito isso, foi à secretária, pegou da pena e de uma folha de papel e escreveu esta carta ao presidente do conselho de ministros:

Excelentíssimo senhor

5 Há de parecer estranho a V. Exa tudo o que vou dizer neste papel; mas, por mais estranho que lhe pareça, e a mim também, há situações tão extraordinárias que só comportam soluções extraordinárias. Não quero desabafar nas esquinas, na Rua do Ouvidor, ou nos corredores da Câmara. Também não quero manifestar-me, na tribuna, amanhã
10 ou depois, quando V. Exa for apresentar o programa do seu ministério; seria digno, mas seria aceitar a cumplicidade de uma ordem de coisas, que inteiramente repudio. Tenho um só alvitre: renunciar à cadeira de deputado e voltar à vida íntima.

Não sei se, ainda assim, V. Exa me chamará despeitado. Se o fizer,
15 creio que terá razão. Mas lhe rogo que advirta que há duas qualidades de despeito, e o meu é da melhor.

Não pense V. Exa que recuo diante de certas deputações influentes, nem que me senti ferido pelas intrigas do A... e por tudo o que fez o B... para meter o C... no ministério. Tudo isso são coisas mínimas.
20 A questão para mim é de lealdade, já não digo política, mas pessoal; a questão é com V. Exa. Foi V. Exa que me obrigou a romper com o ministério dissolvido, mais cedo do que era minha intenção e, talvez, mais cedo do que convinha ao partido. Foi V. Exa que, uma vez, em casa do Z..., me disse, a uma janela, que os meus estudos de questões
25 diplomáticas me indicavam naturalmente a pasta de estrangeiros. Há de lembrar-se que lhe respondi então ser para mim indiferente subir ao ministério, uma vez que servisse ao meu país. V. Exa replicou: — É muito bonito, mas os bons talentos querem-se no ministério.

Na Câmara, já pela posição que fui adquirindo, já pelas distin-
30 ções especiais de que era objeto, dizia-se, acreditava-se que eu seria ministro na primeira ocasião; e, ao ser chamado V. Exa ontem para organizar o novo gabinete, não se jurou outra coisa. As combinações variavam, mas o meu nome figurava em todas elas. É que ninguém

PAPÉIS VELHOS

ignorava as finezas de V. Exa para comigo, os bilhetes em que me louvava, os seus reiterados convites etc. Confesso a V. Exa que acompanhei a opinião geral.

A opinião enganou-se, eu enganei-me; o ministério está organizado sem mim. Considero esta exclusão um desdouro irreparável, e determinei deixar a cadeira de deputado a algum mais capaz e, principalmente, mais dócil. Não será difícil a V. Exa achá-lo entre os seus numerosos admiradores. Sou, com elevada estima e consideração,

De V. Exa desobrigado amigo,

BROTERO.

Os verdadeiros políticos dirão que esta carta é só verossímil no despeito, e inverossímil na resolução. Mas os verdadeiros políticos ignoram duas coisas, penso eu. Ignoram Boileau,[1] que nos adverte da possível inverossimilhança da verdade, em matérias de arte, e a política, segundo a definiu um padre da nossa língua, é a arte das artes; e ignoram que um outro golpe feria a alma do Brotero naquela ocasião. Se a exclusão do ministério não bastava a explicar a renúncia da cadeira, outra perda a ajudava. Já têm notícia do desastre político; sabem que houve crise ministerial que o conselheiro *** recebeu do Imperador[2] o encargo de organizar um gabinete, e que a diligência de um certo B... conseguiu meter nele um certo C... A pasta deste foi justamente a de estrangeiros, e o fim secreto da diligência era dar um lugar na galeria do Estado à viúva Pedroso. Esta senhora, não menos gentil que abastada, elegera dias antes para seu marido o recente ministro. Tudo isso iria menos mal, se o Brotero não cobiçasse ambas as fortunas, a pasta e a viúva; mas, cobiçá-las, cortejá-las e perdê-las, sem que ao menos uma

1. Nicolas Boileau (1636–1711), acadêmico, poeta e crítico literário francês.
2. Trata-se do imperador Dom Pedro II (1825–1891), cujo reinado vai de 1940, data de sua maioridade, até 1889, data de proclamação da República.

PAI CONTRA MÃE

viesse consolá-lo da perda da outra, digam-me francamente se não era bastante a explicar a renúncia do nosso amigo?

Brotero releu a carta, dobrou-a, encapou-a, sobrescritou-a; depois a atirou a um lado, para remetê-la no dia seguinte. O destino lançara os dados. César transpunha o Rubicão,[3] mas em sentido inverso. Que fique Roma com os seus novos cônsules e patrícias ricas e volúveis! Ele volve à região dos obscuros; não quer gastar o aço em pelejas de aparato, sem utilidade nem grandeza. Reclinou-se na cadeira e fechou o rosto na mão. Tinha os olhos vermelhos quando se levantou; e levantou-se porque ouviu bater quatro horas e recomeçar a procissão dos relógios, a cruel e implicante monotonia das pêndulas. Uma, duas, três, quatro...

Não tinha sono, não tentou sequer meter-se na cama. Entrou a andar de um lado para outro, passeando, planeando, relembrando. De memória em memória, reconstruiu as ilusões de outro tempo, comparou-as com as sensações de hoje e achou-se roubado. Voluptuoso até na dor, mirou afincadamente essas ilusões perdidas, como uma velha contempla as suas fotografias da mocidade. Lembrou-se de um amigo que lhe dizia que, em todas as dificuldades da vida, olhasse para o futuro. Que futuro? Ele não via nada. E foi-se achegando da secretária, onde tinha guardadas as cartas dos amigos, dos amores, dos correligionários políticos, todas as cartas. Já agora não podia conciliar o sono; ia reler esses papéis velhos. Não se releem livros antigos?

Abriu a gaveta; tirou dois ou três maços e desatou-os. Muitas das cartas estavam encardidas do tempo. Posto nem todos os signatários houvessem morrido, o aspecto geral era de ce-

---

3. Alusão à frase "A sorte está lançada", que o romano Júlio César (101–44 a.C.) teria pronunciado ao atravessar o rio Rubicão para entrar em Roma.

mitério; donde se pode inferir que, em certo sentido, estavam mortos e enterrados. E ele começou a relê-las, uma a uma, as de dez páginas e os simples bilhetes, mergulhando nesse mar morto de recordações apagadas, negócios pessoais ou públicos, um espetáculo, um baile, dinheiro emprestado, uma intriga, um livro novo, um discurso, uma tolice, uma confidência amorosa. Uma das cartas, assinada Vasconcelos, fê-lo estremecer: "A L...a", dizia a carta,

chegou a S. Paulo, anteontem. Custou-me muito e muito obter as tuas cartas, mas as alcancei e, daqui a uma semana, estarão contigo; levo-as eu mesmo. Quanto ao que me dizes na tua de H... estimo que tenhas perdido a tal ideia fúnebre; era um despropósito. Conversaremos à vista.

Esse simples trecho trouxe-lhe uma penca de lembranças. Brotero atirou-se a ler todas as cartas do Vasconcelos. Era um companheiro dos primeiros anos, que naquele tempo cursava a academia, e agora estava de presidente no Piauí. Uma das cartas, muito anterior àquela, dizia-lhe:

Com que então a L...a agarrou-te deveras? Não faz mal; é boa moça e sossegada. E bonita, maganão! Quanto ao que me dizes do Chico Sousa, não acho que devas ter nenhum escrúpulo; vocês não são amigos; dão-se. E, depois, não há adultério. Ele devia saber que quem edifica em terreno devoluto...

Treze dias depois:

Está bom, retiro a expressão *terreno devoluto*; direi terreno que, por direito divino, humano e diabólico, pertence ao meu amigo Brotero. Estás satisfeito?

Outra, no fim de duas semanas:

Dou-te a minha palavra de honra que não há no que disse a menor falta de respeito aos teus sentimentos; gracejei, por supor que a tua

PAI CONTRA MÃE

paixão não era tão séria. O dito por não dito. Custa pouco mudar de estilo, e custa muito perder um amigo, como tu...

Quatro ou cinco cartas referiam-se às suas efusões amorosas. Nesse intervalo o Chico Sousa farejou a aventura e deixou
5 a L...a; e o nosso amigo narrou o lance ao Vasconcelos, contente de a possuir sozinho. O Vasconcelos felicitou-o, mas fez-lhe um reparo.

... Acho-te exigente e transcendente. A coisa mais natural do mundo é que essa moça, perdendo um homem a quem devia atenções e que
10 lhe dera certo relevo, recebesse com alguma dor o golpe. Saudade, infidelidade, dizes tu. Realmente, é demais. Isso não prova senão que ela sabe ser grata aos benefícios recebidos. Quanto à ordem que lhe deste de não ficar com um só traste, uma só cadeira, um pente, nada do que foi do outro, acho que não a entendi bem. Dizes-me
15 que o fizeste por um sentimento de dignidade; acredito. Mas não será também um pouco de ciúme retrospectivo? Creio que sim. Se a saudade é uma infidelidade, o leque é um beijo; e tu não queres beijos nem saudades em casa. São maneiras de ver...

Brotero ia assim relendo a aventura, um capítulo inteiro
20 da vida não muito longo, é verdade, mas cálido e vivo. As cartas abrangiam um período de dez meses; desde o sexto mês começaram os arrufos, as crises, as ameaças de separação. Ele era ciumento; ela professava o aforismo de que o ciúme significa falta de confiança; chegava mesmo a repetir esta sentença
25 vulgar e enigmática: "zelos, sim, ciúmes, nunca". E dava de ombros, quando o amante mostrava uma suspeita qualquer, ou lhe fazia alguma exigência. Então ele excedia-se; e aí vinham as cenas de irritação, de reproches, de ameaças e, por fim, de lágrimas. Brotero às vezes deixava a casa, jurando não voltar
30 mais; e voltava logo no dia seguinte, contrito e manso. Vascon-

PAPÉIS VELHOS

celos reprimia-o de longe; e, em relação às deixadas e tornadas, dizia-lhe uma vez:

Má política, Brotero; ou lê o livro até o fim, ou fecha-o de uma vez; abri-lo e fechá-lo, fechá-lo e abri-lo é mau, porque traz sempre a necessidade de reler o capítulo anterior para ligar o sentido, e livros relidos são livros eternos.

A isto respondia o Brotero que sim, que ele tinha razão, que ia emendar-se de uma vez, tanto mais que agora viviam como os anjos no céu.

Os anjos dissolveram a sociedade. Parece que o anjo L...a, exausto da perpétua antífona, ouviu cantar Dáfnis e Cloé, cá embaixo, e desceu a ver o que é que podiam dizer tão melodiosamente as duas criaturas. Dáfnis vestia então uma casaca e uma comenda, administrava um banco e pintava-se; o anjo repetiu-lhe a lição de Cloé; adivinha-se o resto. As cartas de Vasconcelos neste período eram de consolação e filosofia. Brotero lembrou-se de tudo o que padeceu, das imprudências que praticou, dos desvarios que lhe trouxe aquela evasão de uma mulher, que realmente o tinha nas mãos. Tudo empregara para reavê-la e tudo falhara. Quis ver as cartas que lhe escreveu por este tempo, e que o Vasconcelos, mais tarde, pôde alcançar dela em S. Paulo e foi à gaveta onde as guardara com as outras. Era um maço atado com fita preta. Brotero sorriu da fita preta; deslaçou o maço e abriu as cartas. Não saltou nada, data ou vírgula; leu tudo, explicações, imprecações, súplicas, promessas de amor e paz, uma fraseologia incoerente e humilhante. Nada faltava a essas cartas; lá estava o infinito, o abismo, o eterno. Um dos eternos, escrito na dobra do papel, não se chegava a ler, mas se supunha. A frase era esta: "Um só minuto do teu amor, e estou pronto a padecer um suplício et..." Uma traça bifara o

PAI CONTRA MÃE

resto da palavra; comeu o *eterno* e deixou o *minuto*. Não se pode saber a que atribuir essa preferência, se à voracidade, se à filosofia das traças. A primeira causa é mais provável; ninguém ignora que as traças comem muito.

5 A última carta falava de suicídio. Brotero, ao reler esse tópico, sentiu uma coisa indefinível, chamemos-lhe o "calafrio do ridículo evitado". Realmente, se ele se houvesse eliminado, não teria o presente desgosto político e pessoal; mas o que não diriam dele nos pasmatórios da Rua do Ouvidor, nas con-
10 versações à mesa? Viria tudo à rua, viria mais alguma coisa; chamar-lhe-iam frouxo, insensato, libidinoso e depois falariam de outro assunto, uma ópera, por exemplo.

— Uma, duas, três, quatro, cinco — principiaram a dizer os relógios.

15 Brotero recolheu as cartas, fechou-as uma a uma, emaçou-as, atou-as e meteu-as na gaveta. Enquanto fazia esse trabalho, e ainda alguns minutos depois, deu-se a um esforço interessante: reaver a sensação perdida. Tinha recomposto mentalmente o episódio, queria agora recompô-lo cordialmente; e o
20 fim não era outro senão cotejar o efeito e a causa e saber se a ideia do suicídio tinha sido um produto natural da crise. Logicamente, assim era; mas Brotero não queria julgar através do raciocínio e sim da sensação.

Imaginai um soldado a quem uma bala levasse o nariz e
25 que, acabada a batalha, fosse procurar no campo o desgraçado apêndice. Suponhamos que o acha entre um grupo de braços e pernas; pega dele, levanta-o entre os dedos — mira-o, examina-o, é o seu próprio... Mas é um nariz ou um cadáver de nariz? Se o dono lhe puser diante os mais finos perfumes da Arábia,
30 receberá em si mesmo a sensação do aroma? Não: esse cadáver

PAPÉIS VELHOS

de nariz nunca mais lhe transmitirá nenhum cheiro bom ou mau; pode levá-lo para casa, preservá-lo, embalsamá-lo; é o mesmo. A própria ação de assoar o nariz, embora ele a veja e compreenda nos outros, nunca mais há de podê-la compreender em si, não chegará a reconhecer que efeito lhe causava o contato da ponta do nariz com o lenço. Racionalmente, sabe o que é; sensorialmente, não saberá mais nada. "Nunca mais?", pensou o Brotero... Nunca mais poderei..."

Não podendo obter a sensação extinta, cogitou se não aconteceria o mesmo à sensação presente, isto é, se a crise política e pessoal, tão dura de roer agora, não teria algum dia tanto valor como os velhos diários, em que se houvesse dado a notícia do novo gabinete e do casamento da viúva. Brotero acreditou que sim. Já então a arraiada vinha clareando o céu. Brotero ergueu-se; pegou da carta que escrevera ao presidente do conselho e chegou-a à vela; mas recuou a tempo.

"Não", disse ele consigo; "juntemo-la aos outros papéis velhos; inda há de ser um nariz cortado".

Maria Cora

CAPÍTULO PRIMEIRO

UMA NOITE, voltando para casa, trazia tanto sono que não dei corda ao relógio. Pode ser também que a vista de uma senhora que encontrei em casa do comendador T... contribuísse para aquele esquecimento; mas estas duas razões destroem-se. Cogitação tira o sono, e o sono impede a cogitação; só uma das causas devia ser verdadeira. Ponhamos que nenhuma e fiquemos no principal, que é o relógio parado, de manhã, quando me levantei, ouvindo dez horas no relógio da casa.

Morava então (1893) em uma casa de pensão no Catete. Já por esse tempo este gênero de residência florescia no Rio de Janeiro. Aquela era pequena e tranquila. Os quatrocentos contos de réis permitiam-me casa exclusiva e própria; mas, em primeiro lugar, já eu ali residia quando os adquiri, por jogo de praça; em segundo lugar, era um solteirão de quarenta anos, tão afeito à vida de hospedaria que me seria impossível morar só. Casar não era menos impossível. Não é que me faltassem noivas. Desde os fins de 1891, mais de uma dama — e não das menos belas — olhou para mim com olhos brandos e amigos. Uma das filhas do comendador tratava-me com particular atenção. A nenhuma dei corda, o celibato era a minha alma, a minha vocação, o meu costume, a minha única ventura. Amaria de empreitada e por desfastio. Uma ou duas aventuras por ano bastavam a um coração meio inclinado ao ocaso e à noite.

PAI CONTRA MÃE

Talvez por isso dei alguma atenção à senhora que vi em casa do comendador, na véspera. Era uma criatura morena, robusta, vinte e oito a trinta anos, vestida de escuro; entrou às dez horas, acompanhada de uma tia velha. A recepção que lhe
5 fizeram foi mais cerimoniosa que as outras; era a primeira vez que ali ia. Eu era a terceira. Perguntei se era viúva.

— Não; é casada.

— Com quem?

— Com um estancieiro do Rio Grande.

10 — Chama-se?

— Ele? Fonseca; ela, Maria Cora.

— O marido não veio com ela?

— Está no Rio Grande.

Não soube mais nada; mas a figura da dama interessou-me
15 pelas graças físicas, que eram o oposto do que poderiam sonhar poetas românticos e artistas seráficos. Conversei com ela alguns minutos, sobre coisas indiferentes — mas suficientes para escutar-lhe a voz, que era musical, e saber que tinha opiniões republicanas. Vexou-me confessar que não as professava de
20 espécie alguma; declarei-me vagamente pelo futuro do país. Quando ela falava, tinha um modo de umedecer os beiços, não sei se casual, mas gracioso e picante. Creio que, vistas assim ao pé, as feições não eram tão corretas como pareciam a distância, mas eram mais suas, mais originais.

CAPÍTULO SEGUNDO

25 De manhã, tinha o relógio parado. Chegando à cidade, desci a Rua do Ouvidor, até a da Quitanda, e indo a voltar à direita, para ir ao escritório do meu advogado, lembrou-me de ver que horas eram. Não me acudiu que o relógio estava parado.

— Que maçada! — exclamei.

Felizmente, naquela mesma Rua da Quitanda, à esquerda, entre as do Ouvidor e Rosário, era a oficina onde eu comprara o relógio, e a cuja pêndula usava acertá-lo. Em vez de ir para um lado, fui para outro. Era apenas meia hora; dei corda ao relógio, acertei-o, troquei duas palavras com o oficial que estava ao balcão e, indo a sair, vi à porta de uma loja de novidades que ficava defronte nem mais nem menos que a senhora de escuro que encontrara em casa do comendador. Cumprimentei-a, ela correspondeu depois de alguma hesitação, como se me não houvesse reconhecido logo, e depois seguiu pela Rua da Quitanda fora, ainda para o lado esquerdo.

Como tivesse algum tempo ante mim (pouco menos de trinta minutos), dei-me a andar atrás de Maria Cora. Não digo que uma força violenta me levasse já, mas não posso esconder que cedia a qualquer impulso de curiosidade e desejo; era também um resto da juventude passada. Na rua, andando, vestida de escuro, como na véspera, Maria Cora pareceu-me ainda melhor. Pisava forte, não apressada nem lenta, o bastante para deixar ver e admirar as belas formas, muito mais corretas que as linhas do rosto. Subiu a Rua do Hospício, até uma oficina de ocularista, onde entrou e ficou dez minutos ou mais. Deixei-me estar à distância, fitando a porta disfarçadamente. Depois saiu, arrepiou caminho e dobrou a Rua dos Ourives, até a do Rosário, por onde subiu até o Largo da Sé; daí passou ao de S. Francisco de Paula. Todas essas reminiscências parecerão escusadas, senão aborrecíveis; a mim dão-me uma sensação intensa e particular, são os primeiros passos de uma carreira penosa e longa. Demais, vereis por aqui que ela evitava subir a Rua do Ouvidor, que todos e todas buscariam àquela ou a outra hora para ir ao

PAI CONTRA MÃE

Largo de S. Francisco de Paula. Foi atravessando o largo, na direção da Escola Politécnica, mas a meio caminho veio ter com ela um carro que estava parado defronte da Escola; meteu-se nele, e o carro partiu.

A vida tem suas encruzilhadas, como outros caminhos da terra. Naquele momento achei-me diante de uma assaz complicada, mas não tive tempo de escolher direção — nem tempo nem liberdade. Ainda agora não sei como é que me vi dentro de um tílburi, é certo que me vi nele, dizendo ao cocheiro que fosse atrás do carro.

Maria Cora morava no Engenho Velho; era uma boa casa, sólida, posto que antiga, dentro de uma chácara. Vi que morava ali, porque a tia estava a uma das janelas. Depois, saindo do carro, Maria Cora disse ao cocheiro (o meu tílburi ia passando adiante) que naquela semana não sairia mais e que aparecesse segunda-feira ao meio-dia. Em seguida, entrou pela chácara, como dona dela, e parou a falar ao feitor, que lhe explicava alguma coisa com o gesto.

Voltei depois que ela entrou em casa, e só muito abaixo é que me lembrou de ver as horas, era quase uma e meia. Vim a trote largo até a Rua da Quitanda, onde me apeei à porta do advogado.

— Pensei que não vinha — disse-me ele.

— Desculpe, doutor, encontrei um amigo que me deu uma maçada. Não era a primeira vez que mentia na minha vida, nem seria a última.

CAPÍTULO TERCEIRO

Fiz-me encontradiço com Maria Cora, na casa do comendador, primeiro, e depois em outras. Maria Cora não vivia absolu-

MARIA CORA

tamente reclusa, dava alguns passeios e fazia visitas. Também recebia, mas sem dia certo, uma ou outra vez, e apenas cinco a seis pessoas da intimidade. O sentimento geral é que era pessoa de fortes sentimentos e austeros costumes. Acrescentai a isto o espírito, um espírito agudo, brilhante e viril. Capaz de resistências e fadigas, não menos que de violências e combates, era feita, como dizia um poeta que lá ia à casa dela, "de um pedaço de pampa e outro de pampeiro". A imagem era em verso e com rima, mas a mim só me ficou a ideia e o principal das palavras. Maria Cora gostava de ouvir definir-se assim, posto não andasse mostrando aquelas forças a cada passo, nem contando as suas memórias da adolescência. A tia é que contava algumas, com amor, para concluir que lhe saía a ela, que também fora assim na mocidade. A justiça pede que se diga que, ainda agora, apesar de doente, a tia era pessoa de muita vida e robustez.

Com pouco, apaixonei-me pela sobrinha. Não me pesa confessá-lo, pois foi a ocasião da única página da minha vida que merece atenção particular. Vou narrá-la brevemente; não conto novela nem direi mentiras.

Gostei de Maria Cora. Não lhe confiei logo o que sentia, mas é provável que ela o percebesse ou adivinhasse, como todas as mulheres. Se a descoberta ou adivinhação foi anterior à minha ida à casa do Engenho Velho, nem assim deveis censurá-la por me haver convidado a ir ali uma noite. Podia ser-lhe então indiferente a minha disposição moral, podia também gostar de se sentir querida, sem a menor ideia de retribuição. A verdade é que fui essa noite e tornei outras, a tia gostava de mim e dos meus modos. O poeta que lá ia, tagarela e tonto, disse uma vez que estava afinando a lira para o casamento da tia comigo. A tia riu-se; eu, que queria as boas graças dela, não podia deixar de rir también, e o caso foi matéria de conversação por uma semana; mas já então o meu amor à outra tinha atingido o cume.

Soube, pouco depois, que Maria Cora vivia separada do marido. Tinham casado oito anos antes, por verdadeira paixão. Viveram felizes cinco. Um dia, sobreveio uma aventura do marido que destruiu a paz do casal. João da Fonseca apaixonou-se por uma figura de circo, uma chilena que voava em cima do cavalo, Dolores, e deixou a estância para ir atrás dela. Voltou seis meses depois, curado do amor, mas curado à força, porque a aventureira se enamorou do redator de um jornal, que não tinha vintém, e por ele abandonou Fonseca e a sua prataria. A esposa tinha jurado não aceitar mais o esposo, e tal foi a declaração que lhe fez quando ele apareceu na estância.

— Tudo está acabado entre nós; vamos desquitar-nos.

João da Fonseca teve um primeiro gesto de acordo; era um quadragenário orgulhoso, para quem tal proposta era de si mesma uma ofensa. Durante uma noite tratou dos preparativos para o desquite; mas, na seguinte manhã, a vista das graças da esposa novamente o comoveu. Então, sem tom implorativo, antes como quem lhe perdoava, entendeu dizer-lhe que deixasse passar uns seis meses. Se, ao fim de seis meses, persistisse o sentimento atual que inspirava a proposta do desquite, este se faria. Maria Cora não queria aceitar a emenda, mas a tia, que residia em Porto Alegre e fora passar algumas semanas na estância, interveio com boas palavras. Antes de três meses estavam reconciliados.

— João — disse-lhe a mulher no dia seguinte ao da reconciliação —, você deve ver que o meu amor é maior que o meu ciúme, mas fica entendido que este caso da nossa vida é único. Nem você me fará outra, nem eu lhe perdoarei nada mais.

João da Fonseca achava-se então em um renascimento do delírio conjugal; respondeu à mulher jurando tudo e mais alguma coisa.

— Aos quarenta anos — concluiu ele —, não se fazem duas aventuras daquelas, e a minha foi de doer. Você verá, agora é para sempre.

A vida recomeçou tão feliz, como dantes — ele dizia que mais. Com efeito, a paixão da esposa era violenta, e o marido tornou a amá-la como outrora. Viveram assim dois anos. Ao fim desse tempo, os ardores do marido haviam diminuído, alguns amores passageiros vieram meter-se entre ambos. Maria Cora, ao contrário do que lhe dissera, perdoou essas faltas que aliás não tiveram a extensão nem o vulto da aventura Dolores. Os desgostos, entretanto, apareceram e grandes. Houve cenas violentas. Ela parece que chegou mais de uma vez a ameaçar que se mataria; mas, posto não lhe faltasse o preciso ânimo, não fez tentativa nenhuma, a tal ponto lhe doía deixar a própria causa do mal, que era o marido. João da Fonseca percebeu isto mesmo e acaso explorou a fascinação que exercia na mulher.

Uma circunstância política veio complicar esta situação moral. João da Fonseca era pelo lado da revolução,[1] dava-se com vários dos seus chefes e pessoalmente detestava alguns dos contrários. Maria Cora, por laços de família, era adversa aos federalistas. Esta oposição de sentimentos não seria bastante para separá-los, nem se pode dizer que, por si mesma, azedasse a vida dos dois. Embora a mulher, ardente em tudo, não o fosse menos em condenar a revolução, chamando no-

---

1. Referência à Revolução Federalista, nome pelo qual se conhecem os conflitos armados ocorridos no sul do Brasil entre 1893 e 1895, sobretudo no Rio Grande do Sul, poucos anos após a Proclamação da República.

PAI CONTRA MÃE

mes crus aos seus chefes e oficiais; embora o marido, também
excessivo, replicasse com igual ódio, os seus arrufos políticos
apenas aumentariam os domésticos, e provavelmente não pas-
sariam dessa troca de conceitos, se uma nova Dolores, desta
vez Prazeres, e não chilena nem saltimbanca, não revivesse os
dias amargos de outro tempo. Prazeres era ligada ao partido
da revolução, não só pelos sentimentos, como pelas relações
da vida com um federalista. Eu a conheci pouco depois, era
bela e airosa; João da Fonseca era também um homem gentil e
sedutor. Podiam amar-se fortemente, e assim foi. Vieram incidentes, mais ou menos graves, até que um decisivo determinou
a separação do casal.

Já cuidavam disto desde algum tempo, mas a reconciliação
não seria impossível, apesar da palavra de Maria Cora, graças à
intervenção da tia; esta havia insinuado à sobrinha que residisse
três ou quatro meses no Rio de Janeiro ou em S. Paulo. Sucedeu,
porém, uma coisa triste de dizer. O marido, em um momento de
desvario, ameaçou a mulher com o rebenque. Outra versão diz
que ele tentara esganá-la. Quero crer que a verídica é a primeira,
e que a segunda foi inventada para tirar à violência de João
da Fonseca o que pudesse haver deprimente e vulgar. Maria
Cora não disse mais uma só palavra ao marido. A separação
foi imediata, a mulher veio com a tia para o Rio de Janeiro,
depois de arranjados amigavelmente os interesses pecuniários.
Demais, a tia era rica.

João da Fonseca e Prazeres ficaram vivendo juntos uma
vida de aventuras que não importa escrever aqui. Só uma coisa
interessa diretamente à minha narração. Tempos depois da
separação do casal, João da Fonseca estava alistado entre os
revolucionários. A paixão política, posto que forte, não o levaria

a pegar em armas, se não fosse uma espécie de desafio da parte de Prazeres; assim correu entre os amigos dele, mas ainda este ponto é obscuro. A versão é que ela, exasperada com o resultado de alguns combates, disse ao estancieiro que iria, disfarçada em homem, vestir farda de soldado e bater-se pela revolução. Era capaz disto; o amante disse-lhe que era uma loucura, ela acabou propondo-lhe que, nesse caso, fosse ele bater-se em vez dela, era uma grande prova de amor que lhe daria.

— Não te tenho dado tantas?

— Tem, sim; mas esta é a maior de todas, esta me fará cativa até à morte.

— Então agora ainda não é até a morte? — perguntou ele rindo.

— Não.

Pode ser que as coisas se passassem assim. Prazeres era, com efeito, uma mulher caprichosa e imperiosa e sabia prender um homem por laços de ferro. O federalista, de quem se separou para acompanhar João da Fonseca, depois de fazer tudo para reavê-la, passou à campanha oriental, onde dizem que vive pobremente, encanecido e envelhecido vinte anos, sem querer saber de mulheres nem de política. João da Fonseca acabou cedendo; ela pediu para acompanhá-lo e até bater-se, se fosse preciso; ele negou-lho. A revolução triunfaria em breve, disse; vencidas as forças do governo, tornaria à estância, onde ela o esperaria.

— Na estância, não — respondeu Prazeres. — Espero-te em Porto Alegre.

PAI CONTRA MÃE

CAPÍTULO QUARTO

Não importa dizer o tempo que despendi nos inícios da minha paixão, mas não foi grande. A paixão cresceu rápida e forte. Afinal me senti tão tomado dela que não pude mais guardá-la comigo e resolvi declarar-lha uma noite; mas a tia,

5 que usava cochilar desde as nove horas (acordava às quatro), daquela vez não pregou olho, e, ainda que o fizesse, é provável que eu não alcançasse falar; tinha a voz presa e na rua senti uma vertigem igual à que me deu a primeira paixão da minha vida.

— Sr. Correia, não vá cair — disse a tia quando eu passei à

10 varanda, despedindo-me.

— Deixe estar, não caio.

Passei mal a noite; não pude dormir mais de duas horas, aos pedaços, e antes das cinco estava em pé.

— É preciso acabar com isto! — exclamei.

15 De fato, não parecia achar em Maria Cora mais que benevolência e perdão, mas era isso mesmo que a tornava apetecível. Todos os amores da minha vida tinham sido fáceis; em nenhum encontrei resistência, a nenhuma deixei com dor; alguma pena, é possível, e um pouco de recordação. Desta vez sentia-me to-

20 mado por ganchos de ferro. Maria Cora era toda vida; parece que, ao pé dela, as próprias cadeiras andavam e as figuras do tapete moviam os olhos. Põe nisso uma forte dose de meiguice e graça; finalmente, a ternura da tia fazia daquela criatura um anjo. É banal a comparação, mas não tenho outra.

25 Resolvi cortar o mal pela raiz, não tornando ao Engenho Velho, e assim fiz por alguns dias largos, duas ou três semanas. Busquei distrair-me e esquecê-la, mas foi em vão. Comecei a sentir a ausência como de um bem querido; apesar disso, resisti e não tornei logo. Mas, crescendo a ausência, cresceu o mal, e

enfim resolvi tornar lá uma noite. Ainda assim pode ser que não fosse, a não achar Maria Cora na mesma oficina da Rua da Quitanda, aonde eu fora acertar o relógio parado.

— É freguês também? — perguntou-me ao entrar.

— Sou.

— Vim acertar o meu. Mas, por que não tem aparecido?

— É verdade, por que não voltou lá à casa? — completou a tia.

— Uns negócios, murmurei; mas, hoje mesmo contava ir lá.

— Hoje não; vá amanhã, disse a sobrinha. Hoje vamos passar a noite fora.

Pareceu-me ler naquela palavra um convite a amá-la de vez, assim como a primeira trouxera um tom que presumi ser de saudade. Realmente, no dia seguinte, fui ao Engenho Velho. Maria Cora acolheu-me com a mesma boa vontade de antes. O poeta lá estava e contou-me em verso os suspiros que a tia dera por mim. Entrei a frequentá-las novamente e resolvi declarar tudo.

Já acima disse que ela provavelmente percebera ou adivinhara o que eu sentia, como todas as mulheres; referi-me aos primeiros dias. Desta vez com certeza percebeu, nem por isso me repeliu. Ao contrário, parecia gostar de se ver querida, muito e bem.

Pouco depois daquela noite escrevi-lhe uma carta e fui ao Engenho Velho. Achei-a um pouco retraída; a tia explicou-me que recebera notícias do Rio Grande que a afligiram. Não liguei isto ao casamento e busquei alegrá-la; apenas consegui vê-la cortês. Antes de sair, perto da varanda, entreguei-lhe a carta; ia a dizer-lhe: "Peço-lhe que leia", mas a voz não saiu. Vi-a um pouco atrapalhada e, para evitar dizer o que melhor ia

PAI CONTRA MÃE

escrito, cumprimentei-a e enfiei pelo jardim. Pode imaginar-se a noite que passei, e o dia seguinte foi naturalmente igual à medida que a outra noite vinha. Pois, ainda assim, não tornei à casa dela; resolvi esperar três ou quatro dias, não que ela me

5 escrevesse logo, mas que pensasse nos termos da resposta. Que estes haviam de ser simpáticos, era certeza minha; as maneiras dela, nos últimos tempos, eram mais que afáveis, pareciam-me convidativas.

Não cheguei, porém, aos quatro dias; mal pude esperar três.

10 Na noite do terceiro fui ao Engenho Velho. Se disser que entrei trêmulo da primeira comoção, não minto. Achei-a ao piano, tocando para o poeta ouvir; a tia, na poltrona, pensava em não sei quê, mas eu quase não a vi, tal a minha primeira alucinação.

— Entre, Sr. Correia — disse esta. — Não caia em cima de

15 mim.

— Perdão...

Maria Cora não interrompeu a música; ao ver-me chegar, disse:

— Desculpe, se lhe não dou a mão, estou aqui servindo de

20 musa a este senhor.

Minutos depois, veio a mim e estendeu-me a mão com tanta galhardia, que li nela a resposta, e estive quase a dar-lhe um agradecimento. Passaram-se alguns minutos, quinze ou vinte. Ao fim desse tempo, ela pretextou um livro, que estava em cima

25 das músicas, e pediu-me para dizer se o conhecia; fomos ali ambos, e ela abriu-mo; entre as duas folhas estava um papel.

— Na outra noite, quando aqui esteve, deu-me esta carta; não podia dizer-me o que tem dentro?

— Não adivinha?

30 — Posso errar na adivinhação.

318

MARIA CORA

— É isso mesmo.

— Bem, mas eu sou uma senhora casada, e nem por estar separada do meu marido deixo de estar casada. O senhor ama-me, não é? Suponha, pelo melhor, que eu também o amo; nem por isso deixo de estar casada.

Dizendo isto, entregou-me a carta; não fora aberta. Se estivéssemos sós, é possível que eu lhe lesse, mas a presença de estranhos impedia-me este recurso. Demais, era desnecessário; a resposta de Maria Cora era definitiva ou me pareceu tal. Peguei na carta e antes de a guardar comigo:

— Não quer então ler?

— Não.

— Nem para ver os termos?

— Não.

— Imagine que lhe proponho ir combater contra seu marido, matá-lo e voltar — disse eu cada vez mais tonto.

— Propõe isto?

— Imagine.

— Não creio que ninguém me ame com tal força — concluiu sorrindo. — Olhe, que estão reparando em nós.

Dizendo isto, separou-se de mim e foi ter com a tia e o poeta. Eu fiquei ainda alguns segundos com o livro na mão, como se deveras o examinasse, e afinal deixei-o. Vim sentar-me defronte dela. Os três conversavam de coisas do Rio Grande, de combates entre federalistas e legalistas, e da vária sorte deles. O que eu então senti não se escreve; pelo menos, não o escrevo eu, que não sou romancista. Foi uma espécie de vertigem, um delírio, uma cena pavorosa e lúcida, um combate e uma glória. Imaginei-me no campo, entre uns e outros, combatendo os federalistas, e afinal matando João da Fonseca, voltando e

PAI CONTRA MÃE

casando-me com a viúva. Maria Cora contribuía para esta visão sedutora; agora, que me recusara a carta, parecia-me mais bela que nunca, e a isto acrescia que, se não se mostrava zangada nem ofendida, tratava-me com igual carinho que antes, creio até que maior. Disto podia sair uma impressão dupla e contrária — uma de aquiescência tácita, outra de indiferença, mas eu só via a primeira, e saí de lá completamente louco.

O que então resolvi foi realmente de louco. As palavras de Maria Cora: "Não creio que ninguém me ame com tal força" — soavam-me aos ouvidos, como um desafio. Pensei nelas toda a noite e no dia seguinte fui ao Engenho Velho; logo que tive ocasião de jurar-lhe a prova, fi-lo.

— Deixo tudo o que me interessa, a começar pela paz, com o único fim de lhe mostrar que a amo e a quero só e santamente para mim. Vou combater a revolta.

Maria Cora fez um gesto de deslumbramento. Daquela vez percebi que realmente gostava de mim, verdadeira paixão, e, se fosse viúva, não casava com outro. Jurei novamente que ia para o Sul. Ela, comovida, estendeu-me a mão. Estávamos em pleno romantismo. Quando eu nasci, os meus não acreditavam em outras provas de amor, e minha mãe contava-me os romances em versos de cavaleiros andantes que iam à Terra Santa libertar o sepulcro de Cristo por amor da fé e da sua dama. Estávamos em pleno romantismo.

CAPÍTULO QUINTO

Fui para o sul. Os combates entre legalistas e revolucionários eram contínuos e sangrentos, e a notícia deles contribuiu a animar-me. Entretanto, como nenhuma paixão política me animava a entrar na luta, força é confessar que por um instante me senti abatido e hesitei. Não era medo da morte, podia ser amor da vida, que é um sinônimo; mas, uma ou outra coisa, não foi tal nem tamanha que fizesse durar por muito tempo a hesitação. Na cidade do Rio Grande encontrei um amigo, a quem eu por carta do Rio de Janeiro dissera muito reservadamente que ia lá por motivos políticos. Quis saber quais.

— Naturalmente são reservados — respondi tentando sorrir.

— Bem; mas uma coisa creio que posso saber, uma só, porque não sei absolutamente o que pense a tal respeito, nada havendo antes que me instrua. De que lado estás, legalistas ou revoltosos?

— É boa! Se não fosse dos legalistas, não te mandaria dizer nada; viria às escondidas.

— Vens com alguma comissão secreta do marechal?

— Não.

Não me arrancou então mais nada, mas eu não pude deixar de lhe confiar os meus projetos, ainda que sem os seus motivos. Quando ele soube que aqueles eram alistar-me entre os voluntários que combatiam a revolução, não pôde crer em mim e talvez desconfiasse de que efetivamente eu levava algum plano secreto do presidente. Nunca da minha parte ouviu nada que pudesse explicar semelhante passo. Entretanto, não perdeu tempo em despersuadir-me; pessoalmente era legalista e falava dos adversários com ódio e furor. Passado o espanto, aceitou o meu ato, tanto mais nobre quanto não era inspirado por sentimento de partido. Sobre isto disse-me muita palavra bela e heroica, própria a levantar o ânimo de quem já tivesse tendência para a luta. Eu não tinha nenhuma, fora das razões particulares; estas, porém, eram agora maiores. Justamente acabava de receber uma carta da tia de Maria Cora, dando-me

PAI CONTRA MÃE

notícias delas e recomendações da sobrinha, tudo com alguma generalidade e certa simpatia verdadeira.

Fui a Porto Alegre, alistei-me e marchei para a campanha. Não disse a meu respeito nada que pudesse despertar a curiosidade de ninguém, mas era difícil encobrir a minha condição, a minha origem, a minha viagem com o plano de ir combater a revolução.

Fez-se logo uma lenda a meu respeito. Eu era um republicano antigo, riquíssimo, entusiasta, disposto a dar pela República mil vidas, se as tivesse, e resoluto a não poupar a única. Deixei dizer isto e o mais e fui. Como eu indagasse das forças revolucionárias com que estaria João da Fonseca, alguém quis ver nisto uma razão de ódio pessoal; também não faltou quem me supusesse espião dos rebeldes, que ia por-me em comunicação secreta com aquele. Pessoas que sabiam das relações dele com a Prazeres imaginavam que era um antigo amante desta que se queria vingar dos amores dele. Todas aquelas suposições morreram, para só ficar a do meu entusiasmo político; a da minha espionagem ia-me prejudicando; felizmente, não passou de duas cabeças e de uma noite.

Levava comigo um retrato de Maria Cora; alcançara-o dela mesmo, uma noite, pouco antes do meu embarque, com uma pequena dedicatória cerimoniosa. Já disse que estava em pleno romantismo; dado o primeiro passo, os outros vieram de si mesmos. E agora juntai a isto o amor-próprio e compreendereis que de simples cidadão indiferente da capital saísse um guerreiro áspero da campanha rio-grandense.

Nem por isso conto combates, nem escrevo para falar da revolução, que não teve nada comigo, por si mesma, senão pela ocasião que me dava e por algum golpe que lhe desfechei na estreita área da minha ação. João da Fonseca era o meu rebelde. Depois de haver tomado parte no combate de Sarandi e Cochila Negra, ouvi que o marido de Maria Cora fora morto, não sei em que recontro; mais tarde deram-me a notícia de estar com as forças de Gumercindo e também que fora feito prisioneiro e seguira para Porto Alegre; mas ainda isto não era verdade. Disperso, com dois camaradas, encontrei um dia um regimento legal que ia em defesa da Encruzilhada, investida ultimamente por uma força dos federalistas; apresentei-me ao comandante e segui. Aí soube que João da Fonseca estava entre essa força; deram-me todos os sinais dele, contaram-me a história dos amores e a separação da mulher.

A ideia de matá-lo no turbilhão de um combate tinha algo fantástico; nem eu sabia se tais duelos eram possíveis em semelhantes ocasiões, quando a força de cada homem tem de somar com a de toda uma força única e obediente a uma só direção. Também me pareceu, mais de uma vez, que ia cometer um crime pessoal, e a sensação que isto me dava podeis crer que não era leve nem doce; mas a figura de Maria Cora abraçava-me e absolvia-me com uma bênção de felicidades. Atirei-me de vez. Não conhecia João da Fonseca; além dos sinais que me haviam dado, tinha de memória um retrato dele que vira no Engenho Velho; se as feições não estivessem mudadas, era provável que eu o reconhecesse entre muitos. Mas, ainda uma vez, seria este encontro possível? Os combates em que eu entrara já me faziam desconfiar de que não era fácil, ao menos.

Não foi fácil nem breve. No combate da Encruzilhada creio que me houve com a necessária intrepidez e disciplina, e devo aqui notar que eu me ia acostumando à vida da guerra civil. Os ódios que ouvia eram forças reais. De um lado e outro

PAI CONTRA MÃE

batiam-se com ardor, e a paixão que eu sentia nos meus ia-se pegando em mim. Já lera o meu nome em uma ordem do dia e de viva voz recebera louvores, que comigo não pude deixar de achar justos, e ainda agora tais os declaro. Mas vamos ao
5 principal, que é acabar com isto.

Naquele combate achei-me um tanto como o herói de Stendhal na batalha de Waterloo;[2] a diferença é que o espaço foi menor. Por isso, e também porque não me quero deter em coisas de recordação fácil, direi somente que tive ocasião de
10 matar em pessoa a João da Fonseca. Verdade é que escapei de ser morto por ele. Ainda agora trago na testa a cicatriz que ele me deixou. O combate entre nós foi curto. Se não parecesse romanesco demais, eu diria que João da Fonseca adivinhara o motivo e previra o resultado da ação.

15 Poucos minutos depois da luta pessoal, a um canto da vila, João da Fonseca caiu prostrado. Quis ainda lutar e certamente lutou um pouco; eu é que não consenti na desforra, que podia ser a minha derrota, se é que raciocinei; creio que não. Tudo o que fiz foi cego pelo sangue em que o deixara banhado e
20 surdo pelo clamor e tumulto do combate. Matava-se, gritava-se, vencia-se; em pouco ficamos senhores do campo.

Quando vi que João da Fonseca morrera deveras, voltei ao combate por instantes; a minha ebriedade cessara um pouco, e os motivos primários tornaram a dominar-me, como se fossem
25 únicos. A figura de Maria Cora apareceu-me como um sorriso de aprovação e perdão; tudo foi rápido.

Haveis de ter lido que ali se apreenderam três ou quatro mulheres. Uma destas era a Prazeres. Quando, acabado tudo, a

---

2. Referência a Fabrício Del Dongo, personagem de *A cartuxa de Parma* (1839), e à batalha napoleônica de Waterloo (1815).

Prazeres viu o cadáver do amante, fez uma cena que me encheu de ódio e de inveja. Pegou em si e deitou-se a abraçá-lo; as lágrimas que verteu, as palavras que disse, fizeram rir a uns; a outros, se não enterneceram, deram algum sentimento de admiração. Eu, como digo, achei-me tomado de inveja e ódio, mas também esse duplo sentimento desapareceu para não ficar nem admiração; acabei rindo. Prazeres, depois de honrar com dor a morte do amante, ficou sendo a federalista que já era; não vestia farda, como dissera ao desafiar João da Fonseca, quis ser prisioneira com os rebeldes e seguir com eles.

É claro que não deixei logo as forças, bati-me ainda algumas vezes, mas a razão principal dominou, e abri mão das armas. Durante o tempo em que estive alistado, só escrevi duas cartas a Maria Cora, uma pouco depois de encetar aquela vida nova, outra depois do combate da Encruzilhada; nesta não lhe contei nada do marido, nem da morte, nem sequer que o vira. Unicamente anunciei que era provável acabasse brevemente a guerra civil. Em nenhuma das duas fiz a menor alusão aos meus sentimentos nem ao motivo do meu ato; entretanto, para quem soubesse deles, a carta era significativa. Maria Cora só respondeu à primeira das cartas, com serenidade, mas não com isenção. Percebia-se — ou percebia-o eu — que, não prometendo nada, tudo agradecia, e, quando menos, admirava. Gratidão e admiração podiam encaminhá-la ao amor.

Ainda não disse — e não sei como diga este ponto — que na Encruzilhada, depois da morte de João da Fonseca, tentei degolá-lo; mas nem queria fazê-lo, nem realmente o fiz. O meu objeto era ainda outro e romanesco. Perdoa-me tu, realista sincero, há nisto também um pouco de realidade, e foi o que pratiquei, de acordo com o estado da minha alma: o que fiz foi

PAI CONTRA MÃE

cortar-lhe um molho de cabelos. Era o recibo da morte que eu levaria à viúva.

CAPÍTULO SEXTO

Quando voltei ao Rio de Janeiro, tinham já passado muitos meses do combate da Encruzilhada. O meu nome figurou não só em partes oficiais como em telegramas e correspondências, por mais que eu buscasse esquivar-me ao ruído e desaparecer na sombra. Recebi cartas de felicitações e de indagações. Não vim logo para o Rio de Janeiro, note-se; podia ter aqui alguma festa; preferi ficar em S. Paulo. Um dia, sem ser esperado, meti-me na estrada de ferro e entrei na cidade. Fui para a casa de pensão do Catete.

Não procurei logo Maria Cora. Pareceu-me até mais acertado que a notícia da minha vinda lhe chegasse pelos jornais. Não tinha pessoa que lhe falasse; vexava-me ir eu mesmo a alguma redação contar o meu regresso do Rio Grande; não era passageiro de mar, cujo nome viesse em lista nas folhas públicas. Passaram dois dias; no terceiro, abrindo uma destas, dei com o meu nome. Dizia-se ali que viera de S. Paulo e estivera nas lutas do Rio Grande, citavam-se os combates, tudo com adjetivos de louvor; enfim, que voltava à mesma pensão do Catete. Como eu só contara alguma coisa ao dono da casa, podia ser ele o autor das notas; disse-me que não. Entrei a receber visitas pessoais. Todas queriam saber tudo; eu pouco mais disse que nada.

Entre os cartões, recebi dois de Maria Cora e da tia, com palavras de boas-vindas. Não era preciso mais; restava-me ir agradecer-lhes e dispus-me a isso; mas, no próprio dia em que resolvi ir ao Engenho Velho, tive uma sensação de... De quê? Expliquem, se podem, o acanhamento que me deu a lembrança

do marido de Maria Cora, morto às minha mãos. A sensação
que ia ter diante dela encheu-me inteiramente. Sabendo-se qual
foi o móvel principal da minha ação militar, mal se compreende
aquela hesitação; mas, se considerares que, por mais que me
defendesse do marido e o matasse para não morrer, ele era   5
sempre o marido, terás entendido o mal-estar que me fez adiar
a visita. Afinal, peguei em mim e fui à casa dela.

Maria Cora estava de luto. Recebeu-me com bondade e
repetiu-me, como a tia, as felicitações escritas. Falamos da
guerra civil, dos costumes do Rio Grande, um pouco de política,   10
e mais nada. Não se disse de João da Fonseca. Ao sair de lá,
perguntei a mim mesmo se Maria Cora estaria disposta a casar
comigo.

"Não me parece que recuse, embora não lhe ache maneiras
especiais. Creio até que está menos afável que dantes... Terá   15
mudado?"

Pensei assim, vagamente. Atribuí a alteração ao estado moral da viuvez; era natural. E continuei a frequentá-la, disposto
a deixar passar a primeira fase do luto para lhe pedir formalmente a mão. Não tinha que fazer declarações novas; ela sabia   20
tudo. Continuou a receber-me bem. Nenhuma pergunta me
fez sobre o marido, a tia também não, e da própria revolução
não se falou mais. Pela minha parte, tornando à situação anterior, busquei não perder tempo, fiz-me pretendente com todas
as maneiras do ofício. Um dia, perguntei-lhe se pensava em   25
tornar ao Rio Grande.

— Por ora, não.

— Mas irá?

— É possível; não tenho plano nem prazo marcado; é possível.   30

PAI CONTRA MÃE

Eu, depois de algum silêncio, durante o qual olhava interrogativamente para ela, acabei por inquirir se antes de ir, caso fosse, não alteraria nada em sua vida.

— A minha vida está tão alterada...

Não me entendera; foi o que supus. Tratei de me explicar melhor e escrevi uma carta em que lhe lembrava a entrega e a recusa da primeira e lhe pedia francamente a mão. Entreguei a carta, dois dias depois, com estas palavras:

— Desta vez não recusará ler-me.

Não recusou, aceitou a carta. Foi à saída, à porta da sala. Creio até que lhe vi certa comoção de bom agouro. Não me respondeu por escrito, como esperei. Passados três dias, estava tão ansioso que resolvi ir ao Engenho Velho. Em caminho imaginei tudo; que me recusasse, que me aceitasse, que me adiasse, e já me contentava com a última hipótese, se não houvesse de ser a segunda. Não a achei em casa; tinha ido passar alguns dias na Tijuca. Saí de lá aborrecido. Pareceu-me que não queria absolutamente casar; mas então era mais simples dizê-lo ou escrevê-lo. Esta consideração trouxe-me esperanças novas.

Tinha ainda presentes as palavras que me dissera, quando me devolveu a primeira carta, e eu lhe falei da minha paixão: "Suponho que eu o amo; nem por isso deixo de ser uma senhora casada". Era claro que então gostava de mim, e agora mesmo não havia razão decisiva para crer o contrário, embora a aparência fosse um tanto fria. Ultimamente, entrei a crer que ainda gostava, um pouco por vaidade, um pouco por simpatia, e não sei se por gratidão também; tive alguns vestígios disso. Não obstante, não me deu resposta à segunda carta. Ao voltar da Tijuca, vinha menos expansiva, acaso mais triste. Tive

MARIA CORA

eu mesmo de lhe falar na matéria; a resposta foi que por ora, estava disposta a não casar.

— Mas um dia...? — perguntei depois de algum silêncio.

— Estarei velha.

— Mas então... será muito tarde?

— Meu marido pode não estar morto.

Espantou-me esta objeção.

— Mas a senhora está de luto.

— Tal foi a notícia que li e me deram; pode não ser exata. Tenho visto desmentir outras que se reputavam certas.

— Quer certeza absoluta? — perguntei. — Eu posso dá-la.

Maria Cora empalideceu. Certeza. Certeza de quê? Queria que lhe contasse tudo, mas tudo. A situação era tão penosa para mim, que não hesitei mais, e, depois de lhe dizer que era intenção minha não lhe contar nada, como não contara a ninguém, ia fazê-lo, unicamente para obedecer à intimação. E referi o combate, as suas fases todas, os riscos, as palavras, finalmente a morte de João da Fonseca. A ânsia com que me ouviu foi grande, e não menor o abatimento final. Ainda assim, dominou-se e perguntou-me:

— Jura que me não está enganando?

— Para que a enganar? O que tenho feito é bastante para provar que sou sincero. Amanhã, trago-lhe outra prova, se é preciso mais alguma.

Levei-lhe os cabelos que cortara ao cadáver. Contei-lhe — e confesso que o meu fim foi irritá-la contra a memória do defunto —, contei-lhe o desespero da Prazeres. Descrevi essa mulher e as suas lágrimas. Maria Cora ouviu-me com os olhos grandes e perdidos; estava ainda com ciúmes. Quando lhe mostrei os cabelos do marido, atirou-se a eles, recebeu-os,

PAI CONTRA MÃE

beijou-os, chorando, chorando, chorando... Entendi melhor sair
e sair para sempre. Dias depois recebi a resposta à minha carta;
recusava casar.

Na resposta havia uma palavra que é a única razão de es-
5   crever esta narrativa: "Compreende que eu não podia aceitar
a mão do homem que, embora lealmente, matou meu marido".
Comparei-a àquela outra que me dissera antes, quando eu me
propunha sair a combate, matá-lo e voltar: "Não creio que ninguém me ame com tal força". E foi essa palavra que me levou à
10 guerra. Maria Cora vive agora reclusa; de costume manda dizer
uma missa por alma do marido, no aniversário do combate da
Encruzilhada. Nunca mais a vi; e, coisa menos difícil, nunca
mais esqueci de dar corda ao relógio.

Marcha fúnebre

O DEPUTADO CORDOVIL não podia pregar olho uma noite de agosto de 186... Viera cedo do Cassino Fluminense, depois da retirada do Imperador,[1] e durante o baile não tivera o mínimo incômodo moral nem físico. Ao contrário, a noite foi excelente; tão excelente que um inimigo seu, que padecia do coração, faleceu antes das dez horas, e a notícia chegou ao Cassino pouco depois das onze.

Naturalmente concluis que ele ficou alegre com a morte do homem, espécie de vingança que os corações adversos e fracos tomam em falta de outra. Digo-te que concluis mal; não foi alegria, foi desabafo. A morte vinha de meses, era daquelas que não acabam mais, e moem, mordem, comem, trituram a pobre criatura humana. Cordovil sabia dos padecimentos do adversário. Alguns amigos, para o consolar de antigas injúrias, iam contar-lhe o que viam ou sabiam do enfermo, pregado a uma cadeira de braços, vivendo as noites horrivelmente, sem que as auroras lhe trouxessem esperanças, nem as tardes desenganos. Cordovil pagava-lhes com alguma palavra de compaixão, que o alvissareiro anotava e repetia, e era mais sincera naquele que neste. Enfim acabara de padecer; daí o desabafo.

1. Referência ao imperador Dom Pedro II (1825–1891).

PAI CONTRA MÃE

Este sentimento pegava com a piedade humana. Cordovil, salvo em política, não gostava do mal alheio. Quando rezava, ao levantar da cama: "Padre Nosso, que estás no céu, santificado seja o teu nome, venha a nós o teu reino, seja feita a tua vontade,

5 assim na terra como no céu; o pão nosso de cada dia nos dá hoje; perdoa as nossas dívidas, como nós perdoamos aos nossos devedores"... Não imitava um de seus amigos que rezava a mesma prece, sem todavia perdoar aos devedores, como dizia de língua; esse chegava a cobrar além do que eles lhe deviam, isto

10 é, se ouvia maldizer de alguém, decorava tudo e mais alguma coisa, e ia repeti-lo a outra parte. No dia seguinte, porém, a bela oração de Jesus tornava a sair dos lábios da véspera com a mesma caridade de ofício.

Cordovil não ia nas águas desse amigo; perdoava deveras.

15 Que entrasse no perdão um tantinho de preguiça, é possível, sem aliás ser evidente. Preguiça amamenta muita virtude. Sempre é alguma coisa minguar força à ação do mal. Não esqueça que o deputado só gostava do mal alheio em política, e o inimigo morto era inimigo pessoal. Quanto à causa da inimizade,

20 não a sei eu, e o nome do homem acabou com a vida.

— Coitado! Descansou — disse Cordovil.

Conversaram da longa doença do finado. Também falaram das várias mortes deste mundo, dizendo Cordovil que a todas preferia a de César,[2] não por motivo do ferro, mas por inespe-

25 rada e rápida.

— *Tu quoque?*[3] — perguntou-lhe um colega rindo. Ao que ele, apanhando a alusão, replicou:

---

2. Referência a Júlio César (101–44 a.C.), general e político romano.
3. *Tu quoque*, expressão latina que significa "Tu também?"

MARCHA FÚNEBRE

— Eu, se tivesse um filho, quisera morrer às mãos dele. O parricídio, estando fora do comum, faria a tragédia mais trágica.

Tudo foi assim alegre. Cordovil saiu do baile com sono, e foi cochilando no carro, apesar do mal calçado das ruas. Perto de casa, sentiu parar o carro e ouviu rumor de vozes. Era o caso de um defunto, que duas praças de polícia estavam levantando do chão.

— Assassinado? — perguntou ele ao lacaio, que descera da almofada para saber o que era.

— Não sei, não, senhor.

— Pergunta o que é.

— Este moço sabe como foi — disse o lacaio, indicando um desconhecido, que falava a outros.

O moço aproximou-se da portinhola, antes que o deputado recusasse ouvi-lo. Referiu-lhe então em poucas palavras o acidente a que assistira.

— Vínhamos andando, ele adiante, eu atrás. Parece que assobiava uma polca. Indo atravessar a rua para o lado do Mangue, vi que estacou o passo, a modo que torceu o corpo, não sei bem, e caiu sem sentidos. Um doutor, que chegou logo, descendo de um sobradinho, examinou o homem e disse que "morreu de repente". Foi-se juntando gente, a patrulha levou muito tempo a chegar. Agora pegou dele. Quer ver o defunto?

— Não, obrigado. Já se pode passar?

— Pode.

— Obrigado. Vamos, Domingos.

Domingos trepou à almofada, o cocheiro tocou os animais, e o carro seguiu até a Rua de S. Cristóvão, onde morava Cordovil.

PAI CONTRA MÃE

Antes de chegar à casa, Cordovil foi pensando na morte do desconhecido. Em si mesma, era boa; comparada à do inimigo pessoal, excelente. Ia a assobiar, cuidando sabe Deus em que delícia passada ou em que esperança futura; revivia o que vivera, ou antevia o que podia viver, senão quando a morte pegou da delícia ou da esperança, e lá se foi o homem ao eterno repouso. Morreu sem dor, ou, se alguma teve, foi acaso brevíssima, como um relâmpago que deixa a escuridão mais escura.

Então pôs o caso em si. Se lhe tem acontecido no Cassino a morte do Aterrado? Não seria dançando; os seus quarenta anos não dançavam. Podia até dizer que ele só dançou até os vinte. Não era dado a moças, tivera um afeição única na vida — aos vinte e cinco anos, casou e enviuvou ao cabo de cinco semanas para não casar mais. Não é que lhe faltassem noivas — mormente depois de perder o avô, que lhe deixou duas fazendas. Vendeu-as ambas e passou a viver consigo, fez duas viagens à Europa, continuou a política e a sociedade. Ultimamente parecia enojado de uma e de outra, mas não tendo em que matar o tempo, não abriu mão delas. Chegou a ser ministro uma vez, creio que da Marinha, não passou de sete meses. Nem a pasta lhe deu glória, nem a demissão desgosto. Não era ambicioso e mais puxava para a quietação que para o movimento.

Mas se lhe tivesse sucedido morrer de repente no Cassino, ante uma valsa ou quadrilha, entre duas portas? Podia ser muito bem.

Cordovil compôs de imaginação a cena, ele caído de bruços ou de costas, o prazer turbado, a dança interrompida... E dali podia ser que não; um pouco de espanto apenas, outro de susto, os homens animando as damas, a orquestra continuando por instantes a oposição do compasso e da confusão. Não faltariam

MARCHA FÚNEBRE

braços que o levassem para um gabinete, já morto, totalmente morto.

"Tal qual a morte de César", ia dizendo consigo. E logo emendou:

"Não, melhor que ela; sem ameaça, nem armas, nem sangue, uma simples queda e o fim. Não sentiria nada".

Cordovil deu consigo a rir ou a sorrir, alguma coisa que afastava o terror e deixava a sensação da liberdade. Em verdade, antes a morte assim que após longos dias ou longos meses e anos, como o adversário que perdera algumas horas antes. Nem era morrer; era um gesto de chapéu, que se perdia no ar com a própria mão e alma que lhe dera movimento. Um cochilo e o sono eterno. Achava-lhe um só defeito — o aparato. Essa morte no meio de um baile, defronte do Imperador, ao som de Strauss,[4] contada, pintada, enfeitada nas folhas públicas, essa morte pareceria de encomenda. Paciência, uma vez que fosse repentina.

Também pensou que podia ser na Câmara, no dia seguinte, ao começar o debate do orçamento. Tinha a palavra; já andava cheio de algarismos e citações. Não quis imaginar o caso, não valia a pena; mas o caso teimou e apareceu de si mesmo. O salão da Câmara, em vez do Cassino, sem damas ou com poucas, nas tribunas. Vasto silêncio. Cordovil em pé começaria o discurso, depois de circular os olhos pela casa, fitar o ministro e fitar o presidente: "Releve-me a Câmara que lhe tome algum tempo, serei breve, buscarei ser justo..." Aqui uma nuvem lhe taparia os olhos, a língua pararia, o coração também, e ele cairia de golpe no chão. Câmara, galerias, tribunas ficariam assombradas. Muitos deputados correriam a erguê-lo; um, que era médico,

4. Referência ao compositor austríaco Johann Strauss (1825–1899).

PAI CONTRA MÃE

verificaria a morte; não diria que fora de repente, como o do sobradinho do Aterrado, mas por outro estilo mais técnico. Os trabalhos seriam suspensos, depois de algumas palavras do presidente e escolha da comissão que acompanharia o finado
5 ao cemitério...

Cordovil quis rir da circunstância de imaginar além da morte, o movimento e o saimento, as próprias notícias dos jornais, que ele leu de cor e depressa. Quis rir, mas preferia cochilar; os olhos é que, estando já perto de casa e da cama,
10 não quiseram desperdiçar o sono, e ficaram arregalados.

Então a morte, que ele imaginara pudesse ter sido no baile, antes de sair, ou no dia seguinte, em plena sessão da Câmara, apareceu ali mesmo no carro. Supôs ele que, ao abrirem-lhe a portinhola, dessem com o seu cadáver. Sairia assim de urna
15 noite ruidosa para outra pacífica, sem conversas, nem danças, nem encontros, sem espécie alguma de luta ou resistência. O estremeção que teve fez-lhe ver que não era verdade. Efetivamente, o carro entrou na chácara, estacou, e Domingos saltou da almofada para vir abrir-lhe a portinhola. Cordovil desceu
20 com as pernas e a alma vivas, e entrou pela porta lateral, onde o aguardava com um castiçal e vela acesa o escravo Florindo.

Subiu a escada, e os pés sentiam que os degraus eram deste mundo; se fossem do outro, desceriam naturalmente. Em cima, ao entrar no quarto, olhou para a cama; era a mesma dos sonos
25 quietos e demorados.

— Veio alguém?

— Não, senhor — respondeu o escravo distraído, mas corrigiu logo:

— Veio, sim, senhor; veio aquele doutor que almoçou com
30 meu senhor domingo passado.

MARCHA FÚNEBRE

— Queria alguma coisa?

— Disse que vinha dar a meu senhor uma boa notícia, e deixou este bilhete — que eu botei ao pé da cama.

O bilhete referia a morte do inimigo; era de um dos antigos que usavam contar-lhe a marcha da moléstia. Quis ser o primeiro a anunciar o desenlace, um alegrão, com um abraço apertado. Enfim, morrera o patife. Não disse a coisa assim por esses termos claros, mas os que empregou vinham a dar neles, acrescendo que não atribuiu esse único objeto à visita. Vinha passar a noite; só ali soube que Cordovil fora ao Cassino. Ia a sair, quando lhe lembrou a morte e pediu ao Florindo que lhe deixasse escrever duas linhas. Cordovil entendeu o significado e ainda uma vez lhe doeu a agonia do outro.

Fez um gesto de melancolia e exclamou a meia voz:

— Coitado! Vivam as mortes súbitas!

Florindo, se referisse o gesto e a frase ao doutor do bilhete, talvez o fizesse arrepender da canseira. Nem pensou nisso; ajudou o senhor a preparar-se para dormir, ouviu as últimas ordens e despediu-se.

Cordovil deitou-se.

— Ah! — suspirou ele estirando o corpo cansado.

Teve então uma ideia, a de amanhecer morto. Esta hipótese, a melhor de todas, porque o apanharia meio morto, trouxe consigo mil fantasias que lhe arredaram o sono dos olhos. Em parte, era a repetição das outras, a participação à Câmara, as palavras do presidente, comissão para o saimento, e o resto. Ouviu lástimas de amigos e de fâmulos, viu notícias impressas, todas lisonjeiras ou justas.

Chegou a desconfiar de que era já sonho. Não era. Chamou-se ao quarto, à cama, a si mesmo: estava acordado.

PAI CONTRA MÃE

A lamparina deu melhor corpo à realidade. Cordovil espancou as ideias fúnebres e esperou que as alegres tomassem conta dele e dançassem até cansá-lo. Tentou vencer uma visão com outra. Fez até uma coisa engenhosa, convocou os cinco
5   sentidos, porque a memória de todos eles era aguda e fresca; foi assim evocando lances e rasgos longamente extintos. Gestos, cenas de sociedade e de família, panoramas, repassou muita coisa vista, com o aspecto do tempo diverso e remoto. Deixara de comer acepipes que outra vez lhe sabiam, como se estivesse
10 agora a mastigá-los. Os ouvidos escutavam passos leves e pesados, cantos joviais e tristes, e palavra de todos os feitios. O tato, o olfato, todos fizeram o seu ofício, durante um prazo que ele não calculou.

Cuidou de dormir e cerrou bem os olhos. Não pôde, nem
15 do lado direito, nem do esquerdo, de costas nem de bruços. Ergueu-se e foi ao relógio; eram três horas. Insensivelmente o levou à orelha a ver se estava parado; estava andando, dera-lhe corda. Sim, tinha tempo de dormir um bom sono; deitou-se, cobriu a cabeça para não ver a luz.

20   Ah! Foi então que o sono tentou entrar, calado e surdo, todo cautelas, como seria a morte, se quisesse levá-lo de repente, para nunca mais. Cordovil cerrou os olhos com força, e fez mal, porque a força acentuou a vontade que tinha de dormir; cuidou de os afrouxar e fez bem. O sono, que ia a recuar, tornou atrás e
25 veio estirar-se ao lado deles, passando-lhe aqueles braços leves e pesados, a um tempo, que tiram à pessoa todo movimento. Cordovil os sentia e com os seus quis conchegá-los ainda mais... A imagem não é boa, mas não tenho outra à mão nem tempo de ir buscá-la. Digo só o resultado do gesto, que foi arredar o
30 sono de si, tão aborrecido ficou este reformador de cansados.

MARCHA FÚNEBRE

— Que terá ele hoje contra mim? — perguntaria o sono, se falasse.

Tu sabes que ele é mudo por essência. Quando parece que fala é o sonho que abre a boca à pessoa; ele não, ele é a pedra, e ainda a pedra fala, se lhe batem, como estão fazendo agora os calceteiros da minha rua. Cada pancada acorda na pedra um som, e a regularidade do gesto torna aquele som tão pontual que parece a alma de um relógio. Vozes de conversa ou de pregão, rodas de carro, passos de gente, uma janela batida pelo vento, nada dessas coisas que ora ouço animava então a rua e a noite de Cordovil. Tudo era propício ao sono.

Cordovil ia finalmente dormir, quando a ideia de amanhecer morto apareceu outra vez. O sono recuou e fugiu. Esta alternativa durou muito tempo. Sempre que o sono ia a grudar-lhe os olhos, a lembrança da morte os abria, até que ele sacudiu o lençol e saiu da cama. Abriu uma janela e encostou-se ao peitoril. O céu queria clarear, alguns vultos iam passando na rua, trabalhadores e mercadores que desciam para o centro da cidade. Cordovil sentiu um arrepio; não sabendo se era frio ou medo, foi vestir um camisão de chita e voltou para a janela. Parece que era frio, porque não sentia mais nada.

A gente continuava a passar, o céu a clarear, um assobio da estrada de ferro deu sinal de trem que ia partir. Homens e coisas vinham do descanso; o céu fazia economia de estrelas, apagando-as à medida que o sol ia chegando para o seu ofício. Tudo dava ideia de vida. Naturalmente a ideia da morte foi recuando e desapareceu de todo, enquanto o nosso homem, que suspirou por ela no Cassino, que a desejou para o dia seguinte na Câmara dos Deputados, que a encarou no carro, voltou-lhe

PAI CONTRA MÃE

as costas quando a viu entrar com o sono, seu irmão mais velho — ou mais moço, não sei.

Quando veio a falecer, muitos anos depois, pediu e teve a morte, não súbita, mas vagarosa, a morte de um vinho filtrado, que sai impuro de uma garrafa para entrar purificado em outra; a borra iria para o cemitério. Agora é que lhe via a filosofia; em ambas as garrafas era sempre o vinho que ia ficando, até passar inteiro e pingado para a segunda. Morte súbita não acabava de entender o que era.

Um capitão de voluntários

INDO A EMBARCAR para a Europa, logo depois da proclamação da República, Simão de Castro fez inventário das cartas e apontamentos; rasgou tudo. Só lhe ficou a narração que ides ler; entregou-a a um amigo para imprimi-la quando ele estivesse barra fora. O amigo não cumpriu a recomendação por achar na história alguma coisa que podia ser penosa, e assim lho disse em carta. Simão respondeu que estava por tudo o que quisesse; não tendo vaidades literárias, pouco se lhe dava de vir ou não a público. Agora que os dois faleceram, e não há igual escrúpulo, dá-se o manuscrito ao prelo. Éramos dois, elas duas. Os dois íamos ali por visita, costume, desfastio e, finalmente, por amizade. Fiquei amigo do dono da casa, ele meu amigo. As tardes, sobre o jantar — jantava-se cedo em 1866 —, ia ali fumar um charuto. O sol ainda entrava pela janela, onde se via um morro com casas em cima. A janela oposta dava para o mar. Não digo a rua nem o bairro; a cidade posso dizer que era o Rio de Janeiro. Ocultarei o nome do meu amigo, ponhamos uma letra, X... Ela, uma delas, chamava-se Maria.

Quando eu entrava, já ele estava na cadeira de balanço. Os móveis da sala eram poucos, os ornatos raros, tudo simples. X... estendia-me a mão larga e forte; eu ia sentar-me ao pé da janela, olho na sala, olho na rua. Maria ou já estava ou vinha de dentro. Éramos nada um para o outro; ligava-nos unicamente a afeição de X... Conversávamos; eu saía para casa ou ia passear,

PAI CONTRA MÃE

eles ficavam e iam dormir. Algumas vezes jogávamos cartas, às noites, e, para o fim do tempo, era ali que eu passava a maior parte destas.

Tudo em X... me dominava. A figura primeiro. Ele robusto, eu franzino; a minha graça feminina, débil, desaparecia ao pé do garbo varonil dele, dos seus ombros largos, cadeiras largas, jarrete forte e o pé sólido que, andando, batia rijo no chão. Dai-me um bigode escasso e fino; vede nele as suíças longas, espessas e encaracoladas, e um dos seus gestos habituais, pensando ou escutando, era passar os dedos por elas, encaracolando-as sempre. Os olhos completavam a figura, não só por serem grandes e belos, mas porque riam mais e melhor que a boca. Depois da figura, a idade; X... era homem de quarenta anos, eu não passava dos vinte e quatro. Depois da idade, a vida; ele vivera muito, em outro meio, donde saíra a encafuar-se naquela casa, com aquela senhora, eu não vivera nada nem com pessoa alguma. Enfim — e este rasgo é capital —, havia nele uma fibra castelhana, uma gota do sangue que circula nas páginas de Calderón,[1] uma atitude moral que posso comparar, sem depressão nem riso, à do herói de Cervantes.[2]

Como se tinham amado? Datava de longe. Maria contava já vinte e sete anos e parecia haver recebido alguma educação. Ouvi que o primeiro encontro fora em um baile de máscaras, no antigo Teatro Provisório. Ela trajava uma saia curta e dançava ao som de um pandeiro. Tinha os pés admiráveis, e foram eles ou o seu destino a causa do amor de X... Nunca lhe perguntei a origem da aliança; sei só que ela tinha uma filha, que estava

1. Referência ao dramaturgo espanhol Pedro Calderón de la Barca (1600–1681).

2. Referência a Dom Quixote, protagonista do romance homônimo do espanhol Miguel de Cervantes (1547–1616).

UM CAPITÃO DE VOLUNTÁRIOS

no colégio e não vinha à casa; a mãe é que ia vê-la. Verdadeiramente as nossas relações eram respeitosas, e o respeito ia ao
ponto de aceitar a situação sem a examinar.

Quando comecei a ir ali, não tinha ainda o emprego no
banco. Só dois ou três meses depois é que entrei para este e não
interrompi as relações. Maria tocava piano; às vezes, ela e a
amiga Raimunda conseguiam arrastar X... ao teatro; eu ia com
eles. No fim, tomávamos chá em sala particular e, uma ou outra
vez, se havia lua, acabávamos a noite indo de carro a Botafogo.

A estas festas não ia Barreto, que só mais tarde começou
a frequentar a casa. Entretanto, era bom companheiro, alegre
e rumoroso. Uma noite, como saíssemos de lá, encaminhou a
conversa para as duas mulheres e convidou-me a namorá-las.

— Tu escolhes uma, Simão, eu outra.

Estremeci e parei.

— Ou antes, eu já escolhi — continuou ele —, escolhi a
Raimunda. Gosto muito da Raimunda. Tu escolhe a outra.

— A Maria?

— Pois que outra há de ser?

O alvoroço que me deu este tentador foi tal que não achei
palavra de recusa, nem palavra nem gesto. Tudo me pareceu
natural e necessário. Sim, concordei em escolher Maria; era
mais velha que eu três anos, mas tinha a idade conveniente
para ensinar-me a amar. Está dito, Maria. Deitamo-nos às
duas conquistas com ardor e tenacidade. Barreto não tinha
que vencer muito; a eleita dele não trazia amores, mas até
pouco antes padecera de uns que rompera contra a vontade,
indo o amante casar com uma moça de Minas. Depressa se
deixou consolar. Barreto, um dia, estando eu a almoçar, veio
anunciar-me que recebera uma carta dela, e mostrou-ma.

343

PAI CONTRA MÃE

— Estão entendidos?

— Estamos. E vocês?

— Eu não.

— Então quando?

— Deixa ver, eu te digo.

Como entrasse a pensar mais constantemente em Maria, é provável que por algum gesto lhe houvesse descoberto o meu recente estado; certo é que, um dia, ao apertar-lhe a mão, senti que os dedos dela se demoravam mais entre os meus. Dois dias depois, indo ao correio, encontrei-a selando uma carta para a Bahia. Ainda não disse que era baiana? Era baiana. Ela é que me viu primeiro e me falou. Ajudei-lhe a pôr o selo e despedimo-nos. À porta ia a dizer alguma coisa, quando vi ante nós, parada, a figura de X...

— Vim trazer a carta para mamãe — apressou-se ela em dizer.

Despediu-se de nós e foi para casa; ele e eu tomamos outro rumo. X... aproveitou a ocasião para fazer muitos elogios de Maria. Sem entrar em minudências acerca da origem das relações, assegurou-me que fora uma grande paixão igual em ambos e concluiu que tinha a vida feita.

— Já agora não me caso; vivo maritalmente com ela, morrerei com ela. Tenho uma só pena, é ser obrigado a viver separado de minha mãe. Minha mãe sabe — disse-me ele parando. E continuou andando: — sabe, e até já me fez uma alusão muito vaga e remota, mas que eu percebi. Consta-me que não desaprova; sabe que Maria é séria e boa, e uma vez que eu seja feliz, não exige mais nada. O casamento não me daria mais que isto...

Disse muitas outras coisas, que eu fui ouvindo sem saber de mim; o coração batia-me rijo, e as pernas andavam frouxas.

UM CAPITÃO DE VOLUNTÁRIOS

Não atinava com resposta idônea; alguma palavra que soltava, saía-me engasgada. Ao cabo de algum tempo, ele notou o meu estado e interpretou-o erradamente; supôs que as suas confidências me aborreciam, e disse-mo rindo. Contestei sério:

— Ao contrário, ouço com interesse, e trata-se de pessoas de toda a consideração e respeito.

Penso agora que cedia inconscientemente a uma necessidade de hipocrisia. A idade das paixões é confusa, e naquela situação não posso discernir bem os sentimentos e suas causas. Entretanto, não é fora de propósito que buscasse dissipar no ânimo de X... qualquer possível desconfiança. A verdade é que ele me ouviu agradecido. Os seus grandes olhos de criança envolveram-me todo, e, quando nos despedimos, apertou-me a mão com energia. Creio até que lhe ouvi dizer: "Obrigado!"

Não me separei dele aterrado, nem ferido de remorsos prévios. A primeira impressão da confidência esvaiu-se, ficou só a confidência, e senti crescer-me o alvoroço da curiosidade. X... falara-me de Maria como de pessoa casta e conjugal; nenhuma alusão às suas prendas físicas, mas a minha idade dispensava qualquer referência direta. Agora, na rua, via de cor a figura da moça, os seus gestos igualmente lânguidos e robustos, e cada vez me sentia mais fora de mim. Em casa escrevi-lhe uma carta longa e difusa, que rasguei meia hora depois, e fui jantar. Sobre o jantar fui à casa de X...

Eram ave-marias. Ele estava na cadeira de balanço, eu sentei-me no lugar do costume, olho na sala, olho no morro. Maria apareceu tarde, depois das horas, e tão anojada que não tomou parte na conversação. Sentou-se e cochilou; depois tocou um pouco de piano e saiu da sala.

PAI CONTRA MÃE

— Maria acordou hoje com a mania de colher donativos para a guerra — disse-me ele. — Já lhe fiz notar que nem todos quererão parecer que... Você sabe... A posição dela... Felizmente, a ideia há de passar; tem dessas fantasias...

5 — E por que não?

— Ora, porque não! E, depois, a guerra do Paraguai, não digo que não seja como todas as guerras, mas, palavra, não me entusiasma. A princípio, sim, quando o López tomou o Marquês de Olinda, fiquei indignado; logo depois perdi a impressão e,

10 agora, francamente, acho que tínhamos feito muito melhor se nos aliássemos ao López contra os argentinos.

— Eu não. Prefiro os argentinos.

— Também gosto deles, mas, no interesse da nossa gente, era melhor ficar com o López.

15 — Não; olhe, eu estive quase a alistar-me como voluntário da pátria.

— Eu, nem que me fizessem coronel, não me alistava.

Ele disse não sei que mais. Eu, como tinha a orelha afiada, à escuta dos pés de Maria, não respondi logo, nem claro, nem

20 seguido; fui engrolando alguma palavra e sempre à escuta. Mas o diabo da moça não vinha; imaginei que estariam arrufados. Enfim, propus cartas, podíamos jogar uma partida de voltarete.

— Podemos — disse ele.

Passamos ao gabinete. X... pôs as cartas na mesa e foi

25 chamar a amiga. Dali ouvi algumas frases sussurradas, mas só estas me chegaram claras:

— Vem! É só meia hora.

— Que maçada! Estou doente.

UM CAPITÃO DE VOLUNTÁRIOS

Maria apareceu no gabinete, bocejando. Disse-me que era só meia hora; tinha dormido mal, doía-lhe a cabeça e contava deitar-se cedo. Sentou-se enfastiada, e começamos a partida. Eu arrependia-me de haver rasgado a carta; lembrava-me de alguns trechos dela, que diriam bem o meu estado, com o calor necessário a persuadi-la. Se a tenho conservado, entregava-lhe agora; ela ia muitas vezes ao patamar da escada despedir-se de mim e fechar a cancela. Nessa ocasião podia dar-lha; era uma solução da minha crise.

Ao cabo de alguns minutos, X... levantou-se para ir buscar tabaco de uma caixa de folha-de-flandres, posta sobre a secretária. Maria fez então um gesto que não sei como diga nem pinte. Ergueu as cartas à altura dos olhos para os tapar, voltou-os para mim que lhe ficava à esquerda e arregalou-os tanto e com tal fogo e atração, que não sei como não entrei por eles. Tudo foi rápido. Quando ele voltou fazendo um cigarro, Maria tinha as cartas embaixo dos olhos, abertas em leque, fitando-as como se calculasse. Eu devia estar trêmulo; não obstante, calculava também, com a diferença de não poder falar. Ela disse então com placidez uma das palavras do jogo, passo ou licença.

Jogamos cerca de uma hora. Maria, para o fim, cochilava literalmente, e foi o próprio X... que lhe disse que era melhor ir descansar. Despedi-me e passei ao corredor, onde tinha o chapéu e a bengala. Maria, à porta da sala, esperava que eu saísse e acompanhou-me até a cancela, para fechá-la. Antes que eu descesse, lançou-me um dos braços ao pescoço, chegou-me a si, colou-me os lábios nos lábios, onde eles me depositaram um beijo grande, rápido e surdo. Na mão senti alguma coisa.

— Boa noite — disse Maria fechando a cancela.

PAI CONTRA MÃE

Não sei como não caí. Desci atordoado, com o beijo na boca, os olhos nos dela, e a mão apertando instintivamente um objeto. Cuidei de me pôr longe. Na primeira rua, corri a um lampião, para ver o que trazia. Era um cartão de loja de fazendas, um anúncio, com isto escrito nas costas, a lápis: "Espere-me amanhã, na ponte das barcas de Niterói, à uma hora da tarde".

O meu alvoroço foi tamanho que durante os primeiros minutos não soube absolutamente o que fiz. Em verdade, as emoções eram demasiado grandes e numerosas, e tão de perto seguidas que eu mal podia saber de mim. Andei até ao Largo de S. Francisco de Paula.

Tornei a ler o cartão; arrepiei caminho, novamente parei, e uma patrulha que estava perto talvez desconfiou dos meus gestos. Felizmente, a respeito da comoção, tinha fome e fui cear ao Hotel dos Príncipes. Não dormi antes da madrugada; às seis horas estava em pé. A manhã foi lenta como as agonias lentas. Dez minutos antes de uma hora cheguei à ponte; já lá achei Maria, envolvida numa capa e com um véu azul no rosto. Ia sair uma barca, entramos nela.

O mar acolheu-nos bem. A hora era de poucos passageiros. Havia movimento de lanchas, de aves, e o céu luminoso parecia cantar a nossa primeira entrevista. O que dissemos foi tão de atropelo e confusão que não me ficou mais de meia dúzia de palavras, e delas nenhuma foi o nome de X... ou qualquer referência a ele. Sentíamos ambos que traíamos, eu, o meu amigo, ela, o seu amigo e protetor. Mas, ainda que o não sentíssemos, não é provável que falássemos dele, tão pouco era o tempo para o nosso infinito. Maria apareceu-me então como nunca a vi nem suspeitara falando de mim e de si, com a ternura possível naquele lugar público, mas toda a possível, não menos.

UM CAPITÃO DE VOLUNTÁRIOS

As nossas mãos colavam-se, os nossos olhos comiam-se, e os corações batiam provavelmente ao mesmo compasso rápido e rápido. Pelo menos foi a sensação com que me separei dela, após a viagem redonda a Niterói e S. Domingos. Convidei-a a desembarcar em ambos os pontos, mas recusou; na volta, lembrei-lhe que nos metêssemos numa caleça fechada: "Que ideia faria de mim?", perguntou-me com gesto de pudor que a transfigurou. E despedimo-nos com prazo dado, jurando-lhe que eu não deixaria de ir vê-los, à noite, como de costume.

Como eu não tomei da pena para narrar a minha felicidade, deixo a parte deliciosa da aventura, com as suas entrevistas, cartas e palavras, e mais os sonhos e esperanças, as infinitas saudades e os renascentes desejos. Tais aventuras são como os almanaques, que, com todas as suas mudanças, hão de trazer os mesmos dias e meses, com os seus eternos nomes e santos. O nosso almanaque apenas durou um trimestre, sem quartos minguantes nem ocasos de sol. Maria era um modelo de graças finas, toda vida, toda movimento. Era baiana, como disse, fora educada no Rio Grande do Sul, na campanha, perto da fronteira. Quando lhe falei do seu primeiro encontro com X... no Teatro Provisório, dançando ao som de um pandeiro, disse-me que era verdade, fora ali vestida à castelhana e de máscara; e, como eu lhe pedisse a mesma coisa, menos a máscara, ou um simples lundu nosso, respondeu-me como quem recusa um perigo:

— Você poderia ficar doido.

— Mas X... não ficou doido.

— Ainda hoje não está no seu juízo — replicou Maria rindo. — Imagina que eu fazia isto só...

E, em pé, num maneio rápido, deu uma volta ao corpo, que me fez ferver o sangue.

PAI CONTRA MÃE

O trimestre acabou depressa, como os trimestres daquela casta. Maria faltou um dia à entrevista. Era tão pontual que fiquei tonto quando vi passar a hora. Cinco, dez, quinze minutos; depois vinte, depois trinta, depois quarenta... Não digo as vezes que andei de um lado para outro, na sala, no corredor, à espreita e à escuta, até que de todo passou a possibilidade de vir. Poupo a notícia do meu desespero, o tempo que rolei no chão, falando, gritando ou chorando. Quando cansei, escrevi-lhe uma longa carta; esperei que me escrevesse também, explicando a falta. Não mandei a carta, e à noite fui à casa deles.

Maria pôde explicar-me a falta pelo receio de ser vista e acompanhada por alguém que a perseguia desde algum tempo. Com efeito, haviam-me já falado em não sei que vizinho que a cortejava com instância; uma vez disse-me que ele a seguira até a porta da minha casa. Acreditei na razão e propus-lhe outro lugar de encontro, mas não lhe pareceu conveniente. Desta vez achou melhor suspendermos as nossas entrevistas, até fazer calar as suspeitas. Não sairia de casa. Não compreendi então que a principal verdade era ter cessado nela o ardor dos primeiros dias. Maria era outra, principalmente outra. E não podes imaginar o que vinha a ser essa bela criatura, que tinha em si o fogo e o gelo e era mais quente e mais fria que ninguém.

Quando me entrou a convicção de que tudo estava acabado, resolvi não voltar lá, mas nem por isso perdia a esperança; era para mim questão de esforço. A imaginação, que torna presentes os dias passados, fazia-me crer facilmente na possibilidade de restaurar as primeiras semanas. Ao cabo de cinco dias, voltei; não podia viver sem ela.

X... recebeu-me com o seu grande riso infante, os olhos puros, a mão forte e sincera; perguntou a razão da minha ausência.

350

UM CAPITÃO DE VOLUNTÁRIOS

Aleguei uma febrezinha, e, para explicar o enfadamento que eu não podia vencer, disse que ainda me doía a cabeça. Maria compreendeu tudo; nem por isso se mostrou meiga ou compassiva, e, à minha saída, não foi até ao corredor, como de costume.

Tudo isto dobrou a minha angústia. A ideia de morrer entrou a passar-me pela cabeça; e, por uma simetria romântica, pensei em meter-me na barca de Niterói, que primeiro acolheu os nossos amores, e, no meio da baía, atirar-me ao mar. Não iniciei tal plano nem outro. Tendo encontrado casualmente o meu amigo Barreto, não vacilei em lhe dizer tudo; precisava de alguém para falar comigo mesmo. No fim pedi-lhe segredo; devia pedir-lhe especialmente que não contasse nada a Raimunda. Nessa mesma noite ela soube tudo. Raimunda era um espírito aventureiro, amigo de entrepresas e novidades. Não se lhe dava, talvez, de mim nem da outra, mas viu naquilo um lance, uma ocupação, e cuidou em reconciliar-nos; foi o que eu soube depois, e é o que dá lugar a este papel.

Falou-lhe uma e mais vezes. Maria quis negar a princípio, acabou confessando tudo, dizendo-se arrependida da cabeçada que dera. Usaria provavelmente de circunlóquios e sinônimos, frases vagas e truncadas, alguma vez empregaria só gestos. O texto que aí fica é o da própria Raimunda, que me mandou chamar à casa dela e me referiu todos os seus esforços, contente de si mesma.

— Mas não perca as esperanças — concluiu. — Eu disse-lhe que o senhor era capaz de matar-se.

— E sou.

— Pois não se mate por ora; espere.

No dia seguinte vi nos jornais uma lista de cidadãos que, na véspera, tinham ido ao quartel-general apresentar-se como voluntários da pátria, e nela o nome de X..., com o posto de capitão. Não acreditei logo; mas eram os mesmos, na mesma ordem, e uma das folhas fazia referências à família de X..., ao pai, que fora oficial de marinha, e à figura esbelta e varonil do novo capitão; era ele mesmo.

A minha primeira impressão foi de prazer; íamos ficar sós. Ela não iria de vivandeira para o Sul. Depois, lembrou-me do que ele me disse acerca da guerra e achei estranho o seu alistamento de voluntário, ainda que o amor dos atos generosos e a nota cavalheiresca do espírito de X... pudessem explicá-lo. Nem de coronel iria, disse-me, e agora aceitava o posto de capitão. Enfim, Maria; como é que ele, que tanto lhe queria, ia separar-se dela repentinamente, sem paixão forte que o levasse à guerra?

Havia três semanas que eu não ia à casa deles. A notícia do alistamento justificava a minha visita imediata e dispensava-me de explicações. Almocei e fui. Compus um rosto ajustado à situação e entrei. X... veio à sala, depois de alguns minutos de espera. A cara desdizia das palavras; estas queriam ser alegres e leves, aquela era fechada e torva, além de pálida. Estendeu-me a mão, dizendo:

— Então, vem ver o capitão de voluntários?

— Venho ouvir o desmentido.

— Que desmentido? É pura verdade. Não sei como isto foi, creio que as últimas notícias... Você por que não vem comigo?

— Mas então é verdade?

— É.

Após alguns instantes de silêncio, meio sincero, por não saber realmente que dissesse, meio calculado, para persuadi-lo da minha consternação, murmurei que era melhor não ir e fa-

UM CAPITÃO DE VOLUNTÁRIOS

lei-lhe na mãe. X... respondeu-me que a mãe aprovava; era viúva de militar. Fazia esforços para sorrir, mas a cara continuava a ser de pedra. Os olhos buscavam desviar-se e geralmente não fitavam bem nem longo. Não conversamos muito; ele ergueu-se, alegando que ia liquidar um negócio, e pediu-me que voltasse a vê-lo. À porta, disse-me com algum esforço:

— Venha jantar um dia destes, antes da minha partida.

— Sim.

— Olhe, venha jantar amanhã.

— Amanhã?

— Ou hoje, se quiser

— Amanhã.

Quis deixar lembranças a Maria; era natural e necessário, mas me faltou o ânimo. Embaixo arrependi-me de o não ter feito. Recapitulei a conversação, achei-me atado e incerto; ele pareceu-me, além de frio, sobranceiro. Vagamente, senti alguma coisa mais. O seu aperto de mão tanto à entrada, como à saída, não me dera a sensação do costume.

Na noite desse dia, Barreto veio ter comigo, atordoado com a notícia da manhã, e perguntando-me o que sabia; disse-lhe que nada. Contei-lhe a minha visita da manhã, a nossa conversação, sem as minhas suspeitas.

— Pode ser engano — disse ele, depois de um instante

— Engano?

— Raimunda contou-me hoje que falara a Maria, que esta negara tudo a princípio, depois confessara e recusara reatar as relações com você.

— Já sei.

PAI CONTRA MÃE

— Sim, mas parece que da terceira vez foram pressentidas e ouvidas por ele, que estava na saleta ao pé. Maria correu a contar a Raimunda que ele mudara inteiramente; esta dispôs-se a sondá-lo, eu opus-me, até que li a notícia nos jornais. Vi-o na rua, andando: não tinha aquele gesto sereno de costume, mas o passo era forte.

Fiquei aturdido com a notícia, que confirmava a minha impressão. Nem por isso deixei de ir lá jantar no dia seguinte. Barreto quis ir também; percebi que era com o fim único de estar comigo e recusei.

X... não dissera nada a Maria; achei-os na sala e não me lembro de outra situação na vida em que me sentisse mais estranho a mim mesmo. Apertei-lhes a mão, sem olhar para ela. Creio que ela também desviou os olhos. Ele é que, com certeza, não nos observou; riscava um fósforo e acendia um cigarro. Ao jantar falou o mais naturalmente que pôde, ainda que frio. O rosto exprimia maior esforço que na véspera. Para explicar a possível alteração, disse-me que embarcaria no fim da semana e que, à proporção que a hora ia chegando, sentia dificuldade em sair.

— Mas é só até fora da barra; lá fora torno a ser o que sou e, na campanha, serei o que devo ser.

Usava dessas palavras rígidas, algumas vezes enfáticas. Notei que Maria trazia os olhos pisados, soube depois que chorara muito e tivera grande luta com ele, na véspera, para que não embarcasse. Só conhecera a resolução pelos jornais, prova de alguma coisa mais particular que o patriotismo. Não falou à mesa, e a dor podia explicar o silêncio, sem nenhuma outra causa de constrangimento pessoal. Ao contrário, X... procurava falar muito, contava os batalhões, os oficiais novos, as proba-

UM CAPITÃO DE VOLUNTÁRIOS

bilidades de vitória e referia anedotas e boatos, sem curar de ligação. Às vezes, queria rir; para o fim, disse que naturalmente voltaria general, mas ficou tão carrancudo depois deste gracejo que não tentou outro. O jantar acabou frio; fumamos, ele ainda quis falar da guerra, mas o assunto estava exausto. Antes de sair, convidei-o a ir jantar comigo.

— Não posso; todos os meus dias estão tomados.

— Venha almoçar.

— Também não posso. Faço uma coisa; na volta do Paraguai, o terceiro dia é seu.

Creio ainda hoje que o fim desta última frase era indicar que os dois primeiros dias seriam da mãe e de Maria; assim, qualquer suspeita que eu tivesse dos motivos secretos da resolução devia dissipar-se. Nem bastou isso; disse-me que escolhesse uma prenda em lembrança, um livro, por exemplo. Preferi o seu último retrato, fotografado a pedido da mãe, com a farda de capitão de voluntários. Por dissimulação, quis que assinasse; ele prontamente escreveu: "Ao seu leal amigo Simão de Castro oferece o capitão de voluntários da pátria X..." O mármore do rosto era mais duro, o olhar mais torvo; passou os dedos pelo bigode, com um gesto convulso, e despedimo-nos.

No sábado embarcou. Deixou a Maria os recursos necessários para viver aqui, na Bahia, ou no Rio Grande do Sul; ela preferiu o Rio Grande e partiu para lá, três semanas depois, a esperar que ele voltasse da guerra. Não a pude ver antes; fechara-me a porta, como já me havia fechado o rosto e o coração.

Antes de um ano, soube-se que ele morrera em combate, no qual se houve com mais denodo que perícia. Ouvi contar que primeiro perdera um braço, e que provavelmente a vergonha de ficar aleijado o fez atirar-se contra as armas inimigas, como quem queria acabar de vez. Esta versão podia ser exata, porque ele tinha desvanecimentos das belas formas; mas a causa foi complexa. Também me contaram que Maria, voltando do Rio Grande, morreu em Curitiba; outros dizem que foi acabar em Montevidéu. A filha não passou dos quinze anos.

Eu cá fiquei entre os meus remorsos e saudades; depois, só remorsos; agora admiração apenas, uma admiração particular, que não é grande senão por me fazer sentir pequeno. Sim, eu não era capaz de praticar o que ele praticou. Nem efetivamente conheci ninguém que se parecesse com X... E por que teimar nesta letra? Chamemo-lo pelo nome que lhe deram na pia, Emílio, o meigo, o forte, o simples Emílio.

Suje-se, gordo!

UMA NOITE, há muitos anos, passeava eu com um amigo no terraço do Teatro de S. Pedro de Alcântara. Era entre o segundo e o terceiro ato da peça *A Sentença ou o Tribunal do Júri*. Só me ficou o título, e foi justamente o título que nos levou a falar da instituição e de um fato que nunca mais me esqueceu.

— Fui sempre contrário ao júri — disse-me aquele amigo, não pela instituição em si, que é liberal, mas porque me repugna condenar alguém, e por aquele preceito do Evangelho: "Não queirais julgar para que não sejais julgados".[1] Não obstante, servi duas vezes. O tribunal era então no antigo Aljube, fim da Rua dos Ourives, princípio da Ladeira da Conceição.

Tal era o meu escrúpulo que, salvo dois, absolvi todos os réus. Com efeito, os crimes não me pareceram provados; um ou dois processos eram mal feitos. O primeiro réu que condenei era um moço limpo, acusado de haver furtado certa quantia, não grande, antes pequena, com falsificação de um papel. Não negou o fato, nem podia fazê-lo, contestou que lhe coubesse a iniciativa ou inspiração do crime. Alguém, que não citava, foi que lhe lembrou esse modo de acudir a uma necessidade urgente; mas Deus, que via os corações, daria ao criminoso verdadeiro o merecido castigo. Disse isso sem ênfase, triste, a palavra surda, os olhos mortos, com tal palidez que metia pena;

---

1. Trecho encontrado nos evangelhos de Mateus (7, 1–2) e Lucas (6, 37).

PAI CONTRA MÃE

o promotor público achou nessa mesma cor do gesto a confissão do crime. Ao contrário, o defensor mostrou que o abatimento e a palidez significavam a lástima da inocência caluniada.

Poucas vezes terei assistido a debate tão brilhante. O discurso do promotor foi curto, mas forte, indignado, com um tom que parecia ódio, e não era. A defesa, além do talento do advogado, tinha a circunstância de ser a estreia dele na tribuna. Parentes, colegas e amigos esperavam o primeiro discurso do rapaz, e não perderam na espera. O discurso foi admirável e teria salvo o réu, se ele pudesse ser salvo, mas o crime metia-se pelos olhos dentro. O advogado morreu dois anos depois, em 1865. Quem sabe o que se perdeu nele! Eu, acredite, quando vejo morrer um moço de talento, sinto mais que quando morre um velho... Mas vamos ao que ia contando. Houve réplica do promotor e tréplica do defensor. O presidente do tribunal resumiu os debates, e, lidos os quesitos, foram entregues ao presidente do Conselho, que era eu.

Um dos jurados do Conselho, cheio de corpo e ruivo, parecia mais que ninguém convencido do delito e do delinquente. O processo foi examinado, os quesitos, lidos, e as respostas, dadas (onze votos contra um); só o jurado ruivo estava inquieto. No fim, como os votos assegurassem a condenação, ficou satisfeito, disse que seria um ato de fraqueza, ou coisa pior, a absolvição que lhe déssemos. Um dos jurados — certamente o que votara pela negativa — proferiu algumas palavras de defesa do moço. O ruivo — chamava-se Lopes — replicou com aborrecimento:

— Como, senhor? Mas o crime do réu está mais que provado.

SUJE-SE, GORDO!

— Deixemos de debate — disse eu, e todos concordaram comigo.

— Não estou debatendo, estou defendendo o meu voto — continuou Lopes. — O crime está mais que provado.

O sujeito nega, porque todo o réu nega, mas o certo é que ele cometeu a falsidade, e que falsidade! Tudo por uma miséria, duzentos mil-réis! Suje-se, gordo! Quer sujar-se? Suje-se, gordo!

"Suje-se, gordo!" Confesso-lhe que fiquei de boca aberta, não que entendesse a frase, ao contrário, nem a entendi nem a achei limpa, e foi por isso mesmo que fiquei de boca aberta. Afinal, caminhei e bati à porta, abriram-nos, fui à mesa do juiz, dei as respostas do conselho, e o réu saiu condenado. O advogado apelou; se a sentença foi confirmada ou a apelação aceita, não sei; perdi o negócio de vista.

Quando saí do tribunal, vim pensando na frase do Lopes e pareceu-me entendê-la. "Suje-se, gordo!" era como se dissesse que o condenado era mais que ladrão, era um ladrão reles, um ladrão de nada. Achei esta explicação na esquina da Rua de S. Pedro; vinha ainda pela dos Ourives. Cheguei a desandar um pouco, a ver se descobria o Lopes para lhe apertar a mão; nem sombra de Lopes. No dia seguinte, lendo nos jornais os nossos nomes, dei com o nome todo dele, não valia a pena procurá-lo, nem me ficou de cor. Assim são as páginas da vida, como dizia meu filho quando fazia versos, e acrescentava que as páginas vão passando umas sobre outras, esquecidas apenas lidas. Rimava assim, mas não me lembra a forma dos versos.

Em prosa disse-me ele, muito tempo depois, que eu não devia faltar ao júri, para o qual acabava de ser designado. Respondi-lhe que não compareceria e citei o preceito evangélico;

PAI CONTRA MÃE

ele teimou, dizendo ser um dever de cidadão, um serviço gratuito, que ninguém que se prezasse podia negar ao seu país. Fui e julguei três processos.

Um destes era de um empregado do Banco do Trabalho Honrado, o caixa, acusado de um desvio de dinheiro. Ouvira falar no caso, que os jornais deram sem grande minúcia, e aliás eu lia pouco as notícias de crimes. O acusado apareceu e foi sentar-se no famoso banco dos réus. Era um homem magro e ruivo. Fitei-o bem, e estremeci, pareceu-me ver o meu colega daquele julgamento de anos antes. Não poderia reconhecê-lo logo por estar agora magro, mas era a mesma cor dos cabelos e das barbas, o mesmo ar, e por fim a mesma voz e o mesmo nome: Lopes.

— Como se chama? — perguntou o presidente.

— Antônio do Carmo Ribeiro Lopes.

Já me não lembravam os três primeiros nomes, o quarto era o mesmo, e os outros sinais vieram confirmando as reminiscências; não me tardou reconhecer a pessoa exata daquele dia remoto. Digo-lhe aqui com verdade que todas essas circunstâncias me impediram de acompanhar atentamente o interrogatório, e muitas coisas me escaparam. Quando me dispus a ouvi-lo bem, estava quase no fim. Lopes negava com firmeza tudo o que lhe era perguntado, ou respondia de maneira que trazia uma complicação ao processo. Circulava os olhos sem medo nem ansiedade; não sei até se com uma pontinha de riso nos cantos da boca.

Seguiu-se a leitura do processo. Era uma falsidade e um desvio de cento e dez contos de réis. Não lhe digo como se descobriu o crime nem o criminoso, por já ser tarde; a orquestra está afinando os instrumentos. O que lhe digo com certeza é

SUJE-SE, GORDO!

que a leitura dos autos me impressionou muito, o inquérito, os documentos, a tentativa de fuga do caixa e uma série de circunstancias agravantes, por fim o depoimento das testemunhas. Eu ouvia ler ou falar e olhava para o Lopes. Também ele ouvia, mas com o rosto alto, mirando o escrivão o presidente, o teto e as pessoas que o iam julgar; entre elas, eu.

Quando olhou para mim não me reconheceu; fitou-me algum tempo e sorriu, como fazia aos outros.

Todos esses gestos do homem serviram à acusação e à defesa, tal como serviram, tempos antes, os gestos contrários do outro acusado. O promotor achou neles a revelação clara do cinismo, o advogado mostrou que só a inocência e a certeza da absolvição podiam trazer aquela paz de espírito.

Enquanto os dois oradores falavam, vim pensando na fatalidade de estar ali, no mesmo banco do outro, este homem que votara a condenação dele, e naturalmente repeti comigo o texto evangélico: "Não queirais julgar, para que não sejais julgados". Confesso-lhe que mais de uma vez me senti frio. Não é que eu mesmo viesse a cometer algum desvio de dinheiro, mas podia, em ocasião de raiva, matar alguém ou ser caluniado de desfalque. Aquele que julgava outrora, era agora julgado também.

Ao pé da palavra bíblica lembrou-me de repente a do mesmo Lopes: "Suje-se, gordo!" Não imagina o sacudimento que me deu esta lembrança. Evoquei tudo o que contei agora, o discursinho que lhe ouvi na sala secreta, até aquelas palavras: "Suje-se, gordo!" Vi que não era um ladrão reles, um ladrão de nada, sim de grande valor. O verbo é que definia duramente a ação. "Suje-se, gordo!" Queria dizer que o homem não se devia levar a um ato daquela espécie sem a grossura da soma.

PAI CONTRA MÃE

A ninguém cabia sujar-se por quatro patacas. Quer sujar-se? Suje-se, gordo!

Ideias e palavras iam assim rolando na minha cabeça, sem eu dar pelo resumo dos debates que o presidente do tribunal fazia. Tinha acabado, leu os quesitos, e recolhemo-nos à sala secreta. Posso dizer-lhe aqui em particular que votei afirmativamente, tão certo me pareceu o desvio dos cento e dez contos. Havia, entre outros documentos, uma carta de Lopes que fazia evidente o crime. Mas parece que nem todos leram com os mesmos olhos que eu. Votaram comigo dois jurados. Nove negaram a criminalidade do Lopes, a sentença de absolvição foi lavrada e lida, e o acusado saiu para a rua. A diferença da votação era tamanha que cheguei a duvidar comigo se teria acertado. Podia ser que não. Agora mesmo sinto uns repelões de consciência. Felizmente, se o Lopes não cometeu deveras o crime não recebeu a pena do meu voto, e esta consideração acaba por me consolar do erro, mas os repelões voltam. O melhor de tudo é não julgar ninguém para não vir a ser julgado. Suje-se, gordo! Suje-se, magro! Suje-se como lhe parecer! O mais seguro é não julgar ninguém... Acabou a música, vamos para as nossas cadeiras.

Umas férias

Vieram dizer ao mestre-escola que alguém lhe queria falar.

— Quem é?

— Diz que meu senhor não o conhece — respondeu o preto.

— Que entre.

Houve um movimento geral de cabeças na direção da porta do corredor, por onde devia entrar a pessoa desconhecida. Éramos não sei quantos meninos na escola. Não tardou que aparecesse uma figura rude, tez queimada, cabelos compridos, sem sinal de pente, a roupa amarrotada, não me lembra bem a cor nem a fazenda, mas provavelmente era brim pardo. Todos ficaram esperando o que vinha dizer o homem, eu mais que ninguém, porque ele era meu tio, roceiro, morador em Guaratiba. Chamava-se tio Zeca.

Tio Zeca foi ao mestre e falou-lhe baixo. O mestre fê-lo sentar, olhou para mim, e creio que lhe perguntou alguma coisa, porque tio Zeca entrou a falar demorado, muito explicativo. O mestre insistiu, ele respondeu, até que o mestre, voltando-se para mim, disse alto:

— Sr. José Martins, pode sair.

A minha sensação de prazer foi tal que venceu a de espanto. Tinha dez anos apenas, gostava de folgar, não gostava de aprender. Um chamado de casa, o próprio tio, irmão de meu pai, que chegara na véspera de Guaratiba, era naturalmente alguma festa, passeio, qualquer coisa. Corri a buscar o chapéu,

PAI CONTRA MÃE

meti o livro de leitura no bolso e desci as escadas da escola, um sobradinho da Rua do Senado. No corredor beijei a mão a tio Zeca. Na rua fui andando ao pé dele, amiudando os passos e levantando a cara. Ele não me dizia nada, eu não me atrevia a
5 nenhuma pergunta. Pouco depois chegávamos ao colégio de minha irmã Felícia; disse-me que esperasse, entrou, subiu, desceram, e fomos os três caminho de casa. A minha alegria agora era maior. Certamente havia festa em casa, pois que íamos os dois, ela e eu; íamos na frente, trocando as nossas perguntas
10 e conjeturas. Talvez anos de tio Zeca. Voltei a cara para ele; vinha com os olhos no chão, provavelmente para não cair.

Fomos andando. Felícia era mais velha que eu um ano. Calçava sapato raso, atado ao peito do pé por duas fitas cruzadas, vindo acabar acima do tornozelo com laço. Eu, botins de cor-
15 dovão, já gastos. As calcinhas dela pegavam com a fita dos sapatos, as minhas calças, largas, caíam sobre o peito do pé; eram de chita. Uma ou outra vez parávamos, ela para admirar as bonecas à porta dos armarinhos, eu para ver, à porta das vendas, algum papagaio que descia e subia pela corrente de ferro
20 atada ao pé. Geralmente, era meu conhecido, mas papagaio não cansa em tal idade. Tio Zeca é que nos tirava do espetáculo industrial ou natural.

— Andem — dizia ele em voz sumida. E nós andávamos, até que outra curiosidade nos fazia deter o passo. Entretanto, o
25 principal era a festa que nos esperava em casa.

— Não creio que sejam anos de tio Zeca — disse-me Felícia.

— Por quê?

— Parece meio triste.

— Triste, não, parece carrancudo.

30 — Ou carrancudo. Quem faz anos tem a cara alegre.

UMAS FÉRIAS

— Então serão anos de meu padrinho...

— Ou de minha madrinha...

— Mas por que é que mamãe nos mandou para a escola?

— Talvez não soubesse.

— Há de haver jantar grande...

— Com doce...

— Talvez dancemos.

Fizemos um acordo: podia ser festa, sem aniversário de ninguém. A sorte grande, por exemplo. Ocorreu-me também que podiam ser eleições. Meu padrinho era candidato a vereador; embora eu não soubesse bem o que era candidatura nem vereação, tanto ouvira falar em vitória próxima que a achei certa e ganha. Não sabia que a eleição era ao domingo, e o dia era sexta-feira. Imaginei bandas de música, vivas e palmas, e nós, meninos, pulando, rindo, comendo cocadas. Talvez houvesse espetáculo à noite; fiquei meio tonto. Tinha ido uma vez ao teatro e voltei dormindo, mas no dia seguinte estava tão contente que morria por lá tornar, posto não houvesse entendido nada do que ouvira. Vira muita coisa, isto sim, cadeiras ricas, tronos, lanças compridas, cenas que mudavam à vista, passando de uma sala a um bosque, e do bosque a uma rua. Depois, os personagens, todos príncipes. Era assim que chamávamos aos que vestiam calção de seda, sapato de fivela ou botas, espada, capa de veludo, gorra com pluma. Também houve bailado. As bailarinas e os bailarinos falavam com os pés e as mãos, trocando de posição e um sorriso constante na boca. Depois os gritos do público e as palmas...

Já duas vezes escrevi palmas; é que as conhecia bem. Felícia, a quem comuniquei a possibilidade do espetáculo, não me pareceu gostar muito, mas também não recusou nada. Iria ao

PAI CONTRA MÃE

teatro. E quem sabe se não seria em casa, teatrinho de bonecos? Íamos nessas conjeturas, quando tio Zeca nos disse que esperássemos; tinha parado a conversar com um sujeito.

Paramos, à espera. A ideia da festa, qualquer que fosse, continuou a agitar-nos, mais a mim que a ela. Imaginei trinta mil coisas, sem acabar nenhuma, tão precipitadas vinham, e tão confusas que não as distinguia, pode ser até que se repetissem. Felícia chamou a minha atenção para dois moleques de carapuça encarnada, que passavam carregando canas — o que nos lembrou as noites de Santo Antônio e S. João, já lá idas. Então lhe falei das fogueiras do nosso quintal, das bichas que queimamos, das rodinhas, das pistolas e das danças com outros meninos. Se houvesse agora a mesma coisa... Ah! Lembrou-me de que era ocasião de deitar à fogueira o livro da escola, e o dela também, com os pontos de costura que estava aprendendo.

— Isso não — acudiu Felícia.

— Eu queimava o meu livro.

— Papai comprava outro.

— Enquanto comprasse, eu ficava brincando em casa; aprender é muito aborrecido.

Nisto estávamos, quando vimos tio Zeca e o desconhecido ao pé de nós. O desconhecido pegou-nos nos queixos e levantou-nos a cara para ele, fitou-nos com seriedade, deixou-nos e despediu-se.

— Nove horas? Lá estarei — disse ele.

— Vamos — disse-nos tio Zeca.

Quis perguntar-lhe quem era aquele homem e até me pareceu conhecê-lo vagamente. Felícia também. Nenhum de nós acertava com a pessoa; mas a promessa de lá estar às nove horas dominou o resto. Era festa, algum baile, conquanto às nove

UMAS FÉRIAS

horas costumássemos ir para a cama. Naturalmente, por exceção, estaríamos acordados. Como chegássemos a um rego de lama, peguei da mão de Felícia, e transpusemo-lo de um salto, tão violento que quase me caiu o livro. Olhei para tio Zeca, a ver o efeito do gesto; vi-o abanar a cabeça com reprovação. Ri, ela sorriu, e fomos pela calçada adiante.

Era o dia dos desconhecidos. Desta vez estavam em burros, e um dos dois era mulher. Vinham da roça. Tio Zeca foi ter com eles ao meio da rua, depois de dizer que esperássemos. Os animais pararam, creio que de si mesmos, por também conhecerem a tio Zeca, ideia que Felícia reprovou com o gesto, e que eu defendi rindo. Teria apenas meia convicção; tudo era folgar. Fosse como fosse, esperamos os dois, examinando o casal de roceiros. Eram ambos magros, a mulher mais que o marido, e também mais moça; ele tinha os cabelos grisalhos. Não ouvimos o que disseram, ele e tio Zeca; vimo-lo, sim, o marido olhar para nós com ar de curiosidade e falar à mulher, que também nos deitou os olhos, agora com pena ou coisa parecida. Enfim se apartaram, tio Zeca veio ter conosco e enfiamos para casa.

A casa ficava na rua próxima, perto da esquina. Ao dobrarmos esta, vimos os portais da casa forrados de preto — o que nos encheu de espanto. Instintivamente paramos e voltamos a cabeça para tio Zeca. Este veio a nós, deu a mão a cada um e ia a dizer alguma palavra que lhe ficou na garganta; andou, levando-nos consigo. Quando chegamos, as portas estavam meio cerradas. Não sei se lhes disse que era um armarinho. Na rua, curiosos. Nas janelas fronteiras e laterais, cabeças aglomeradas. Houve certo rebuliço quando chegamos. É natural que eu tivesse a boca aberta, como Felícia. Tio Zeca empurrou

PAI CONTRA MÃE

uma das meias portas, entramos os três, ele tornou a cerrá-la, meteu-se pelo corredor e fomos à sala de jantar e à alcova.

Dentro, ao pé da cama, estava minha mãe com a cabeça entre as mãos. Sabendo da nossa chegada, ergueu-se de salto, veio abraçar-nos entre lágrimas, bradando:

— Meus filhos, vosso pai morreu!

A comoção foi grande, por mais que o confuso e o vago entorpecessem a consciência da notícia. Não tive forças para andar, e teria medo de o fazer. Morto como? Morto por quê? Estas duas perguntas, se as meto aqui, é para dar seguimento à ação; naquele momento não perguntei nada a mim nem a ninguém. Ouvi as palavras de minha mãe, se repetiam em mim, e os seus soluços que eram grandes. Ela pegou em nós e arrastou-nos para a cama, onde jazia o cadáver do marido; e fez-nos beijar-lhe a mão. Tão longe estava eu daquilo que, apesar de tudo, não entendera nada a princípio; a tristeza e o silêncio das pessoas que rodeavam a cama ajudaram a explicar que meu pai morrera deveras. Não se tratava de um dia santo, com a sua folga e recreio, não era festa, não eram as horas breves ou longas, para a gente desfiar em casa, arredada dos castigos da escola. Que essa queda de um sonho tão bonito fizesse crescer a minha dor de filho não é coisa que possa afirmar ou negar; melhor é calar. O pai ali estava defunto, sem pulos, nem danças, nem risadas, nem bandas de música, coisas todas também defuntas. Se me houvessem dito à saída da escola por que é que me iam lá buscar, é claro que a alegria não houvera penetrado o coração, donde era agora expelida a punhadas.

O enterro foi no dia seguinte, às nove horas da manhã, e, provavelmente, lá estava aquele amigo de tio Zeca que se despediu na rua, com a promessa de ir às nove horas. Não vi as

368

cerimônias; alguns vultos, poucos, vestidos de preto, lembra-me de que vi. Meu padrinho, dono de um trapiche, lá estava, e a mulher também, que me levou a uma alcova dos fundos para me mostrar gravuras. Na ocasião da saída, ouvi os gritos de minha mãe, o rumor dos passos, algumas palavras abafadas de pessoas que pegavam nas alças do caixão, creio eu: — "vire de lado", "mais à esquerda", "assim, segure bem..." Depois, ao longe, o coche andando e as seges atrás dele...

Lá iam meu pai e as férias! Um dia de folga sem folguedo! Não, não foi um dia, mas oito, oito dias de nojo, durante os quais alguma vez me lembrei do colégio. Minha mãe chorava, cosendo o luto, entre duas visitas de pêsames. Eu também chorava; não via meu pai às horas do costume, não lhe ouvia as palavras à mesa ou ao balcão, nem as carícias que dizia aos pássaros. Que ele era muito amigo de pássaros e tinha três ou quatro, em gaiolas. Minha mãe vivia calada. Quase que só falava às pessoas de fora. Foi assim que eu soube que meu pai morrera de apoplexia. Ouvi esta notícia muitas vezes; as visitas perguntavam pela causa da morte, e ela referia tudo, a hora, o gesto, a ocasião: tinha ido beber água e enchia um copo, à janela da área. Tudo decorei, à força de ouvi-lo contar.

Nem por isso os meninos do colégio deixavam de vir espiar para dentro da minha memória. Um deles chegou a perguntar-me quando é que eu voltaria.

— Sábado, meu filho — disse minha mãe, quando lhe repeti a pergunta imaginada. — A missa é sexta-feira. Talvez seja melhor voltar na segunda.

— Antes sábado — emendei.

— Pois sim — concordou.

PAI CONTRA MÃE

Não sorria; se pudesse, sorriria de gosto ao ver que eu queria voltar mais cedo à escola. Mas, sabendo que eu não gostava de aprender, como entenderia a emenda? Provavelmente, deu-lhe algum sentido superior, conselho do céu ou do marido. Em
5 verdade, eu não folgava, se lerdes isto com o sentido de rir. Com o de descansar também não cabe, porque minha mãe fazia-me estudar, e, tanto como o estudo, aborrecia-me a atitude. Obrigado a estar sentado, com o livro nas mãos, a um canto ou à mesa, dava ao diabo o livro, a mesa e a cadeira. Usava
10 um recurso que recomendo aos preguiçosos: deixava os olhos na página e abria a porta à imaginação. Corria a apanhar as flechas dos foguetes, a ouvir os realejos, a bailar com meninas, a cantar, a rir, a espancar de mentira ou de brincadeira, como for mais claro.
15 Uma vez, como desse por mim a andar na sala sem ler, minha mãe repreendeu-me, e eu respondi que estava pensando em meu pai. A explicação fê-la chorar, e, para dizer tudo, não era totalmente mentira; tinha-me lembrado do último presentinho que ele me dera e entrei a vê-lo com o mimo na mão.
20 Felícia vivia tão triste como eu, mas confesso a minha verdade, a causa principal não era a mesma. Gostava de brincar, mas não sentia a ausência do brinco, não se lhe dava de acompanhar a mãe, coser com ela e uma vez fui achá-la a enxugar-lhe os olhos. Meio vexado, pensei em imitá-la e meti a mão no
25 bolso para tirar o lenço. A mão entrou sem ternura e, não achando o lenço, saiu sem pesar. Creio que ao gesto não faltava só originalidade, mas sinceridade também.

Não me censurem. Sincero fui longos dias calados e reclusos. Quis uma vez ir para o armarinho, que se abriu depois do
30 enterro, onde o caixeiro continuou a servir. Conversaria com

UMAS FÉRIAS

este, assistiria à venda de linhas e agulhas, à medição de fitas, iria à porta, à calçada, à esquina da rua... Minha mãe sufocou este sonho pouco depois dele nascer. Mal chegara ao balcão, mandou-me buscar pela escrava; lá fui para o interior da casa e para o estudo. Arrepelei-me, apertei os dedos à guisa de quem quer dar murro; não me lembra se chorei de raiva.

O livro lembrou-me da escola, e a imagem da escola consolou-me. Já então lhe tinha grandes saudades. Via de longe as caras dos meninos, os nossos gestos de troça nos bancos e os saltos à saída. Senti cair-me na cara uma daquelas bolinhas de papel com que nos espertávamos uns aos outros, fiz a minha e atirei-a ao meu suposto espertador. A bolinha, como acontecia às vezes, foi cair na cabeça de terceiro, que se desforrou depressa. Alguns, mais tímidos, limitavam-se a fazer caretas. Não era folguedo franco, mas já me valia por ele. Aquele degredo que eu deixei tão alegremente com tio Zeca parecia-me agora um céu remoto e tinha medo de o perder. Nenhuma festa em casa, poucas palavras, raro movimento. Foi por esse tempo que eu desenhei a lápis maior número de gatos nas margens do livro de leitura; gatos e porcos. Não alegrava, mas distraía.

A missa do sétimo dia restituiu-me à rua; no sábado não fui à escola, fui à casa de meu padrinho, onde pude falar um pouco mais, e no domingo estive à porta da loja. Não era alegria completa. A total alegria foi segunda-feira, na escola. Entrei vestido de preto, fui mirado com curiosidade, mas tão outro ao pé dos meus condiscípulos, que me esqueceram as férias sem gosto, e achei uma grande alegria sem férias.

Evolução

CHAMO-ME INÁCIO; ele, Benedito. Não digo o resto dos nossos nomes por um sentimento de compostura, que toda a gente discreta apreciará. Inácio basta. Contentem-se com Benedito. Não é muito, mas é alguma coisa, e está com a filosofia de Julieta: "Que valem nomes?", perguntava ela ao namorado. "A rosa, como quer que se lhe chame, terá sempre o mesmo cheiro".[1] Vamos ao cheiro do Benedito.

E desde logo assentemos que ele era o menos Romeu deste mundo. Tinha quarenta e cinco anos, quando o conheci; não declaro em que tempo, porque tudo neste conto há de ser misterioso e truncado. Quarenta e cinco anos e muitos cabelos pretos; para os que o não eram usava um processo químico, tão eficaz que não se lhe distinguiam os pretos dos outros — salvo ao levantar da cama; mas ao levantar da cama não aparecia a ninguém. Tudo mais era natural, pernas, braços, cabeça, olhos, roupa, sapatos, corrente do relógio e bengala. O próprio alfinete de diamante, que trazia na gravata, um dos mais lindos que tenho visto, era natural e legítimo, custou-lhe bom dinheiro; eu mesmo o vi comprar na casa do... Já me ia escapando o nome do joalheiro — fiquemos na Rua do Ouvidor.

---

1. Referência à personagem Julieta, heroína da peça *Romeu e Julieta* (1597), de William Shakespeare (1564–1616).

PAI CONTRA MÃE

Moralmente, era ele mesmo. Ninguém muda de caráter, e o do Benedito era bom — ou, para melhor dizer, pacato. Mas, intelectualmente, é que ele era menos original. Podemos compará-lo a uma hospedaria bem afreguesada, aonde iam ter ideias
5 de toda parte e de toda sorte, que se sentavam à mesa com a família da casa. Às vezes, acontecia acharem-se ali duas pessoas inimigas, ou simplesmente antipáticas, ninguém brigava, o dono da casa impunha aos hóspedes a indulgência recíproca. Era assim que ele conseguia ajustar uma espécie de ateísmo
10 vago com duas irmandades que fundou, não sei se na Gávea, na Tijuca ou no Engenho Velho. Usava assim, promiscuamente, a devoção, a irreligião e as meias de seda. Nunca lhe vi as meias, note-se; mas ele não tinha segredos para os amigos.

Conhecemo-nos em viagem para Vassouras. Tínhamos
15 deixado o trem e entrado na diligência que nos ia levar da estação à cidade. Trocamos algumas palavras e, não tardou, conversarmos francamente, ao sabor das circunstâncias que nos impunham a convivência, antes mesmo de saber quem éramos.

Naturalmente, o primeiro objeto foi o progresso que nos
20 traziam as estradas de ferro. Benedito lembrava-se do tempo em que toda a jornada era feita às costas de burro. Contamos então algumas anedotas, falamos de alguns nomes e ficamos de acordo em que as estradas de ferro eram uma condição de progresso do país. Quem nunca viajou não sabe o valor que tem
25 uma dessas banalidades graves e sólidas para dissipar os tédios do caminho. O espírito areja-se, os próprios músculos recebem uma comunicação agradável, o sangue não salta, fica-se em paz com Deus e os homens.

— Não serão os nossos filhos que verão todo este país cor-
30 tado de estradas — disse ele.

EVOLUÇÃO

— Não, decerto. O senhor tem filhos?

— Nenhum.

— Nem eu. Não será ainda em cinquenta anos; e, entretanto, é a nossa primeira necessidade. Eu comparo o Brasil a uma criança que está engatinhando; só começará a andar quando tiver muitas estradas de ferro.

— Bonita ideia! — exclamou Benedito faiscando-lhe os olhos.

— Importa-me pouco que seja bonita, contanto que seja justa.

— Bonita e justa — redarguiu ele com amabilidade. — Sim, senhor tem razão: o Brasil está engatinhando; só começará a andar quando tiver muitas estradas de ferro.

Chegamos a Vassouras; eu fui para a casa do juiz municipal, camarada antigo; ele demorou-se um dia e seguiu para o interior. Oito dias depois voltei ao Rio de Janeiro, mas sozinho. Uma semana mais tarde, voltou ele; encontramo-nos no teatro, conversamos muito e trocamos notícias; Benedito acabou convidando-me a ir almoçar com ele no dia seguinte. Fui; deu-me um almoço de príncipe, bons charutos e palestra animada. Notei que a conversa dele fazia mais efeito no meio da viagem — arejando o espírito e deixando a gente em paz com Deus e os homens; mas devo dizer que o almoço pode ter prejudicado o resto. Realmente era magnífico; e seria impertinência histórica pôr a mesa de Luculo na casa de Platão.[2] Entre o café e o *cognac*, disse-me ele, apoiando o cotovelo na borda da mesa e olhando para o charuto que ardia:

2. Referência a Luculo (109 a.C. – 57 a.C.), general romano, e ao filósofo grego Platão (428 a.C. – 347 a.C.).

PAI CONTRA MÃE

— Na minha viagem agora, achei ocasião de ver como o senhor tem razão com aquela ideia do Brasil engatinhando.

— Ah!

— Sim, senhor; é justamente o que o senhor dizia na diligência de Vassouras. Só começaremos a andar quando tivermos muitas estradas de ferro. Não imagina como isso é verdade.

E referiu muita coisa, observações relativas aos costumes do interior, dificuldades da vida, atraso, concordando, porém, nos bons sentimentos da população e nas aspirações de progresso. Infelizmente, o governo não correspondia às necessidades da pátria; parecia até interessado em mantê-la atrás das outras nações americanas. Mas era indispensável que nos persuadíssemos de que os princípios são tudo e os homens, nada. Não se fazem os povos para os governos, mas os governos para os povos; e *abyssus abyssum invocat*.[3] Depois foi mostrar-me outras salas. Eram todas alfaiadas com apuro. Mostrou-me as coleções de quadros, de moedas, de livros antigos, de selos, de armas; tinha espadas e floretes, mas confessou que não sabia esgrimir. Entre os quadros vi um lindo retrato de mulher; perguntei-lhe quem era. Benedito sorriu.

— Não irei adiante — disse eu sorrindo também.

— Não, não há que negar — acudiu ele. — Foi uma moça de quem gostei muito. Bonita, não? Não imagina a beleza que era. Os lábios eram mesmo de carmim e as faces, de rosa; tinha os olhos negros, cor da noite. E que dentes! Verdadeiras pérolas. Um mimo da natureza.

Em seguida, passamos ao gabinete. Era vasto, elegante, um pouco trivial, mas não lhe faltava nada. Tinha duas estantes,

---

3. Passagem que consta do livro de *Salmos* (41, 8): *Abyssus abyssum invocat*, isto é, "o abismo atrai o abismo".

EVOLUÇÃO

cheias de livros muito bem encadernados, um mapa-múndi, dois
mapas do Brasil. A secretária era de ébano, obra fina; sobre ela,
casualmente aberto, um almanaque de Laemmert. O tinteiro
era de cristal — "cristal de rocha", disse-me ele, explicando
o tinteiro, como explicava as outras coisas. Na sala contígua   5
havia um órgão. Tocava órgão e gostava muito de música, falou
dela com entusiasmo, citando as óperas, os trechos melhores,
e noticiou-me que, em pequeno, começara a aprender flauta;
abandonou-a logo — o que foi pena, concluiu, porque é, na
verdade, um instrumento muito saudoso. Mostrou-me ainda   10
outras salas, fomos ao jardim, que era esplêndido, tanto ajudava
a arte à natureza, e tanto a natureza coroava a arte. Em rosas,
por exemplo (não há negar, disse-me ele, que é a rainha das
flores) em rosas, tinha-as de toda casta e de todas as regiões.

Saí encantado. Encontramo-nos algumas vezes, na rua, no   15
teatro, em casa de amigos comuns, tive ocasião de apreciá-lo.
Quatro meses depois fui à Europa, negócio que me obrigava
a ausência de um ano; ele ficou cuidando da eleição; queria
ser deputado. Fui eu mesmo que o induzi a isso, sem a menor
intenção política, mas com o único fim de lhe ser agradável;   20
mal comparando, era como se lhe elogiasse o corte do colete.
Ele pegou da ideia e apresentou-se. Um dia, atravessando uma
rua de Paris, dei subitamente com o Benedito.

— Que é isto? — exclamei.

— Perdi a eleição — disse ele — e vim passear à Europa.   25

Não me deixou mais; viajamos juntos o resto do tempo.
Confessou-me que a perda da eleição não lhe tirara a ideia de
entrar no parlamento. Ao contrário, incitara-o mais. Falou-me
de um grande plano.

— Quero vê-lo ministro — disse-lhe.   30

PAI CONTRA MÃE

Benedito não contava com esta palavra, o rosto iluminou-se-lhe; mas disfarçou depressa.

— Não digo isso — respondeu. Quando, porém, seja ministro, creia que serei tão-somente ministro industrial. Estamos fartos de partidos: precisamos desenvolver as forças vivas do país, os seus grandes recursos. Lembra-se do que nós dizíamos na diligência de Vassouras? O Brasil está engatinhando; só andará com estradas de ferro...

— Tem razão — concordei um pouco espantado. — E por que é que eu mesmo vim à Europa? Vim cuidar de uma estrada de ferro. Deixo as coisas arranjadas em Londres.

— Sim?

— Perfeitamente.

Mostrei-lhe os papéis, ele viu-os deslumbrado. Como eu tivesse então recolhido alguns apontamentos, dados estatísticos, folhetos, relatórios, cópias de contratos, tudo referente a matérias industriais, e lhos mostrasse, Benedito declarou-me que ia também coligir algumas coisas daquelas. E, na verdade, vi-o andar por ministérios, bancos, associações, pedindo muitas notas e opúsculos, que amontoava nas malas; mas o ardor com que o fez, se foi intenso, foi curto; era de empréstimo. Benedito recolheu com muito mais gosto os anexins políticos e fórmulas parlamentares. Tinha na cabeça um vasto arsenal deles. Nas conversas comigo repetia-os muita vez, à laia de experiência; achava neles grande prestígio e valor inestimável. Muitos eram de tradição inglesa, e ele os preferia aos outros, como trazendo em si um pouco da Câmara dos Comuns. Saboreava-os tanto que eu não sei se ele aceitaria jamais a liberdade real sem aquele aparelho verbal; creio que não. Creio até que, se tivesse de optar, optaria por essas formas curtas, tão cômo-

EVOLUÇÃO

das, algumas lindas, outras sonoras, todas axiomáticas, que não forçam a reflexão, preenchem os vazios e deixam a gente em paz com Deus e os homens.

Regressamos juntos; mas eu fiquei em Pernambuco e tornei mais tarde a Londres, donde vim ao Rio de Janeiro, um ano depois. Já então Benedito era deputado. Fui visitá-lo, achei-o preparando o discurso de estreia. Mostrou-me alguns apontamentos, trechos de relatórios, livros de economia política, alguns com páginas marcadas, por meio de tiras de papel rubricadas assim: — *Câmbio, Taxa das terras, Questão dos cereais em Inglaterra, Opinião de Stuart Mill,*[4] *Erro de Thiers*[5] *sobre caminhos de ferro* etc. Era sincero, minucioso e cálido. Falava-me daquelas coisas, como se acabasse de as descobrir, expondo-me tudo, *ab ovo*;[6] tinha a peito mostrar aos homens práticos da Câmara que também ele era prático. Em seguida, perguntou-me pela empresa; disse-lhe o que havia.

— Dentro de dois anos conto inaugurar o primeiro trecho da estrada.

— E os capitalistas ingleses?

— Que tem?

— Estão contentes, esperançados?

— Muito; não imagina.

Contei-lhe algumas particularidades técnicas, que ele ouviu distraidamente — ou porque a minha narração fosse em extremo complicada, ou por outro motivo. Quando acabei, disse-me que

---

4. John Stuart Mill (1806–1873), pensador e ensaísta inglês.

5. Louis-Adolphe Thiers (1797–1877), historiador e político francês.

6. *Ab ovo*, expressão latina que quer dizer "desde o ovo", isto é, "desde o princípio".

PAI CONTRA MÃE

estimava ver-me entregue ao movimento industrial; era dele que precisávamos, e a este propósito fez-me o favor de ler o exórdio do discurso que devia proferir dali a dias.

— Está ainda em borrão — explicou-me. — Mas as ideias
5 capitais ficam. E começou:

No meio da agitação crescente dos espíritos, do alarido partidário que encobre as vozes dos legítimos interesses, permiti que alguém faça ouvir uma súplica da nação. Senhores, é tempo de cuidar exclusivamente — notai que digo exclusivamente — dos melhoramentos mate-
10 riais do país. Não desconheço o que se me pode replicar; dir-me-eis que uma nação não se compõe só de estômago para digerir, mas de cabeça para pensar e de coração para sentir. Respondo-vos que tudo isso não valerá nada ou pouco, se ela não tiver pernas para caminhar; e aqui repetirei o que, há alguns anos, dizia eu a um amigo, em via-
15 gem pelo interior: o Brasil é uma criança que engatinha; só começará a andar quando estiver cortado de estradas de ferro...

Não pude ouvir mais nada e fiquei pensativo. Mais que pensativo, fiquei assombrado, desvairado diante do abismo que a psicologia rasgava aos meus pés. Este homem é sincero,
20 pensei comigo, está persuadido do que escreveu. E fui por aí abaixo até ver se achava a explicação dos trâmites por que passou aquela recordação da diligência de Vassouras. Achei (perdoem-me se há nisto enfatuação) achei ali mais um efeito da lei da evolução, tal como a definiu Spencer[7] — Spencer ou
25 Benedito, um deles.

7. Referência ao inglês Herbert Spencer (1820–1903), filósofo e teórico político liberal.

380

Pílades e Orestes

QUINTANILHA ENGENDROU GONÇALVES. Tal era a impressão que davam os dois juntos, não que se parecessem. Ao contrário, Quintanilha tinha o rosto redondo, Gonçalves comprido, o primeiro era baixo e moreno, o segundo alto e claro, e a expressão total divergia inteiramente. Acresce que eram quase da mesma idade. A ideia da paternidade nascia das maneiras com que o primeiro tratava o segundo; um pai não se desfaria mais em carinhos, cautelas e pensamentos.

Tinham estudado juntos, morado juntos e eram bacharéis do mesmo ano. Quintanilha não seguiu advocacia nem magistratura, meteu-se na política; mas, eleito deputado provincial em 187... cumpriu o prazo da legislatura e abandonou a carreira. Herdara os bens de um tio, que lhe davam de renda cerca de trinta contos de réis. Veio para o seu Gonçalves, que advogava no Rio de Janeiro.

Posto que abastado, moço, amigo do seu único amigo, não se pode dizer que Quintanilha fosse inteiramente feliz, como vais ver. Ponho de lado o desgosto que lhe trouxe a herança com o ódio dos parentes; tal ódio foi que ele esteve prestes a abrir mão dela, e não o fez porque o amigo Gonçalves, que lhe dava ideias e conselhos, o convenceu de que semelhante ato seria rematada loucura.

PAI CONTRA MÃE

— Que culpa tem você que merecesse mais a seu tio que os outros parentes? Não foi você que fez o testamento nem andou a bajular o defunto, como os outros. Se ele deixou tudo a você, é que o achou melhor que eles; fique-se com a fortuna, que é a vontade do morto, e não seja tolo.

Quintanilha acabou concordando. Dos parentes alguns buscaram reconciliar-se com ele, mas o amigo mostrou-lhe a intenção recôndita dos tais, e Quintanilha não lhes abriu a porta. Um desses, ao vê-lo ligado com o antigo companheiro de estudos, bradava por toda a parte:

— Aí está, deixa os parentes para se meter com estranhos; há de se ver o fim que leva.

Ao saber disto, Quintanilha correu a contá-lo a Gonçalves, indignado. Gonçalves sorriu, chamou-lhe tolo e aquietou-lhe o ânimo; não valia a pena irritar-se por ditinhos.

— Uma só coisa desejo — continuou —, é que nos separemos, para que se não diga...

— Que se não diga o quê? É boa! Tinha que ver, se eu passava a escolher as minhas amizades conforme o capricho de alguns peraltas sem-vergonha!

— Não fale assim, Quintanilha. Você é grosseiro com seus parentes.

— Parentes do diabo que os leve! Pois eu hei de viver com as pessoas que me forem designadas por meia dúzia de velhacos que o que querem é comer-me o dinheiro? Não, Gonçalves; tudo o que você quiser, menos isso. Quem escolhe os meus amigos sou eu, é o meu coração. Ou você está... está aborrecido de mim?

— Eu? Tinha graça.

— Pois então?

382

PÍLADES E ORESTES

— Mas é...

— Não é tal!

A vida que viviam os dois era a mais unida deste mundo. Quintanilha acordava, pensava no outro, almoçava e ia ter com ele. Jantavam juntos, faziam alguma visita, passeavam ou acabavam a noite no teatro. Se Gonçalves tinha algum trabalho que fazer à noite, Quintanilha ia ajudá-lo como obrigação; dava busca aos textos de lei, marcava-os, copiava-os, carregava os livros. Gonçalves esquecia com facilidade, ora um recado, ora uma carta, sapatos, charutos, papéis. Quintanilha supria-lhe a memória. Às vezes, na Rua do Ouvidor, vendo passar as moças, Gonçalves lembrava-se de uns autos que deixara no escritório. Quintanilha voava a buscá-los e tornava com eles, tão contente que não se podia saber se eram autos, se a sorte grande; procurava-o ansiosamente com os olhos, corria, sorria, morria de fadiga.

— São estes?

— São; deixa ver, são estes mesmos. Dá cá.

— Deixa, eu levo.

A princípio, Gonçalves suspirava:

— Que maçada que dei a você!

Quintanilha ria do suspiro com tão bom humor que o outro, para não o molestar, não se acusou de mais nada; concordou em receber os obséquios. Com o tempo, os obséquios ficaram sendo puro ofício. Gonçalves dizia ao outro: "Você hoje há de lembrar-me isto e aquilo". E o outro decorava as recomendações, ou escrevia-as, se eram muitas.

Algumas dependiam de horas; era de ver como o bom Quintanilha suspirava aflito, à espera que chegasse tal ou tal hora para ter o gosto de lembrar os negócios ao amigo. E levava-lhe

PAI CONTRA MÃE

as cartas e papéis, ia buscar as respostas, procurar as pessoas, esperá-las na estrada de ferro, fazia viagens ao interior. De si mesmo descobria-lhe bons charutos, bons jantares, bons espetáculos. Gonçalves já não tinha liberdade de falar de um livro novo, ou somente caro, que não achasse um exemplar em casa.

— Você é um perdulário — dizia-lhe em tom repreensivo.

— Então gastar com letras e ciências é botar fora? É boa! — concluía o outro.

No fim do ano quis obrigá-lo a passar fora as férias. Gonçalves acabou aceitando, e o prazer que lhe deu com isto foi enorme. Subiram a Petrópolis. Na volta, serra abaixo, como falassem de pintura, Quintanilha advertiu que não tinham ainda uma tela com o retrato dos dois e mandou fazê-la. Quando a levou ao amigo, este não pôde deixar de lhe dizer que não prestava para nada. Quintanilha ficou sem voz.

— É uma porcaria — insistiu Gonçalves.

— Pois o pintor disse-me...

— Você não entende de pintura, Quintanilha, e o pintor aproveitou a ocasião para meter a espiga. Pois isto é cara decente? Eu tenho este braço torto?

— Que ladrão!

— Não, ele não tem culpa, fez o seu negócio; você é que não tem o sentimento da arte, nem prática, e espichou-se redondamente. A intenção foi boa, creio...

— Sim, a intenção foi boa.

— E aposto que já pagou?

— Já.

Gonçalves abanou a cabeça, chamou-lhe ignorante e acabou rindo. Quintanilha, vexado e aborrecido, olhava para a tela, até que sacou de um canivete e rasgou-a de alto a baixo. Como

PÍLADES E ORESTES

se não bastasse esse gesto de vingança, devolveu a pintura ao artista com um bilhete em que lhe transmitiu alguns dos nomes recebidos e mais o de asno. A vida tem muitas de tais pagas. Demais, uma letra de Gonçalves que se venceu dali a dias e que este não pôde pagar, veio trazer ao espírito de Quintanilha uma diversão. Quase brigaram, a ideia de Gonçalves era reformar a letra; Quintanilha, que era o endossante, entendia não valer a pena pedir o favor por tão escassa quantia (um conto e quinhentos), ele emprestaria o valor da letra, e o outro que lhe pagasse, quando pudesse. Gonçalves não consentiu e fez-se a reforma. Quando, ao fim dela, a situação se repetiu, o mais que este admitiu foi aceitar uma letra de Quintanilha, com o mesmo juro.

— Você não vê que me envergonha, Gonçalves? Pois eu hei de receber juro de você...?

— Ou recebe, ou não fazemos nada.

— Mas, meu querido...

Teve que concordar. A união dos dois era tal que uma senhora chamava-lhes os "casadinhos de fresco", e um letrado, Pílades e Orestes. Eles riam, naturalmente, mas o riso de Quintanilha trazia alguma coisa parecida com lágrimas: era, nos olhos, uma ternura úmida. Outra diferença é que o sentimento de Quintanilha tinha uma nota de entusiasmo, que absolutamente faltava ao de Gonçalves; mas entusiasmo não se inventa. É claro que o segundo era mais capaz de inspirá-lo ao primeiro do que este a ele. Em verdade, Quintanilha era mui sensível a qualquer distinção; uma palavra, um olhar bastava a acender-lhe o cérebro. Uma pancadinha no ombro ou no ventre, com o fim de aprová-lo ou só acentuar a intimidade, era para

PAI CONTRA MÃE

derretê-lo de prazer. Contava o gesto e as circunstâncias durante dois e três dias.

Não era raro vê-lo irritar-se, teimar, descompor os outros. Também era comum vê-lo rir-se; alguma vez o riso era universal, entornava-se-lhe da boca, dos olhos, da testa, dos braços, das pernas, todo ele era um riso único. Sem ter paixões, estava longe de ser apático.

A letra sacada contra Gonçalves tinha o prazo de seis meses. No dia do vencimento, não só não pensou em cobrá-la, mas resolveu ir jantar a algum arrabalde para não ver o amigo, se fosse convidado à reforma. Gonçalves destruiu todo esse plano; logo cedo, foi levar-lhe o dinheiro. O primeiro gesto de Quintanilha foi recusá-lo, dizendo-lhe que o guardasse, podia precisar dele; o devedor teimou em pagar e pagou.

Quintanilha acompanhava os atos de Gonçalves; via a constância do seu trabalho, o zelo que ele punha na defesa das demandas e vivia cheio de admiração. Realmente, não era grande advogado, mas na medida das suas habilitações, era distinto.

— Você por que não se casa? — perguntou-lhe um dia; um advogado precisa casar.

Gonçalves respondia rindo. Tinha uma tia, única parenta, a quem ele queria muito, e que lhe morreu, quando eles iam em trinta anos. Dias depois, dizia ao amigo:

— Agora só me resta você.

Quintanilha sentiu os olhos molhados e não achou que lhe respondesse. Quando se lembrou de dizer que "iria até a morte" era tarde. Redobrou então de carinhos, e um dia acordou com a ideia de fazer testamento. Sem revelar nada ao outro, nomeou-o testamenteiro e herdeiro universal.

PÍLADES E ORESTES

— Guarde-me este papel, Gonçalves — disse-lhe entregando o testamento. — Sinto-me forte, mas a morte é fácil, e não quero confiar a qualquer pessoa as minhas últimas vontades.

Foi por esse tempo que sucedeu um caso que vou contar.

Quintanilha tinha uma prima segunda, Camila, moça de vinte e dois anos, modesta, educada e bonita. Não era rica; o pai, João Bastos, era guarda-livros de uma casa de café. Haviam brigado por ocasião da herança; mas Quintanilha foi ao enterro da mulher de João Bastos, e este ato de piedade novamente os ligou. João Bastos esqueceu facilmente alguns nomes crus que dissera do primo, chamou-lhe outros nomes doces e pediu-lhe que fosse jantar com ele. Quintanilha foi e tornou a ir. Ouviu ao primo o elogio da finada mulher; numa ocasião em que Camila os deixou sós, João Bastos louvou as raras prendas da filha, que afirmava haver recebido integralmente a herança moral da mãe.

— Não direi isto nunca à pequena, nem você lhe diga nada. É modesta, e, se começarmos a elogiá-la, pode perder-se. Assim, por exemplo, nunca lhe direi que é tão bonita como foi a mãe, quando tinha a idade dela; pode ficar vaidosa. Mas a verdade é que é mais, não lhe parece? Tem ainda o talento de tocar piano, que a mãe não possuía.

Quando Camila voltou à sala de jantar, Quintanilha sentiu vontade de lhe descobrir tudo, conteve-se e piscou o olho ao primo. Quis ouvi-la ao piano; ela respondeu, cheia de melancolia:

— Ainda não, há apenas um mês que mamãe faleceu, deixe passar mais tempo. Demais, eu toco mal.

— Mal?

— Muito mal.

PAI CONTRA MÃE

Quintanilha tornou a piscar o olho ao primo e ponderou à moça que a prova de tocar bem ou mal só se dava ao piano. Quanto ao prazo, era certo que apenas passara um mês; todavia era também certo que a música era uma distração natural e elevada. Além disso, bastava tocar um pedaço triste. João Bastos aprovou este modo de ver e lembrou uma composição elegíaca. Camila abanou a cabeça.

— Não, não, sempre é tocar piano; os vizinhos são capazes de inventar que eu toquei uma polca.

Quintanilha achou graça e riu. Depois concordou e esperou que os três meses fossem passados. Até lá, viu a prima algumas vezes, sendo as três últimas visitas mais próximas e longas. Enfim, pôde ouvi-la tocar piano e gostou. O pai confessou que, ao princípio, não gostava muito daquelas músicas alemãs; com o tempo e o costume achou-lhes sabor. Chamava à filha "a minha alemãzinha", apelido que foi adotado por Quintanilha apenas modificado para o plural: "a nossa alemãzinha". Pronomes possessivos dão intimidade; dentro em pouco, ela existia entre os três — ou quatro, se contarmos Gonçalves, que ali foi apresentado pelo amigo; mas fiquemos nos três.

Que ele é coisa já farejada por ti, leitor sagaz. Quintanilha acabou gostando da moça. Como não, se Camila tinha uns longos olhos mortais? Não é que os pousasse muitas vezes nele, e, se o fazia, era com tal ou qual constrangimento, a princípio, como as crianças que obedecem sem vontade às ordens do mestre ou do pai; mas os pousava, e eles eram tais que, ainda sem intenção, feriam de morte. Também sorria com frequência e falava com graça. Ao piano, e por mais aborrecida que tocasse, tocava bem. Em suma, Camila não faria obra de impulso próprio, sem ser por isso menos feiticeira. Quintanilha

388

PÍLADES E ORESTES

descobriu um dia de manhã que sonhara com ela a noite toda, e à noite que pensara nela todo o dia, e concluiu da descoberta que a amava e era amado. Tão tonto ficou que esteve prestes a imprimi-lo nas folhas públicas. Quando menos, quis dizê-lo ao amigo Gonçalves e correu ao escritório deste. A afeição de Quintanilha complicava-se de respeito e temor. Quase a abrir a boca, engoliu outra vez o segredo. Não ousou dizê-lo nesse dia nem no outro. Antes dissesse; talvez fosse tempo de vencer a campanha. Adiou a revelação por uma semana. Um dia foi jantar com o amigo e, depois de muitas hesitações, disse-lhe tudo; amava a prima e era amado.

— Você aprova, Gonçalves?

Gonçalves empalideceu — ou, pelo menos, ficou sério; nele a seriedade confundia-se com a palidez. Mas, não; verdadeiramente ficou pálido.

— Aprova? — repetiu Quintanilha.

Após alguns segundos, Gonçalves ia abrir a boca para responder, mas fechou-a de novo, e fitou os olhos "em ontem", como ele mesmo dizia de si, quando os estendia ao longe. Em vão Quintanilha teimou em saber o que era, o que pensava, se aquele amor era asneira. Estava tão acostumado a ouvir-lhe este vocábulo que já lhe não doía nem afrontava, ainda em matéria tão melindrosa e pessoal. Gonçalves tornou a si daquela meditação, sacudiu os ombros, com ar desenganado, e murmurou esta palavra tão surdamente que o outro mal a pôde ouvir:

— Não me pergunte nada; faça o que quiser.

— Gonçalves, que é isso? — perguntou Quintanilha, pegando-lhe nas mãos, assustado.

Gonçalves soltou um grande suspiro, que, se tinha asas, ainda agora estará voando. Tal foi, sem esta forma paradoxal, a impressão de Quintanilha. O relógio da sala de jantar bateu oito horas, Gonçalves alegou que ia visitar um desembargador, e o outro despediu-se.

Na rua, Quintanilha parou atordoado. Não acabava de entender aqueles gestos, aquele suspiro, aquela palidez, todo o efeito misterioso da notícia dos seus amores. Entrara e falara, disposto a ouvir do outro um ou mais daqueles epítetos costumados e amigos, idiota, crédulo, paspalhão, e não ouviu nenhum. Ao contrário, havia nos gestos de Gonçalves alguma coisa que pegava com o respeito. Não se lembrava de nada, ao jantar, que pudesse tê-lo ofendido; foi só depois de lhe confiar o sentimento novo que trazia a respeito da prima que o amigo ficou acabrunhado.

"Mas, não pode ser, pensava ele; o que é que Camila tem que não possa ser boa esposa?"

Nisto gastou, parado, defronte da casa, mais de meia hora. Advertiu então que Gonçalves não saíra. Esperou mais meia hora, nada. Quis entrar outra vez, abraçá-lo, interrogá-lo... Não teve forças; enfiou pela rua fora, desesperado. Chegou à casa de João Bastos e não viu Camila; tinha-se recolhido, constipada. Queria justamente contar-lhe tudo, e aqui é preciso explicar que ele ainda não se havia declarado à prima. Os olhares da moça não fugiam dos seus; era tudo, e podia não passar de faceirice. Mas o lance não podia ser melhor para clarear a situação. Contando o que se passara com o amigo, tinha o ensejo de lhe fazer saber que a amava e ia pedi-la ao pai. Era uma consolação no meio daquela agonia; o acaso negou-lha, e Quintanilha saiu da casa, pior do que entrara. Recolheu-se à sua.

Não dormiu antes das duas horas da manhã e não foi para repouso, senão para agitação maior e nova. Sonhou que ia a atravessar uma ponte velha e longa, entre duas montanhas, e a meio caminho viu surdir debaixo um vulto e fincar os pés defronte dele. Era Gonçalves. "Infame", disse este com os olhos acesos, "por que me vens tirar a noiva de meu coração, a mulher que eu amo e é minha? Toma, toma logo o meu coração, é mais completo". E com um gesto rápido abriu o peito, arrancou o coração e meteu-lho na boca. Quintanilha tentou pegar da víscera amiga e repô-la no peito de Gonçalves; foi impossível. Os queixos acabaram por fechá-la. Quis cuspi-la, e foi pior; os dentes cravaram-se no coração. Quis falar, mas vá alguém falar com a boca cheia daquela maneira. Afinal o amigo ergueu os braços e estendeu-lhe as mãos com o gesto de maldição que ele vira nos melodramas, em dias de rapaz; logo depois, brotaram-lhe dos olhos duas imensas lágrimas, que encheram o vale de água, atirou-se abaixo e desapareceu. Quintanilha acordou sufocado.

A ilusão do pesadelo era tal que ele ainda levou as mãos à boca, para arrancar de lá o coração do amigo. Achou a língua somente, esfregou os olhos e sentou-se. Onde estava? Que era? E a ponte? E o Gonçalves? Voltou a si de todo, compreendeu e novamente se deitou, para outra insônia, menor que a primeira, é certo; veio a dormir às quatro horas.

De dia, rememorando toda a véspera, realidade e sonho, chegou à conclusão de que o amigo Gonçalves era seu rival, amava a prima dele, era talvez amado por ela... Sim, sim, podia ser. Quintanilha passou duas horas cruéis. Afinal pegou em si e foi ao escritório de Gonçalves, para saber tudo de uma vez; e, se fosse verdade, sim, se fosse verdade...

PAI CONTRA MÃE

Gonçalves redigia umas razões de embargo. Interrompeu-as para fitá-lo um instante, erguer-se, abrir o armário de ferro, onde guardava os papéis graves, tirar de lá o testamento de Quintanilha e entregá-lo ao testador.

5 — Que é isto?

— Você vai mudar de estado — respondeu Gonçalves, sentando-se à mesa.

Quintanilha sentiu-lhe lágrimas na voz; assim lhe pareceu, ao menos. Pediu-lhe que guardasse o testamento; era o seu 10 depositário natural. Instou muito; só lhe respondia o som áspero da pena correndo no papel. Não corria bem a pena, a letra era tremida, as emendas mais numerosas que de costume, provavelmente as datas erradas. A consulta dos livros era feita com tal melancolia que entristecia o outro. Às vezes, parava 15 tudo, pena e consulta, para só ficar o olhar fito "em ontem".

— Entendo — disse Quintanilha subitamente —, ela será tua.

— Ela quem? — quis perguntar Gonçalves, mas já o amigo voava escada abaixo, como uma flecha, e ele continuou as suas razões de embargo.

20 Não se adivinha todo o resto; basta saber o final. Nem se adivinha nem se crê; mas a alma humana é capaz de esforços grandes, no bem como no mal. Quintanilha fez outro testamento, legando tudo à prima, com a condição de desposar o amigo. Camila não aceitou o testamento, mas ficou tão con-25 tente, quando o primo lhe falou das lágrimas de Gonçalves, que aceitou Gonçalves e as lágrimas. Então Quintanilha não achou melhor remédio que fazer terceiro testamento legando tudo ao amigo.

O final da história foi dito em latim. Quintanilha serviu de 30 testemunha ao noivo e de padrinho aos dois primeiros filhos.

PÍLADES E ORESTES

Um dia em que, levando doces para os afilhados, atravessava a Praça Quinze de Novembro, recebeu uma bala revoltosa (1893)[1] que o matou quase instantaneamente. Está enterrado no cemitério de S. João Batista; a sepultura é simples, a pedra tem um epitáfio que termina com esta pia frase: "Orai por ele!" É também o fecho da minha história. Orestes vive ainda, sem os remorsos do modelo grego. Pílades é agora o personagem mudo de Sófocles.[2] Orai por ele!

---

1. Referência à Revolta da Armada, que eclodiu em 1893.
2. Referência ao escritor e dramaturgo grego Sófocles (século v a.C.).

Anedota do *Cabriolet*

— CABRIOLET ESTÁ AÍ, sim senhor — dizia o preto que viera à matriz de S. José chamar o vigário para sacramentar dois moribundos.

A geração de hoje não viu a entrada e a saída do *cabriolet* no Rio de Janeiro. Também não saberá do tempo em que o *cab* e o *tilbury* vieram para o rol dos nossos veículos de praça ou particulares. O *cab* durou pouco. O *tilbury*, anterior aos dois, promete ir à destruição da cidade. Quando esta acabar e entrarem os cavadores de ruínas, achar-se-á um parado, com o cavalo e o cocheiro em ossos esperando o freguês do costume. A paciência será a mesma de hoje, por mais que chova, a melancolia maior, como quer que brilhe o sol, porque juntará a própria atual à do espectro dos tempos. O arqueólogo dirá coisas raras sobre os três esqueletos. O *cabriolet* não teve história; deixou apenas a anedota que vou dizer.

— Dois! — exclamou o sacristão.

— Sim, senhor, dois, nhã Anunciada e nhô Pedrinho. Coitado de nhô Pedrinho! E nhã Anunciada, coitada! — continuou o preto a gemer, andando de um lado para outro, aflito, fora de si.

Alguém que leia isto com a alma turva de dúvidas, é natural que pergunte se o preto sentia deveras, ou se queria picar a curiosidade do coadjutor e do sacristão. Eu estou que tudo se pode combinar neste mundo, como no outro. Creio que

PAI CONTRA MÃE

ele sentia deveras; não descreio que ansiasse por dizer alguma história terrível. Em todo caso, nem o coadjutor nem o sacristão lhe perguntavam nada.

Não é que o sacristão não fosse curioso. Em verdade, pouco mais era que isso. Trazia a paróquia de cor; sabia os nomes às devotas, a vida delas, a dos maridos e a dos pais, as prendas e os recursos de cada uma, e o que comiam, e o que bebiam, e o que diziam, os vestidos e as virtudes, os dotes das solteiras, o comportamento das casadas, as saudades das viúvas. Pesquisava tudo: nos intervalos ajudava a missa e o resto. Chamava-se João das Mercês, homem quarentão, pouca barba e grisalho, magro e meão.

"Que Pedrinho e que Anunciada serão esses?" — dizia consigo, acompanhando o coadjutor.

Embora ardesse por sabê-los, a presença do coadjutor impediria qualquer pergunta. Este ia tão calado e pio, caminhando para a porta da igreja, que era força mostrar o mesmo silêncio e piedade que ele. Assim foram andando. O *cabriolet* esperava-os; o cocheiro desbarretou-se, os vizinhos e alguns passantes ajoelharam-se, enquanto o padre e o sacristão entravam e o veículo enfiava pela Rua da Misericórdia. O preto desandou o caminho a passo largo.

Que andem burros e pessoas na rua, e as nuvens no céu, se as há, e os pensamentos nas cabeças, se os têm. A do sacristão tinha-os vários e confusos. Não era acerca do Nosso-Pai, embora soubesse adorá-lo, nem da água benta e do hissope que levava; também não era acerca da hora — oito e quarto da noite —, aliás, o céu estava claro e a lua ia aparecendo. O próprio *cabriolet*, que era novo na terra e substituía neste caso a sege, esse mesmo veículo não ocupava o cérebro todo de João das

ANEDOTA DO CABRIOLET

Mercês, a não ser na parte que pegava com nhô Pedrinho e nhã Anunciada.

"Há de ser gente nova", ia pensando o sacristão, "mas hóspede em alguma casa, decerto, porque não há casa vazia na praia, e o número é da do Comendador Brito. Parentes, serão? Que parentes, se nunca ouvi...? Amigos, não sei; conhecidos, talvez, simples conhecidos. Mas então mandariam *cabriolet*? Este mesmo preto é novo na casa; há de ser escravo de um dos moribundos, ou de ambos".

Era assim que João das Mercês ia cogitando, e não foi por muito tempo. O *cabriolet* parou à porta de um sobrado, justamente a casa do Comendador Brito, José Martins de Brito. Já havia algumas pessoas embaixo com velas, o padre e o sacristão apearam-se e subiram a escada, acompanhados do comendador. A esposa deste, no patamar, beijou o anel ao padre. Gente grande, crianças, escravos, um burburinho surdo, meia claridade, e os dois moribundos à espera, cada um no seu quarto, ao fundo.

Tudo se passou, como é de uso e regra, em tais ocasiões. Nhô Pedrinho foi absolvido e ungido, nhã Anunciada também, e o coadjutor despediu-se da casa para tornar à matriz com o sacristão. Este não se despediu do comendador sem lhe perguntar ao ouvido se os dois eram parentes seus. Não, não eram parentes, respondeu Brito; eram amigos de um sobrinho que vivia em Campinas; uma história terrível... Os olhos de João das Mercês escutaram arregaladamente estas duas palavras e disseram, sem falar, que viriam ouvir o resto — talvez naquela mesma noite. Tudo foi rápido, porque o padre descia a escada, era força ir com ele.

PAI CONTRA MÃE

Foi tão curta a moda do *cabriolet* que este provavelmente não levou outro padre a moribundos. Ficou-lhe a anedota, que vou acabar já, tão escassa foi ela, uma anedota de nada. Não importa. Qualquer que fosse o tamanho ou a importância, era

5 sempre uma fatia de vida para o sacristão, que ajudou o padre a guardar o pão sagrado, a despir a sobrepeliz e a fazer tudo mais, antes de se despedir e sair. Saiu, enfim, a pé, rua acima, praia fora, até parar à porta do comendador.

Em caminho foi evocando toda a vida daquele homem, an-

10 tes e depois da comenda. Compôs o negócio, que era forneci-mento de navios, creio eu, a família, as festas dadas, os cargos paroquiais, comerciais e eleitorais, e daqui aos boatos e anedo-tas não houve mais que um passo ou dois. A grande memória de João das Mercês guardava todas as coisas, máximas e míni-

15 mas, com tal nitidez que pareciam da véspera, e tão completas que nem o próprio objeto delas era capaz de as repetir iguais. Sabia-as como o padre-nosso, isto é sem pensar nas palavras; ele rezava tal qual comia, mastigando a oração, que lhe saía dos queixos sem sentir. Se a regra mandasse rezar três dúzias de

20 padre-nossos seguidamente, João das Mercês os diria sem con-tar. Tal era com as vidas alheias; amava sabê-las, pesquisava-as, decorava-as e nunca mais lhe saíam da memória.

Na paróquia todos lhe queriam bem, porque ele não enre-dava nem maldizia. Tinha o amor da arte pela arte. Muita vez

25 nem era preciso perguntar nada. José dizia-lhe a vida de Antô-nio e Antônio a de José. O que ele fazia era ratificar ou retificar um com outro, e os dois com Sancho, Sancho com Martinho, e vice-versa, todos com todos. Assim é que enchia as horas vagas, que eram muitas. Alguma vez, à própria missa, recordava uma

30 anedota da véspera, e, a princípio, pedia perdão a Deus; deixou

ANEDOTA DO CABRIOLET

de lho pedir quando refletiu que não falhava uma só palavra ou gesto do santo sacrifício, tão consubstanciados os trazia em si. A anedota que então revivia por instantes era como a andorinha que atravessa uma paisagem. A paisagem fica sendo a mesma, e a água, se há água, murmura o mesmo som. Esta comparação, que era dele, valia mais do que ele pensava, porque a andorinha, ainda voando, faz parte da paisagem, e a anedota fazia nele parte da pessoa, era um dos seus atos de viver.

Quando chegou à casa do comendador, tinha desfiado o rosário da vida deste, e entrou com o pé direito para não sair mal. Não pensou em sair cedo, por mais aflita que fosse a ocasião, e nisto a fortuna o ajudou. Brito estava na sala da frente, em conversa com a mulher, quando lhe vieram dizer que João das Mercês perguntava pelo estado dos moribundos. A esposa retirou-se da sala, o sacristão entrou pedindo desculpas e dizendo que era por pouco tempo; ia passando e lembrara-se de saber se os enfermos tinham ido para o céu — ou se ainda eram deste mundo. Tudo o que dissesse respeito ao comendador seria ouvido por ele com interesse.

— Não morreram, nem sei se escaparão, quando menos, ela creio que morrerá — concluiu Brito.

— Parecem bem mal.

— Ela, principalmente; também é a que mais padece da febre. A febre os pegou aqui em nossa casa, logo que chegaram de Campinas, há dias.

— Já estavam aqui? — perguntou o sacristão, pasmado de o não saber.

— Já; chegaram há quinze dias — ou quatorze. Vieram com o meu sobrinho Carlos e aqui apanharam a doença...

PAI CONTRA MÃE

Brito interrompeu o que ia dizendo; assim pareceu ao sacristão, que pôs no semblante toda a expressão de pessoa que espera o resto. Entretanto, como o outro estivesse a morder os beiços e a olhar para as paredes, não viu o gesto de espera, e ambos se detiveram calados. Brito acabou andando ao longo da sala, enquanto João das Mercês dizia consigo que havia alguma coisa mais que febre. A primeira ideia que lhe acudiu foi se os médicos teriam errado na doença ou no remédio, também pensou que podia ser outro mal escondido, a que deram o nome de febre para encobrir a verdade. Ia acompanhando com os olhos o comendador, enquanto este andava e desandava a sala toda, apagando os passos para não aborrecer mais os que estavam dentro. De lá vinha algum murmúrio de conversação, chamado, recado, porta que se abria ou fechava. Tudo isso era coisa nenhuma para quem tivesse outro cuidado, mas o nosso sacristão já agora não tinha mais que saber o que não sabia. Quando menos, a família dos enfermos, a posição, o atual estado, alguma página da vida deles, tudo era conhecer algo, por mais arredado que fosse da paróquia.

— Ah! — exclamou Brito estacando o passo.

Parecia haver nele o desejo impaciente de referir um caso — a "história terrível", que anunciara ao sacristão, pouco antes; mas nem este ousava pedi-la nem aquele dizê-la, e o comendador pegou a andar outra vez.

João das Mercês sentou-se. Viu bem que em tal situação cumpria despedir-se com boas palavras de esperança ou de conforto e voltar no dia seguinte; preferiu sentar-se e aguardar. Não viu na cara do outro nenhum sinal de reprovação do seu gesto; ao contrário, ele parou defronte e suspirou com grande cansaço.

ANEDOTA DO CABRIOLET

— Triste, sim, triste — concordou João das Mercês. — Boas pessoas, não?

— Iam casar.

— Casar? Noivos um do outro?

Brito confirmou de cabeça. A nota era melancólica, mas não havia sinal da história terrível anunciada, e o sacristão esperou por ela. Observou consigo que era a primeira vez que ouvia alguma coisa de gente que absolutamente não conhecia. As caras, vistas há pouco eram o único sinal dessas pessoas. Nem por isso se sentia menos curioso. Iam casar... Podia ser que a história terrível fosse isso mesmo. Em verdade, atacados de um mal na véspera de um bem, o mal devia ser terrível. Noivos e moribundos...

Vieram trazer recado ao dono da casa; este pediu licença ao sacristão, tão depressa que nem deu tempo a que ele se despedisse e saísse. Correu para dentro, e lá ficou cinquenta minutos. Ao cabo, chegou à sala um pranto sufocado; logo após, tornou o comendador.

— Que lhe dizia eu, há pouco? Quando menos, ela ia morrer; morreu.

Brito disse isto sem lágrimas e quase sem tristeza. Conhecia a defunta de pouco tempo. As lágrimas, segundo referiu, eram do sobrinho de Campinas e de uma parenta da defunta, que morava em Mata-porcos. Daí a supor que o sobrinho do comendador gostasse da noiva do moribundo foi um instante para o sacristão, mas não se lhe pegou a ideia por muito tempo; não era forçoso, e depois se ele próprio os acompanhara...

Talvez fosse padrinho de casamento. Quis saber, e era natural — o nome da defunta. O dono da casa — ou por não querer dar-lho, ou porque outra ideia lhe tomasse agora a cabeça —

PAI CONTRA MÃE

não declarou o nome da noiva, nem do noivo. Ambas as causas seriam.

— Iam casar...

— Deus a receberá em sua santa guarda, e a ele também, se
5 vier a expirar, disse o sacristão cheio de melancolia.

E esta palavra bastou a arrancar metade do segredo que parece ansiava por sair da boca do fornecedor de navios. Quando João das Mercês lhe viu a expressão dos olhos, o gesto com que o levou janela, e o pedido que lhe fez de jurar — jurou por
10 todas as almas dos seus que ouviria e calaria tudo. Nem era homem de assoalhar as confidências alheias, mormente as de pessoas gradas e honradas como era o comendador. Ao que este se deu por satisfeito e animado, e então lhe confiou a primeira metade do segredo, a qual era que os dois noivos, criados
15 juntos, vinham casar aqui quando souberam, pela parenta de Mata-porcos, uma notícia abominável...

— E foi...? — precipitou-se em dizer João das Mercês, sentindo alguma hesitação no comendador.

— Que eram irmãos.

20 — Irmãos como? Irmãos de verdade?

— De verdade; irmãos por parte de mãe. O pai é que não era o mesmo. A parenta não lhes disse tudo nem claro, mas jurou que era assim, e eles ficaram fulminados durante um dia ou mais...

25 João das Mercês não ficou menos espantado que eles; dispôs-se a não sair dali sem saber o resto. Ouviu dez horas, ouviria todas as demais da noite, velaria o cadáver de um ou de ambos, uma vez que pudesse juntar mais esta página às outras da paróquia, embora não fosse da paróquia.

30 — E vamos, vamos, foi então que a febre os tomou...?

ANEDOTA DO CABRIOLET

Brito cerrou os dentes para não dizer mais nada. Como, porém, o viessem chamar de dentro, acudiu depressa, e meia hora depois estava de volta, com a nova do segundo passamento. O choro, agora mais fraco, posto que mais esperado, não havendo já de quem o esconder, trouxera a notícia ao sacristão.

— Lá se foi o outro, o irmão, o noivo... Que Deus lhes perdoe! Saiba agora tudo, meu amigo. Saiba que eles se queriam tanto que alguns dias depois de conhecido o impedimento natural e canônico do consórcio, pegaram de si e, fiados em serem apenas meios irmãos e não irmãos inteiros, meteram-se em um *cabriolet* e fugiram de casa. Dado logo o alarma, alcançamos pegar o *cabriolet* em caminho da Cidade Nova, e eles ficaram tão pungidos e vexados da captura que adoeceram de febre e acabam de morrer.

Não se pode escrever o que sentiu o sacristão, ouvindo-lhe este caso. Guardou-o por algum tempo, com dificuldade. Soube os nomes das pessoas pelo obituário dos jornais e combinou as circunstâncias ouvidas ao comendador com outras. Enfim, sem se ter por indiscreto, espalhou a história, só com esconder os nomes e contá-la a um amigo, que a passou a outro, este a outros, e todos a todos. Fez mais; meteu-se-lhe em cabeça que o *cabriolet* da fuga podia ser o mesmo dos últimos sacramentos; foi à cocheira, conversou familiarmente com um empregado e descobriu que sim. Donde veio chamar-se a esta página a "anedota do *cabriolet*".

HEDRA EDIÇÕES

1. *Iracema*, Alencar
2. *Don Juan*, Molière
3. *Contos indianos*, Mallarmé
4. *Auto da barca do Inferno*, Gil Vicente
5. *Poemas completos de Alberto Caeiro*, Pessoa
6. *Triunfos*, Petrarca
7. *A cidade e as serras*, Eça
8. *O retrato de Dorian Gray*, Wilde
9. *A história trágica do Doutor Fausto*, Marlowe
10. *Os sofrimentos do jovem Werther*, Goethe
11. *Dos novos sistemas na arte*, Maliévitch
12. *Mensagem*, Pessoa
13. *Metamorfoses*, Ovídio
14. *Micromegas e outros contos*, Voltaire
15. *O sobrinho de Rameau*, Diderot
16. *Carta sobre a tolerância*, Locke
17. *Discursos ímpios*, Sade
18. *O príncipe*, Maquiavel
19. *Dao De Jing*, Lao Zi
20. *O fim do ciúme e outros contos*, Proust
21. *Pequenos poemas em prosa*, Baudelaire
22. *Fé e saber*, Hegel
23. *Joana d'Arc*, Michelet
24. *Livro dos mandamentos: 248 preceitos positivos*, Maimônides
25. *O indivíduo, a sociedade e o Estado, e outros ensaios*, Emma Goldman
26. *Eu acuso!*, Zola | *O processo do capitão Dreyfus*, Rui Barbosa
27. *Apologia de Galileu*, Campanella
28. *Sobre verdade e mentira*, Nietzsche
29. *O princípio anarquista e outros ensaios*, Kropotkin
30. *Os sovietes traídos pelos bolcheviques*, Rocker
31. *Poemas*, Byron
32. *Sonetos*, Shakespeare
33. *A vida é sonho*, Calderón
34. *Escritos revolucionários*, Malatesta
35. *Sagas*, Strindberg
36. *O mundo ou tratado da luz*, Descartes
37. *O Ateneu*, Raul Pompeia
38. *Fábula de Polifemo e Galateia e outros poemas*, Góngora
39. *A vênus das peles*, Sacher-Masoch
40. *Escritos sobre arte*, Baudelaire
41. *Cântico dos cânticos*, [Salomão]
42. *Americanismo e fordismo*, Gramsci
43. *O princípio do Estado e outros ensaios*, Bakunin
44. *História da província Santa Cruz*, Gandavo
45. *Balada dos enforcados e outros poemas*, Villon
46. *Sátiras, fábulas, aforismos e profecias*, Da Vinci
47. *O cego e outros contos*, D.H. Lawrence

48. *Rashômon e outros contos*, Akutagawa
49. *História da anarquia (vol. 1)*, Max Nettlau
50. *Imitação de Cristo*, Tomás de Kempis
51. *O casamento do Céu e do Inferno*, Blake
52. *Cartas a favor da escravidão*, Alencar
53. *Utopia Brasil*, Darcy Ribeiro
54. *Flossie, a Vênus de quinze anos*, [Swinburne]
55. *Teleny, ou o reverso da medalha*, [Wilde et al.]
56. *A filosofia na era trágica dos gregos*, Nietzsche
57. *No coração das trevas*, Conrad
58. *Viagem sentimental*, Sterne
59. *Arcana Cœlestia e Apocalipsis revelata*, Swedenborg
60. *Saga dos Volsungos*, Anônimo do séc. XIII
61. *Um anarquista e outros contos*, Conrad
62. *A monadologia e outros textos*, Leibniz
63. *Cultura estética e liberdade*, Schiller
64. *A pele do lobo e outras peças*, Artur Azevedo
65. *Poesia basca: das origens à Guerra Civil*
66. *Poesia catalã: das origens à Guerra Civil*
67. *Poesia espanhola: das origens à Guerra Civil*
68. *Poesia galega: das origens à Guerra Civil*
69. *O pequeno Zacarias, chamado Cinábrio*, E.T.A. Hoffmann
70. *Tratados da terra e gente do Brasil*, Fernão Cardim
71. *Entre camponeses*, Malatesta
72. *O Rabi de Bacherach*, Heine
73. *Bom Crioulo*, Adolfo Caminha
74. *Um gato indiscreto e outros contos*, Saki
75. *Viagem em volta do meu quarto*, Xavier de Maistre
76. *Hawthorne e seus musgos*, Melville
77. *A metamorfose*, Kafka
78. *Ode ao Vento Oeste e outros poemas*, Shelley
79. *Oração aos moços*, Rui Barbosa
80. *Feitiço de amor e outros contos*, Ludwig Tieck
81. *O corno de si próprio e outros contos*, Sade
82. *Investigação sobre o entendimento humano*, Hume
83. *Sobre os sonhos e outros diálogos*, Borges | Osvaldo Ferrari
84. *Sobre a filosofia e outros diálogos*, Borges | Osvaldo Ferrari
85. *Sobre a amizade e outros diálogos*, Borges | Osvaldo Ferrari
86. *A voz dos botequins e outros poemas*, Verlaine
87. *Gente de Hemsö*, Strindberg
88. *Senhorita Júlia e outras peças*, Strindberg
89. *Correspondência*, Goethe | Schiller
90. *Índice das coisas mais notáveis*, Vieira
91. *Tratado descritivo do Brasil em 1587*, Gabriel Soares de Sousa
92. *Poemas da cabana montanhesa*, Saigyō
93. *Autobiografia de uma pulga*, [Stanislas de Rhodes]
94. *A volta do parafuso*, Henry James
95. *Ode sobre a melancolia e outros poemas*, Keats
96. *Teatro de êxtase*, Pessoa
97. *Carmilla — A vampira de Karnstein*, Sheridan Le Fanu

98. *Pensamento político de Maquiavel*, Fichte
99. *Inferno*, Strindberg
100. *Contos clássicos de vampiro*, Byron, Stoker e outros
101. *O primeiro Hamlet*, Shakespeare
102. *Noites egípcias e outros contos*, Púchkin
103. *A carteira de meu tio*, Macedo
104. *O desertor*, Silva Alvarenga
105. *Jerusalém*, Blake
106. *As bacantes*, Eurípides
107. *Emília Galotti*, Lessing
108. *Viagem aos Estados Unidos*, Tocqueville
109. *Émile e Sophie ou os solitários*, Rousseau
110. *Manifesto comunista*, Marx e Engels
111. *A fábrica de robôs*, Karel Tchápek
112. *Sobre a filosofia e seu método — Parerga e paralipomena (v. II, t. I)*,
     Schopenhauer
113. *O novo Epicuro: as delícias do sexo*, Edward Sellon
114. *Revolução e liberdade: cartas de 1845 a 1875*, Bakunin
115. *Sobre a liberdade*, Mill
116. *A velha Izerguil e outros contos*, Górki
117. *Pequeno-burgueses*, Górki
118. *Primeiro livro dos Amores*, Ovídio
119. *Educação e sociologia*, Durkheim
120. *Elixir do pajé — poemas de humor, sátira e escatologia*,
     Bernardo Guimarães
121. *A nostálgica e outros contos*, Papadiamántis
122. *Lisístrata*, Aristófanes
123. *A cruzada das crianças/ Vidas imaginárias*, Marcel Schwob
124. *O livro de Monelle*, Marcel Schwob
125. *A última folha e outros contos*, O. Henry
126. *Romanceiro cigano*, Lorca
127. *Sobre o riso e a loucura*, [Hipócrates]
128. *Hino a Afrodite e outros poemas*, Safo de Lesbos
129. *Anarquia pela educação*, Élisée Reclus
130. *Ernestine ou o nascimento do amor*, Stendhal
131. *Odisseia*, Homero
132. *O estranho caso do Dr. Jekyll e Mr. Hyde*, Stevenson
133. *História da anarquia (vol. 2)*, Max Nettlau
134. *Eu*, Augusto dos Anjos
135. *Farsa de Inês Pereira*, Gil Vicente
136. *Sobre a ética — Parerga e paralipomena (v. II, t. II)*,
     Schopenhauer
137. *Contos de amor, de loucura e de morte*, Horacio Quiroga
138. *Memórias do subsolo*, Dostoiévski
139. *A arte da guerra*, Maquiavel
140. *O cortiço*, Aluísio Azevedo
141. *Elogio da loucura*, Erasmo de Rotterdam
142. *Oliver Twist*, Dickens
143. *O ladrão honesto e outros contos*, Dostoiévski
144. *O que eu vi, o que nós veremos*, Santos-Dumont

145. *Sobre a utilidade e a desvantagem da histório para a vida*, Nietzsche
146. *Édipo Rei*, Sófocles
147. *Fedro*, Platão
148. *A conjuração de Catilina*, Salústio

«SÉRIE LARGEPOST»

1. *Dao De Jing*, Lao Zi
2. *Escritos sobre literatura*, Sigmund Freud
3. *O destino do erudito*, Fichte
4. *Diários de Adão e Eva*, Mark Twain
5. *Diário de um escritor (1873)*, Dostoiévski

«SÉRIE SEXO»

1. *A vênus das peles*, Sacher-Masoch
2. *O outro lado da moeda*, Oscar Wilde
3. *Poesia Vaginal*, Glauco Mattoso
4. *Perversão: a forma erótica do ódio*, Stoller
5. *A vênus de quinze anos*, [Swinburne]
6. *Explosao: romance da etnologia*, Hubert Fichte

COLEÇÃO «QUE HORAS SÃO?»

1. *Lulismo, carisma pop e cultura anticrítica*, Tales Ab'Sáber
2. *Crédito à morte*, Anselm Jappe
3. *Universidade, cidade e cidadania*, Franklin Leopoldo e Silva
4. *O quarto poder: uma outra história*, Paulo Henrique Amorim
5. *Dilma Rousseff e o ódio político*, Tales Ab'Sáber
6. *Descobrindo o Islã no Brasil*, Karla Lima
7. *Michel Temer e o fascismo comum*, Tales Ab'Sáber
8. *Lugar de negro, lugar de branco?*, Douglas Rodrigues Barros

COLEÇÃO «ARTECRÍTICA»

1. *Dostoiévski e a dialética*, Flávio Ricardo Vassoler
2. *O renascimento do autor*, Caio Gagliardi

«NARRATIVAS DA ESCRAVIDÃO»

1. *Incidentes da vida de uma escrava*, Harriet Jacobs
2. *Nascidos na escravidão: depoimentos norte-americanos*, WPA
3. *Narrativa de William W. Brown, escravo fugitivo*, William Wells Brown

Adverte-se aos curiosos que se imprimiu este livro em nossas oficinas, em 6 de agosto de 2020, em tipologia Formular e Libertine, com diversos sofwares livres, entre eles, LuaLᴬTᴇX, git & ruby.
(v. 084c234)